그에게
어리다

그에게 어리다

초판 1쇄 찍은 날 | 2015년 2월 6일
초판 1쇄 펴낸 날 | 2015년 2월 13일

지은이 | 이아현
펴낸이 | 서경석

편 집 장 | 권태완
편집책임 | 최고은
편 집 | 나정희

펴낸곳 | 도서출판 청어람
등록번호 | 제387-1999-000006호
등록일자 | 1999. 5. 31
어람번호 | 제5-0400호

주소 | 경기도 부천시 원미구 부일로 483번길 40 서경B/D 3F (우) 420-822
전화 | 032-656-4452 팩스 | 032-656-4453
http://www.chungeoram.com
E-mail | chungeorambook@daum.net

ISBN 979-11-04-90070-9 03810

그에게 어리다

이아현 장편 소설

Contents

1부

사제 사이

그에게 사랑을 배웠다.

너무, 가슴이 아픈.

프롤로그

블라인드가 걷힌 커다란 창으로 따스한 햇살이 쏟아지고 있다. 허공에서 공기처럼 떠다니는 먼지가 그 빛을 만나 별처럼 반짝인다. 빛바랜 필름이 만들어낸 영상처럼, 혹은 모네의 그림처럼 화사하고 부드러운 빛으로 가득한 공간 속에 두 사람이 있었다.

대영사립고등학교 이사장실.

선생들조차 쉬이 발걸음을 할 수 없는 곳에 교복을 입은 소녀가 있다. 소녀는 이 공간이 익숙한 듯 소파까지 차지하고 앉아 책을 보고 있었다. 수업이 한창일 시간에.

사락사락, 종이 넘어가는 소리가 귓가를 간질이고 거기에 맞춰 소파 팔걸이에 걸어둔 다리가 까딱까딱 움직인다. 그렇게 무심한 척, 딴청을 피우던 소녀는 잠시 후 잊고 있었다는 듯이 커다란 원목 책상을 흘깃거렸다.

시선의 끝에는 커다란 의자에 기대앉은 한 남자가 있었다. 이 방의 주인이자, 대영사립고등학교의 이사장인 그는 이제 겨우 서른의 어린 남자였다. 물론 사회 안에서야 충분히 제 몫을 하고도 남는 적지 않은 나이지만, 한 학교를 이끌기에는 지나치게 젊은 건 사실이다. 하지만 그는 무리 없이 그 자리를 지키며 맡은 일을 충실히 수행해 왔다. 그런 이사장을 향한 주변의 시선도 우려보다는 신뢰 쪽에 더 무게가 실려 있었다.

소녀의 시선이 조금 더 오래 남자에게 머물렀다.

옅은 갈색의 머리카락은 염색을 한 것이 아니라고 했다. 선천적으로 다른 사람들보다 색소가 옅다는 설명을 들은 적이 있었다. 지금은 눈꺼풀에 가려 보이지 않지만, 평소엔 기다란 속눈썹의 그림자가 곱게 드리워지는 눈동자 또한 그러했다. 거기다 유난히 하얀 피부와 선이 고운 얼굴. 남들보다 오뚝한 콧날과 붉은색에 가까운 입술은 남자의 것이라고 하기엔 너무나 예쁘고 고왔다.

무슨 생각을 하는 것인지 소녀의 뺨이 붉어졌다. 책으로 입술을 가리며 남자를 곁눈질하던 소녀가 자리에서 일어나 살금살금, 소리를 죽이며 남자에게 다가갔다. 잠이 든 남자의 얼굴 위로 가냘픈 그림자가 일렁인다. 좀 더 깊게 몸을 숙인 소녀의 입술에서 조심스럽게 가라앉은 목소리가 새어 나왔다.

"선생님."

남자는 눈을 뜨지 않았다. 어젯밤 늦게까지 친구와 술자리를 가졌다고 하더니 정말 정신을 놓고 잠이 든 모양이다. 하지만 소녀의 목적은 대답을 듣는 것이 아니었다.

콩닥콩닥.

빠르게 뛰는 가슴을 꾹 누른 소녀가 고개를 내렸다. 사르르 떨리는 소녀의 입술이 아직도 옅게 술 냄새가 남아 있는 남자의 입술에 닿았다. 깊지 않고, 서로의 입술이 겨우 스치는 아주 조심스러운 입맞춤. 한참이고 남자의 따스한 온기를 느끼던 소녀가 이내 몸을 확 일으키며 얼굴을 붉혔다. 그리고 남자의 체온이 남아 있는 제 입술을 손가락 끝으로 더듬으며 울상을 지었다.

입을 맞춘 것은 소녀인데 상처를 받은 것도 소녀였다. 곧 눈물이라도 떨어뜨릴 것처럼 그렁그렁한 눈으로 한동안 남자를 바라보던 소녀가 떨리는 목소리로 말했다.

"제가 어른이 되면 선생님의 여자친구가 될 수 있어요?"

이 물음에 대한 답이 무엇인지 소녀는 너무나 잘 알고 있었다. 그렇기에 깨어 있는 그의 앞에선 절대 내놓을 수 없는 말이었다. 아무도 모르게, 누구 앞에서도 내놓을 수 없는 마음을 꼭꼭 숨겨 놓은 채 혼자서 앓아왔은 뿐.

소중히 간직해 온 마음을 입 밖에 내놓았단 것만으로도 그녀의 심장은 격하게 뛰어댔다. 보는 사람도 없는데, 달아오른 얼굴을 어찌해야 할지 알 수가 없었다. 결국, 자리를 벗어나려 몸을 돌리는 그녀의 뒤로 나른한 목소리가 이어졌다.

"아니."

명백한 거절의 말.

어떤 감정도 느껴지지 않는 음성에 소녀는 뒤를 돌아보지도, 앞으로 나아가지도 못한 채 그 자리에 서 있었다.

그가 들어버렸다. 절대 들어서는 안 되는데.

소녀의 눈에 눈물이 차오른다.

"처음이란 말이에요."

그러니까 조금만 돌아봐 달라고.

애써 눈물을 감춘 소녀의 떨리는 목소리에 남자는 무감하게 대꾸했다.

"너 같은 꼬맹이를 내가 왜 봐줘야 하는데?"

끝내 차갑게 그 마음을 밀어냈다.

열여덟,

소녀의 첫사랑이 차갑게 부서지는 순간이었다.

1. 만나다

부드러운 색감의 벽지와 바닥, 편히 기대게끔 만들어진 등받이가 큰 의자와 조화롭게 자리를 잡고 놓여 있는 가구들. 작은 진료실은 들어선 사람이 편히 이야기를 내놓을 수 있도록 하는 목적에 충실하게끔 잘 꾸며져 있었다.

그 안에서 소녀는 차분한 브라운 계열 색상의 소파에 앉아 있었다. 작고 깡마른 몸집이었지만 작고 둥근 어깨와 잘록한 허리, 예쁜 곡선을 그리고 있는 골반이 제법 여인의 라인을 하고 있었다. 하지만 소녀의 덩치에 비해 소파는 지나치게 높았고, 바닥에 닿지 않는 다리가 허공에서 대롱대롱 흔들리는 모습은 소녀의 나이가 많지 않음을 바로 보여주는 것만 같았다.

"아가씨, 요즘 잠은 잘 주무세요?"

흰 가운 차림의 남자가 부드럽게 물었다. 이제 겨우 30대 초반이나 되었을까. 아직 앳된 기색이 가시지 않은 남자의 눈빛에는 나이답지 않은 신중함이 깃들어 있었다.

작은 신경정신과를 차린 지 얼마 되지 않아 은사의 소개로 받게 된 환자였다. 그것도 대한민국에서 손꼽는 대기업의 상속녀이자 마음의 병을 앓고 있는 아가씨.

가슴속에 담고 있는 것이 많은 표정이었으나 입술을 통해 흘러나온 말은 그렇지 않았다.

"잘 못 잔다고 해야겠죠?"

심드렁한 대꾸. 마치 어른을 가지고 노는 듯한 어투에 절로 표정이 굳었지만, 기영은 어른스럽게 그 상황을 수습했다.

"좋습니다. 그럼 식사는 잘 하십니까?"

"그것 역시 잘 못 한다고 해야겠죠?"

"처방해 드린 약은 잘 드시고 계십니까?"

"그것 역시 잘 먹고 있다고 해야겠죠?"

건성건성, 말꼬리를 잡으며 질문을 되돌리는 열여덟 어린 소녀의 얼굴엔 여유로운 기색이 가득했다.

소녀는 까다로운 환자였다. 나이답지 않게 마음을 숨기는 것에 능숙했고, 공격적인 성향 또한 가지고 있어 어떤 식으로 반응할지 예상할 수 없는 환자. 주치의이지만 기영은 그녀의 상태가 어떠한지 전혀 파악하지 못하고 있었다. 지난 두 달 동안.

그녀는 많은 사랑을 받고 컸다. 외동딸이기도 하거니와 일반 사람이라면 감히 우러러보지도 못할 집안에서 태어나 무엇 하나 부족함 없이 살았다.

아니, 살고 있었다.

초등학교 시절 친부가 갑자기 병사한 후엔 친모의 사랑을 받았고, 주위엔 그녀를 위해 웃고 움직이는 사람들로 넘쳐 났었다.

그런 소녀가 병원을 찾기 시작했다. 친모가 죽은, 두 달 전부터의 일이다.

소녀는 무엇도 알려주고 싶지 않단 얼굴로 도도하게 턱을 치켜올렸다. 온몸에 가시를 세운 고슴도치처럼 진심 한 자락 내비치지 않았다. 오늘 상담 역시 늘 그런 것처럼 그가 질문을 던지면 소녀가 질문으로 되받아치는 것으로 마무리될 것 같았다.

기영은 꾸며진 웃음으로 일그러진 작은 얼굴을 바라봤다. 작은 얼굴 탓인지 그녀는 또래보다 훨씬 작은 몸집이었지만 당당하고 꽤 커 보이는 편이었다.

“고모부가 물으면 잘 먹지 못한다고 해주세요. 처방해 준 약은 꼬박꼬박 먹고 있는데 중독이 되어가는 것 같아서 조절을 조금 해야겠다고 하시고, 잠도 푹 자지 못해서 수면제에 의존하고 있다고 그렇게 전해주세요.”

아니, 아니다. 그녀가 커 보였던 건 저 당당함 때문이었다. 그것은 이제 겨우 열여덟의 미성년자가 보여줄 만한 것이 아니었다. 발톱을 숨길 때를 아는 명석함. 타고난 권위. 저 어린 소녀의 눈빛에 언뜻언뜻 어리는 감정은 성인의 것처럼 날카롭고 무거웠다.

마치, 장미 같았다. 온몸에 가시를 가득 세우고 있는 도도한 꽃. 그러나 무엇보다 향기롭고 아름답기에 시기와 위협, 덧없는 욕심에 가련하게 희생당하고 마는 꽃. 아직 꽃봉오리를 피우기 전인 어린 꽃이기에 향기는 더 아름답고 매혹적이었다.

그래서 더 위험해 보였다, 저 소녀가 가지고 있는 것들이.

기영은 무감한 눈동자를 보며 구기고 있던 얼굴을 폈다.

어찌 되었든 그녀는 자신의 환자였다. 자신은 초연함을 잃지 않아야 했고, 환자인 그녀의 심리를 제대로 파악하고, 그 속에 있는 것들을 끄집어내어 밖으로 표출시켜야 했다.

만에 하나의 경우가 남았으니까. 혹시라도, 이 소녀가 어른들에 의해 만들어진 가짜 환자가 아닌 진짜 환자일 수도 있으니까.

"아가씨, 다음 주부터 새로운 학교에 가는데, 기분이 어떠신가요?"

"그것 역시 불안해서 어쩌질 못한다고 전해주세요."

부드러운 곡선을 그리며 차분하게 대답을 내놓던 입술이 슬쩍 비틀렸다. 그러나 비틀린 것은 웃음뿐, 미동 없는 눈빛에는 여전히 아무런 감정도 담겨 있지 않았다. 그것만으로도 충분히 마음 아픈 환자가 아닐까, 생각한 기영이 걱정스레 물었다.

"아가씨, 아가씨께서 마음을 열어주지 않으시면 제가 아무리 노력해도 어쩔 수가 없……."

걱정스러운 듯 모여든 기영의 미간에 흘깃 시선을 던진 소녀가 옅게 웃음을 내뱉었다.

"선생님."

"네?"

툭 하니 말을 끊어낸 유정이 스르륵 자리에서 일어났다. 그러고는 갑작스러운 행동에 놀란 듯 멍해진 기영의 얼굴을 바라보며 가느다란 손가락을 서로 얽고 꼭 움켜쥐었다.

"제 진짜 마음을 듣고 싶으시다면, 아니, 병원놀이를 계속하고 싶으시면 호칭부터 바꾸시는 게 어때요?"

"……."

허를 찔린 기영의 얼굴에서 핏기가 가셨다. 그 모습에 유정은 방금 전과는 달리 꽤나 즐거워 보이는 얼굴로 웃음을 터뜨렸다.

일어선 소녀는 여전히 작았다. 보통 성인 남성들의 가슴팍에나 겨우 닿을까.

한없이 마르고 연약한 몸. 사복을 입고 있었으나 아직은 교복이 더 어울리는 예쁜 나이.

하지만 소녀가 짓고 있는 표정은 어른의 것과 다르지 않았다.

제 옆에 두었던 고급스러운 백을 움켜쥔 유정은 심각한 표정으로 저를 따라 시선을 옮기는 기영을 보았다. 기영과 만난 지도 2개월. 현재의 소녀에게 제 진짜 모습을 보여줄 수 있는 이는 많지 않았다. 아니, 보여줄 수가 없었다.

하지만 이 사람에게만은 달랐다. 당사자가 어찌 생각하든 간에 자신은 이 남잘 의사선생님으로 생각하고 있으니까. 그는 자신의 속내를 시원하게 내보일 수 있는 몇 되지 않는 어른 중 하나였다.

금방 스러질 것처럼 아슬아슬한 모습으로 유정은 다시 웃음을 터뜨렸다.

"다 거짓말이었어요. 약은 먹고 있지 않고, 잠 잘 자고 잘 먹어요. 하지만 하나는 진짜였어요."

잠시 말을 멈춘 유정은 벌써부터 떨려오는 심장을 손바닥으로 꾹 누르며 애처롭게 웃었다.

"학교에 가는 건 불안해요."

✲

교정에 가득하던 봄꽃들이 조금씩 시들기 시작하더니 어느덧 무서우리만치 강렬한 햇살이 내리쬐는 계절이 찾아왔다. 이것이 아직 초여름 날씨라는 게 놀라울 만큼.

유정은 멍하니 하늘로 눈을 돌렸다. 눈이 멀어버릴 것처럼 시린 빛이 쏟아지자 고운 눈매가 절로 가늘어진다.

쉬는 시간이 되었는지 여기저기 쏟아져 나온 아이들이 저를 흘깃거리는 게 느껴졌지만, 유정은 개의치 않았다. 빛을 받아 더 새하얗게 존재감을 드러내는 제 교복은 이 학교에선 너무나 눈에 띈다는 걸 알고 있었으니까.

스탬프로 찍어낸 듯 똑같은 교복과 머리 모양을 한 아이들 사이에서 유정은 마치 외딴 섬처럼 보였다. 전학 첫날이라 아직 교복이 나오지 않아 이전 학교의 교복을 입고 있는 탓이었다. 더군다나 그 교복이 천호고교의 것이어서 더 눈에 띄었을 것이다.

천호의 새하얀 교복은 평범한 아이들에겐 선망의 대상이었다. 태어날 때부터 적어도 은수저 정도는 물고 있어야 다닐 수 있을 정도로 학비가 비싼 곳이었으니.

“천호 애가 여긴 무슨 일이지?”

“누구 만나러 온 거 아냐?”

“에이, 점심시간에?”

단짝인지 서로 팔짱을 꼭 낀 채 이야기를 나누는 여학생을 흘깃 바라본 유정이 작게 한숨을 쉬었다. 계속 여기에 서 있다간 제대로 동물원의 원숭이가 될 것 같았다. 그대로 몸을 돌려 걸음을 옮기려던 때였다.

"근데 진짜 작다. 150㎝는 될까?"

기어이 한 소리가 귓속에 들어와 박힌다.

150㎝는 넘거든?!

욱한 마음에 저도 모르게 휙 돌아본 순간, 그 말을 내놓은 아이들이 흠칫하더니 슬금슬금 도망쳐 버렸다. 금세 붉어진 얼굴로 입술을 깨물던 유정은 그 뒷모습에 대고 구시렁거렸다.

"나 작은 데 뭐 보태준 거 있어?"

하지만 알고 있다. 별일이 아니란 것쯤은. 이렇게 발끈하며 반응할 일도 아니고.

천천히 속으로 되뇌며 눈을 감은 유정은 평정심을 찾기 위해 심호흡을 했다.

어린 나이에 너무 급격한 환경의 변화를 겪어버린 탓일까. 여유란 말을 잃어버린 것처럼 신경이 곤두서 있었다. 이래선 안 되는데. 더군다나 고등학교 2학년 1학기 말에 갑작스럽게 이뤄진 전학이 아닌가. 이렇게 뾰족한 마음으로 있다가는…….

"정말 외톨이가 되고 말 거야."

작게 중얼거리는 목소리가 한없이 낮게 가라앉았다.

다시 한 번 하늘을 바라보며 속을 다진 유정은 힘차게 걸음을 떼었다.

그녀의 걸음이가 향한 곳은 교무실. 전학 수속은 저번 주에 끝났고, 그때 담임선생님이 누군지 소개를 받았었다. 식사를 마치고 하나둘 자리에 앉기 시작한 선생님들 사이에서 유정은 단번에 창가 가장 구석진 자리에 앉아 있는 중년의 남자를 찾아냈다.

"왜 이렇게 늦었니?"

어딘지 싸늘한 눈빛이 그녀를 향했다. 전학 첫날부터 점심시간이 끝나서야 찾아온 학생에게 다정할 선생님은 그리 많지 않을 것이다.

잠시 변명을 할까, 생각하던 유정은 이내 포기했다. 그런 거짓말로 무마해 봤자 크게 도움은 되지 않을 테니까. 앞으로 몇 번이고 이런 일이 더 있을지도 모른다. 안타깝지만 그녀는 세상에 막 태어난 아이처럼 아무것도 못 하는 반푼이었다.

"길을 잃었어요."

"뭐?"

"정말이에요. 길을 잃었어요."

거짓 하나 없이 진실을 입에 올리는데도 담임선생님은 미심쩍은 시선을 거두지 않았다. 이게 무슨 말이 되는 소린가, 하는 표정이었다. 그러다 헛웃음을 짓곤 고개를 내저었다. 부자 학교에서 전학 왔다 해서 모범생일 줄 알았는데 꽤 귀찮게 됐다는 뉘앙스였다.

"그래, 그렇다고 치자. 내일부터는 늦지 마라."

크게 자신은 없었지만 유정은 일단 고개를 끄덕였다. 고분고분 대답이라도 잘해야 미움을 받진 않을 테니까.

앞장서는 담임선생님의 뒤에서 유정은 가방 끈을 힘껏 붙잡았다. 이제 곧 같은 반 아이들을 만날 것이고, 지난 학교에서와 같은 꼴을 당하지 않으려면 단단히 마음을 다잡아야 했다.

하자. 할 수 있어.

몇 번이고 다짐하는 사이 담임은 2—B라는 푯말 앞에 멈춰 섰다. 문을 열고 들어서는 담임선생님의 뒤를 따라 들어선 순간 수

십 개의 눈망울이 그녀를 향했다. 다음 수업이 시작될 시간인데, 갑작스럽게 등장한 담임과 낯선 천호고교 교복을 입은 여학생이 나타났으니 관심이 쏠리는 건 당연했다. 부담스러운 시선들에 유정의 어깨가 더욱 위축됐다.

탁탁!

가볍게 교탁을 치며 주위를 환기한 담임선생님이 입을 열었다.

"자, 앞으로 너희들과 함께 공부할 친구다."

드디어 이 순간이 왔다.

유정은 몇 번이고 연습하였던 것들을 떠올렸다.

이가 다 보이도록 웃자. 그리고 밝고 긍정적으로 인사하자. 그래, 할 수 있어.

다짐에 다짐을 거듭하며 유정이 무거운 입술을 달싹였다.

"안녕? 난 강유정이라고 해. 만나서 반가워. 잘 지내보자."

평범하고 식상한 인사말에도 그녀를 향한 남학생들의 눈빛에는 생기가 돌았다. 귀엽고 예쁘장한 유정의 모습을 꽤 마음에 들어하는 눈치였다. 반면, 여학생들의 표정은 썩 좋지 못했다. 그리고 이런 상황쯤이야 이미 익숙하게 겪어본 일이었다.

"뭐야, 천호면 공주님 아냐?"

"저런 애가 왜 우리 학교에 왔대?"

들으란 듯 수군거리는 말에 유정은 더 환하게 미소를 지어 보였다. 이런 상황에서 할 일이라곤 그것뿐이라는 듯이.

웃자. 그래, 웃어야 외톨이가 되지 않을 테니까.

종례가 끝나고 청소당번을 제외한 아이들은 제각기 학원이며,

독서실을 찾아 부산스럽게 움직여 댔다. 그런 와중에도 아이들은 유정에 대한 관심을 거두지 않았다. 그러나 그 관심이란 대개가 편협한 시선에서 시작한 것이었다.

"왜 이런 시기에 전학이지?"

"그렇게 궁금하면 직접 물어봐."

"천호 애 아니냐. 얼마나 까칠하겠어?"

소곤소곤 들려오는 말소리에 가방을 챙기던 유정이 멈칫했다.

점심때 처음 교실에 들어섰으니 5교시부터 마지막 수업인 7교시까지 쭉 이런 상황이 이어진 참이었다. 그러나 그 지나친 관심이 무색하도록 그녀는 쭉 혼자였다. 제게 다가와 말 한마디 걸어 주는 아이가 한 명도 없었다. 먼저 다가가 손을 내밀면 달리 거부는 하지 않았지만, 눈에 띄게 어색한 웃음과 건성인 대꾸는 명백히 배척의 의도를 내포하고 있었다. 어느 정도 각오는 했던 일이지만, 몸에 힘이 빠지는 것은 어쩔 수가 없었다.

그렇게 첫날의 인상은 최악이었다. 그리고 아마, 내일도 오늘 같은 하루가 될 것이다.

다시금 챙겨 든 가방을 들고 교실 문을 열어젖히는 그녀의 손끝이 가볍게 떨렸다.

"강유정!"

그런데 누군가가 그녀의 이름을 불렀다. 저도 모르게 뒤를 돌아보자 저만치서 대걸레 두 개를 든 여학생이 그녀를 빤히 바라보고 있었다. 이 상황을 이해하지 못해 당황한 유정이 커다란 눈을 깜빡였다.

"어?"

"오늘 우리 분단 청소야. 넌 대걸레질."

성큼 다가와 대걸레를 내미는 여학생은 여느 고등학생과 마찬가지로 가지런히 앞머리로 이마를 덮은 소녀였다. 유정의 앞자리에 앉는 여학생으로 쉬는 시간에 말을 걸어보았을 때, 권유리라고 자신을 소개했던 기억이 어렴풋이 난다. 시원털털한 성격으로 반 여학생들에게 꽤 인기 많은 아이 같았다.

"표정이 왜 그래? 정말 저 애들 말처럼 공주님이어서 걸레질도 못 하는 건 아니겠지?"

"아, 아니야."

멍하니 대걸레를 바라보던 유정이 흠칫하며 고개를 저었다. 사실 정말로 해본 적은 없었지만, 눈치 없이 그런 걸 티 낼 만큼 바보는 아니었다. 서둘러 대걸레를 받아 든 유정이 메고 있던 가방을 내려놓았다.

"난 또. 하도 소문이 떠들썩해서 진짜 공주님이라도 되는 줄 알았네."

"아니야. 학교만 천호였지 부모님은 그렇게 부자가 아니야."

반쯤은 맞고, 반쯤은 틀린 말이었다. 부자였던 부모님은 모두 돌아가셨으니까.

속엣말을 꾹꾹 억누른 유정은 어느 곳부터 걸레질 하면 되는지 물었다. 별다른 점은 못 느꼈는지 유리는 무심하게 칠판 쪽을 손가락으로 가리켰다. 고개를 끄덕인 유정이 뚜벅뚜벅 걸음을 옮겨 교탁으로 다가갔다. 그리고 아이들이 하는 모양을 힐끗거리며 따라 움직였다. 다행히 서툰 대걸레질을 눈치채는 아이들은 없었다.

그렇게 청소가 끝날 때쯤이었다. 누군가가 거칠게 뒷문을 열어젖히며 들어섰다. 동시에 바쁘게 청소를 마무리하던 반 아이들의 시선이 막 들어선 남학생에게로 향했다. 손에 들린 운동복과 훤칠한 키. 한눈에 봐도 꽤나 활동적으로 보이는 남학생이었다.

"어? 너 부 활동 하러 간 거 아니야?"

"놓고 간 게 있어서."

유리의 물음에 간단히 대꾸한 남학생이 제 자리를 뒤지기 시작했다. 꺼낸 것은 영어 교과서였다. 숙제가 있었기에 교과서를 챙기러 왔나 보다.

유정은 어느새 그 곁으로 다가선 유리와 낯선 남학생을 유심히 지켜봤다. 유리의 뺨이 발그레 붉어져 있는 것이 보였다. 가끔 세상은 한 발자국 떨어져야 보이는 것들이 있다. 소녀의 애달픈 짝사랑이라던가, 그런 소녀의 감정에 호응하지 않는 소년의 무심한 표정이라든가…….

"어? 전학생, 청소하냐?"

그제야 유정을 발견했는지 남학생이 조금 놀란 얼굴을 했다.

"어, 응."

작게 고개를 끄덕인 유정은 잠시 저 남학생의 이름이 무엇이었는지 떠올리려 애를 썼다.

뭐였더라…… 아아, 생각났다.

김영호. 너무나 평범한 이름이어서 오히려 외우기 어렵다고 생각했었다.

"그래, 그럼 내일 보자."

제법 상큼하게 웃으며 인사한 남학생이 다른 아이들에게도 인사를 건네곤 다시 들어섰던 문을 통해 교실을 빠져나갔다. 풋사랑에 빠진 소녀의 시선도 자연스럽게 그 뒤를 따르고 있었다. 가만히 그 광경을 지켜보던 유정이 작게 한숨을 내쉬었다.

터벅터벅, 힘겨운 걸음을 떼어 교정을 나서자 교문 앞에는 고급스러운 검은색 세단이 그녀를 기다리고 있었다. 유정은 그제야 오늘 아침 자신을 만나러 오겠다던 사람을 떠올렸다.

아니나 다를까. 운전석이 열리더니 깔끔한 슈트 차림의 남자가 내렸다. 다소 날카로운 인상의 남자는 주위 학생들의 시선을 신경 쓰는 것인지 보조석 문만 열어줄 뿐 유정을 '아가씨' 라든가, 평소 허리를 숙여 하는 인사는 과감하게 생략했다.

보조석에 오른 유정은 가방을 무릎 위에 올려놓은 후 등받이에 등을 기댔다. 눈을 감는 그녀의 속눈썹이 파르르 떨린다.

힘들다. 그리고 지치기도 하다.

운전석의 문이 열리는 소리와 함께 인기척이 들려왔다. 어쩔 수 없이 느껴지는 흔들림에 그녀는 스르르 눈을 떴다. 시동을 켜는 소리가 들리고, 남자의 목소리가 이어졌다.

"학교생활은 어떠셨습니까?"

"좋지도 나쁘지도 않았어요."

남자의 입술이 굳게 다물어지자 유정은 슬며시 입가에 조소를 머금었다. 그녀의 상황을 가장 잘 알고 있는 남자는 그녀가 던진 의미 없는 말도 심각하게 받아들였을 것이다. 아니, 이미 그녀가 처한 상황 자체가 워낙 심각한 것도 사실이다.

그런 남자의 태도에서 묘하게 희열을 느끼던 유정이 후후, 하고 웃음을 뱉었다. 이미 진창으로 얼룩진 마음이 아무나 붙잡고 자식이 괴로운 만큼 상대 또한 괴롭히라 종용하는 것만 같았다. 그리고 지금 이 상황에서 남자를 가장 괴롭히는 것은 솔직히 제 상황을 털어놓는 것이었다.

“굳이 이야기하자면 안 좋은 쪽?”

순간 남자의 어깨가 움찔 떨리는 것이 보였다. 몸을 옆으로 돌려 남자의 굳어진 모습을 바라본 유정이 앙증맞은 입술을 달싹였다.

“정말 좋은 생각이었어요. 제가 장호 사람이란 걸 숨긴 건.”

“하지만 그걸 숨기지 않았다면 필요에 의해 다가온 친구들이 많았을 겁니다.”

남자의 차분한 말에 유정은 얼굴을 종잇장처럼 일그러뜨렸다. 필요에 따라 접근하고 멀어지는 관계라니. 참 재미없는 말이지 않은가. 게다가 아무리 세상이 미쳐 돌아간다 하더라도 아직 어린 학생들의 행동을 서술하기엔 실로 극악한 말이기도 했다.

“아직 애들일 뿐인데 그런 계산적인 일로…….”

때마침 신호를 받은 차가 부드럽게 멈춰 섰다. 남자는 고개만 돌려 멍한 눈을 깜빡이는 유정을 바라보았다.

“아가씨, 가끔 어른들보다 아이들이 더 잔인할 때가 있습니다. 더 계산적이고 속물일 때도 있죠.”

“…….”

“잘 아시지 않습니까.”

남자의 말에 유정이 힘없이 웃었다.

그래, 아무것도 모르기에 그것이 잘못이란 것조차 모르고 더욱 잔인해지는 아이들도 분명 있긴 하지.

천호에서의 생활이 그랬다. 부모님이 한가락 하는 사람들만 모여 있는 곳이었으나 그런 곳에서도 유정은 '특별'한 아이였다. 부모님 모두가 장호의 회장직을 역임했으니까.

하지만 이런 점을 남자에게 인정하고 싶지는 않았다. 자신은 지금 한껏 삐뚤어진 참이었으니까.

"잔소리하러 오신 건 아니죠, 최 변호사님?"

"걱정되어서 왔습니다. 이 회장님께서 부탁하신 것도 있으니까요."

"부탁한 거?"

"아가씨에게서 눈을 떼지 말라고 하셨죠."

최 변호사는 유정의 어머니인 이 회장이 사적인 업무를 맡기던 사람이었다. 거대 로펌에 소속된 변호사였지만, 이 회장의 부름에는 만사를 젖혀두고 달려와 그녀가 맡긴 업무를 묵묵히 수행해 내곤 했었다.

일부에선 그런 둘의 관계를 두고 묘한 시선을 보내기도 했었다. 장호엔 훌륭한 법무팀이 있었고, 최 변호사는 그곳에 소속된 변호사도 아니었으니까. 스폰 관계라는 소문이 도는 것도 어쩌면 당연한 일이었다. 물론, 유정은 믿지 않았지만 가끔은 최 변호사에게 거의 기정사실화된 그 소문이 진짜냐고 묻고 싶을 때가 있었다.

그리고 그 질문은 이 남자를 확실히 괴롭힐 테지.

다시금 떠올린 생각에 유정은 자조 섞인 웃음을 뱉어냈다.

"진짜 멍청해."

"네?"

낮게 되물은 최 변호사가 때마침 바뀐 신호에 부드럽게 차를 출발시켰다. 그러나 그의 신경이 온통 저를 향해 있다는 걸 유정은 알고 있었다. 힐끗힐끗, 저를 향하는 시선을 적당히 외면한 유정은 고개를 돌려 빠르게 변하는 차창 밖의 세계를 보며 읊조렸다.

"그렇게 걱정되면 먼저 죽어버리지나 말든가."

제가 살아 있고, 살아가고 있는 세상의 풍경인데 눈에 비치는 모든 것이 너무나 낯설기 짝이 없었다. 소녀는 단 한 번도 평범한 이들이 살아가는 세상 속으로 발을 디딘 적이 없었다. 그리고 그건 앞으로도 마찬가지일 것이다.

"이 회장님께서 남기신 게 있습니다."

"얼마나 남겼어요?"

이미 예상했던 것이다. 그러나 최 변호사의 입을 통해 흘러나온 말은 유정의 예상을 가볍게 뛰어 넘었다.

"주식 모두를 아가씨께 남기셨습니다."

"……하."

유정이 짧게 웃음을 내뱉었다.

"그런 건 필요 없다고요."

"필요하실 겁니다. 아가씨를 지켜주는 무기가 될 테니까."

"어쩐지…… 고모부가 자기 집에 들어와 살라고 할 때부터 의심해 봐야 했어."

그녀의 고운 입가로 비틀린 미소가 떠올랐다. 장례식장에서 자신의 손을 꼭 잡던 고모를 떠올린 참이었다. 내내 근엄한 표정으로 자리를 지키던 고모부는 울음도 터뜨리지 못하고 멍하니 넋을 잃은 그녀에게 다가와 제 용건을 늘어놨었다.

"유정아, 넌 이제 혼자야. 널 보호해 줄 사람은 우리뿐이라고. 그러니 이제부터 우리와 함께 사는 것이 어떻겠니?"

그러겠노라, 대답하기도 전에 모든 것은 이미 그렇게 결정되어 있었다. 그 후, 유정은 고모부 내외의 집으로 들어가 살게 되었고, 그날부터 정신병원에 다니게 되었다. 그녀는 아픈 곳이 없는데도, 그들은 부득불 그녀의 마음이 아프다고 우겨댔었다. 그리고 서서히 유정은 이 모든 상황을 이해하기 시작했다.

"스물두 살이 되면 상속받으실 수 있습니다. 그전까진 제가 관리하도록 유언장을 작성하셨습니다."

"……."

그래, 그렇겠지.

세상은 그녀에게, 무언가를 얻기 위해선 반드시 그 대가를 치러야 한다고 가르쳐 왔다. 그건 이번에도 마찬가지였다.

하지만 그녀는 많은 것을 가졌고, 반대로 보면 아무것도 가진 것이 없었다. 그럼에도 누구 하나 그녀의 '없음'을 채워주지 않았다. 도리어 그녀가 가진 필요 없는 것을 탐내며 빼앗으려 했다.

그 '없음'만 채워주면 그까짓 것들, 시원하게 다 던져 줄 텐데…….

"재미있네요."

소녀가 웃었다.

후후.

바람처럼.

*

아침에 일어나자마자 욕실로 향한 유정은 스마트폰으로 시사면 기사를 확인했다. 예전이라면 신경도 쓰지 않을 것들이었지만 최근엔 뉴스를 보는 일들이 많아졌다.

—장호그룹 제2 왕자의 난?

—장호그룹 주가 폭락. 이지영 회장이 남긴 깊은 그림자.

유정은 환하게 웃고 있는 지영의 사진을 멍하니 바라보았다. 영정 사진으로 쓴 사진 속 지영은 여전히 당당한 표정으로 웃고 있었다. 생전 유정이 너무나 좋아하던 웃음이다. 세상 거칠 것이 없다는 듯, 누구보다 아름답게 웃던 엄마.

가느다란 손가락이 액정 속 지영의 얼굴을 쓰다듬었다. 혹여 화면이 넘어갈까, 조심조심 움직이던 손끝이 떨리고 화면 속 지영의 얼굴도 천천히 흐려졌다.

엄마, 내가 이렇게 숨어서 엄마 사진을 보게 될 줄은 몰랐어.

"웃기지?"

오랫동안 지병을 앓아온 엄마는 어느 날 새벽 갑작스럽게 명을 달리했다. 대한민국의 재계를 휘둘러 온 장호그룹 회장의 소식은 각 방송사를 통해 실시간 긴급 속보로 보도되었고, 세상 사람들 모두가 이른 아침, 첫 소식으로 이 사실을 알게 되었다.

그리고 장호그룹의 유일한 상속녀인 유정이 고아가 되었다는 사실도.

우울한 표정으로 한참이나 액정 속 지영을 보고 있던 유정이 원망의 말을 내뱉었다.

"나빴어."

빛 하나 들지 않는 캄캄한 공간에 홀로 떨어진 기분이었다. 한없이 막막해 더는 어떤 말을 해야 할지도 알 수가 없어진 유정이 묵묵히 지영의 사진을 바라봤다. 아직 어미가 죽은 것도 실감이 나질 않는데 뉴스에선 장호그룹의 차기 총수가 누가 될지에 대해 이야기하고 있었다. 그리고 대기업 장호 회장의 죽음이 대한민국 경제에 미칠 영향을 걱정하기도 했다.

누구 하나 그녀의 마음을 이해하고 감싸주지 않았다.

가슴 위에 무거운 돌덩어리 하나가 얹어진 것 같다.

"아가씨, 학교 가셔야죠! 그러다가 늦어요!"

"네, 잠시만요!"

갑자기 누군가 욕실 문을 두드려 댔다. 서둘러 대답한 유정이 눈가를 비비며 거울을 바라봤다. 입꼬리를 끌어 올리며 웃는 연습을 한 번 해보고 조금 전까지 씻고 있었다는 걸 보여주려는 듯 이미 보송보송하게 마른 앞머리에 물을 묻혔다.

그렇게 밖으로 나서자마자 기다리고 있던 여주댁이 그녀를 타박했다.

"왜 이렇게 늦었어요? 지금 밑에서 모두 기다리고 계세요."

"네."

아무렇지 않게 미소를 지어 보이곤 서둘러 아래층으로 내려갔다. 식당으로 들어서며 이미 식탁 앞에 앉은 고모부 내외를 발견한 유정이 애써 웃으며 콧잔등을 찡긋했다.

"죄송해요."

"아니다. 앉아라."

벌써 식사를 하고 있던 고모부가 유정에겐 시선도 주지 않은 채 말했다. 소리가 나지 않도록 의자를 끌어다 앉은 유정은 아침부터 거하게 차려진 상을 보며 속으로 한숨을 삼켰다.

먹고 싶지 않은데…….

지금 먹으면 단단히 체할 것 같았지만 유정은 억지로 숟가락을 들고 뭇국을 한술 떴다. 따뜻한 국물을 목구멍에 넘기자 약간 시장기가 돌았지만, 곧이어 들려온 고모부의 말은 남은 식욕마저도 사라지게 하는 이야기였다.

"그 문제는 생각해 봤니?"

그대로 멈칫한 유정이 건너편에 앉은 고모부를 바라봤다. 그 문제가 무엇을 뜻하는 것인지 그녀는 똑똑히 알고 있었다. 하지만 제법 영악한 유정은 무슨 말을 하는지 모르겠다는 듯이 순진한 표정으로 되물었다.

"네? 무슨 문제요?"

"우리 딸이 되는 거 말이다."

그 순간, 그녀의 입꼬리가 파르르 떨렸다.

입적이라…….

처음엔 왜 고모부가 굳이 자신을 딸로 두려는지 몰랐다. 하지만 일주일 전 최 변호사와의 만남으로 확실하게 알게 됐다. 고모부에겐 '딸'인 강유정이 아닌 강유정의 '보호자' 자리가 필요하다는 것을.

유정은 들고 있던 숟가락을 내려놓으며 손을 치마 위에 가지런히 모았다. 처연히 가라앉은 어깨. 조금 흔들리는 눈동자가 고모부를 향했다.

"혼자 외롭게 되어서 마음 써주시는 건 잘 알고 있어요. 하지만…… 어머니가 돌아가신 지 얼마 안 되어서 저 좋다고 그러는 건……."

차분하고 애절한 거절의 말이었지만, 고모부는 단호하게 고개를 저었다.

"너 홀로 남기고 떠난 이 회장이 하늘에서 얼마나 불안하겠니. 세상에 혼자 남은 널 보면."

"……."

"그것 때문이 아니라도 네 아버지가 되어 이것저것 챙겨주고 싶어서 그런다. 진지하게 생각해 봐."

이 회장, 이 얼마나 거리가 느껴지는 호칭이란 말인가.

피는 섞이지 않았어도 어찌 되었든 가족으로 엮인 사이였다. 그런 가족에게 깍듯이 사회가 만든 존칭을 붙여 부르는 고모부를 보며 유정은 희미하게 웃음 지었다.

"네, 진지하게 생각해 보겠습니다."

그제야 만족스러운 답을 들었나 보다. 고모부가 자리에서 일어서자 아무 말 없이 두 사람의 이야기를 듣던 고모가 걱정스레 말했다.

"더 드시지 않고요."

"아침부터 회의가 있어."

"당신, 요즘 너무 무리하는 거 알고 있죠?"

부엌을 나서는 고모부의 뒤를 고모가 뒤따랐다. 밖에서 잠시

'인정받으려면 어쩔 수 없지' 라든가 '강씨가 아닌 게 걸림돌이 되니까' 따위의 대화가 이어졌다.

유정은 물끄러미 제 앞에 놓인 뭇국을 바라봤다. 방금 전까지만 해도 고소하게 느껴지던 참기름 냄새가 지금은 한없이 역겹다.

그대로 자리를 벗어난 유정이 거실로 나가려 할 때였다. 고모부를 배웅하고 돌아온 고모가 들어서다 말고 걸음을 멈췄다.

"너도 그만 먹게?"

"네. 어제저녁에 너무 과식했나 봐요. 별로 생각이 없어요."

"그래, 알았다."

무심하게 고개를 끄덕인 고모가 여주댁에게 식탁을 치우라고 말하는 사이 유정은 소파 위에 있는 가방을 챙겨 들었다. 서둘러야 했다. 오늘도 지각하면 짤 없이 담임선생님에게 찍힐 것 같았다.

"김 기사한테 데려다 달라고 하시죠?"

"아니에요. 괜찮아요."

여주댁의 말에 유정이 고개를 저었다. 예전엔 당연하게 누리던 것들을 이젠 잊어야 할 때다. 오로지 자신을 위해 움직이던 자동차도, 그녀의 눈과 다리가 되어주었던 전용 기사도, 엄마가 떠나면서부터는 다 잊어야 할 과거일 뿐이었다. 이 지독한 세상에 살아남기 위해선 뒤를 돌아보는 것보다 앞으로 제게 도움 될 일을 생각해야 했다.

"할 수 있어요."

벌써 일주일째 길을 헤매고 늦게 등교하고 있었지만 유정은 당당하게 그리 말했다. 이제부턴 무엇이든 혼자 해내야 하니까.

또 길을 헤맸다.

굳게 닫힌 교문 앞에서 유정은 한참 동안 움직이지 못했다. 이미 1교시가 시작되었을 시간이었고, 이렇게 중간에 들어섰다간 아이들의 눈초리만 더 받게 될 것이다. 일주일 내내 실컷 구경만 하며 다가오지 않는 반 친구들의 모습이 눈에 보이는 것만 같다.

"후…… 어쩌지?"

고개를 푹, 떨군 유정이 작게 한숨을 내쉬었다.

"유정아, 혼자 있지 마."

혼자가 될 자식을 염려하던 엄마의 마지막 말이 다시금 머릿속을 맴돈다.

언제나 그녀의 주변은 사람들로 가득했었다. 먼저 다가가지 않아도 모두가 그녀에게 관심을 내보였고, 가까이 다가서고 싶어 했다. 유난히 작은 그녀의 덩치를 귀여워했고, 예쁜 얼굴을 좋아했다. 한편으론 그녀가 가지고 누린 것들에 욕심을 내며 다가오는 사람도 있었지만, 그런 것에 상처를 받기엔 그녀는 너무나 행복해서 그것들을 누리기만도 벅찼었다.

하지만 지금은 어떤가.

이 여름이 시작되면서부터 주변은 너무 많은 것이 달라져 있었다. 철저히 혼자서. 뒤로 돌아갈 수 없으니 떠밀려서라도 앞으로 나아가야 했다. 그래야 하는데…….

알면서도 그녀의 걸음은 가야 할 곳을 향하지 않았다. 교정에 들어선 유정은 어느덧 교실이 아닌 학교 옥상으로 연결된 계단을 오르고 있었다. 그리고 도착한 옥상 문 앞에서 유정은 자연스럽게 손잡이를 잡고 돌렸다.

철컥철컥.

그러나 문은 꿈쩍도 하지 않았다. 왠지 허탈해진 유정이 차가운 계단에 엉덩이를 붙이고 앉았다. 무릎을 끌어 모으고 그 사이에 얼굴을 묻은 채 결국 한숨을 내뱉었다.

"난 이미 혼자예요, 엄마."

기댈 곳은커녕, 갈 곳조차 마땅히 없는.

이런 제 모습을 본다면 얼마나 슬퍼하실까.

그렇게 꽤 시간이 흘렀지만 유정은 그 자리에 못 박힌 듯 꼼짝도 하지 않았다. 가능하다면 이대로 녹아 공기 중으로 섞여 날려가고 싶은, 그런 날이었다.

그런데.

"땡땡이?"

갑자기 들려온 나직한 음성이라니.

흠칫 놀란 유정이 고개를 들었다. 그런 건 아니라고 말해야 하는데, 저를 내려다보는 남자의 모습을 눈에 담은 순간, 그녀는 아무런 말도 할 수가 없었다.

외국인이 아닐까 싶을 만큼 옅은 색의 머리카락과 그만큼 옅은 눈동자. 남자답지 않게 새하얗고 고운 피부. 그 덕인지 외모는 전체적으로 부드러운 분위기였지만, 그와는 대조적으로 심드렁한 표정과 감정이 실려 있지 않은 눈동자가 만들어낸 차가움이 더욱 가슴에 와 닿는 느낌이었다.

"감상 끝났어?"

"아, 아!"

무감한 어조에 그제야 너무 뚫어져라, 남자를 보고 있었다는 걸 깨달은 유정이 자리에서 벌떡 일어났다. 그리고 폴더처럼 깊게 허리를 숙이며 붉어진 얼굴을 감췄다. 이상하게 얼굴이 뜨겁다. 그것이 눈앞에 나타난 이 남자 때문인지, 아니면 제 행동이 부끄러워서인지는 알 수가 없다.

뒤이어 고개를 든 유정이 힐끔거리며 남자의 얼굴을 올려다봤다. 그러나 다시 눈이 마주치자마자 유정은 죄라도 지은 사람처럼 쩔쩔매며 고개를 숙여 버렸다. 일순 남자의 입가가 부드럽게 휘어 올라갔지만, 유정은 알지 못했다.

"천호에서 온 공주님이 너구나?"

"……."

거기다 이어진 말은 뜻밖이었다.

뭐라 대답할지 알 수가 없어 멈칫한 사이,

"공주님치고는 너무 작은데?"

다시금 심드렁하게 이어지는 말이라니.

"……공주 같은 거…… 아니에요."

좀 더 단호하게 말해야 하는데, 어째선지 목소리가 떨려 나왔다. 눈시울이 뜨거워져 힘껏 눈을 부릅떴지만, 이상하게 소용이 없었다. 뭔가 기폭 장치의 스위치를 눌러 버린 것처럼 순식간에 눈물이 차올랐다.

"그리고 나 키 작은 것에 보태준 거 있으세요?"

조금 놀란 듯 커다래진 남자의 눈을 바라보면서 유정은 주먹을 꼭 쥐고 악착같이 울음을 참아냈다. 그녀가 최근 가장 많이 하는 행동 중 하나였다. 제 기분대로, 내키는 대로 저지르지 않고 참기. 그렇게 누르고 눌러 가슴속 깊은 곳까지 밀어 넣는다. 그 응어리가 곪아 터져 독이 될 걸 알면서도. 언젠가 그녀의 몸과 마음 모두를 망가뜨릴 걸 알면서도.

"……미안하다."

딱딱한 사과에는 미안한 기색이 전혀 느껴지지 않았다. 그녀의 머리에 닿는 손길에도.

그런데 이상하게 눈물이 쏟아졌다. 여름이 오고 난 후부터 꾹꾹 참아온 감정이 넘치고 넘쳐 쉼 없이 흘러내렸다. 마치 둑이 터져버린 것처럼.

한참을 훌쩍이고 난 유정은 손등으로 거칠게 눈물을 닦아내며 물었다.

"선생님이시죠?"

"왜?"

여전히 무심하게 제 머리에 얹혀 있는 손길만큼이나 대답도 무심하다. 천천히 고개를 들어 올린 유정은 레몬 빛에 가까운 눈동자를 바라보며 남은 훌쩍임을 집어삼켰다.

"미안하시면 문 좀 열어주세요."

당돌한 부탁에 남자의 미간이 언뜻 모여들었다. 하지만 그녀는 고집스러운 표정을 감추지 않고 빤히 남자를 바라봤다. 잠깐 감정이 드러난 것 같았던 남자의 얼굴에는 다시 철갑 같은 무표정이 자리했다. 그런 얼굴로 고개를 저었다.

"교칙에 어긋나. 학생은 옥상 출입 금지야."

"선생님도 옥상 가려고 온 거잖아요. 없는 사람 치고 봐주시면 안 될까요? 저, 선생님 옆에서 사고 칠 만큼 간이 크지 않아요. 선생님 가실 때까지만 옆에 조용히 있을게요."

부탁이 이어지는 동안, 자신의 가슴께에나 닿을 작은 몸집을 내려다보던 남자가 슬쩍 입술을 비틀어 웃었다.

"그래, 없는 사람 칠 만큼 작긴 하네."

약간의 비웃는 투. 거기다 콤플렉스를 제대로 찌르는 말에 발끈한 유정이 입을 열려는 순간, 남자는 그녀의 곁을 슥 지나치더니 주머니에서 열쇠를 꺼내 들었다. 그러고는 이렇다 저렇다 말도 없이 문을 열고 그녀를 돌아봤다.

허락의 뜻인가.

잠시 머뭇거리던 유정은 마른침을 꿀꺽 삼키고 걸음을 떼었다. 하늘이 바로 보이는 탁 트인 공간으로 들어선 유정은 천천히 뒤를 따르는 남자를 무시하며 난간 쪽으로 걸음을 옮겼다.

수업 시간의 학교는 고요했다. 무서울 정도로.

크고 공허한 침묵은 주변의 모든 소음마저 빨아들이는 것만 같았다. 마치, 온 세상에 홀로 남아 있는 듯한 착각에 소름이 돋을 만큼. 난간에 팔을 걸치고 그 위에 턱을 댄 유정은 세상을 내려다보며 눈을 감았다. 햇볕이 지나치게 따갑지만, 그런 거야 아무래도 좋았다.

치익.

그때 등 뒤에서 라이터를 켜는 소리가 들려왔다. 곧 옅은 담배 냄새가 코끝을 스친다.

그 냄새는 묘하게 어떤 기억을 떠올리게 하였다. 까마득하고 희미하지만, 묘하게 가슴이 아릿해지는 어느 날의 기억을.

아빠는 담배를 참 많이 태웠었다. 그리고 소녀는 잔소리가 많았다.

담배가 몸에 나쁘단 건 길 가는 초등학생도 안다며 나름 매섭게 타박하던 자신과 그런 자신이 그저 귀엽다는 듯 허허 웃으며 머리를 쓰다듬어 주던 아빠의 모습이 뇌리를 교차했다. 왠지 기분이 끝도 없이 가라앉는 느낌에 유정은 의미 없는 물음을 꺼냈다.

"왜 옥상 문을 잠가두는 거예요?"

"너 같은 학생이 있을까 봐."

옆으로 고개를 돌린 유정은 얼마 떨어지지 않은 곳에서 담배를 태우고 있는 남자를 바라보다가 보란 듯이 뺨을 괴며 웃었다. 마침 쉬는 시간을 알리는 종이 울리고, 아이들이 와르르 쏟아지는 소리가 들려왔다.

"아, 땡땡이요?"

운동장을 바라보던 남자가 흘깃 그녀를 돌아봤다. 눈이 마주치자 그는 여전히 심드렁한 표정으로 허공에 담뱃재를 툭툭 털어냈다. 그의 손길을 따라 한숨과도 같은 담배 연기가 허공 속으로 흩어진다.

"아니, 뛰어내릴 것 같은 학생."

"……."

그녀의 입가에 매달려 있던 미소가 스르륵, 사라졌다. 무심한 말이 던져 넣은 돌덩이는 거대한 바윗덩이처럼 쿵 소리를 내며 그녀의 가슴속에 박혀들었다.

간신히. 아주 간신히 유정은 튀어나오려는 비명을 참았다. 사정

없이 흔들리던 눈망울도 간신히 바로잡았다. 어느새 토끼처럼 붉어진 눈으로 아무렇지 않게, 아무렇지 않은 척 남자를 바라보며 애써 웃으려는 그녀의 입술이 가볍게 떨렸다.

가만히 눈을 감은 유정이 중얼거리듯 말했다.

"선생님 나빠요."

"왜?"

"그런 건 말하지 않는 게 좋다고요. 섬세한 나이니까."

"자길 섬세하다고 말하는 사람치고 진짜 섬세한 사람은 없어."

무덤덤한 남자의 대꾸에 유정은 가만히 눈을 떴다. 다시 운동장을 바라보는 남자의 옆모습이 눈에 들어온다.

"그래도 안 돼요."

그의 시선을 따라 고개를 돌린 유정은 희미하게 미소를 떠올렸다.

"정말 미워하고 싶어지잖아요."

눈에 보이는 모든 것은 온통 하얀색이었다. 벽지도, 가구도, 침구도. 마치 다른 색은 용납하지 못하는 결벽증 환자라도 사는 것처럼 새하얀 공간이 이한, 그가 사는 집이었다. 이미 자정이 훌쩍 넘은 시각에도 그는 뭔가 고민이라도 있는 사람처럼 거실을 서성일 뿐 잠을 이루지 못했다.

넓은 거실을 일정한 속도로 배회하던 그가 멈춰 선 건 시간이 조금 흐른 후였다. 부자연스럽게 굳은 시선이 열린 문의 안쪽으로 얼핏 보이는 침대를 향했다. 이어 한숨을 내쉬며 돌린 시선이 거실 한편에 놓인 장식장 앞에서 멈칫하고, 빠르게 외면했다.

보고 싶지 않은 것을 봐버린 듯 적나라한 거부였다.

그리고 다시 이어진 걸음.

그저 움직였다. 신경을 갉아먹는 것들을 잊기 위해서. 이것이 그에게 그 어떠한 휴식도 안식도 주지 못했으나 그는 걷고 또 걸었다. 그래야 하는 사람처럼.

그렇게 새벽 2시가 다 되어서야 이한은 뜨거운 우유 한 잔을 마시고 침대에 몸을 뉘었다. 쌓인 피로로 늘어진 몸이 매트리스에 푹 파묻히는 기분이었지만, 정신만은 말똥말똥했다. 째깍째깍, 초침 소리와 함께 덧없는 시간이 흐른다. 지리멸렬한 생각들도 잦아들 무렵에야 어둠이 물러난 창밖으로 서서히 푸른빛이 스며든다.

결국, 그는 오늘도 잠들지 못했다.

그렇게 피곤한 눈을 붙인 건 이른 출근을 한 학교에서였다.

그에게 학교는 세상이었다. 유일한 안식을 주는 곳이자 그의 영혼을 가둬놓는 곳.

아이러니하게도 서로 상충하는 의미를 가진 이곳만이 그가 유일하게 잠이 들 수 있는 곳이었다.

지친 정신을 놓아버린 그가 다시 눈을 뜬 건 문밖에서 재잘거리는 소음이 들려오기 시작한 후였다. 모자란 잠 때문에 눈이 뻑뻑했으나 잠깐의 수면으로도 활동하는 데는 충분하다. 찌뿌듯한 몸을 쭉 펴며 기지개를 켠 이한은 그대로 자리에서 일어나 창가에 섰다.

하나둘, 무리를 지어 들어오는 학생들과 복장 검사를 하는 선생님이 짧은 치마를 가리키며 지적하는 광경이 눈에 들어온다.

평화로운 하루가 시작되었다.

시간이 흘러 늦은 오후, 그날의 일과를 마친 그가 자리에 앉자마자 손님이 찾아왔다.

"짜증이 날 정도로 한가로워 보이는구나."

"형."

이한은 전혀 놀란 기색도 없이 태연히 미소를 떠올렸다. 녹아내릴 것처럼 부드러워서 조금은 유약해 보이는 웃음이었다. 그러나 함께 자라온 방문자에겐 익숙한 광경일 뿐이다.

뚜벅뚜벅 걸음을 옮긴 우영은 커다란 원목 책상에 엉덩이를 걸치고 앉으며 투덜거렸다.

"시간이 그렇게 썩어나면 와서 좀 도와주지?"

"난 이게 좋아. 회사는 형이 알아서 잘하잖아."

"어디 혼자 해서 굴러갈 회사야? 태훈은 구멍가게가 아니라고."

태훈그룹은 대한민국에서도 세 손가락 안에 드는 대기업이다. 안 하는 것이 없다고 할 정도로 국민의 삶 가까이 침투해 있는 태훈은 우영의 말대로 한 사람이 감당하기엔 지나치게 덩치가 컸다. 최근엔 중동과 남미까지 진출해 그야말로 고양이 손이라도 빌리고 싶을 지경이었다.

물론, 기왕이면 핏줄인 동생이 도와주는 게 가장 좋은 일이었지만.

"할아버지 있잖아. 정정하시다며."

그러나 이한은 부드럽게 웃으며 대꾸할 뿐 넌지시 내민 낚싯줄을 가볍게 물리쳤다. 한참이나 만나지 못한 노인을 언급하며 미소를 짓는다. 그것이 부러 만들어낸 웃음이란 것을 너무나 잘 알고 있는 우영이 절레절레 고개를 저었다. 어쩔 도리가 없다는 몸짓이다.

"속없는 놈."

"고마워."

"너 욕한 거야."

"알아. 하지만 난 이곳이 좋아."

쉽고 가벼이 느껴지는 대답이었지만, 이것은 진심이었다. 그는 이곳을 벗어날 마음 따윈 추호도 없었으니까. 학교는 구석구석 어머니의 손길이 남아 있는 곳이자, 그 자신이 꾸려온 왕국이었다. 육식동물들이 치열하게 날뛰는 태훈에 발을 들이느니, 그는 유유자적하게 50분의 침묵과 10분의 작은 소음을 느끼며 살길 택했다.

혹자는 이런 그의 태도를 두고 도망치는 거라 폄하했지만, 이한의 생각은 달랐다. 대대로 교육 사업을 이어온 외가의 자부심과 돌아가시는 순간까지 학교를 걱정했던 어머니의 유지를 받드는 것. 그것만으로도 학교는 그에겐 어떤 것보다 의미가 큰 곳이었다.

그리고 정작 그를 가장 태훈으로 끌어들이고 싶은 장본인인 우영은 그런 그의 생각을 누구보다 잘 이해하고 존중하고 있었다.

그러니, 오늘도 텄다.

"장호그룹 강 회장 죽고 어떻게 됐지?"

잘 정돈된 머리를 쓸어 올리던 우영은 낮고 감정이 느껴지지 않는 목소리에 고개를 기울였다.

웬일로 이쪽 일에 신경을 쓰지?

평소라면 상류계의 소문을 읊어줘도 웃으며 넘겨 버릴 이한이 아닌가. 그런 그가 관심을 보이는 게 신기해 우영은 재빨리 머릿속에 입력된 정보를 찾아 이야기해 주었다.

"사모이던 이지영 씨가 회장으로 취임했지."

"아……."

그러고 보니 들은 기억은 있다. 고개를 끄덕이던 이한이 다시 입을 열었다.

"그럼 지금은?"

"이 회장이 오랫동안 아팠지, 아마? 그러면서 꽤 준비는 많이 해둔 것 같은데…… 생각보다 빨리 죽어버려서. 딸이 고등학교 졸업하는 것도 못 봤다 했으니 말 다 했지."

안타깝게 됐어, 라고 작게 중얼거리던 우영이 문득 이한을 바라봤다. 생각에 잠긴 듯 천천히 눈을 깜빡이는 이한의 모습이 창밖에서 비쳐 들어오는 빛을 받아 더욱 옅게 느껴졌다. 그가 그토록 원해온 희미한 이미지와는 달랐지만.

"그러고 보니 딸이 이 학교로 전학 왔던가? 그렇지? 본 적 있어? 어때?"

연이은 우영의 물음에 이한은 슬쩍 눈동자를 굴리며 생각했다. 짧은 대답이 툭 튀어나왔다.

"위태로워 보여."

"뭐?"

"위태롭다고."

우영이 고개를 기울였다. 지금껏 누군가에 대한 관심을 표현한 적이 없었던 놈이 하는 말치곤 꽤 신선하다.

"신경, 쓰이는 모양이구나?"

"음…… 아마도 그런 것 같아."

생각의 여지를 주는 답이다.

우영이 신경 쓰이느냐, 물은 건 지금 유정의 처지가 이한의 과거와 꽤 비슷했기 때문이다. 부모님이 갑작스러운 비행기 사고로 유명을 달리했을 때, 자신은 이미 성인이었지만 이한은 미성년이었다. 이한은 물론이고 대한민국 국민에게도 큰 충격을 주었던 사건이었다. 그 후로 태훈은 오너 일가와 임원이 같은 비행기로 한 번에 이동하는 일은 절대 금지했다.

그리고…… 이한에게는 오랜 시간이 흘러도 쉽게 잊지 못할 사건이자 또 다른 불행의 씨앗이고, 지금의 이한을 만든 원인이기도 했다.

아무것도 느끼지 못하는 사람으로. 도무지 무슨 생각을 하는지 알 수 없는 사람으로. 저렇게 웃으면서 세상을 향해 더욱 견고히 벽을 치는 사람으로. 권태로움이 가득한 모습은 여전히 우영의 걱정거리였다.

"작아."

그런데 난데없이 이어진 말은 전혀 뜻밖이었다.

"뭐?"

"이만큼밖에 안 돼. 웃기지?"

키득거리던 이한이 자신의 가슴께에 손을 가져다 대자, 우영의 표정이 심각하게 굳었다.

"그게 웃길 일이냐?"

"작다고 했더니 울었어."

"……."

잠시 할 말을 잃은 우영이 헛웃음을 지었다. 그 자리에 있진 않았으나 강유정이 단순히 작은 키 때문에 울지 않았다는 것쯤은 알고도 남는다. 그것이 콤플렉스가 될 수는 있었으나 울 이유는 되지 않으니까.

"넌 좀 자랄 필요가 있겠다."

"어?"

이한이 이해 못 하겠단 얼굴로 미간을 찌푸리자 피식 웃어버린 우영은 책상에 붙이고 있던 엉덩이를 뗐다.

"멍청한 놈."

"알아."

저를 비난하는 말에도 이한은 태연히 웃어 보이곤 고개를 돌려 창밖을 바라봤다. 우연일까. 아니면 운명일까. 유난히 작은 몸집의 소녀를 발견한 이한의 시선이 천천히 한곳에 고정되었다.

"작다, 라……."

때마침 되뇌는 우영의 말에 이한은 기다렸다는 듯이 툭 내뱉었다.

"닮았어."

"뭐?"

"아영이랑 닮았어."

그 순간 우영은 저도 모르게 흠칫하며 입을 다물었다. 아영, 그 이름이 이한의 입에서 나올 줄이야. 한참 동안 놀란 얼굴로 동생의 얼굴을 바라보던 우영이 곧 막힌 숨을 토해냈다. 조심스러운 질문이 이어졌다.

"아직도 잠 못 자냐?"

말갛게 웃던 이한이 고개를 저었다.

"잘 자고 있는데."

뻔한 거짓말이란 걸 어찌 모를까.

왜 하나같이 제대로 자란 것들이 없는지. 나를 포함해서…….

쓰게 웃던 우영이 조용히 타일렀다.

"병원 가봐."

"이곳이면 돼."

짧게 답한 이한이 다시 창밖으로 고개를 돌렸다. 작은 몸집은 어느새 교문을 벗어나고 있었다. 삶의 무게에 지친 듯 어깨를 축 늘어뜨린 몸을 바라보던 이한이 멍하니 읊조렸다.

"그런데 정말 뛰어내릴까?"

그때도, 지금도, 그녀는 여전히 혼자였다.

"안녕하세요? 2주일 만이네요."

진료실에 들어서자마자 기영이 반갑게 인사를 건네왔다. 꾸밈없는 미소는 그녀의 눈으로도 진심이 느껴질 만큼 투명했다. 저렇게 악의 없이 친절한 사람이라서 누군가의 마음까지 치유할 수 있는 걸까. 유정은 다소 쓸데없는 생각을 하며 의자에 앉았다.

"오늘은 교복 입고 왔네요?"

극존칭을 쓰던 지난번과 달리 조금은 편하게 묻는 말투였지만, 유정은 이를 알아차리지 못하고 고개를 끄덕였다.

"네, 하교하고 바로 왔으니까요."

평소처럼 무덤덤하고 시큰둥한 대답이었다. 이곳에선 집이나 학교에서처럼 부러 만들어낸 미소 따윈 올릴 필요가 없다. 그런 그녀를 보며 나직하게 웃던 기영이 의자를 끌어 그녀의 맞은편에 앉았다.

"지난주엔 왜 안 왔어요?"

"바빴어요. 고모부와 약속이 있었거든요."

"약속? 평일에요?"

"네, 급한 서류를 처리해야 해서요."

유정의 입가로 시니컬한 미소가 떠올랐다.

"입양을 하길 원하세요."

"누굴요?"

"저요."

"유정 양을요?"

난감하다는 듯 미간을 찌푸리며 하는 말에 유정이 눈을 크게 떴다.

"어? 방금 제 이름 부르신 거예요?"

"왜요, 이름으로 부르지 말까요?"

여전히 놀란 눈으로 기영을 바라보던 유정이 천천히 고개를 저었다. 그러자 기영은 입꼬리를 한껏 끌어 올리며 웃어 보였다.

지난 두 달 동안, 기영은 그녀가 제게 마음을 열지 못했다고 판단했었다. 하지만 정작 소녀에게 거리를 둔 건 저 자신이었다. 어려운 상대였고, 지나치게 어른스러운 상대였다. 어차피 태생부터가 남다른 존재였으니까.

그러나 그 모든 것은 편견이었다. 눈앞을 가린 편견을 떼어내고 바라본 소녀는 험한 세상을 홀로 걷기 시작한 아이였다. 예민하고, 섬세하고, 연약하기에 더욱 안타까운.

자신은 그것을 깨닫고 지켜줄 의무가 있었다. 의사로서. 한 사람의 어른으로서.

"유정 양."

"네?"

"가슴속에 묻어둔 이야기를 숨기는 건 좋아요. 그건 개인의 자유니까. 그걸 강요하는 것도 어떠한 사람들에겐 스트레스가 되거든요. 하지만 유정 양은 날 믿고 많은 이야기를 들려주는 것 같으니까 말할게요."

기영은 잠시 말을 멈췄다. 허락이 떨어질 때까지.

유정이 고개를 끄덕인 건 그가 말을 마치고 얼마의 시간이 흐르지 않아서였다. 기영은 조심스러운 태도로 입을 열었다.

"솔직하게, 자신의 이야기를 많이 할수록 사람들은 유정 양을 더욱 쉽게, 빠르게 받아들일 거예요."

"……."

"그게 유정 양에겐 부담이 된다는 것도 알고 있어요. 가끔은 그렇게 내놓은 말이 약점이 될 수도 있어요. 하지만…… 그건 성인들의 이야기입니다. 유정 양은 아직 어른들에게서 보호받아야 할 존재구요."

차분히, 소녀가 이해하도록 설명한 기영이 부드럽게 미소를 지어 보였다. 그 미소가 마치 '넌 아직 약한 아이니까' 라고 말하는 것 같다. 물끄러미 바라보던 유정은 재미있는 이야기라도 들은 것처럼 키득거리며 말했다.

"알아요. 어린아이는 어른인 척 구는 것보다 아무것도 못 하는 척 칭얼거리고 떼를 써야 된다는 걸. 그래야 원하는 것을 손쉽게 얻는다는 것쯤은 알아요."

"……."

"근데 애들도 눈치는 있거든요. 특히 어린아이일수록 눈치가 빠르죠. 전 솔직히 마음을 털어놓아도 되는 사람과 그렇지 않은 사람 정도는 충분히 구별할 수 있어요. 선생님은 저에게 털어놔도 되는 사람이고요, 고모부는 아니에요."

"……유정 양."

기영이 조금 심각한 얼굴로 표정을 굳혔다. 아무것도 생각하지 않아도 즐거워야 할 나이에 벌써부터 너무 많은 걸 생각하고 움직여야 한다고 판단한 유정의 마음이 어떠했을지 알 것만 같아 기분이 묵직해진다.

"그럼, 솔직하게 털어놔 봅시다. 믿게 만들어달라고."

순간 유정의 입가에서 웃음기가 사라졌다. 아니, 금방이라도 사그라질 듯 희미한 미소로 바뀌었다.

"어떻게 말을 해요……."

목소리에 물기가 묻어난다고 생각된 것은 비약일까, 단순한 착각일까.

이번엔 누가 봐도 정신을 쏙 빼놓을 만큼 예쁘게 웃더니 말했다.

"고모부, 난 당신이 미워요."

기영의 호흡이 멈췄다. 예쁘게 웃고 있는 것과는 달리 입에서 흘러나오는 말들은 너무 작악하다.

"난 가끔…… 당신을 정말 죽이고 싶어져요, 라고."

소녀는 기묘하리만큼 천진하게 웃으며 잔인한 현실을 털어놓았다.

"그렇게 말하면 그땐 이곳이 아니라 정신병동에 처박힐 거예요."

기영은 애써 치밀어 오르는 신음을 집어삼켰다.

이미 곪을 대로 곪아버린 가슴속이 훤히 눈에 보이는 것만 같았다. 과연 저 마음을 치유할 수 있을까. 아니, 말 한마디 위로조차 건네지 못하고 조개처럼 입을 다물어 버린 기영은 처음으로 의사로서 해야 할 역할에 회의를 느꼈다.

*

푹신한 이사장실 소파에 등을 푹 기대고 앉은 이한은 방금 전 책꽂이에서 꺼낸 책을 펼쳤다.

—어린왕자

수많은 책이 꽂혀 있는 책장에서 유독 그의 손길이 자주 가는 책이었다.

'실종'이라는 형태로 자신의 삶을 끝내 버린 생텍쥐페리의 드라마틱한 인생도, 그가 마지막으로 펴낸 이 책도, 이한은 무척이나 마음에 들었다.

비행기 추락으로 사막에 떨어진 책 속의 저자와 어린왕자의 대화는 읽을 때마다 다른 느낌을 주었다. 매번 다른 장면이 눈에 들어오고, 이전에는 무심히 지나갔던 장면에서 시선을 떼지 못하게 만들었다.

오늘 이한의 시선을 잡아챈 것은 책 속의 상자 그림이었다.

7일 정도를 버틸 수 있는 물만 가진 채 사하라 사막에 추락한 '나'는 8일 후가 걱정이다. 그런 '나'에게 불현듯 다가와 양을 그려달라는 어린왕자의 부탁은 귀찮기만 할 뿐이었다. 몇 번인가, 양을 그리다 실패한 '나'는 양 대신 상자를 그려서 그에게 주었다.

"네가 갖고 싶어 하는 양은 이 상자 속에 있어."
"이게 바로 내가 가지고 싶던 그림이야!"

어린왕자는 상자 그림에 아주 만족한다. 그가 원하는 양이 실제로 그 안에 있다는 듯이.

자신의 행성을 떠나온 어린왕자는 소년이었다. 어른인 '나'는 이해할 수도 꿰뚫어 볼 수도 없는. 그래서 그러한 묘수가 먹혔는지도 모르겠다.

책을 읽던 이한은 그림 속 '나'에게 그림을 그려달라고 부탁하고 싶어졌다. 그리운 이들이 들어 있는 커다란 상자를.

이한에게는 어린왕자처럼 상자 속의 것을 꿰뚫어 보는 순수함이 없었다. 책을 덮은 그는 책 하나와 데스크탑만 덩그러니 올려 있는 커다란 원목 책상을 눈으로 훑었다. 그가 찾는 것이 없었다.

정해진 차례처럼 외투 주머니에 손을 넣자, 손가락 끝에 종이곽이 걸렸다. 그는 담배를 만지작거리며 잠시 고민했다. 이사장실에서 담배 피우지 말라던 교장의 잔소리가 떠올랐기 때문이다. 세상이 얼마나 좋아졌는지 학교는 물론이고 학교 근방까지 모두 금연 구역으로 지정되었단다.

"아아…… 귀찮게."

한숨을 내뱉은 그는 성큼성큼 걸음을 옮겨 학교 옥상으로 향했다. 이럴 때만큼은 어른인 것이 좋다. 학생들은 결코 들어갈 수 없는 옥상에 마음대로 들어갈 수 있으니까.

학생들의 울타리 역할을 하는 학교에서 유일하게 울타리가 없는 곳. 아직 충동적이고 자신을 컨트롤하지 못하는 아이들은 이 위험한 영역에 발을 디딜 수가 없다. 그들의 나약한 정신과 섬세한 정서는 유혹에 너무나 약했다. 그것이 설사 죽음의 유혹이라도. 그리고 그들의 죽음은 항상 많은 책임을 동반했다. 죽으면 끝인 어른의 죽음과는 달랐다. 그래서 지켜줘야 했다.

누구를 위해서?

죽고 싶어 하는 아이의 미래를 위해서?

아니면…… 남겨질 사람을 위해서?

"뭐 하냐, 이한."

자신의 생각을 실없다며 조소한 그가 담배 끝에 불을 붙였다. 치익. 담배 끝이 빨갛게 타들어가고, 곧이어 텁텁한 향이 코끝에 맴돌았다.

한숨이 회색빛 연기가 되어 공기 중에 흩어졌다. 의미 없는 시간 또한 그렇게 사라져 갔다.

적막감이 그를 짓눌렀지만 이한은 그 무게가 조금도 불편하지 않았다. 아니, 그는 일부러 적막을 찾아 헤맸다. 생명력이 모두 사라진 고요함만큼 그의 마음을 안정시키는 것도 없었다.

하지만 뒤에서 불쑥 나타난 손이 그의 안정을 깨뜨렸다.

"뭐……?"

"아."

단정한 교복 차림의 여학생이 이한의 입에서 담배를 빼앗아 물었다. 아이는 어른들이 흔히 하는 것처럼 크게 숨을 들이마셨다.

"캑, 캑캑—!"

멍한 눈으로 유정을 보고 있던 이한은 그제야 정신을 차리고 미친 듯이 기침을 하고 있는 작은 몸체를 보았다. 늘 감정이 없던 그의 눈동자가 경악으로 물들었다.

"야!"

"으, 죽을 뻔했네. 이런 걸 왜 피우시는 거예요?"

유정은 옥상이 쩌렁쩌렁 울릴 만큼 커다란 고함 소리에도 눈 하나 깜짝하지 않고, 아예 담배를 꺼버렸다. 방금 전까지 그에게 위안이 되어주던 존재가 말썽쟁이 하나 때문에 가치 없이 버려진다. 이한은 얼굴을 찌푸렸다.

"너 학생이……!"

"선생님도 학교에서 담배 피우는 건 위반인데요."

그의 꾸중을 한마디로 틀어막은 유정이 고개를 쳐들었다. 머리 위에서 쏟아져 내리는 햇살 때문인지 눈이 부시다.

아래에서 올려다보는 그의 모습은 짜증을 내는 듯했고, 금방이라도 빛에 녹아들어 갈 것처럼 위태로워 보였다. 왠지 어른답지 않다. 이한의 그것처럼, 내내 아무 감정도 들어차 있지 않던 눈동자에 즐거움과 호기심이 떠올랐다.

"그럼 서로 비밀로 해요."

유정이 영악하게 웃었다.

2. 걷다

김이 모락모락 올라오는 미역국을 무심한 눈으로 보던 유정은 자신에게 다가오는 여주댁의 모습에 퍼뜩 웃었다. 부러 만들어낸 웃음치곤 제법 자연스러워 보이는 웃음이었다.

"앉아서 밥 먹어요, 아가씨."

"생각이 없어서요."

유정이 냉장고에서 물병을 꺼내자 여주댁이 물잔을 건네주었다. 유정은 고맙다고 말한 후 물을 들이켰다. 모래를 한 움큼 삼킨 듯 꺼끌꺼끌한 입안이 조금이나마 시원해졌다.

"그래도 생일인데 미역국은 먹어야죠."

잔을 달라는 듯 손을 내민 여주댁이 말했다. 유정은 가볍게 고개를 젓고 싱크대로 가 컵을 내려놓으며 말을 돌렸다. 더 이상 자신의 생일을 주제로 얘기를 나누고 싶지는 않았다.

"괜찮아요. 고모랑 고모부는요?"

"아, 이야기 못 들으셨어요? 뉴욕에 있는 연정 아가씨 만나러 가셨어요."

"아……."

"다음 달부턴 많이 바쁘시다고 시간 날 때 봐야 한다고 가셨어요. 말씀 하신 줄 알았는데……."

"들었는데 제가 잊고 있었나 봐요. 그럼 저 학교 다녀올게요."

가방을 챙겨 든 유정이 입꼬리를 끌어 올리며 웃었다. 방금 전 만든 것보단 조금 어수룩해 보이는 웃음이었지만 여주댁은 이를 알아차리지 못한 채 잘 다녀오라고 말을 건넨다.

거대한 저택을 나서자 이제는 익숙해진 길이 나왔다. 처음 이곳으로 왔을 땐 매일 길을 잃었었다. 누군가 데려다주는 것이 익숙하던, 차로 등교하는 것이 당연하던 예전의 습관이 남아 있어 꽤 애를 먹었었지만 이젠 아니었다. 유정은 능숙하게 언덕을 내려가며 이어폰을 귀에 꽂았다.

교문 앞에 서 있는 학생주임선생님의 날카로운 눈초리를 무사히 통과한 유정은 느긋한 걸음으로 교실 문 앞에 멈춰 선 후 잠시 심호흡을 했다. 등굣길만 해도 멀쩡하던 심장이 요동쳤지만 겉으론 아무렇지도 않은 척 마인드 컨트롤을 하며 문을 열었다.

드르륵, 교실 문이 열리는 소리에 학우들의 시선이 유정에게 닿았다. 유정은 교실 한가운데 있는 제 자리에 가방을 내려놓으며 자신에게 다가오는 여학생을 향해 먼저 말을 걸었다.

"안녕, 유리야?"

"어, 왔어?"

친구들에게 다가가려는 소녀의 노력은 항상 인사부터 시작했다. 노력이 빛을 발했는지, 처음에는 유정을 무시하던 아이들도 조금씩 마음을 열고 있었다.

"어제 미스터미스터 봤어?"

드라마 이야기부터 꺼내는 유리를 보며 유정은 어젯밤 숙제하는 심정으로 본 드라마를 떠올렸다.

"봤지. 마진, 진짜 멋있지 않아?"

"진짜? 난 윤조가 더 멋있던데."

"윤조는 사람 같지가 않잖아. 배역 때문에 그런가?"

장난스럽게 웃는 유정의 모습에 유리는 배우 윤조의 매력에 대해 늘어놓기 시작했다. 의자를 당겨 앉은 유정은 유리의 이야기에 귀를 기울이는 척 고개를 끄덕였다. 사실 공감이 가는 건 하나도 없었다.

시간이 갈수록 비어 있던 책상들이 하나둘 채워지고, 둘에게로 모여드는 아이들이 늘어났다. 대화는 어느새 아이돌로 넘어간 뒤다.

이 가수가 멋있더라, 아니, 얜 귀엽지 않니? 아니야. 요즘은 애들이 핫하지!

의미 없는 대화를 가지고 다투는 친구들의 모습에 유정이 까르르 웃음을 터뜨렸다. 또다시 쓸데없는 잡담이 이어질 찰나, 종소리와 함께 담임이 문을 열고 들어왔다. 후다닥 자리로 돌아가는 아이들을 훑어보던 그가 유정에게서 시선을 멈추고 말했다.

"오늘은 지각 안 했냐?"

"저 요즘 지각 안 한다고요."

유정이 불퉁하게 말하자 아이들 사이에서 웃음이 터져 나왔다. 담임은 시끄럽게 떠드는 아이들을 조용히 시키고 조회를 시작했다. 담임의 관심이 자신에게서 멀어졌다는 것을 확인한 유정은 시선을 돌려 창밖을 바라보았다.

눈이 부실 정도로 새파란 하늘. 구름 한 점 없는 하늘을 보던 유정의 얼굴에서 표정이 사라졌다.

"너희 내년에 고3이란 거 알고 있지?"

담임의 말에 아이들이 '우' 하며 야유를 했다. 하지만 담임은 아이들의 반발에도 쉼 없이 잔소리를 늘어놓았다.

"너희들 인생에서 가장 중요한 시기다. 앞으로 너희들이 무슨 반찬을 먹고 사느냐, 어떤 사람과 만나 결혼을 하냐가 결정지어지는 시기니까. 그러니까 다들 긴장 늦추지 말고 공부하도록 해."

조회는 잔소리로 시작되어 잔소리로 끝났다. 유정은 교실을 빠져나가는 담임의 뒷모습을 심드렁히 바라본 후 다시 고개를 돌렸다. 그새 자리에서 일어나 돌아다니는 아이들로 인해 하늘이 잘 보이지 않았지만 언뜻 보이는 파란색만으로도 좋았다.

"야, 전학생."

다가온 영호가 유정의 책상을 똑똑 두드렸다. 넋을 놓고 하늘만 보던 유정이 고개를 퍼뜩 들었다.

"어?"

"너 이번 주 주말에 시간 되냐?"

"왜?"

"이번에 내가 주전으로 경기에 뛰게 되었거든."

영호의 말에 유정은 그게 나랑 무슨 상관이냐는 듯이 얼굴을 찌푸렸다. 소녀의 마음을 기가 막히게 읽어낸 영호가 싱글벙글 웃으며 두 사람을 주목하고 있는 여학생들을 훑어보았다. 그중엔 유리도 섞여 있다.

"시간 되면 와서 응원해라. 우리 반 여자애들은 다 오기로 했으니까."

"다?"

"그래, 전부 다. 모를 것 같아서 이야기해 준 거야."

"……."

"시간 돼?"

재차 확인하는 영호의 태도에선 긴장한 기색이 역력했다. 유정은 속으로 한숨을 삼켰다.

상큼하게 웃는 이 남학생은 학교에서 참 인기가 많았다. 처음엔 저 반지르르한 얼굴이나 큰 키 때문에 그런 줄 알았는데 알고 보니 아니었다. 다른 아이들에게 은따를 당하고 있는 유정까지 세심하게 챙기는 배려 때문에 사랑을 받는 것이었다.

어떻게 할까. 주말 스케줄을 떠올리던 유정은 무슨 스케줄이 있더라도 농구경기에 가야 한다는 사실을 깨닫곤 고개를 끄덕였다.

"솔직하게, 자신의 이야기를 많이 할수록 사람들은 유정 양을 더욱 쉽게, 빠르게 받아들일 거예요."

기영의 말이 이명처럼 울렸다.

외톨이가 되고 싶지 않았다. 죽어도 혼자는 되기 싫었다. 그렇다면 소녀가 할 수 있는 것은 무리 속으로 섞여드는 수밖에 없었다.

"갈게."

짧게 답한 유정은 여학생들의 중심에 서 있는 유리를 보았다. 놀란 눈으로 유정을 보고 있다. 정말 올 줄 몰랐다는 듯이.

"유리야, 같이 가도 되지?"

그리고 유정은 짐짓 이를 모른 척 웃으며 해맑게 웃었다.

주말 아침, 유정은 한참이나 옷장 앞에서 고민해야 했다. 그녀가 가지고 있는 것들은 고등학생이라면 감히 상상할 수도 없는 금액의 옷뿐이었다. 소녀는, 교복만 입고 다녔기에 사복까지 신경 쓸 시간이 없었다는 말로 스스로를 위로하며 개중 가장 덜 비싸고 덜 눈에 띄는 셔츠와 짧은 바지를 골랐다. 제발, '장호' 라는 이름만 거론되지 않기를.

난감한 얼굴로 한참이나 거울 속 제 모습을 살피던 유정은 약속 시간에 딱 맞춰 집을 나섰다.

평상시와 달리, 유정은 하이힐을 신고 있었다. 작은 키의 유정에게 하이힐은 가면 같은 웃음만큼이나 당연하고 자연스러운 존재였다. 높은 웨지힐을 신고도 흔들림 없이 걷던 그녀는 여학생들을 보며 서둘러 걸음을 옮겼다. 힐을 신고 이렇게 많이 걷는 것은 처음이라 그런지 숨소리가 조금 거칠어졌다.

교문 앞에는 벌써 꽤 많은 아이들이 모여 있었다. 그리고 그 중심에 있던 미령이 유정을 보며 혀를 끌끌 찼다. 미령은 유리와 가장 친하게 지내는 친구였다.

"너 옷, 그게 뭐니? 촌스러워."

날카로운 미령의 말에도 유정은 과장 되게 거친 숨만 뱉어냈다. 미령은 자신이 입고 온 티셔츠를 뽐내듯이 유정에게 보여주었다.

"이거 이번에 아빠가 생일 선물로 사줬어. 티셔츠 하나에 20만 원이나 한다? 아빠가 손을 부들부들 떨더라, 계산할 때."

미령이 입고 있는 옷을 부러운 듯이 바라보는 아이들의 시선에 유정이 속으로 웃음을 삼켰다. 지금 유정이 입고 있는 옷은 프랑스 유명 디자이너의 것이다. 위의 티셔츠는 정확하게 120만 원이고 바지는 그보다 조금 더 비싸다. 하지만 어린아이들이 유정이 입고 있는 옷의 디자이너를 알 리도 없고 유정 또한 굳이 미령에게 자신이 걸치고 있는 옷의 가격을 자랑할 마음도 없었다.

유정 또한 아이들과 비슷한 눈으로 미령을 보며 '부럽다' 고 짧게 말했다. 그러자 미령이 만족한 듯 어깨를 으쓱였다.

"너도 아빠한테 한 벌 사달라고 해."

순간, 유정의 표정이 흐려졌다.

"아, 아버지 돌아가셨어."

"……뭐?"

아이들의 침묵 사이로 되묻는 목소리가 들려왔다. 유정은 뒤에서 들려오는 목소리에 고개를 돌려 자신에게 물음을 던진 아이를 보았다. 유리다.

"너, 아버지 돌아가셨어?"

"어."

짧은 답 후에 유정은 흔들리는 눈망울로 말을 이었다.

"이번에 엄마도 돌아가셔서 전학 오게 된 거야."

유정의 말에 아이들 사이로 무거운 침묵이 내려앉았다. 안절부절못하는 아이들도 있고, 동정 어린 시선으로 보는 아이들도 있었다. 분위기가 한없이 가라앉자 유정이 애써 밝은 얼굴로 말하려고 할 때다.

어느새 다가온 유리가 유정을 와락 끌어안았다. 그리고는 떨리는 목소리로 말했다.

"그랬구나, 난 그런 것도 모르고."

작은 품은 제법 위로가 되었다. 열여덟, 미성년자, 성숙하지 못한 꼬맹이. 부모가 필요 없다고 철없는 소리를 하는 사춘기 나이였지만 아이들은 알고 있었다. 부모가 세상의 전부와 같다는 것을.

유정은 자신을 안아주는 유리의 품에서 눈을 감았다.

마음을 여니까 쉽게 다가온다. 자신의 약점을 드러내니 위로한다. 자존심을 내던지니 동정이 돌아왔다. 이 얼마나 간악한 방법인가. 소녀는 자조했다.

"그럼 어디서 지내는 거야?"

"고모 집에서."

유정을 살짝 떼어낸 유리가 걱정스런 시선으로 본다.

"구박 안 하시니?"

"그럴 리가. 좋은 분들이야."

원하는 것이 있을 땐 아주 좋은 사람인 척 구는 어른을 떠올린 유정이 제법 환한 웃음을 만들어내며 웃었다. 그러자 유리가 안쓰럽다는 듯 작은 소녀를 내려다보았다.

"다행이다."

아이들이 유정과 유리가 대화를 주고받는 것을 바라보며 어물거릴 때였다. 문득 시계를 내려다본 미령이 외쳤다.

"야, 경기 시작하겠다!"

아이들이 우르르 교문을 지나 체육관 쪽으로 걸음을 옮겼다. 유리는 어느새 유정의 작은 손을 꼭 붙잡고 있었다.

유정은 어른처럼 큰 손을 내려다보았다. 정리도 되어 있지 않고 매니큐어도 바르지 않은 깨끗한 손. 그 손을 바라보는 유정의 입가에 웃음이 맺혔다.

됐다.

유정은 그렇게 안도했다.

경기는 5점 차로 졌다. 유리와 친구들은 우르르 같은 학교 선수들에게 다가가 위로의 말을 건넸다. 몇몇 아이들은 상대 학교 선수들을 노려보기도 했다.

"괜찮아. 이길 수도 있고 질 수도 있지."

미령이 영호에게 말했다. 그의 얼굴이 와락 일그러지는 것을 한 걸음 떨어진 곳에서 보고 있던 유정은 속으로 미령을 비웃었다.

지금 같은 순간, 가장 하지 말아야 할 말이다. 저렇게 쉬이 넘겨버리는 말은 오히려 영호에게 상처만 될 뿐이었다. 그간의 노력을 무시받았다는 느낌도 들 것이다.

멍뚱히 영호를 보고 있던 유정은 어느 순간 다가와 자신의 손을 잡아끄는 유리를 보았다.

"여기서 혼자 뭐 해? 가서 너 오늘 왔다고 눈도장 찍어야지."

"어, 어? 아!"

무지막지한 손길에 질질 끌려간 유정이 영호의 앞에 섰다. 수건을 뒤집어쓴 채 바닥에 주저앉아 있던 영호가 유정의 모습에 퉁명스러운 표정을 지었다.

"왔냐, 전학생?"

"어, 경기 잘 봤어."

고개를 끄덕인 유정은 자신의 시선을 피해 버리는 영호를 보았다. 소년은 경기에 져서 무척 자존심이 상해 있었다.

그럴 수밖에. 홀로 고군분투했다는 말이 딱 맞을 정도로 영호는 홀로 점수를 내고 홀로 상대를 막아냈다. 미친 듯이 뛴 결과가 패배라면 누구라도 기분이 다운될 수밖에 없다. 옆에서 아무리 떠들어대도 입도 뻥끗 않는 영호를 보며 유정이 무심한 어조로 말했다.

"3점슛 멋있더라. 깔끔하게 들어가고."

"그래도 졌잖아."

"더 노력하면 다음엔 이길 거야."

"지금 내가 노력이 부족했다는 거냐?"

"상대가 더 노력했다는 거지."

유정의 말에 곁에 있던 유리가 안절부절못하며 작은 손을 잡아끌었다. 유리가 영호의 눈치를 보며 유정에게 한마디 하려고 할 때였다. 꿀꿀한 표정으로 앉아 있던 영호의 얼굴이 와락 구겨지더니 이내 커다란 웃음소리가 체육관 가득 울려 퍼졌다.

"어떻게 하냐, 경기는 오늘이 마지막인데."

아쉽다는 듯 말한 영호가 고개를 들어 유정과 시선을 마주했다. 목소리와 같이 표정에도 진득한 아쉬움이 흐르고 있었다. 다음이 없다는 것을 알기 때문에 최선을 다했지만 결과는 좋지 못했다. 그걸 아는 아이들은 어떤 식으로든 영호를 위로하려 했다. 하지만 유정은 다른 아이들과는 전혀 다른 이야길 꺼내놓았다.

"그럼 더 이상 노력할 필요 없으니 더 좋네."

"그래, 네 말이 맞다."

위로 대신 심드렁하게 말하는 유정을 보며 영호가 고개를 끄덕였다. 아쉬움은 조금 물러나고 그 자리에 홀가분함이 남았다.

"쪼끄만 게 말 한번 톡 쏘아서 한다."

자리에서 일어난 영호가 유정의 머리를 툭 치더니 선수들이 있는 곳으로 걸음을 옮겼다. 반사적으로 고개를 돌린 유정의 눈에 시무룩한 표정으로 서 있는 유리의 모습의 들어왔다. 유정은 기분 나쁘다는 표정을 지으며 변명하듯 읊조렸다.

"재 뭐야? 머리나 때리고……."

"좋은 애야."

평소 유쾌한 유리답지 않게 말투가 우울했다. 유정은 잽싸게 말을 이었다.

"응, 좋은 친구가 될 것 같아."

일부러 '친구'에 힘을 주자 진짜냐는 듯, 유리가 그녀를 쳐다봤다. 유정은 웃음 띤 얼굴로 다시 한 번 쐐기를 박았다.

"좋은 친구가 되었으면 좋겠어, 영호와."

*

여름이 절정에 달하자 전학 온 친구에 대한 관심도 조금씩 수그러들었다. 서로 맞는 친구들을 찾은 아이들은 쉬는 시간마다 삼삼오오 모여 수다를 떨기 시작했다. 유정 또한 창가에서 유리와 이야기를 나누었다. 얼마 후면 있을 기말고사에 대한 이야기를 수다라고 할 수 있을지는 모르겠지만 어찌 되었든.

유정은 이제 외톨이가 될 것이란 불안감을 가지진 않았다. 불안감이란 일이 닥치기 전에 생기는 것이니까. 예민한 소녀는 주위에 모여든 친구들 속에서도 그걸 느끼고 있었다. 함께 점심을 먹을 사람이 있었고, 쉬는 시간마다 화장실을 같이 가고 하교를 함께할 사람이 생긴 것만으로도 다행이라 생각했다. 하지만 그녀는 이런 우정이 언제 깨질지 모르는 위태로운 관계라는 것도 잊지 않았다.

"왜 전학 왔어?"

한참 이야기를 나누고 있던 유리와 유정의 고개가 동시에 옆으로 돌아갔다. 그곳엔 영호가 서 있었다. 영호는 가끔 이렇게 뜬금없는 물음을 던지곤 했다. 유정은 그것이 그가 자신에게 보이는 관심이란 걸 알고 있었다. 하지만 관심은 위험하다. 유정은 아닌 척, 유리의 표정을 살폈다. 아니나 다를까, 유리의 얼굴이 딱딱하게 굳어 있었다.

이런.

유정의 머릿속에 위험 경보가 울렸다. 서둘러 저 관심을 말끔하게 지워내야 한다는 사이렌 소리였다.

"고모 집에서 지내게 됐거든."

"그래도 천호라면 가깝잖아. 계속 다닐 수 있었을 텐데."

"애들한테 못 들었니?"

못 들었다는 듯, 영호가 고개를 기울였다. 유정은 한숨을 쉬었다. 철없는 것들만큼 입이 싼 존재는 없다 생각했는데 그게 아니었나 보다.

"부모님이 모두 돌아가셨거든. 전학은 고모부가 그렇게 했음 해서 한 거고."

"아, 미안."

"괜찮아."

뾰족하게 대답한 유정은 그에게 관심이 없다는 것을 유리에게 보여주기라도 하는 것처럼 고개를 돌려 창밖을 보았다.

"어, 그럼 나 갈게."

어색한 표정을 한 영호가 자리로 돌아가자 유리의 표정이 심상치 않게 변했다. 유정은 점차 빨라지는 심장을 느끼며 심호흡을 했다. 또다. 이런 기분. 그리고 그런 유정의 생각과 한 치도 벗어나지 않는 말이 유리의 입에서 들려왔다.

"영호가 너 좋아하나 보다."

"무슨……."

아무것도 모르는 척 눈을 커다랗게 뜬 유정은 순진한 눈빛으로 고개를 내저었다.

"그냥 전학 온 지 얼마 안 됐으니까 궁금한 것 아닐까? 난 남자애들이 좋아하는 스타일이 아니잖아. 작고 덜렁대고."

스스로를 깎아내리며 낮추는 말에 유리의 표정이 금세 밝아졌다.

"정말?"

"그렇대도. 내가 남자여도 나 같은 애보단 유리 널 더 좋아할 것 같은데."

"에이, 아니야."

부정의 말을 하면서도 유리는 기쁜 기색을 감추지 못했다. 안도한 유정은 창틀에 팔꿈치를 기댄 후 턱을 괬다. 운동장엔 아무도 없었다. 아무리 젊고 혈기왕성한 고등학생이라 하더라도 무더운 여름날 10분이란 시간 동안 땀을 뻘뻘 흘릴 망아지는 없는 듯했다.

"어?"

자리로 돌아가려던 유정은 학교를 막 나서는 사람을 보곤 저도 모르게 창밖으로 고개를 쭉 뺐다. 그 사람이었다. 옥상에서 두 번씩이나 만난 그 선생님. 손엔 짜증스럽게 구겨진 담뱃갑이 들려 있었다.

유정은 자신의 행동에 같이 고개를 빼내는 유리를 보며 물었다.

"저 사람은 무슨 과목 선생님이야?"

"누구? 저기 걸어가는 사람?"

"응."

유리는 유정이 가리킨 남자의 모습을 유심히 살폈다. 뜨거운 여름의 태양 아래에 부서질 듯 옅은 머리카락 색을 보던 유리가 알겠다는 듯 고개를 끄덕였다.

"우리 학교 이사장이야."

"……이사장?"

"왜?"

유정의 눈이 동그래지자, 유리가 되물었다.

"아니야, 아무것도."

유정은 세차게 고개를 저었다. 그래, 그의 입으로 자신이 선생이라고 말한 적이 없으니 혼자 지레짐작하고 생각한 것뿐이다. 하지만 속은 기분이 드는 것은 왜일까?

'아니라고 말이라도 해줬으면 좀 좋아?'

"너 기말고사 공부는 했어?"

불현듯, 옆에 서 있던 미령이 다른 친구와 이야기를 나누다 말고 유정에게 물었다. 유정은 툭 튀어나온 입술을 안으로 집어넣고 평소의 웃음 띤 얼굴로 돌아갔다.

"걱정하지 마. 내가 베이스 깔아줄게."

"천호는 공부 잘하지 않나?"

"음, 그랬나?"

적당히 받아칠 만한 말을 고르며 유정은 예전 학교 친구들을 떠올렸다. 모두 잘사는 집안의 자제들이었다. 아무리 공부를 못 하는 아이라 하더라도 집에서 붙여준 고액 과외선생님은 쉽게 성적을 올려놓았고, 국내에서 좋은 대학에 못 갈 아이들은 해외에 나가서 공부하면 그만이었다.

그런 아이들 사이에서, 유정은 성적이 썩 좋은 편이 아니었다. 어머니 또한 유정의 성적엔 유달리 관심을 보이지 않았고 하고 싶은 일이 있으면 언제든 말만 하라고 했다. 성적에 신경 쓸 이유가 없는 환경이었다.

"공부 잘하는 학교라고 해서 모든 학생이 다 잘하는 건 아니잖아?"

장난스럽게 웃은 유정이 자리로 돌아갈 때였다. 주머니에 넣어 둔 휴대전화가 웅웅 진동을 울렸다. 최 변호사였다.

—아가씨, 통화 가능하십니까?

"유정아, 곧 쉬는 시간 끝나는데?"

유정의 발걸음이 뒷문으로 향하자 의아한 듯 유리가 물었다. 유정은 긴장감으로 굳은 얼굴을 애써 찡그리고 배를 움켜쥐었다.

"나 배 아파서. 양호실 갔다 올게."

"많이 아파?"

"좀……."

"같이 가줘?"

"아니야, 괜찮아."

걱정하는 유리를 밀어낸 유정은 재빨리 교실을 나왔다. 휴대폰을 쥔 손이 떨리고 있었다.

옥상에서 보는 하늘은 교실 창밖으로 보던 하늘보다 훨씬 더 파랬다. 눈이 멀어버릴 만큼. 하지만 지금은 그 선명한 푸르름조차 유정에게 위안이 되지 못했다.

유정은 옥상 난간에 기댄 채 눈을 감았다. 열여덟 소녀의 얼굴이 사무치는 그리움으로 가득했다.

"난 아무것도 하고 있지 않아요."

누구에게 하는 말일까. 유정은 방금 전에 들은, 걱정하는 기색이 역력하던 목소리를 떠올렸다.

[이 부사장님이 가져오신 서류 봤습니다. 정말 괜찮으시겠습니까?]

이 부사장은 유정의 고모부다. 며칠 전 자신 앞에 내민 서류에 서명해 주었더니 그새를 참지 못하고 최 변호사를 찾아간 모양이다.

가진 것이 참 많은 사람인데도 끝없이 욕심을 부린다. 그렇게 돈이 좋을까. 숨이 턱턱 막히는 기분을 느낀 유정은 고개를 앞으로 숙였다.

그때였다.

확—

뒤에서 누군가가 그녀의 팔을 잡아당겼다. 돌아보자 옅게 숨을 내뱉는 이한이 핏기가 가신 얼굴로 그녀를 보고 있었다.

“왜요?”

“뛰어내리는 줄 알았어.”

고저 없는 목소리였지만 걱정이 담겨 있었다. 유정은 장난스럽게 웃으며 어깨를 으쓱거렸다.

“설마요. 전 죽기엔 너무 어리잖아요.”

“옥상엔 어떻게 들어왔어?”

유정은 대답 대신 출입구 옆에 있는 창을 가리켰다. 성인의 어깨폭보다 조금 좁은 창은 작은 몸집의 소녀가 충분히 드나들 수 있을 만한 크기였다.

후, 한숨을 내쉰 이한은 거칠게 머리를 쓸어 올리고 주머니를 뒤적여 담배를 꺼냈다.

난간 너머로 고개를 내민 소녀의 모습을 본 순간부터 미칠 듯이 뛰기 시작한 심장이 쉽게 안정되지 않았다.

"작으니까 저런 곳으로도 들어올 수 있네."

"선생님은 커서 좋겠네요."

라이터로 담배 끝에 불을 붙이려던 그는 문득 허전함을 느꼈다. 시선을 한참 아래로 떨어뜨리자, 담배를 물고 있는 유정이 보였다. 빼앗으려고 손을 뻗었지만 안 된다는 듯 소녀가 고개를 휙 돌렸다. 어설프게 물려 있던 담배가 바닥에 떨어졌다.

"야!"

"그렇게 좋은 거면 같이 피웁시다."

담배를 잘근잘근 밟으며 유정이 히죽 웃었다.

"싫으면 태우시질 말던가."

"……."

고개를 절레절레 저은 이한이 몸을 돌려 난간에 등을 기댔다. 금연도 싫지만, 잔소리는 더 싫다. 그는 앞으로 이 애 앞에선 담배를 피우지 않겠다고 결심했다.

"옥상 열쇠 주시면 안 돼요?"

그의 주머니를 바라본 소녀가 물었다. 이한은 생각할 여지도 없다는 듯 소녀의 요청을 단칼에 잘라냈다.

"안 돼."

유정은 입술을 잘근잘근 씹었다. 떼를 써봤자 들어주지 않을 사람이라는 것 정도는 알 수 있다. 그렇다면 조금 영악하게 굴 수밖에.

"……교실은 숨 막혀요."

"왜?"

소녀의 눈동자가 멀리 운동장을 응시했다. 12시, 절정에 달한 햇살 아래서 점심을 먹은 아이들이 교정을 거닌다. 더위도 느끼지 못하는지 축구를 하는 남자아이들이 내뿜는 열기, 매점으로 들어가는 아이들의 재잘거림같은 것은 소녀와 상관이 없었다.

"영화, 드라마, 연예인 이야기…… 모두 관심이 없어요."

유정은 한숨처럼 제 속에 있는 것을 꺼내놓았다.

"그래서 집에서도 긴장이 되고 학교에서도 긴장이 돼요. 내가 있을 곳이 없어요."

"……."

말을 마치고 고개를 돌려 옆을 보자 자신의 예상대로 불안하게 흔들리는 옅은 갈색의 눈동자와 마주쳤다.

흘러넘칠 듯 흘러넘치지 않는 감정이 그의 눈동자에 담겨 있었다.

"이사장님이시잖아요. 그럼 이 학교에서 대장 아닌가?"

그건 어떻게 알았냐는 듯 유정의 얼굴을 보던 이한이 한숨을 내뱉었다. 결국 주머니를 뒤져 담배를 입에 문 그가 불을 붙였다. 이번엔 유정도 그의 입에서 몸에 나쁜 하얀 막대기를 가져오지 않았다.

"뛰어내릴 것 같아서 옥상은 안 돼."

"치사하게."

"이사장실로 와."

이한의 말에 유정의 눈동자가 동그랗게 변했다. 정말 놀랐다는 듯이.

“이사장실로요? 그래도 돼요?”

“가끔가다 와. 넌 시끄러우니까.”

입술을 짓이긴 그가 흰 담배 연기를 뿜어냈다.

이 사람은 어떻게 이런 예쁜 머리카락을 가지고 있는 것일까? 또 어떻게, 속이 다 들여다보일 만큼 투명한 눈동자를 가지고 있을까? 다 큰 어른이.

자신도 모르게 손을 뻗은 유정은 뒤꿈치를 들어 그의 머리카락 안에 손을 찔러 넣었다.

탁!

그가 매섭게 소녀의 손을 쳐냈다. 유정의 뺨이 민망함으로 붉게 물들었다.

“미, 미안…….”

“미안해할 일은 애초부터 하지 마.”

“하지만 만져 보고 싶은걸요.”

입술을 뾰족하게 내민 유정이 투덜거렸지만 그럴수록 이한의 표정은 더욱 차가워져갔다.

“만지지 마.”

“알았어요.”

담뱃재를 바닥에 툭툭 떨어뜨리던 그가 바닥에 담배를 비벼 끈 후 몸을 돌렸다. 싸늘한 표정과 목소리에 얼어붙어 있던 유정이 정신을 차리고 입술을 달싹였다.

“고마워요, 선생님. 아, 이사장님이라고 해야 하나? 이사장님, 이사장님. 음, 너무 멀어 보인다.”

"선생님은 가깝고?"

고개만 돌린 이한이 기가 막힌다는 듯이 웃었다.

"가까워지고 싶은 존재죠."

"그럼 선생님이라고 부르던가. 이사장은 너무 노티 나서 나도 싫어."

"그럼 이름? 이름이 김이한 맞죠?"

"그건 또 어떻게 알았어?"

"교지 제일 앞장에 사진이랑 이름 나오잖아요. 이름으로 부르면 화낼 거죠?"

"두들겨 맞지."

제아무리 영악한 유정이지만 그의 말은 어디까지가 진심이고 어디까지가 장난인지 알기가 힘들었다. 유정은 어깨를 움츠렸다.

"알았어요. 선생님이라고 부를게요."

"그래."

소녀의 머리를 톡톡 두드린 그가 다시 걸음을 옮겼다.

선생님.

미리 연습이라도 하는 듯 두어 차례 선생님을 중얼거린 소녀의 입술이 부드럽게 휘었다. 꾸미거나 만들어낸 미소가 아닌 진짜 웃음이었다.

옥상 문을 여는 그의 뒷모습에 대고 유정이 말했다.

"제 이름은 강유정이에요, 강유정. 기억해 주세요."

돌아보는 그의 표정이 퉁명스럽다. 그는 아무 대답도 하지 않고 무심하게 계단 아래로 사라졌다.

유정은 기도하듯 손을 모았다.

난 강유정이에요.

날 기억해 줘요.

*

그날 이후, 유정은 뻔질나게 옥상을 찾았다. 이한이 분명 옥상은 안 된다고 했지만 소녀에겐 별다른 도피처가 없었다.

오늘도 점심시간을 이용해 옥상으로 올라온 소녀는 씁쓸한 얼굴로 난간에 등을 기댔다. 더 이상 교실이 편하지 않았다. 친구라는 껍질을 쓴 제 편은 불완전했고, 불완전한 관계는 무심한 관계보다 더 무서운 법이었다.

유리는 영호가 유정에게 관심을 보일수록 날카로워졌다. 맹목적이고 지독한 유리의 짝사랑은 원망할 대상을 찾아 헤맸다. 그런 면에서 유정은 아주 좋은 먹잇감이었다.

문제의 시발점은 영호의 질문이었다.

"너 남자친구 있냐?"

그 말에 교실이 쥐 죽은 듯이 조용해졌다. 유정이 멍한 눈동자로 말을 더듬자 영호는 그런 소녀가 마냥 귀여운지 손을 올려 자신보다 한참 아래에 있는 작은 머리를 쓰다듬었다.

"전엔 미안했다."

유정은 도망치듯 교실을 나왔다. 지금쯤 반 분위기가 엉망일 것이라 떠올린 소녀는 눈을 감으며 난간에 이마를 기댔다.

"진짜 되는 일이 하나도 없어."

천호고교에서도 그랬다. 학교에서 가장 인기 많은 남학생이 소녀에게 고백함으로 인해 여자아이들은 순식간에 적이 되었다. 뒤에선 소녀가 가진 배경 때문에 인기 많은 남학생이 자신에게 다가왔다고 숙덕거렸다. 말도 안 되는 소문이라고 일갈해 버리기에는 남학생의 아버지가 장호 법무팀의 변호사로 일한다는 사실이 걸림돌이 되었다.

한번 빗나가 버린 시선은 갈수록 날카로운 칼처럼 벼려졌다. 사사건건 유정에게 시비를 거는 아이들이 많아졌고, 소녀는 고립되어 갔다.

학교를 그만두고 싶었다. 그러던 찰나에 어머니가 돌아가셨다. 기가 막힌 타이밍. 비틀린 세상은 소녀를 벼랑 끝으로 몰아갔다.

"나보고 어쩌라고."

사람의 마음이 어디로 향하는지 내가 결정할 수가 없잖아. 그런데 왜 다들 나한테 뭐라고 해?

반에 들어가서 당장 그렇게 소리치고 싶은 것을 꾹꾹 눌러 참고 있던 유정이 작은 몸을 떨었다. 그때였다, 뒤에서 까칠한 음성이 들려온 것은.

"말 정말 안 듣네."

깜짝 놀라 고개를 돌리자 그곳에 이한이 서 있었다. 유정은 저도 모르게 숨을 삼켰다. 이 사람은 참 신기하다. 언제나, 제가 누군가를 필요로 할 때마다 불쑥불쑥 눈앞에 나타난다.

"이사장실로 오라고, 그렇게 교실이 싫으면."

눈살을 찌푸린 그가 유정에게 다가와 팔목을 잡고 난간에서 떼어냈다. 얼떨결에 그와 가까워진 유정은 고개를 힘껏 들어 올려 이한을 보았다.

햇빛을 받은 그는 오늘도 반짝였다. 머리카락은 부서질 것처럼 바람에 흩날렸고, 태양빛을 머금은 눈동자는 평소보다 활기를 띠고 있었다.

멍하니 그를 보던 유정이 읊조렸다.

"예뻐요."

"뭐?"

그가 담배를 만지작거리다 말고 고개를 돌렸다. 유정은 콧잔등을 찡긋거렸다.

"머리요. 눈동자도 예쁘고."

"남자한테 예쁘다고 하는 건 욕 아닌가?"

"그래도 진짜 예쁜걸. 염색한 거예요?"

막 담배 끝에 불을 붙이려던 그가 지나가듯 대답했다.

"외탁한 거야."

"아……."

치익. 짧게 고개를 끄덕이는 유정의 귀에 담배가 타들어가는 소리가 들렸다. 아주 작은 소리였지만 유정은 그 소리를 똑똑히 듣고 오랫동안 기억했다.

치익.

치익.

마치 제 마음속에서 나는 소리 같았다. 불 붙은 담배 끝처럼, 검은 재를 남기고 죽어가는 제 마음에서 나는 소리.

"더 이상 궁금한 거 없으면 교실로 돌아가. 옥상에 다시는 올라오지 말고."

"뛰어내릴까 봐?"

"그래."

유정은 알았다는 대답 대신 난간을 바라보았다. 하지만 그가 경고한 대로 가까이 다가가지는 않았다. 그곳이 마치 금단의 구역이라도 되는 양 한참이고 보던 소녀가 나직한 목소리로 그를 불렀다.

"선생님."

"왜?"

언제나처럼 짧고 단조로운 대답이 돌아왔다. 귀찮은 모기나 파리떼를 쫓는 듯한 무성의함에 소녀는 실소가 나는 것을 느꼈다.

"선생님이 뛰어내리고 싶은 건 아니에요?"

"뭐?"

권태로웠던 그의 얼굴이 순식간에 일그러졌다.

"그런 생각해 본 적 없는데 자꾸 그러니까 자기 최면 같잖아요. 뛰어내리면 안 된다고 강요하는 자기 최면."

그가 입에 물고 있던 담배를 신경질적으로 바닥에 던졌다. 그리고 발로 짓이기며 유정을 노려보았다.

"어린아이의 솔직함은 가끔 독이 돼요."

무심함, 또는 나태로 만든 그의 가면이 깨졌다. 그는 유정이 처음 보는, 감정이 그득한 얼굴을 하고 제 입술을 씹었다.

"나한테 화풀이하냐?"

"그 말은 방금 전 내 말을 인정하는 꼴 같잖아요."

"아니야."

"그럼 다른 사람한테 하는 이야기인가?"

그렇게 말한 유정은 난간 틈새로 운동장 너머 교문을 보았다. 저곳으로 가고 싶었다. 그래서 학교에서 도망치고 싶었다. 솔직한 감정으로 자신을 배척하는 아이들에게서 도망치고 싶었다.

"그럼 네 말도 사실이냐?"

무슨 뜻이냐는 듯, 고개를 돌린 소녀가 그를 냉담한 표정으로 쳐다보았다. 하지만 소녀의 눈동자에는 그 나이 또래의 아이들에게서 흔히 보이는 강렬한 탈출 욕구가 스며들어 있었다.

"어린아이의 솔직함."

"……."

아무것도 담겨 있지 않던 눈망울이 흔들렸다. 거짓말을 잘하는 아이는 많았다. 하지만 자신의 속마음을 완벽하게 숨기는 아이는 그리 많지 않았다. 아무리 어른인 척 구는 유정이라 하더라도 아직은 애였다.

열여덟 소녀가 만들어낸 가면은 그토록 어설프고, 가련했다. 소녀에 대해 잘 모르는 이한이 쉽게 알아챌 수 있을 만큼. 그는 진심으로, 어설픈 가면 뒤에 숨은 소녀가 더 이상 실수하지 않기를 바랐다.

"꼬맹아, 어른들에게는 건드리지 말아야 하는 부분이 있어. 그 부분을 건드리면 철없는 어른들은 더욱 독해지는 법이란다."

엄연한 경고였다. 더 이상 자신이 숨겨두고 있던 것을 장난처럼 건드리면 그 또한 그러하겠다는. 그것만큼 무서운 경고는 없었다. 유정은 재빨리 사과했다.

"죄송해요."

"알면 더 이상 그러지 마."

이한은 다시 담배를 꺼내 입에 물었다. 그리고 방금 전까지와는 달리 힘껏 담배 연기를 빨아들이고 내뱉으며 제 속을 나쁜 것들로 가득 채웠다. 그 모습을 멀뚱멀뚱 바라보던 유정은 한참 동안 망설여 온 말을 힘겹게 꺼냈다.

"정말 가도 돼요?"

"어딜?"

"이사장실이요."

별 시답잖은 말을 한다는 듯 그가 심드렁하게 고개를 끄덕였다.

"와."

짧은 답에 유정은 말없이 그의 표정을 살폈다. 그가 하는 말이 진심인지 거짓인지 알아내려는 듯이. 유정의 시선을 알아차린 그가 담배를 바닥에 떨어뜨린 후 발로 짓이겨 껐다.

"그런 표정 지을 거면 차라리 와라."

"왜 이렇게 나한테 잘해줘요?"

소녀는 진정으로 궁금하다는 듯이 물었다. 그는 소녀의 진짜 선생님이 아니었다. 잘해줄 이유도 없고 소녀가 있을 곳을 만들어줄 필요도 없었다. 하지만 이한의 대답은 거침없었다.

"대영고등학교 학생이니까. 이사장으로서 학생이 바른길로 가도록 인도해 줘야지."

"단순히 그것뿐?"

"호기심도 죽여라."

그가 경고했다. 유정이 후후 작게 웃음을 뱉었다.

"좋네요."

뭐가? 그가 그리 되물었다. 눈을 감은 유정은 후덥지근한 바람을 느끼며 날씨만큼이나 습기가 가득한 목소리로 대답했다.

"대화를 할 수 있는 사람이 있다는 게."

"……."

이한은 한동안 말없이 소녀의 옆모습을 보았다. 그러다 고개를 돌려 방금 전까지 소녀의 시선이 닿아 있던 곳을 보았다. 교문이다. 학교를 나설 수 있는 유일한 문.

그 애한테도 저런 '문'이 있었으면 좋았을 뻔했다.

새삼 그런 생각이 들었다.

*

닭장 같은 교실은 아이들로 하여금 알을 낳게 만든다. '시험'이라는 알을.

2학년 1학기 기말고사. 공부를 해야만 미래를 쥘 수 있다고 배워온 아이들에게 이보다 중요한 게 또 있을까? 곧 닥쳐올 수능에 대한 긴장감까지 더해진 교실은 쥐 죽은 듯이 조용했다. 시험지를 붙잡고 낑낑대는 아이들 사이로 돌아다니는 선생님들은 혹시 있을지도 모를 부정을 걱정하며 신경을 잔뜩 곤두세웠다. 하지만 어깨를 잔뜩 웅크린 아이들은 머릿속에 욱여넣은 것들을 재확인하는 데 여념이 없었다.

시험은 일주일 동안 계속되었다. 그리고 금요일, 수학 과목을 마지막으로 시험은 끝났다. 곧 있을 방학을 기대하며 왁자지껄 떠드는 아이들, 시험지 답을 맞춰보고 엉엉 울음을 터뜨리는 아이들 사이에 유정이 홀로 있었다.

외딴 섬.

조금씩 밀려온 질시의 파도는 유정을 고립시켜 외딴 섬으로 만들었다. 언제 그렇게 되었냐고 누군가 묻는다 해도 유정은 대답할 수가 없었다. 그냥 그렇게 되었다. 너무나 자연스럽게, 숨 쉬듯이.

"시험 잘 봤어?"

갑자기 유리가 다가와 유정의 앞자리에 몸을 돌린 채 앉았다. 그리고 유정의 앞에 놓여 있는 시험지를 신경질적으로 낚아챘다.

"우리 답 맞춰보자."

"어? 내 걸 맞춰봤자 소용없을 텐데?"

싫다는 듯 유정이 팔을 뻗자, 유리의 눈빛이 매섭게 변했다. 유리는 그에 그치지 않고 다른 아이들까지 불러 모았다. 지난 일주일 동안 오늘과 같은 일을 경험한 유정은 더 이상 유리를 말리지 않았다. 소녀는 앞으로 어떤 일이 벌어질지 너무나 잘 알고 있었다.

"그래도 맞춰보자."

유정을 중심으로 다섯 명의 아이가 모여들었다. 시험지를 확인한 아이들이 유정을 노려보았다.

"뭐야, 공부 안 했다며?"

지난 일주일 동안 본 과목에서 유정이 받은 점수는 꽤 높았다.

아니, 확실하게 높았다. 아이들과 눈을 마주치며 유정은 속으로 한숨을 삼켰다.

너희들이 너무 멍청한 거야. 아니, 내가 멍청했나?

천호와 대영의 수준이 비슷할 것이란 생각부터가 잘못이었다. 이곳에 와서는 단 한 번도 책을 펼쳐 본 적이 없지만 시험문제에 나온 것은 천호에서 배운 것이 대부분이었다. 높은 점수는 당연했다. 하지만 눈앞에 있는 친구들에게 그 말을 할 수는 없었다.

"거짓말쟁이."

아이들이 자리로 돌아갔다. 유정은 다시 혼자가 되었다. 하지만 소녀는 괜찮았다.

아무렇지도 않은 표정으로 자리에서 일어난 유정은 뒷문을 열고 교실을 벗어났다. 소녀에겐 이제 갈 곳이 있었다.

언제나 옥상으로만 향하던 걸음이 계단을 내려간다. 1층 이사장실 앞에 선 소녀는 참았던 숨을 몰아쉬었다. 이사장실에 와도 된다는 말을 들은 이후 처음으로 오는 곳이었다.

정말 들어가도 될까?

그냥 해본 말일지도 모른다. 어쩌면 그런 말을 했다는 것 자체를 까맣게 잊어버렸을 수도 있었다. 그래서 쭐레쭐레 들어간 유정을 향해 너 뭐냐는 듯한 표정을 지어 보일 수도 있었다.

이한 특유의 무심한 표정을 상상한 유정은 손으로 제 뺨을 감쌌다. 상상하는 것만으로도 쥐구멍에 들어가고 싶었다.

그냥 옥상으로 가야겠다.

결심한 유정이 발걸음을 돌렸을 때였다.

달칵.

갑작스레 문이 열렸다. 문 앞에서 서성이는 유정을 내려다본 이한이 그녀가 상상했던 것과 똑같은 표정을 지으며 말했다.

"들어오려면 들어오고 말려면 마."

그는 유정이 한참 동안 서성거렸다는 것을 모두 알고 있는 듯했다. 유정의 눈동자가 커졌다.

"어……."

"너 때문에 시끄러워서 잠을 잘 수가 없잖아."

"……어떻게 알았어요?"

"시끄러웠다니까."

유정은 제 앞에 벽처럼 선 그를 올려다보았다. 그는 너무 높은 곳에 있었다. 시선을 마주하려면 목이 뻐근해 질정도로.

"들어와."

마치 명령처럼 말을 맺은 그가 이사장실 안으로 들어갔다. 문은 열어둔 채였다. 그의 뒷모습을 빤히 보던 유정이 붉어진 눈동자로 울먹였다.

"진짜 들어가도 돼요?"

"싫으면 말고."

여전히 밖에 서 있는 유정에겐 이한의 표정이 보이지 않았다. 하지만 소녀는 그의 말투만 듣고도 그의 표정을 그릴 수 있었다. 세차게 눈을 비빈 소녀가 활짝 웃었다.

"아뇨!"

*

삐그덕—

의자가 뒤로 기울며 비명을 내질렀다. 이한은 들고 있던 서류를 내려놓았다. 평소라면 이런 소리쯤에 눈 하나 깜빡 안 했겠지만, 불청객이 있다면 얘기가 다르다.

"왜 여기서 밥을 먹어?"

"급식이 맛없어서요."

제 얼굴만 한 빵을 문 유정이 작은 입술을 오물거리며 대답했다.

"메뉴를 고를 수 없다니, 비극이에요."

빵 때문인지 발음이 뭉개지고 있었지만 알아들을 정도는 되었다. 한숨을 내뱉은 이한은 펜으로 책상을 탁탁 내려쳤다. 한동안 농땡이를 부렸더니 봐야 할 서류가 산처럼 쌓여 있었다. 하지만 소녀가 들어온 순간부터 그는 일에 집중할 수가 없었다.

"다시 가, 예전 학교로."

"그러고 싶어도 안 돼요."

탁, 탁, 탁.

펜이 일정한 속도로 테이블을 두드렸다. 그 소리가 마치 유정에게는 어서 답을 하라는 것처럼 들렸다.

"거래를 했거든요, 고모랑 고모부랑."

아무렇지 않게 거래라는 단어를 꺼낸 유정은 여전히 아무런 말이 없는 이한을 보았다. 그는 이야기의 맥조차 잡지 못한 얼굴을 하고 있었다. 입맛이 없어진 소녀는 먹고 있던 빵을 내려놓았다. 유정의 낯빛은 방금 전과 변한 것이 없었으나, 목소리는 음울하게 가라앉았다.

"회사를 가지고 싶어 하세요."

유정의 이야기에 펜의 움직임이 멈췄다.

"엄마가 쓸데없이 다 내 앞으로 돌려놓은 거 있죠. 스물두 살이 되면 다 가질 수 있게. 그 나이가 되면 내 앞가림 정도는 할 수 있을 줄 아셨나 봐요. 늘 엄마 앞에선 아무렇지도 않은 척 의젓하게 굴었더니."

어릴 적 아버지가 돌아가셨다. 사인은 심근경색. 과도한 업무와 폭음, 스트레스가 아버지의 몸을 죽였다. 아버지의 집무실엔 담배 냄새가 떠날 날이 없었다.

아버지가 돌아가신 뒤, 어머니는 남편을 잃은 슬픔을 체감할 겨를도 없이 회사 일에 뛰어들었다. 장호를 노리는 사람은 많았다. 그런 사람들에게 장호의 건재함을 보여주기 위해서는 어머니가 강해져야만 했다. 그래서 그녀는 딸에게도 지병을 숨겼다.

하지만 같은 공간에서 생활하는 유정이 이를 모를 리가 없었다. 가끔씩, 화장실에선 각혈하는 소리가 들렸다. 스트레스가 심한 날엔 침대에서 하루 종일 일어나질 못했고, 먹지 말아야 할 음식을 먹는 날도 많아졌다. 술이 늘었고 약을 먹는 날도 많아졌다. 그렇게 어머니 역시 조금씩 죽어갔다.

"하여튼 그래서 말 잘 듣는 아이 노릇 하기로 했어요. 고모부에게 모두 의지하고 있다고. 그게 조건이었어요. 두 사람의 딸이 되지 않는 조건. 선생님, 듣고 있어요?"

"어."

이한이 자리에서 일어나자 유정이 말을 하다 말고 물었다. 이한은 건성건성 대답하며 커피포터기로 가 미리 내려놓은 커피를 잔에 따랐다. 손바닥에 따스한 기운이 전해진다. 소녀의 이야기는 듣는 사람의 마음까지 차갑게 만드는 냉정함이 있었다.

"그깟 주식이 뭐라고. 내가 필요한 건 그런 게 아닌데."

턱을 괸 소녀가 중얼거렸다. 이한은 느릿하게 뒤를 돌아보았다. 그는 유정이 제 속에 있는 말을 꺼냈다는 것이 어떤 의미를 가지는지 쉽게 깨달았다.

"네가 필요한 건 뭔데?"

"아직은 모르겠어요. 분명 난 뭔가 모자란 상탠데 뭐가 부족한지 모르겠어요."

유정은 갈구하는 듯한 표정으로 버릇처럼 창밖을 바라보았다.

새파란 하늘 저 어딘가에 부모님이 있을 것이다. 아마도, 아마도 있겠지?

"처음엔 난 아직 아이니까 부모님이 필요하나 했거든요. 그런데 그것도 아니야. 늘 바쁜 사람들이었으니까. 돌아가시는 날에도 안 울었어요. 모두들 저보고 수군수군, 장례식이 다 엉망진창이 됐다니까요."

푹신한 이사장실 소파에 등을 기댄 유정이 후후, 웃음을 내뱉었다. 시선은 여전히 파란 세상으로 향해 있다. 아프지 않고 아무것도 느낄 수 없는 그 세상으로.

천천히, 이한이 걸음을 옮겼다. 작은 소녀 앞에 선 이한은 한쪽 무릎을 굽혀 소녀와 눈을 맞추고 감정이 실리지 않은 목소리로 말했다.

"난 뭔지 알 것 같은데."

"네?"

바라보는 두 사람의 눈동자가 똑 닮아 있다. 잘 갈무리했다고 생각하지만 언젠가는 기어코 터져 나오는 감정을 숨긴 눈동자. 그래서 두 사람은 한눈에 알아보았다.

이한은 말없이 유정을 올려다보며 손을 뻗었다. 그리고 잔뜩 웅크리고 있는 유정의 어깨를 잡아 제 품으로 끌어당겼다.

어릴 적의 그는 이것이 필요했다. 꼭 안아주는 품, 괜찮다고 다독여 주는 손길. 그것이 그에겐 없었다.

이제 어른이 된 김이한은, 어린 김이한을 안아주듯 아직 어린 강유정을 안아주었다.

그의 품속에서 파르르 떨리는 작은 여체. 깜짝 놀란 듯 얼어붙었던 유정의 힘이 느슨하게 늘어졌다.

"……선생님 천재."

갓 태어난 아이처럼 맥없이 그의 품에 안긴 유정이 속삭였다. 소녀는 가만히 눈을 감았다.

그 따뜻한 품이 지금의 강유정에게 필요한 것이었다.

"다 끝났나."

아무렇게나 널브러진 서류를 차곡차곡 정리한 이한은 개운한 얼굴로 옆에 둔 책을 펼쳐 들었다. 책갈피는 지난번 상자 그림이 나오는 페이지에 꽂혀 있었다.

"아……."

천천히 책장을 넘기던 그는 채 열 페이지도 읽지 못하고 시선을 멈췄다. 오른쪽 장에 있는 일러스트에서 시선을 떼지 못하는 이한은 놀란 사람처럼 동공이 커져 있다. 그는 도도하게 홀로 피어난 장미꽃을 보고 있었다.

어린왕자는 양 그림에 집착했다. 그가 살던 별에 있는 바오밥나무 때문이었다. 어린왕자가 살던 별은 너무나 작아서 바오밥나무가 자라 자신의 별을 집어삼키기 전에 제거해 줘야 했다.

하지만 나중엔 양이 그의 별에 살던 장미꽃을 먹지 못하도록 양에게 입마개를 그려달라고 한다. 어린왕자가 사랑한 꽃. 연인처럼 묘사되어 있는 장미는 자신을 뽐내고 치장하는 것을 좋아했다. 왜 그랬는지 적혀 있지 않았지만 아마도 어린왕자에게 사랑을 받고 싶었을 것이다. 그래서 향기로운 향을 뿜어냈겠지.

"그 꽃이 하는 말에 귀 기울이지 말 걸 그랬어. 꽃의 말은 절대로 듣지 말아야 해. 그냥 바라보고 향기만 맡는 거야. 내 꽃은 내 별을 향기롭게 했지만 나는 그 향기를 즐길 수가 없었어."

장미는 자신의 뾰족한 네 가시를 뽐내기 위해 발톱을 달고 있는 호랑이도 두렵지 않다고 했다. 자신이 태양과 함께 태어나 아름다운 것이라며 허영심이 가득한 모습을 보이기도 했다.

그때 어린왕자는 장미가 미웠다.

하지만…….

"발톱 이야기에 꽃이 얄미웠지만 사실은 가엾다는 생각이 들었어야 한 거야."

탁.

책을 덮은 이한이 자리에서 일어났다. 창가로 향하자 하교하는 아이들의 뒷모습이 보인다. 그리고……

"허영심 강한 장미."

홀로 하교하는 작은 몸집이 그의 눈에 명확하게 들어왔다.

"학교는 어떠니?"

한 달 일정으로 떠났던 고모부 내외가 돌아왔다. 의무적으로 식탁에 앉은 유정은 방긋방긋 웃으며 대답했다.

"친구들이 아주 많이 생겼어요."

"그래, 그거 다행이다."

형식적으로 고개를 끄덕인 고모가 말을 이었다.

"다음 주에 연정이 들어온다. 둘이 잘 지낼 수 있지?"

"연정이 많이 예뻐졌죠? 벌써 기대된다."

숟가락을 내려놓은 유정이 양손을 마주 잡았다. 그리고 정말 기대된다는 듯 해맑게 웃으며 제 기억 속에 없는 연정을 떠올렸다.

어떤 아이더라?

곰곰이 생각하던 유정은 뚱뚱한 아이를 기억해 낼 수 있었다.

자신보다 한 살이 어렸다. 뚱뚱한 것이 콤플렉스였고, 그 때문인지 학교에 적응하지 못하고 항상 겉돌았다. 안 되겠다고 판단한 고모부 내외는 해외로 유학을 보냈다. 연정이 어려서부터 그림을 그렸다는 사실은 연정의 도피성 유학에 괜찮은 방패막이가 되어 주었다.

"같이 쇼핑도 가고 놀러도 가고 싶어요."

"그래, 오면 같이 어디 여행이라도 가자."

고모의 입술 끝에 파르르 떨리고 있었지만 유정은 아무것도 모르는 척 고개를 주억거렸다.

"네, 꼭 그러고 싶어요."

연정은 유정을 싫어했다. 부모님에게 선물 받은 인형을 버린 것도, 유정의 옷장을 엉망으로 만들어놓은 것도, 가족여행을 갔을 때 신발을 버린 것도 연정이었다. 그런 연정이 저를 반기지 않으리라는 것은 뻔했다. 분명 고모부 내외도 알고 있겠지.

"저 그럼 학교 가보겠습니다."

"더 먹지 않고?"

겨우 세 술 정도 떴을까. 거의 그대로 남아 있는 밥그릇을 보며 고모가 걱정스러운 표정으로 물었다. 하지만 유정은 미리 준비해 둔 핑곗거리를 말했다.

"오늘 당번이거든요. 다녀오겠습니다."

며칠째 유정이 제대로 먹지 않고 있다는 것을 알면서도 고모는 더 붙잡지 않았다. 집을 나선 유정은 부쩍 더워진 날씨를 느끼며 앞섶을 흔들었다. 어쩐지 학교 가는 발걸음이 느렸다.

아직 7시도 되지 않은 학교는 신기하리만치 조용했다. 일찍 일어난 매미들만이 소녀를 반겼다.

맴맴—

유정은 교실로 들어가는 대신 1층 가장 구석진 방으로 걸음을 옮겼다. 아무도 없는 교실로는 들어가고 싶지 않았다. 아니, 아이들이 있다고 하더라도 교실로는 가고 싶지 않았다.

소녀는 혼자 있고 싶었다. 또, 혼자 있고 싶지 않았다.

'연정이 오면 혼자 있을 시간 따윈 없어질 거니까.'

누구인지에게 모를 변명을 늘어놓고, 문고리를 잡았다. 노크를 해야 한다는 예의 따윈 머릿속에 없었다. 그가 없을지도 모른다는 가능성도 염두에 두지 않았다. 그는 당연히 여기 있어야 하는 사람이었다.

과연, 문을 열고 안으로 들어가자 의자에 등을 기댄 채 잠들어 있는 이한이 보였다. 발뒤꿈치를 들고 고양이처럼 그에게 다가간 유정은 기다란 속눈썹을 늘어뜨린 채 잠들어 있는 그를 보며 살풋, 미소 지었다.

"잘생겼다."

소녀는 홀린 듯 그의 얼굴을 쳐다보다가 그가 손대지 말라고 한 머리카락을 살짝 쓸어내렸다.

보드라운 머리카락이 소녀의 손가락 사이를 타고 흐른다. 참 예쁜 색깔이다. 대한민국 사람, 아니, 동양인이 이런 머리색을 가질 수 있을까? 금발에 가까운 갈색은 향을 맞으면 오렌지 냄새가 물씬 풍길 것 같다.

어디서 그런 용기가 났는지 모르겠다. 손바닥을 움직여 이한이 곤히 잠든 것을 확인한 유정은 고개를 숙이고 그의 머리카락에 코를 묻었다.

쿵쿵, 쿵쿵.

소녀의 심장이 뛰었다.

“좋다.”

오렌지처럼 달콤하고 상큼한 향이 아니어서 조금 아쉽긴 했지만.

*

혼자라도 외로운 척하지 않아야 한다. 그게 이 시대의 자존심이니까.

부족한 게 있어도 의연한 척 굴어야 한다. 그건 이 시대의 미덕이니까.

필요한 것은 필요하지 않은 척, 난 괜찮다며 웃어야 한다. 그것이 날 지킬 수 있는 하나의 장치이니까.

유정은 자신을 투명인간 취급하며 지나가는 아이들을 보고도 아무렇지도 않은 척, 책상 밑 서랍을 뒤졌다.

다음 시간에 써야 할 교과서가 없다.

“나 참.”

난감하다는 듯이 혀를 찬 소녀는 코끝에 스치던 향을 기억해 내곤 슬며시 웃었다.

그와 잘 어울리는, 무심하고 옅은 그 향은 결코 달콤하지 않았다. 하지만 불편하지도 않았다. 불편하다고 느낀 하나의 향이 있다면 그의 손가락과 머리카락 끝에서 희미하게 느껴지던 담배 향뿐이었다.

아빠에게서 나던 냄새. 그 냄새를 예전엔 좋아했다. 담배 냄새를 맡을 수 있다는 건 아빠가 곁에 있다는 증거였으니까. 그 냄새가 아빠를 빼앗아가기 전까지의 이야기다.

점심시간에 갈까?

지잉—

책상 위에 올려두었던 휴대전화가 유정의 상념을 방해했다. 유정은 엄지손가락으로 액정을 밀었다. 카톡이 와 있었다.

—점심시간에 뒤뜰로 나와 줄래?

"이런."

인상을 찌푸린 유정이 눈을 감았다.

"점심때 만나러 못 가겠네."

점심은 먹지 못했다. 날씨 때문인지 입맛도 없었고, 쉬는 시간에 온 문자도 신경 쓰였기 때문이다. 유정은 납덩이를 매단 듯 무거운 걸음을 움직여 영호가 보자고 한 뒤뜰로 향했다.

영호는 벌써 와 있었다. 잔디밭 위의 벤치에 앉아 멍하니 중얼중얼 읊고 있던 소년은 소녀의 등장에 자리에서 벌떡 일어났다.

"와, 왔어?"

아무리 학교에서 인기가 많다고 해봤자 결국은 고등학생이다. 긴장한 기색을 감추지 못한 영호는 손바닥에 고인 땀을 바지에 닦아냈다.

"저기…… 그게……."

쿡 찌르면 터질 것처럼 붉어진 얼굴로 운을 떼는 영호를 보며 유정은 얼굴을 일그러뜨렸다. 점심시간에 아이들이 잘 오지 않는 뒤뜰로 불러낸 것은 의도가 너무나 명확했다. 안 그래도 은근히 따돌림을 당하는 판국에 영호의 고백이 덧대어진다면 유리와의 관계는 정말 돌이킬 수가 없다.

"하지 마."

"어?"

"하지 말라고."

다짜고짜 하지 말라는 유정의 말이 의아한 듯 영호가 뒤를 돌아봤다. 제 뒤에 누군가 있다고 생각한 듯했다. 유정은 고개가 아플 정도로 힘껏 들어 올리며 영호를 보았다.

"너 지금 나한테 고백하려고 하는 거잖아. 하지 말라고, 그 고백."

최악의 상황만큼은 피하고 싶었던 소녀는 소년을 전혀 배려하지 못했다. 아니, 안 했다. 열여덟의 소녀에겐 소년의 감정보다 자신의 일이 훨씬 중요했다.

"유리가 너 좋아하는 거 알지?"

"뭐, 뭐……?"

소년의 귀가 화르르 타올랐다. 누가 보기에도 '나 알고 있소' 라고 말하는 표정이었다. 유정은 입술을 비틀어 올리며 팔짱을 끼었다.

"알고 있구나? 그걸 알면서도 이러는 건 무슨 경우니? 너무하잖아. 난 걔 친구야."

"하지만 난 널 좋아……."

"그만해."

유정이 잔혹하게 영호의 말을 잘랐다. 끝맺지 못한 고백에 영호의 얼굴이 허옇게 질렸다. 유정은 무정물처럼 딱딱하게 굳은 영호의 표정을 못 본 척했다.

"혹시 유리 때문이야?"

초조한 듯 이리저리 발을 움직이던 영호가 뭔가 깨달았다는 듯 물었다. 목소리엔 어떤 기대감이 차 있었다. 소녀는 단호하게 고개를 저었다.

"너 자신감이 넘치는구나?"

'난 널 좋아하지 않아. 굳이 유리가 널 좋아한다는 이유 때문에 널 거절하는 게 아니야.'

하지만 유정은 생각한 말을 입 밖으로 꺼내지 못했다.

"유리…… 야."

빨대가 꽂힌 음료수 병을 든 채로, 뒤뜰 입구에 서 있던 유리와 유정의 눈이 마주쳤다. 유리는 유정을 노려보다, 몸을 휙 돌렸다.

"유리야!"

성큼성큼 걸음을 옮긴 유정이 서둘러 유리에게 달려가 어깨를 붙잡았다. 그러나 사과의 말을 건네기도 전에 날카로운 목소리가 유정의 심장을 푹 하고 찔렀다.

"너 진짜 재수 없다."

"유리야, 그런 게 아니야!"

"기말고사도 공부하지 않았다고 했으면서! 영호에게도 관심이 없다고 했으면서!"

유리가 눈가에 맺힌 눈물을 털어내며 소리쳤다.

"처음부터 너랑 친구가 되는 게 아니었어! 불쌍해서, 엄마 아빠 다 죽었다고 해서 친구가 되는 게 아니었다고!"

어린아이의 진심은 독이 된다. 근육이 풀린 듯 유정의 얼굴에서 감정이 사라져 버렸다.

바짝 얼어붙은 유정의 눈에 빠르게 멀어지는 유리의 뒷모습이 보였다. 유리의 모습이 완전히 사라진 후에야, 유정은 겨우 입을 열 수 있었다.

"진짜야……."

기말고사 공부를 하지 않은 것도, 영호에게 관심 없다고 했던 것도 모두 진짜야.

들어줄 사람 없는, 혼잣말이었다.

탁, 탁, 탁.

아이들 사이로 유정이 내달리고 있다. 얼굴엔 핏기가 가셔 있고, 걸음은 다급했다. 턱 끝까지 차오른 숨을 헐떡이면서도 소녀의 다리는 멈추지 않았다. 명확하게 가야 할 곳이 정해져 있는 것처럼 흔들림 없이 움직이던 발걸음이 멈춘 곳은 1층 복도 가장 구석, 빛이 잘 스며들지 않는 곳이었다.

"헉헉."

문 앞에서 멈춘 유정은 무릎을 짚으며 숨을 골랐다. 하지만 방아를 찧어대는 심장은 제 속도를 쉬이 찾지 못했다. 흔들리는 얼굴로 닫혀 있던 문을 보던 유정은 수업 시간이 시작되는 종소리를 들었음에도 교실로 돌아가지 않았다. 그 대신 노크도 없이 무작정 문을 열었다.

드르륵.

문 열리는 소리는 무언가가 갈려 나가는 소리와 비슷했다. 그 소리를 들었는지, 의자에 앉아 있던 그가 빙글, 의자를 돌렸다.

눈이 마주친다. 볕을 받지 않은 눈동자는 빛나지 않았고 투명하지도 않았다. 속을 보여주지 않았다.

감정이 없는 눈동자가 소녀의 마음을 헤집었다. 소녀의 눈동자에 눈물이 차올랐다.

"왜 울어?"

"몰라요."

고민도 없이 대답한 유정은 그 자리에 그대로 서 있었다. 그의 차가운 눈동자가 소녀를 다가가지 못하게 만들었다.

"그럼 다른 걸 물어볼게."

한숨을 내쉰 이한은 턱을 괸 후 말을 이었다.

"여기는 왜 왔어?"

그의 물음에 유정은 작은 손을 동그랗게 말았다. 손바닥에 손톱이 박혀 아파왔지만 울지는 않았다.

울면 안 돼. 한 번 울면 계속 울게 되니까. 다친 마음을 내쏟고, 붉게 달아오른 속내를 죄다 털어놓게 되니까. 원망하게 되니까. 먼저 떠나간 아빠를, 준비할 시간도 주지 않고 떠나간 엄마를, 차가운 세상을 원망하다가…….

"전 아직 미움받을 준비가 되어 있지 않았어요."

벼랑 끝에서 한 발 더 내딛게 되니까.

"그래서 참고 있는 거야?"

"네. 제가 잘못한 게 없으니까."

소녀는 심호흡을 했다.
"울면 억울하잖아요. 거짓말하지 않았는데."
소녀는 고집스레 말했다. 그리고 끝까지 울지 않았다.

3. 뛰다

축축하게 젖은 머리카락을 수건으로 툭툭 털어낸 그는 옅은 레몬 빛깔의 셔츠와 면바지를 챙겨 입고 거울 앞에 섰다. 어디선가 환청처럼 목소리가 들려왔다.

“사실은 처음부터 내가 미웠던 거예요. 좋아하는 애가 나한테 말을 걸어오고 관심을 보이니까. 열여덟 살의 어린아이의 세상은 그렇게 크지 않거든요. 중요한 게 많지가 않아요.”

끝까지 유정은 울지 않았다. 자존심을 세우며 눈가에 그렁그렁 맺힌 눈물을 떨어뜨리지 않는 모습이 더 안쓰러워 보인다는 걸 그 아이는 알고 있는 걸까. 아마도 모를 것이다. 유정 또한 중요한 것이 많지 않은 열여덟 살의 아이였으니까.

"연민으로 만든 사이는 불안정해요. 그걸 알고 있으면서도 그렇게 했어요. 난 영악하니까."

그는 한참이고 소녀를 보았다. 사랑이란 주제로 학생과 이야기를 나누어본 적이 없고, 미움이란 주제는 더더욱 생소했다. 난감함에 이한은 미간을 찌푸렸다. 무슨 말을 바라는 얼굴은 아니었지만 해주어야 할 것 같았다. 자신에게 달려온 것은 그러한 걸 바라서일 것만 같아서. 하지만 결국 아무런 말도 하지 못했다.

차 키를 들고 밖으로 나온 이한은 마당 한편에 있는 주차장으로 향했다.

햇살을 받은 잔디가 제 초록을 뽐내고 있었지만 그는 시선조차 주지 않았다. 그저 평소보다 조금 늦은 출근을 신경 쓰며 빠르게 차에 올랐을 뿐이다. 오늘도 여전히, 밤새 한숨도 자지 못한 채.

학교 주차장에 차를 세우자, 아이들의 시선이 느껴졌다. 그는 잔디를 무시했듯 아이들을 무시하며 이사장실로 걸음을 옮겼다. 아이들도 선뜻 다가오지 않았다.

학생과 이사장은 딱 이 정도의 관계였다. 호기심과 관심을 보이긴 하지만 쉬이 다가올 수 없는 관계. 그는 이 거리감이 마음에 들었다.

문을 열고 이사장실 안으로 걸음을 옮긴 이한은 책상 위에 올려져 있는 유리병을 말없이 들어 올렸다.

—금연하시는 게 어때요?

동글동글한 글씨체를 보던 그의 얼굴이 일그러졌다.

그런데 학생과 가까워져 버린 것이다.

"이를 어쩌나."

*

부스럭부스럭. 신경을 거슬리는 소리와 함께 달콤한 향이 코끝을 간질였다. 막 이사장실로 들어온 이한은 불만스러운 표정으로 소파에 누워 있는 유정을 내려다보았다. 소녀의 입에는 딸기맛 사탕이 물려 있었다.

"나 주려고 가져온 거 아니야?"

치마가 훌렁 올라간 것도 모른 채, 소녀가 고개를 젖혔다. 불만스러운 듯 허공에 걸쳐져 있는 다리가 까딱거린다.

"단것 안 먹는다면서요."

'사람이 기껏 선물해 줬는데 말이야.'

이한은 불퉁한 목소리를 무시하며 책장으로 걸음을 옮겼다.

"넌 수업 시간이란 개념은 없니?"

"내일이면 방학식이라서 제대로 공부도 안 하는걸."

까딱까딱, 몸집만큼이나 작은 발이 허공에서 연신 움직이고 있다. 책을 골라 든 이한은 유정의 앞에 멈춰 섰다. 그리고 짤막한 허벅지를 무심한 눈으로 내려다보더니 이내 소파 옆쪽에 놓여 있는 무릎담요로 확 덮어버렸다. 불결한 것이라도 보았다는 듯이.

하지만 유정은 입안에 있는 딸기 맛 사탕을 데굴데굴 굴리며 천연덕스럽게 웃었다.

"이 각도에서 보니까 이사장님 무척 섹시해요."

"섹시하다는 게 뭔지나 알아?"

"알아요. 어린애 취급하지 마요."

벌떡 일어난 유정이 손을 뻗어 이한의 옷자락을 쥐었다. 그리고 불만이 가득한 얼굴로 한껏 고개를 치켜들었다.

이한은 참 컸다. 보통보다 작은 소녀는 하늘을 보듯 고개를 젖혀야 겨우 그와 눈을 마주할 수 있었다.

"너 어린애야."

생각할 여지도 없다는 말에 못된 마음이 삐죽 튀어나왔다.

"그치만 생리도 하는걸."

"……."

"여자라고요."

부끄러움도 없이 말한 유정은 도전적으로 이한을 올려다보았다. 열여덟, 잃을 것이 없기에 무서운 나이였다. 무엇 하나에 꽂히면 세상의 전부처럼 구는 것이 당연한 나이. 맹목적이고 지독한 짝사랑을 앓던 유리처럼 유정도 그랬다.

"선생님, 여친 있어요?"

"안 돼."

'없어' 가 아닌 '안 돼'.

가차 없이 날아든 거절에도 유정은 빙긋빙긋 웃었다.

"방학 때도 학교 나오세요?"

"안 나와."

자리에 앉은 그가 서류를 끌어왔다. 서류의 밑엔 태훈의 로고가 박혀 있었다. 내용은 가을 시즌 태훈화장품에서 나올 바디클렌저 제품에 관한 것이었다. 신상품에 관한 내용은 물론 기밀이었지만, 불행히도 우영은 미적 감각뿐만 아니라 여성과 관련된 사업 분야엔 취약이었다. 어쩔 수 없이 하나둘 돕기 시작한 일이 결국 기밀 서류를 다루는 데까지 왔다. 서류를 넘긴 이한은 이제 브레이크를 걸어야겠다고 생각했다.

"뭐야?"

기초화장품 라인의 디자인을 설명한 페이지 위에 그늘이 졌다. 유정의 손이었다. 그는 서둘러 서류를 덮고 고개를 들었다. 유정이 잔뜩 화가 난 얼굴로 서 있었다.

"선생님, 그럼 방학 때 데이트 해줘요."

"데이트가 뭔지나 알아?"

"네. 영화 보고 밥 먹고……."

"어른들의 연애는 호텔에서 밥 먹고 룸으로 들어가는 거야."

"……!"

유정의 얼굴이 금방이라도 펑 하고 터질 듯 부풀어 올랐다. 그가 작게 웃음을 뱉었다.

"나쁜 어른!"

주먹을 꽉 쥐며 온몸을 부르르 떤 유정이 소리쳤다. 그러고는 이한이 무어라 할 새도 없이 그의 책상 위에 있는 만년필을 움켜쥐었다.

"나쁜 짓 했으니까 이건 내가 가질래요!"

소녀는 우당탕 소리를 내며 이사장실을 뛰쳐나갔다. 활짝 열린 문을 보던 그가 어처구니 없다는 듯 중얼거렸다.

"대놓고 도둑질당했네?"

그는 고개를 젓고 곁에 있는 책을 끌어왔다. 한 달 가까운 시간이 지났음에도 이한은 아직 〈어린왕자〉를 끝내지 못했다.

책 속의 어린왕자가 말했다.

"어른들은 이상해."

탐욕에 젖어 있고, 권력을 당연시 여기며, 타락을 부끄럽게 여기지 않았다. 어린왕자의 눈에는 온통 이상한 어른뿐이었다.

그의 시선이 다시 태훈의 서류로 향했다.

"이상해."

그가 멍하니 읊조렸다.

씩씩거리며 학교를 나선 유정은 버스를 타고 얼마 떨어지지 않은 병원을 찾았다. 오늘도 예약한 시간에 정확히 찾아온 유정을 보며 기영이 기특하다는 듯이 웃었다.

"오늘은 평소보다 조금 빠르네요."

"마지막 수업 땡땡이쳤어요."

당당한 유정의 말에 기영의 미간이 찌푸려졌다.

"학생이라면……."

"그런 잔소리라면 내일 담임선생님한테도 들어요."

의자에 털썩 주저앉은 유정이 불만스레 말하자 기영은 입을 꾹 다물었다. 원래 정신과의사는 말하는 사람이 아닌, 들어주는 사람이었다.

"학교에서 엄청 화나는 일이 있었어요."

"왜, 또 친구들이 뭐라고 해요?"

"아."

동그랗게 눈을 뜬 유정이 한숨을 내뱉었다.

"맞다. 나 왕따당하는 중이었지?"

"친구들이 그 이야길 들으면 엄청 화낼 거예요."

가볍게 웃은 기영이 주머니에서 볼펜을 꺼내 포스트잇에 메모를 끼적였다. 소녀는 책상 위에 놓인 차트를 한 번 보고, 다시 기영에게로 시선을 옮겼다.

"선생님, 뭘 적으세요?"

새하얗게 빈 차트를 확인한 유정이 물었다. 기영은 아무것도 아니라는 듯 고개를 젓고 깍지 낀 손을 무릎 위에 올렸다.

"악필이라, 차트에 바로바로 적는 걸 좋아하지 않아요. 나중에 정리하는 편이죠."

"아……."

"그보다 유정 양, 유정 양은 분명 친구들과 잘 지내고 싶어 했잖아요? 그런데 왕따가 되었다? 그런데 또, 왕따가 된 것도 잊어버리고 있었다? 그걸 어떻게 잊어버릴 수 있죠?"

"……."

"그토록 신경 쓰던 문제까지 잊게 만든 사람이 있는 거죠?"

"에?"

침묵을 고수하던 유정이 벌떡 일어났다. 평소 표정 관리라면 웬만한 어른보다 탁월하던 소녀가 얼이 빠진 표정을 짓자 기영이 작게 웃음을 내뱉었다.

"그렇잖아요. 유정 양을 이렇게 바꿔놓은 사람이 있을 거 아니에요. 학교 친구는 아닌 것 같아서 묻는 거예요."

"……."

"말해주기 싫어요?"

그럼 말해주지 않아도 돼요. 기영이 그렇게 말하려고 할 때였다.

"……신경 쓰이는 사람이 생겼어요. 그 사람이 나만 봐줬으면 좋겠어."

놀라움의 연속이다. 하지만 소녀의 목소리에서 미묘한 갈등을 읽은 기영은 놀란 티를 내지 않았다. 이것은 이상하다. 이런 소녀가, 가끔 자신을 당혹케 할 정도로 성숙한 소녀가 이렇게 머뭇거릴 정도라니. 그의 경력이 그에게 침묵을 강요했다.

"그런데 그 사람은 날 보지 않아요. 어쩌면 엄청 귀찮아하고 있을지도 모르는데…… 밀어내진 않아요. 엄청 잘해주거든요. 왜 그런지 아세요?"

과연 소녀는 물어보지 않았는데도 제 이야기를 떠들었다. 마치 이야기할 만한 누군가를 찾고 있었던 것만 같았다.

—사랑에 빠진, 아주 당연한.

메모를 끼적인 기영은 소녀가 불편해하지 않을 선에서 시선을 마주쳤다.

"글쎄요? 왜 그럴까요?"

"날 연민하거든요. 혹은 날 자신에게 대조하던가. 우리는 같아요. 그런데 또 달라요. 그 사람한테 전 굉장히 섬세하고, 금방이라도 옥상에서 뛰어내릴 사람처럼 불안해 보이나 봐요. 하지만 그 사람은 나를 보호해 주지 않아요. 그냥 그 자리에 있을 뿐이에요. 손을 뻗어야 하는 사람은 저예요."

유정의 말이 길어질수록 기영의 표정의 점차 일그러졌다. 앞으로 나올 유정의 질문은 정신과의사가 아닌 정신과의사 할애비라도 답해줄 수 없다는 것을 짐작했기에.

"그 사람에게 어떻게 해야 사랑 받을 수 있는지 모르겠어요. 어떻게 해야 나만 봐줄지 모르겠어."

소녀의 목소리가 힘없이 잦아들었다. 소녀의 물음에 기영은 답해주지 못했다. 사랑보다 적대감에 익숙한 아이. 부드러운 말투보다 치켜뜬 눈동자가 차라리 편한 아이. 그런 아이에게 사랑받는 법을 알려줄 수 있는 사람은 없었다.

"그건 나도 모르겠군요."

기영의 답에 유정이 고개를 쳐들었다. 기영은 그녀의 시선을 피하며 포스트잇에 새로운 문구를 추가했다.

—아이, 그 나이 또래다운. 하지만 조금 더 외로운.

방학식 때도 친구들은 소녀에게 다가오지 않았다. 하지만 소녀는 슬퍼하지도 외로워하지도 않았다. 언제든 자신의 이야기를 들어줄 사람이 있으니까. 간혹 틱틱거리고 약 올리기도 하지만, 그래도 좋았다. 어느새 이사장실은 그녀에게 하나의 세계가 되었다.

후후, 책상에 앉아 작게 웃음을 흘리던 유정은 노트 위에 올려 있는 만년필을 보았다.

"황당해하는 얼굴이었지?"

굳어지던 그의 얼굴을 떠올린 유정이 배를 움켜쥐며 키득키득 웃었다. 허망한 얼굴의 이한을 떠올리자 기분은 다시 한 번 위로 힘껏 차올랐다.

하지만 붕붕 뜬 기분이 나락으로 치닫는 것은 순식간이었다.

끼익.

"연정 아가씨 오셨어요."

노크도 없이 들어온 여주댁이 연정의 귀환을 알렸다. 유정의 입술이 더욱 위로 올라갔다.

"정말요? 내려가 봐야겠다."

1층으로 내려온 유정은 커다란 캐리어를 옆에 둔 채로 고모와 끌어안고 있는 깡마른 여자아이 앞에 섰다. 물어보지 않아도 그 아이가 연정임을 알 수 있었다.

살을 언제 저렇게 뺀 거지?

유정의 시선을 느꼈는지, 연정이 고개를 확 돌렸다. 적대심으로 가득한 눈동자는 날카로웠다. 마치 칼날처럼, 찔리면 피가 나올 것만 같았다.

"잘 지냈어?"

뼈마디가 한껏 드러난 손을 내밀며 연정이 물었다. 부러 만들어 낸 미소를 지은 유정이 대답했다.

"나야 잘 지냈지. 나보다는 네가 더 힘들었을 같은데? 유학 생활, 쉽지 않았을 거 아냐."

"아니야. 쉬웠어."

뜻 모를 말에 유정의 고개가 옆으로 기울었다. 유정의 그것처럼 꾸민 미소를 지은 연정이 덧붙였다.

"너보다는. 고아잖아, 너. 그러니까 너보단 내가 쉽지."

푹!

피가 질질 흘러내렸다.

밖에서 들어온 해가 머리끝을 데웠다. 새벽 늦게야 잠에 들었던 유정은 비몽사몽간에 씻고 1층으로 내려갔다. 집 안은 조용했다.

"고모는요?"

"아, 연정 아가씨가 브런치 드시고 싶다고 해서 나가셨어요."

의아한 유정의 물음에 시계를 본 여주댁이 대답했다. 시계의 시침이 두 시를 가리키고 있었다.

"아가씨, 식사하실래요? 배 고프시죠?"

"저 약속 있어서 나가 봐야 해요."

없는 약속을 만들어냈지만 다행히도 여주댁은 믿는 눈치였다. 유정의 옷차림은 당장 외출을 해도 이상하지 않을 정도로 멀끔했다. 손에는 휴대폰도 들려 있었다.

"다녀오겠습니다."

밝게 인사를 건넨 유정은 샌들을 신고 집을 나섰다. 목적지 없는 발걸음을 옮기는 유정의 눈빛은 멍했다.

어디로 가야 하나.

멍하니 생각하던 유정은 지나가는 택시를 붙잡았다. 이 순간 그녀가 갈 만한 곳은 한 군데밖에 없었다.

"경기도도 가시나요?"

"추가 요금 받습니다."

룸미러에 비친 택시기사의 표정에는 불신이 가득했다. 네깟 것이 그런 돈을 낼 수 있겠냐는 표정이었다. 유정은 지갑에서 돈을 꺼내 택시 기사의 손에 들려주고 명령조로 말했다.

"가요."

다소 건방진 말이었지만 오만 원권 지폐 두 장이 가지는 힘은 생각보다 강력했다.

눈을 감으며 몸을 아래로 축 늘어뜨린 유정이 눈을 감았다.

빠르게 달리던 차가 어느새 목적지에 도착했다. 화려한 건물이었으나 죽은 자들을 모시는 곳이라 특유의 음산함은 어쩔 수가 없었다. 택시기사에게 돈을 지불한 유정은 로비 앞에서 잠시 어디로 가야 하나 물었다. 한 번도 와본 적이 없으니 수많은 유골함 중에 제 어미가 어디 있는지도 몰랐다.

직원에게 딸이라 말한 유정은 곧 엄마를 만날 수 있었다. 엄마의 유골함은 제일 아래층에 있었다.

"평생을 다 누리고 산 사람이 말년은 왜 이렇대?"

바닥에 철퍼덕 주저앉은 유정이 가벼운 어조로 말했다. 하지만 상대는 답해주지 못했다. 망자이니까.

"엄마, 진짜 미움 많이 받았나 보다."

엄마가 대장으로 있는 게 사람들은 마음에 들지 않았나 봐. 가장 높은 곳에 있는 게 정말 싫었나 봐. 마지막에 이렇게 땅으로 추락시킨 것을 보면. 바닥에 모신 것을 보면.

툭툭. 눈물이 흘렀다.

"미안해요…… 엄마, 난 지금 날 지키는 것만으로 벅차."

장례식장에서도 울지 못한 나쁜 딸을 용서해 줘요.

"어디 다녀왔니?"

유정은 집에 들어서자마자 날아드는 질문에 몸을 움찔 떨었다. 저녁 식사를 막 마친 것인지 집 안엔 음식 냄새로 가득 차 있었다.

"아, 친구들 만나고 왔어요."

"다음엔 일찍 들어오너라."

"죄송해요."

벌써 여덟 시가 넘었다. 하루 종일 정신을 빼놓고 있었더니 이렇게 흘러간 줄도 몰랐다. 유정이 난감한 표정을 지으며 허리를 꾸벅 숙였다.

더 이상 이야기하고 싶지 않다는 듯이 고모가 허공에 대고 손을 휘저었다. 방으로 들어가 보라는 뜻이다.

빠르게 걸음을 옮긴 유정이 2층 계단을 올랐다. 가장 구석진 방으로 향한 유정은 자신의 책상 앞에 앉아 있는 연정의 모습에 표정을 굳혔다. 너무나 뜻밖의 상황이 펼쳐져 있자 표정 관리를 해야 한다는 것도 잊어버렸다.

연정은 만년필을 들고 있었다. 그리고 아침까지만 해도 깨끗하던 노트 위는 잉크로 엉망이 되어 있었다. 장난스럽게 적어놓은 영문과 그림들을 멍하니 보던 유정은 자신도 모르게 걸음을 옮겼다. 그리고 연정의 손에 들려 있는 만년필을 거칠게 빼앗으며 소리쳤다.

"무슨 짓이야!"

"뭐야? 낙서 좀 했다고 그러는 거야?"

연정의 말에 몸을 파르르 떤 유정이 서릿발 어린 눈동자로 말했다.

"넌 남의 물건을 쓸 땐 양해를 구해야 한다는 것도 배우지 못했니?"

"어……?"

눈을 한껏 내리깔며 분노를 쏟아내는 유정의 태도에 연정이 어깨를 움찔 떨었다. 그제야 그녀가 단단히 화가 났다는 걸 알아차린 모양이다. 하지만 곧 이곳이 자신의 집이라는 것을, 유정이 어디 오갈 데 없는 천애고아라는 사실을 떠올린 듯 어깨를 폈다.

"그건 내가 해야 할 말 같은데?"

"뭐?"

"여긴 내 집이고, 넌 내 부모님의 보살핌을 받고 있잖아. 그럼 나에게 먼저 양해를 구해야 하는 거 아니니?"

"……."

"주제를 알아, 멍청아."

입술을 비틀어 삐뚜름하게 웃은 연정이 핏기가 가신 유정의 얼굴을 한참이나 노려보더니 어깨를 치고 밖으로 나갔다.

비틀거린 유정은 자리에 털썩 주저앉았다. 무릎을 끌어와 그 사이에 얼굴을 묻는 순간까지도 소녀의 손엔 만년필이 힘껏 쥐어져 있었다.

*

꿈을 꿀수록 현실은 더 비참해진다는 것을 그는 알고 있었다. 아이들이 떠나간 교정, 하루에 한 명씩 당직선생님들만이 찾아오는 학교는 무서웠다. 하지만 그는 여전히 학교를 지켰다. 아니, 학교가 그를 지켰다. 그가 있을 곳은 학교뿐이었고, 이곳을 떠나는 순간 그의 인생은 완벽하게 일그러질 것이 뻔했으니까.

몇 걸음 옮기지 않아도 처음부터 끝까지 닿을 수 있는 좁은 이 사장실 안. 이한은 그곳에 있었다. 열어놓은 창문으로 후덥지근한 바람이 불어왔지만 그는 에어컨을 켜지도, 선풍기를 틀어놓지도 않았다. 시간이 흘러가는 것을 좋아했고, 흘러가는 시간을 느끼는 것도 좋아했다. 그리고 계절의 변화는 시간의 흐름을 가장 빠르게 알 수 있는 방법이었다.

사라라락 움직이던 종이가 어느 순간에 멈췄다. 펼쳐진 페이지에는 어린왕자가 놀란 표정을 짓고 있다.

"내 꽃이 오래지 않아 사라질 염려가 있어요?"

"아무렴."

여섯 번째 별에서 만난 탐험가의 말에 어린왕자는 처음으로 여행을 떠난 것을 후회했다.

내 꽃은 일시적인 존재였어. 고작 네 개의 가시로 자신을 보호하지. 그런데 그 꽃을 혼자 두고 오다니!

충격을 받은 어린왕자가 사방을 두리번거렸다. 이한 또한 자리에서 일어나 본능적으로 책장을 넘겼다. 마침 탐험가에게 어린왕자가 어느 별로 가면 좋을지 묻고 있었다.

탐험가는 지구를 추천했다. 아주 유명한 별이라고.

그렇게 어린왕자는 일곱 번째 여행지로 지구를 택했다. 그리고 그곳에서 '뱀'을 만났다. 물리면 순식간에 죽을 수도 있는 무서운 독을 가진 뱀을.

탁탁탁.

그가 서서 여전히 책장을 넘길 때였다. 아무도 없어야 할 학교에 인기척이 느껴졌다. 무더운 여름임에도 힘껏 달리는 소리, 발소리는 이사장실로 향하고 있었다. 하지만 그의 시선은 여전히 책장으로 향해 있었다.

지구로 온 어린왕자는 그곳에서 수천 송이의 꽃을 보게 된다. 단 한 송이의 장미만 있던 어린왕자의 별과는 달리 지구에는 향기로운 향을 뿜어내는 장미가 지천에 널려 있었다.

"내 꽃이 이걸 보면 꽤 속상할 거야. 창피한 것을 감추고 기침을 몹시 하고 죽는 시늉을 하겠지. 그러면 난 간호해 주는 척하지 않을 수 없을 거야. 그렇게 하지 않으면 정말……."

드르륵— 쾅!

거칠게 문이 열리는 소리가 들렸다. 뚜벅뚜벅, 유정이 들어왔다.

"죽어버릴지도 모르니까……."

소녀가 울고 있었다.

뚝뚝, 하염없이 눈물을 쏟아냈다.

말없이 창가에 등을 기대고 서 있던 이한은 걸음을 옮겨 책상으로 향했다. 서류 한편에 놓여 있는 손수건을 든 그는 연신 코를 훌쩍이는 유정에게 다가갔다. 작은 얼굴은 눈물과 콧물로 엉망이었다.

손수건을 받아 든 유정이 코맹맹이소리로 말했다.

"보지 마요."

"뭘?"

"내 얼굴."

손수건을 빼앗은 유정은 코를 팽 풀었다. 손수건에선 향기로운 냄새가 났다. 눈앞에 있는 이한과 너무나 잘 어울리는 냄새. 무심하면서도 달큰한 시트러스 향. 그 냄새를 맡으며 유정은 작게 웃음을 내뱉었다. 너무 울었더니 머리까지 지끈지끈 아파왔다. 그 와중에 그의 체취를 맡고 웃는 꼴이라니. 참 웃겼다.

"왜 보면 안 되는데?"

그의 물음에 유정은 손을 들어 얼굴을 가렸다. 조그마한 몸집과 마찬가지로 너무나 작은 손이다. 손은 뼈마디가 드러날 정도로 가냘팠다.

"못생겼으니까. 저 지금 불어터진 만두 같을 거예요."

"잘 아네."

"……."

진짜 나쁜 어른!

빽 소리를 지르려던 유정은 이한을 힐끗 올려다보았다. 그는 어느새 다시 창가 자리로 향해 있었다. 일정한 거리를 지키고 있는 그의 모습을 말없이 보던 유정이 물었다.

"왜 학교에 있는 거예요? 방학인데."

"그럼 넌 방학인데 왜 학교에 온 건데?"

"선생님 만나러."

숨길 줄도 모르는 어린아이는 그렇게 말했다. 당신을 만나러 왔다고. 이한의 미간이 종잇장처럼 구겨졌어도 유정은 제 기분만을 이야기했다.

"고모 딸이 왔어요. 그 아인 날 미워해요."

"……그래서?"

"그 집에 있는 건 다 자기 거래요. 비명을 지르려고 했는데 지를 수 없었어요. 전 그 집에 있어야 하거든요."

오늘 아침에 있던 일을 차근차근 늘어놓은 유정은 고개를 들어 퉁퉁 부은 얼굴로 이한을 보았다. 얼굴은 엉망이었지만 이한과 마주한 눈동자만은 빛나고 있었다.

"왜 그 집에 있어야 하는데?"

"제가 왜 고모부 집에 남은 것 같아요?"

물음에 물음으로 답한 유정은 이한이 가만히 입을 다무는 것을 멍하니 보았다.

"아직은 못 하지만 내가 어른이 되면 되찾아와야 하거든요. 내 걸 지키기 위해선 가장 가까운 곳에 있어야 해요."

"왜 그렇게까지 지키려고 하는데? 놓아버리면 쉬워."

소녀의 입술이 굳게 닫혔다. 소녀는 자리에서 일어나 그에게 다가왔다.

터벅터벅 무거운 걸음을 옮긴 유정은 그와 한 걸음 정도 거리를 둔 후 그를 올려다보았다. 그와 시선을 마주하기 위해선 노력을 해야 한다. 힘껏 고개를 치켜들고 무감한 눈을 마주해야 하니까.

"놓아버리셨군요, 선생님은?"

"……."

이한은 잠깐 튀어나온 경악을 갈무리했다. 하지만 이미 늦었다. 영악한 소녀는 그 짧은 사이, 그의 표정을 완벽하게 읽어버렸다.

"맞죠?"

"……너 건방져."

"알아요."

너무나 쉽게 인정해 버리니 더 이상 무어라 말할 수가 없다. 이한은 헤실헤실 웃는 유정의 얼굴을 내려다보며 한숨을 삼켰다.

방금 전까지 세상이 무너져라 울더니 이젠 웃는다. 어쩜 이렇게 정신 사납고 제멋대로일 수 있을까.

그가 팔짱을 끼며 어디 한번 계속해 보라는 듯이 유정을 보자, 그녀가 책상 한편에 있는 명함꽂이에서 명함 한 장을 꺼내 제 입술 위를 툭툭 두드렸다.

"다음엔 연락하고 찾아올게요."

개구지게 웃은 유정은 말릴 새도 없이 순식간에 이사장실을 나섰다. 소녀에게 팔을 뻗던 이한은 갈 곳을 잃고 허공에 머물고 있는 팔을 힘없이 내리며 웃었다.

"상종 못 할 꼬맹이네."

*

이것은 도가 지나쳤다, 분명.

이한은 오늘도 아침이 되자마자 울리는 휴대전화에 미간을 찌푸렸다. 문자는 굳이 확인하지 않아도 누군지 알 만했지만 그는 굳이 액정을 켜고 문자를 확인했다.

—스토커.

보낸 이를 확인한 그는 새로운 문자를 확인한 후 최근 3일 동안 도착한 문자를 주르륵 확인했다.

—오늘도 좋은 아침. 학교에 나오실 거예요? 그럼 나도 가게.

—밥 먹었어요?

—TV에서 개그 프로그램 하는데 엄청 웃겨요. 고모랑 같이 있는데 나도 모르게 크게 웃어버렸다니까.

—오늘 엄마가 운영하던 아틀리에에 갔어요. 고모 게 되어 있네요. 촌스러운 인테리어로 바뀌어 있어서 얼마나 놀랐는지 몰라요.

촌스러운 인테리어에 놀랐다는 말에 그는 자신도 모르게 웃음을 내뱉었다. 오는 문자에 답을 해주진 않았지만 그는 유정의 번호를 스팸으로 설정하지 않았다. 일상을 이야기하는 소녀의 문자.

그 나이의 또래답지만, 그래서 더욱 강유정답지 않은 수다. 조잘조잘, 짹짹짹짹. 그 소란함이 살아가려는 발버둥 같아서, 그는 소녀를 차단할 수 없었다.

손가락으로 액정을 미는 사이 또다시 새로운 문자가 도착했다.

—한빛도서관에 왔어요. 책 읽다가 밖에 나와서 잠시 바람을 쐬는데 몸이 타들어갈 것 같아요.

방금 전엔 아틀리에에 간 이야기를 했는데, 이번엔 도서관에 있단다. 동해 번쩍 서해 번쩍, 홍길동도 아니고.

한빛도서관은 그의 집에서 5분 거리에 있는 곳이다. 그리고 어린 시절 이한의 아지트이기도 했다. 사람은 없고 손때 묻은 책만 가득한 곳에서 이한은 마음의 안식을 찾았다. 열여덟의 그도 쉴 곳이 필요했었다.

휴대폰을 주머니에 넣은 그는 장식장 안에 세워져 있는 액자를 보았다.

환하게 웃고 있는 우영과 이한, 그리고…….

"너랑 비슷하지?"

잃어버린 여동생이 두 형제 사이에서 환하게 웃고 있다.

독서는 취향이 아니었다. 책을 읽을 때면 잠이 솔솔 몰려왔고, 작가들이 만들어낸 세계의 탐독은 소녀의 호기심을 일으키지 못

했다. 그럼에도 유정이 도서관을 찾은 이유는 간단했다.

소녀의 좁은 무릎 위에 올려 있는 것은 어린왕자였다. 수십 개의 출판사에서 출간한 〈어린왕자〉. 고등학생 권장 도서로도 지정이 되어 있고, 청소년 시기가 지나고 어른이 되어서도 사람들이 많이 찾는 책.

이한의 책상 위에 늘 자리 잡고 있는 낡은 책을 본 이후로 유정은 그 책의 내용이 궁금해졌다. 책 내용이 뭐기에 이한은 이 책을 손에서 놓지 않는 것일까. 몇 번이고, 아니, 몇십 번이고 읽은 것 같은 책은 모서리가 닳아 있었고, 책 등 부분도 까져 볼품없어 보였다. 하지만 이 책을 이한은 소중히 여겼다.

"빌려주세요."

"안 돼."

되도록 그녀의 고집대로 하게 내버려 두던 이한도 어린왕자만은 절대 빌려주지 않았다. 왜 빌려주지 못하느냐는 말에 그는 웃으며 책을 쓰다듬었다.

"이 책은 내 것이 아니니까. 나도 빌린 거야."

빌린 것치고 책은 늘 그의 책상 한편에 자리하고 있었다. 그 자리가 자신의 지정석이라는 듯이.

그래서 도서관을 찾았다. 책의 내용이 궁금해서. 결국 반 정도 읽고 덮을 수밖에 없었지만.

도서관 앞, 커다란 아름드리나무가 만들어내는 그늘 밑에 앉아 있던 유정이 바닥을 발로 탁탁 찼다. 모래가 신발 아래에서 바스라지고 모래가 가는 허벅지 위로 튀었지만 소녀는 움직임을 멈추지 않았다. 탁탁, 계속 바닥을 발돋움을 한다. 불안함을 대변한 행동이라는 것은 모른 채.

"안 오려나."

유정의 입술에 씁쓸한 웃음이 내걸렸다. 소녀는 누군가를 기다리고 있었다. 많은 문자에도 답을 하지 않는 사람이 왜 와줄 것이라 생각한 것일까. 옅은 한숨이 입술에서 흘러나왔다.

무릎 위의 책을 펼쳐 든 유정은 매미 소리를 음악 삼아 활자를 읽었다. 어린왕자가 막 여우를 만났을 때의 일이다. 여우의 말에 어린왕자가 물었다.

"길들인다는 게 무슨 말이야?"

"그것은 관계를 맺는다는 뜻이란다."

관계를 맺는다. 그것을 이 책에선 길들인다고 말했다. 길들인다는 것은 좀 더 근본적인 무언가가 있어야 하는 거 아닐까? 그 사람이 없으면 안 되고, 그 사람이 없으면 불안해지는, 그런 것을 길들인다고 하는 게 아닐까?

유정은 책을 더 읽지 못하고 한 사람을 떠올렸다.

이한, 그 사람은 날 길들인 것일까? 이 책의 말처럼 관계를 맺었고, 자신의 생각대로 그 사람이 없으면 불안했다. 그렇다면 그가 나의 '어린왕자' 인 걸까?

가만히 생각하던 유정은 머리 위로 드리우는 그림자를 느끼곤 깜짝 놀라 고개를 들었다. 갑자기 사람이 나타난 것도 놀라서 기함할 지경인데, 자신의 뺨에 닿는 시린 기운에 두 번 놀라 버렸다.

미친 듯이 뛰는 심장을 부여쥔 유정은 위에서 얼굴을 빼끔히 내민 이한의 모습에 신음처럼 말했다.

"아, 깜짝이야."

가슴께를 지그시 누른 유정은 그가 내미는 오렌지주스를 멍하니 보았다. 받아 들라는 듯 허공에서 흔들리는 캔을 받아 든 소녀가 말했다.

"어쩐 일이에요?"

"오라고 문자 보낸 건 넌데?"

오늘도 이한은 멋있었다. 얇은 셔츠에 가벼운 청바지를 입고 있는 그는 여름바람에 살랑살랑 흔들리는 머리카락을 정리했다. 그리고 제 뺨에 느껴지는 따가운 시선을 느끼곤 유정의 옆에 앉았다.

"왜 그렇게 봐?"

"……진짜 와줄 줄 몰랐어요."

"SOS 아니었어?"

"……."

심드렁한 표정을 보던 유정이 그에게서 시선을 뗐다. 학교의 이사장, 자신에게 쉴 곳을 주는 사람, 제 이야기를 들어주지만 어른들처럼 시시껄렁한 답은 해주지 않는 사람, 그리고…… 날 길들인 사람.

"저한테 왜 그렇게 잘해주세요?"

"뭐?"

갑작스러운 물음에 이한의 눈동자가 흔들렸다. 두 사람의 눈이 마주했고, 감정이 마주했다.

"이상하잖아요. 선생님은 제게 잘해줄 이유가 없는데."

"전에도 말했지만 넌 내가 이사장으로 있는 학교의……."

"거짓말하지 말아요."

이한의 말이 끝나기도 전에 딱 잘라 말한 유정이 맑은 눈동자에 그의 모습을 담았다.

"진짜 이유가 궁금해요."

진짜 이유라…….

잠시 생각에 잠겨 있던 이한은 결국 답을 찾지 못한 채 말했다.

"꼭 이유가 있어야 하나?"

꼭 이유가 있어야 한다는 듯, 소녀가 그를 바라보았다. 소녀의 눈에는 어떤 기대와 혼란이 모두 담겨 있었다. 이한은 더 이상 시선을 마주하지 못하고 고개를 돌렸다. 시원한 그늘 아래에서 바람을 쐬는 그의 얼굴에 감정이 드리워졌다.

"큰코다쳐요."

"뭐가?"

"불쌍하다고 손 잘못 뻗었다가는 다친다고요."

자리에서 벌떡 일어난 유정은 자신의 움직임을 따라 옮겨지는 시선을 보았다. 그는 아무것도 하지 않았다. 늘 그랬던 것처럼. 자신이 하는 행동만 바라보고 있다. 그게 무척이나 화가 났다. 자신 혼자 북 치고 장구 치고 마음대로 하고 있기는 하나 자신 혼자 하기 때문에.

불퉁한 얼굴로 이한을 보던 유정이 순간 표정을 바꿨다. 음울하던 얼굴 위로 갑작스레 피어오르는 웃음에 이한의 고개가 옆으로 기울어졌다.

"더워요?"

"여름이니까."

"시원하게 해줄까요?"

"여름은 더워야……."

유정은 들고 있던 음료를 그의 눈 가까이 댔다. 눈두덩에 순간 시원한 기운이 퍼지자 그가 손을 들어 캔을 치우려고 했다. 그 순간, 약간 벌어진 입술에 도톰한 무언가가 닿았다.

"어때요? 시원하죠?"

입술을 뗀 유정이 물었다. 소녀는 아무 말도 하지 못하는 그의 머리카락 안에 손가락을 밀어 넣었다. 남자는 힘겹게 소녀의 손을 떼어내었다.

"꼬맹아."

"강유정이에요."

"……강유정."

"네. 왜요?"

이름을 불러준 것이 기뻤을까. 유정의 얼굴이 웃음으로 만개했다. 하지만 곧이어 들려온 말에 인상을 굳힌다.

"까불지 마."

"……."

순간 말문이 막힌 유정은 멍하니 이한을 내려다보았다. 하지만 곧 그의 눈동자에 서린 감정을 발견해 내고선 입꼬리를 늘려 웃었다.

"싫은데 어쩌죠?"

"뭐?"

"선생님을 갖고 싶어요."

다가온 당신의 잘못이에요. 유정은 여전히 웃으며 그리 말했다.

"아가씨, 왜 이렇게 늦으셨어요?"

집 안으로 들어가자 여주댁이 안방의 눈치를 보며 유정을 타박했다. 미안하다고 말한 유정은 자신의 방으로 올라가는 내내 연신 웃음을 삼켰다. 당황하던 이한의 얼굴을 떠올리면 웃음을 참을 수가 없었다.

"다음 주부터 학교에 가요. 각오하세요."

이한은 끝까지 아무런 말도 하지 못했다. 무언가 하고 싶은 말이 있는 것 같았지만 입술만 달싹일 뿐 무서울 것이 없는 열여덟의 소녀를 설득할 만한 것은 떠올리지 못한 모습이었다.

키득키득 가볍게 웃음을 터뜨리며 제 방 문을 연 유정은 순간 비명을 내지르고 싶은 것을 애써 억눌렀다.

"뭐 이렇게 구려?"

옷장의 옷을 죄다 꺼내놓은 연정이 심술이 가득한 얼굴로 유정을 힐끗 보며 말했다.

"왜 그렇게 봐? 싫어? 네가 그랬잖아. 남의 것을 사용할 때 물어보는 게 예의라고. 그런데 너도 알다시피 이곳은 내 집이고 넌 아니잖아. 그럼 이제부터 너도 이 방에 있는 거 쓰기 전에 나한테 물어."

일부러 자신을 괴롭히기 위해 이러한 것이란 것을 알고 있다. 이 아이가 가진 심술은 어릴 적 자신이 무언가를 건드려 그러한 것이라고 생각했다.

유정은 손바닥에 고인 땀을 셔츠에 슥슥 닦아냈다. 얼마나 주먹을 꽉 쥐고 있었는지 손바닥에 땀이 차올라 있다.

"아니, 아니다. 안 물어봐도 돼. 이런 건 발에 치일 정도로 많으니까."

마지막까지 미운 소리만 한 연정이 씩씩거리며 방을 나선다. 아무런 반응도 보이지 않는 유정의 모습이 재미없다는 듯이.

문이 닫혔다. 유정은 그제야 침대 위로 쓰러졌다.

구해주세요, 구해주세요, 구해주세요.

몇 번이나 빌었을까. 누군가에게 빌었는지조차 모르겠다. 문득 시선을 느낀 유정이 옆으로 고개를 돌렸다. 여주댁이 방문 앞에서 있었다. 방 안 꼴이 얼마나 엉망이었는지 깨달은 소녀는 고개를 저었다.

"제가 치울게요. 내려가 보세요."

"연정 아가씨도 참 너무하지."

그렇게 말하면서도 여주댁은 아무것도 도와주지 못했다. 어찌되었든 여주댁은 고모부 내외가 고용한 고용인이었으니까. 방 앞에서 어쩔 줄 몰라 하는 여주댁을 보며 유정은 희미한 웃음을 지었다.

"……고모랑 고모부에겐 아무 말씀도 하지 말아주세요."

그래도 괜찮았다.

소녀의 마음속을 차지한 한 사람이 있었기에.

4. 넘어지다

고2 여름방학은 짧았다. 내년 겨울에 있을 수능을 위해 방학까지 반납하고 학교를 찾은 아이들의 얼굴이 일그러져 있었다. 정부의 에너지정책 때문에 에어컨도 틀지 못하고 덜덜거리는 선풍기에만 의지해 더위를 식히던 아이들은 교실 중간에 앉아 있는 유정을 힐끗힐끗 보았다.

"재 성적 봤어?"

"전교 2등이더라?"

"와, 공부 안 했다고 했으면서, 어떻게 그런 앙큼한 거짓말을 하냐?"

유리는 아무 말도 하지 않았다. 하지만 유리가 침묵을 지킬수록, 유리 주위의 친구들의 적대감은 더더욱 불타올랐다. 소녀들은 그것이 유리를 위한 일이라고 생각했다.

단 2주 사이였지만 유리의 몸은 비쩍 말라 있었다. 유정은 제 일이 아니라고 생각하면서도 자꾸만 유리에게 향하는 시선을 멈출 수가 없었다. 다가가서 묻고 싶었다. '무슨 일 있어?' 라고.

"그래, 영호도 안 좋아한다고 해놓고서. 얌전한 고양이도 아니고."

누군가의 말에 유리가 어깨를 움찔 떨었다. 후우, 한숨을 내뱉은 유정이 자리에서 일어났다. 이대로 있다가는 오해만 더 커질 것 같았다.

유정이 유리에게 다가가 본의 아니게 저질러져 버린 이 일에 대해 사과하려고 할 때였다. 뒤에서 유정과 마찬가지로 아이들의 이야기를 가만히 듣고 있던 영호가 책상을 손바닥으로 내려치며 자리에서 벌떡 일어났다.

"너희 진짜 너무한 거 아니냐? 엄청 유치해!"

영호의 말에 교실 안에 금세 침묵이 내리깔렸다.

유정은 반사적으로 영호를 향해 고개를 돌렸다. 영호의 입을 틀어막아 버리고 싶었다. 할 수만 있다면 입을 꿰매 버리고도 싶었다. 하지만 유정이 무어라 말할 새도 없이 자리에서 벌떡 일어난 유리가 교실을 빠져나갔다.

유리의 뒤를 따라 일어선 아이들이 유정을 노려보며 말했다.

"재수 없어, 진짜."

그 말에 유정의 어깨가 잔뜩 쪼그라들었다. 끝없이 자신을 밀어내는 아이들에게 어떻게 다가가야 할지 몰라 고민해 보았지만 막상 머릿속에 떠오르는 것이 없었다.

아이들이 모두 유정과 영호의 눈치만 살피고 있다. 뭔가가 일어날 것 같은 폭풍 전야였다.

먼저 걸음을 옮긴 것은 유정이었다. 영호의 앞으로 다가간 유정이 턱을 한껏 치켜 올리고 말했다.

"전에 내가 확실히 말해두지 않은 게 있어서."

"아, 저……."

"나 너 안 좋아해. 나 좋아하는 사람 따로 있어."

영호는 아무 말 없이 입을 다물었다. 아이들 앞에서 공개적으로 거절당하는 상황이 무척이나 슬픈 듯했다. 하지만 소녀는 거기서 멈추지 않았다.

"방금 전엔 네가 나서지 말아야 했어. 네가 감정이 앞서니까 나도 그렇게 되잖아."

"……미안하다."

"좋아해 줘서 고마워. 하지만 단지 그뿐이야."

소년의 말간 눈동자에 커다란 상처가 생겼다. 유정은 뻔히 보이는 그 상처를 무시하고 1층으로 달려갔다. 영호의 상처 같은 것은 유정이 알 바 아니었다. 소녀에겐 오로지, 자신의 머릿속에 각인된 상대만이 중요했다. 얼마 전의 유리가 그러했듯.

잠시도 쉬지 않고 1층까지 구르듯 내려온 유정은 이사장실 문을 열었다.

"왜 그래?"

문소리에 답하듯 창가에 서 있던 그가 뒤를 돌아봤다. 그는 항상 이곳에 있었다. 자신을 기다려 주지 않지만 같은 자리를 지키고 있었다. 소녀에겐 그것만으로도 커다란 위안이 되었다.

"각오는 하고 오셨어요?"

소녀가 눈을 가늘게 뜨며 입꼬리를 올리자 남자가 콧방귀를 뀌었다.

"너 같은 꼬맹이한테 각오 따윈 필요 없지."

비틀려 올라간 남자의 입술은 장난을 치는 것 같기도 했고, 짜증이 난 것 같기도 했다. 명확하지 않게 뒤섞인 감정들이 소녀에게 오기를 품게 만들었다.

"나쁜 어른. 내 첫 키스 물어내요."

"물어내라고 하고 싶은 건 난데? 엄밀하게 말하자면, 성추행을 당한 사람은 나야."

하지만 성인인 남자는 소녀의 오기를 가볍게 무시했다. 이한은 붉어진 소녀의 얼굴을 빤히 보며 물었다.

"오늘부터 보충수업 있을 텐데?"

"공부는 안 해도 돼요."

"학생의 본분은 공부야."

"공부는 잘 먹고 잘살기 위해서 하는 거잖아요. 우리 엄마가 나한테 돈은 썩어날 정도로 줬거든요. 그리고 하나의 약속만 지키라고 했어요."

걸음을 옮겨 이한과 거리를 좁힌 유정이 책상에 걸터앉으며 등을 돌렸다.

"아무것도 하지 말 것. 그래야 살아남을 수 있을 거라고 했어요. 보면 돈 많은 사람들이 더 욕심이 많거든요. 어린 여자애 치워 버리는 것은 일도 아닐 테니까. 그래서 전 아무것도 안 할 생각이에요."

유정은 아직 할 말이 끝나지 않은 듯 입술을 달싹였다. 그리고 한참 망설이고 망설이던 말을 꺼냈다.

"저 여기에 있어도 돼요?"

"안 돼. 교실로 돌아가."

"아, 왜요!"

고개를 팩 돌린 유정이 어깨를 흔들며 짜증을 냈다.

이한은 분주하게 흔들리는 소녀의 어깨를 잡고 고정시켰다. 좁은 어깨가 한 손에 들어온다. 이 작은 어깨로 소녀는 세상과 맞서 싸우고 있었다. 그래서 처음부터 이 아이가 거슬렸나 보다. 위태롭고 안타까워서. 과거의 누군가를 떠올리게 만들어서.

하지만 이한은 늘 그랬던 것처럼 묘하게 비어버린 눈동자를 깜빡이며 과거의 그림자를 지워냈다.

"네가 또 나 덮칠까 봐 무서워서 그런다."

"에, 그게 뭐예요?"

"정말이야. 다시 한 번만 더 그래 봐, 집어 던질 거니까."

보란 듯 그가 손을 들었다. 보통의 어른보다 큰 그의 손은 보통의 아이보다 작은 소녀에게 충분히 위협적이었다. 하지만 유정은 겁 먹은 표정 대신 남자가 처음 보는 표정을 지었다.

"그럼 나한테 잘해주지 마요."

소녀의 얼굴에서 장난기가 사라졌다. 당당하게 부딪쳐 오는 소녀는 그야말로 열여덟다웠다. 그리고 남자는 소녀의 진심을 살짝 피해갔다.

"난 네가 다치지 않길 바라."

"왜요?"

"몰라. 하지만 이건 확실해. 난 더 이상 소중한 걸 만들 수가 없어."

"왜요?"

소녀가 연달아 같은 질문을 던졌다. 진중한 얼굴로. 그러자 방금 전까지 웃고 있던 그의 얼굴에서 감정이 사라지고 제법 가깝던 두 사람의 감정에 엄청난 간극이 생겨났다.

"지키지 못할 게 뻔하니까."

그가 딱 잘라 말했다. 더 이상 생각할 여지가 없는 일이라는 듯이. 하지만 유정은 그의 말을 가볍게 치부해 버렸다.

"내가 지키면 돼요."

"어린 네가 무얼 할 수 있겠어?"

이한은 소녀의 무지를 비웃었다. 소녀의 용기는 무지에서 오는 것이었으니까, 무지를 비웃었다고 해도 틀린 말은 아니었다. '네가 무엇을 할 수 있냐고'. 자신을 지키는 것도 힘겨워할 나이의 아이였기에 그는 망설이지 않고 그렇게 말할 수 있었다.

그리고 소녀는 그의 비웃음을 다시 한 번 비웃었다.

"어른인데 아무것도 못 하는 선생님보단 제가 더 든든하지 않아요? 전 분명 지킬 수 있어요."

소녀는 반짝반짝 빛이 났다. 고개를 숙여 시선을 피하는 눈동자와 마주하며 유정이 환하게 웃었다.

"전 선생님을 지킬 수 있어요."

그 말을 듣자 이한은 정말 그렇게 될지도 모르겠다는 생각을 했다. 이 나이 또래의 그는 겁쟁이였지만 유정은 아니었다. 자신의 몸이 부서져라 부딪치고 깨졌지만 결코 물러나지 않았으니까.

"그래, 넌 그럴 수 있을지도 모르겠다."

그가 처음으로 유정에게 진심으로 웃어주었다.

그것이 너무나 예뻐 유정은 한참이고 아무 말도 하지 못한 채 그의 얼굴만 멍하니 내려다보았다.

"키스하고 싶어요."

그리고 얼떨결에 꺼낸 말. 그 말에 이한은 자신의 입을 가리며 얼굴을 붉혔다. 귀까지 빨개진 그를 본 유정의 입에서 맑은 웃음소리가 터져 나왔다.

"뭐야, 선생님! 어른인 척하더니!"

다른 의미에서, 소녀가 남자를 비웃었다.

"하아……."

유정은 엉망이 된 방을 보며 무심하게 한숨을 쉬었다. 화가 나서가 아니었다. 단지 치우는 것이 귀찮았을 뿐이다. 이 정도의 심술은 벼랑 끝에 선 소녀에겐 장난거리도 안 되었다. 가방을 내려놓은 소녀는 비웃는 듯 입꼬리를 올린 아이를 향해 진심으로 충고했다.

"날 괴롭히고 싶으면 다른 일을 찾아보는 게 좋아."

"뭐?"

"이런 건 나에게 괴롭힘이 되지 못한다고."

친구가 생겼었고, 그 친구를 잃었다. 진짜 괴롭힘을 경험해 본 유정은 무시가 가장 무섭다는 것을 알고 있었다.

"이연정, 네가 이렇게 치사하게 나오니까 나도 치사하게 한마디 할게. 너와 나의 사이 정도는 명확하게 해두는 게 좋을 것 같아서."

"뭐, 뭐야?"

"너 때문에 내가 빈정이 상하면 곤란해지는 건 네 엄마, 아빠야. 내가 성인이 될 때까지 주식을 만질 수 없는 것처럼 너희 부모님도 마찬가지거든."

"……."

몸을 떨며 가만히 유정의 이야기를 듣던 연정이 주춤주춤 뒤로 물러났다. 어쨌든 연정에게도 생각할 수 있는 '머리'라는 게 있기는 했으니까. 다만 연정의 머리는 그 용량이 작았다.

"내가 만약 너와 싸우고 이 집을 나가겠다고 하면 고모부 성격에 널 가만히 내버려 두시겠어? 그러니까 이만 내 방에서 나가……."

짝!

갑자기, 유정의 고개가 왼쪽으로 확 돌아갔다. 뺨에서 끼쳐 올라오는 열기에 유정은 눈을 커다랗게 떴다.

뭐야? 나 지금 맞은 거야?

그리고 그녀가 미처 상황 파악을 하기도 전에 악에 받친 연정의 음성이 들렸다.

"이래도 화 안 나?"

맞은 뺨을 쓰다듬던 유정이 고개를 돌려 연정을 보았다. 그리고 순식간에 연정과 거리를 좁힌 후 팔을 힘껏 올렸다.

짝!

방금 전과는 비교도 되지 않을 만큼 커다란 소리가 방 안을 울렸다. 연정이 깜짝 놀란 눈으로 유정을 보았지만, 그녀는 도도하게 턱을 치켜 올리며 어디 한번 해보자는 듯 웃었다. 뺨이 손톱에 긁혀 피가 흘러내리고 있다는 것도 알지 못한 채.

"이러면 화가 안 나지. 또 때려봐, 나도 때려줄 테니까."

소녀의 기세에 연정이 두어 걸음 뒤로 물러났다. 그러다 쉬이 물러나지는 못하겠다는 듯 눈에 들어온 액자를 쥐고 힘껏 집어 던졌다.

와장창!

액자 유리가 깨지고 안에 들어 있던 사진이 상했다. 이제 몇 장 남지 않은 부모님과 찍은 사진이다. 늘 바쁘셨지만 자상한 아버지, 따스하게 웃어주시던 어머니, 그리고 철없이 웃기만 하던 소녀. 그 모든 것들이 부서지고 깨져 엉망이 되었다.

깜짝 놀란 여주댁이 달려와 두 사람의 모습을 멍하니 보았다.

"이, 이게 대체……."

여주댁이 더듬더듬 둘에게로 다가오려고 할 때였다. 연정이 몸을 팩 돌리더니 밖으로 나갔다. 아무렇지도 않게 뺨을 한번 쓸어내린 유정은 연정이 집어 던진 액자 쪽으로 다가갔다. 유정은 유리 조각을 걷어낸 후 사진을 들었다. 유리에 찍혀 아빠의 얼굴이 엉망이 되어버렸다. 사진관에 가면 다시 복구할 수 있을까.

"아, 아가씨……."

여주댁은 마우스피스라도 낀 것처럼 퉁퉁 부어오르기 시작한 유정의 얼굴을 보며 이마를 찌푸렸다. 뺨에 난 상처도 빨리 치료하지 않으면 상처가 남을 것 같았다.

하지만 유정은 자신의 얼굴은 어찌 되든 상관없다는 듯이 멀뚱히 사진을 내려다보았다.

"참아야 하죠?"

"……."

"내가 지금 참아야 하는 게 맞죠?"

유정의 물음에 여주댁은 안쓰럽다는 듯이 소녀에게 다가갔다. 그리고 세월의 풍파를 맞아 주름지고 굳은살로 딱딱한 손을 올려 소녀의 머리를 조심스레 쓰다듬었다.

"참지 않으셔도 돼요."

울라는 뜻이다. 울어도 된다고.

하지만 소녀는 울지 않았다. 자리에서 벌떡 일어난 유정은 여주댁의 손을 치워내며 날카롭게 눈을 빛냈다.

"그럼 참지 않을래요."

소녀는 풀어놓은 긴 머리카락이 휘날릴 정도로 빠르게 집을 벗어났다.

아니.

도망쳤다.

*

씻고 나오자, 기다렸다는 듯 휴대전화가 윙윙 울렸다. 시각을 확인한 이한의 미간이 찌푸려졌다. 벌써 아홉 시가 넘은 시각이었다.

"후우."

한숨을 내뱉은 그는 요란하게 몸을 떨고 있는 휴대전화를 외면

했다. 그리고 냉장고 문을 열고 차가운 냉수를 꺼냈다. 그가 물 한 통을 다 비울 때까지 전화기는 끈질기게 울리고 있었다.

끈질기다, 참.

헛웃음을 지은 그가 막 전화를 받으려던 찰나 전화가 끊겼다. 액정엔 '부재중 12통' 이란 글자가 새겨져 있었다.

"끈질긴 것 맞네."

그때였다. 손에 쥐어져 있던 휴대전화가 다시 울리기 시작한 것은.

이한은 휴대전화 액정을 밀고 의례적인 인사를 했다.

"여보세요?"

[……진짜 받았네.]

"전화 받으라고 건 거 아니야?"

[받아주었으면 해서 걸었어요.]

"열두 통씩이나?"

[내 주위에 사람이 더 많았다면 선생님한테 그렇게 끈질기게 전화하진 않았을 거예요.]

또다. 제 가슴을 모두 열어 보이는 멍청한 짓.

이한은 눈두덩을 손바닥으로 꾹꾹 눌렀다.

"무슨 일인데?"

[어떤 아저씨가 같이 놀자고 계속 치근거려요. 내가 고등학생이라고 했는데도 괜찮대요.]

"……."

[어떻게 할까요? 따라가요?]

그가 할 말이 무엇인지 뻔히 알면서도 유정은 그렇게 물었다.

자신이 원하는 답을 들려주길 바라며. 그리고 이한은 알면서도 소녀가 원하는 말을 들려줄 수밖에 없었다.

"너 지금 어디야?"

[여기가 어딜까요?]

"후……."

마치 스무고개를 하는 것처럼 소녀가 또다시 질문을 던진다. 침묵하는 이한의 귀에 전화기 너머의 소리가 들렸다.

[노래방 가자니까, 노래방. 아저씨 아무 짓도 안 할게. 아저씨 나쁜 사람 아니야.]

머리가 쪼개질 것 같은 통증이 밀려왔다.

"어딘지 빨리 말해."

[선생님이 있는 곳을 가르쳐 주면 제가 그리로 갈게요.]

"집에 있어."

[그럼 집 주소 말해줘요.]

"너, 위험해."

[알아요.]

소녀가 연이어 말했다.

[나 위험한 거.]

이 늦은 시각에 남자의 집으로 온다는 게 어떤 의미인지 작은 소녀는 알고 있을까. 아마도 모를 것이다. 안다면, 이렇게 떼를 쓸 수 없다.

"집으로 돌아가."

[……]

그의 말에 서린 엄격함을 읽었는지 유정은 아무 말도 하지 않았다. 그리고 얼마의 시간이 흘렀을까.

[내게…… 집이 있던가?]

슬픔이 그득한 목소리로 소녀가 말했다. 목구멍이 꽉 막혀 버린 듯 말소리가 끊어질 듯 이어지고 있었다. 다 큰 어른도 항복하게 만드는 애처로운 목소리였다.

"아야! 아파요!"

상처를 소독하는 이한의 손길에 유정이 빽 하고 소리를 질렀다. 이한은 아프다며 몸서리치는 유정의 뺨에 밴드를 붙여주며 물었다.

"어디서 다쳤어?"

"날 엄청 싫어하는 애가 때렸어요. 하지만 걱정하지 마세요, 나도 똑같이 해줬으니까."

"자랑이다."

심드렁하게 말한 이한이 약상자를 정리하며 자리에서 일어났다.

"집으로 돌아가."

"싫어요. 조금만 더 있다가 갈래요!"

이렇게 들어온 집인데, 라고 말한 유정이 자리에서 발딱 일어나더니 집 안을 들쑤시기 시작했다. 놓여 있는 작은 장식품들을 만지작거리고 들었다 내려놓길 반복하는 유정의 뒷모습을 보던 그가 소파에 털썩 주저앉았다. 짤막한 여자가 집 안을 종종거리며 돌아다니자 더욱 부산스럽게 느껴졌다.

장식장으로 향한 유정은 세워져 있는 액자를 멀뚱히 보더니 손가락으로 툭툭 두드리며 물었다.

"누구예요? 엄청 작다."

"기분 나쁠 거야. 작은 사람한테 작다는 이야기를 들으면."

"뭐예요?"

홱 쏘아보는 유정을 무시한 이한이 액자를 집어 들었다. 그의 입가에 미미한 웃음이 떠올랐다.

"동생이야."

"와, 친동생이요? 전혀 안 닮았는데?"

"그런 이야기 많이 들어. 혼자 작았거든."

이한의 이야기를 듣던 유정이 눈알을 굴리더니 이내 그와 비슷한 웃음을 지었다.

"과거형으로 들리네요?"

날카로운 지적에 이한의 얼굴에서 순식간에 웃음이 사라졌다.

"그만 가."

자리에서 일어난 그가 귀찮다는 듯이 허공에서 손을 휘저었다. 유정은 발을 꼼지락거리며 그의 눈치를 살살 살폈다.

"재워주면 안 돼요?"

"……남자 집에서 자겠다는 말이 어떤 의미인지 모르지?"

"선생님은 날 여자로 봐요? 아니죠?"

"……."

말문이 막힌 그가 입을 꾹 다물었다. 하지만 유정은 거기서 멈추지 않았다.

"내가 선생님을 넘어뜨린다고 해서 넘어가 주지도 않을 거잖아요."

"150㎝한테 넘어가면 자존심이 상하지."

"키 이야긴 하지 마세요!"

버럭 소리친 유정이 표정을 갈무리했다. 장난을 쳐도, 화를 내도, 짜증을 부려도 남자의 태도는 달라지지 않는다. 남자가 약해질 때는 단 한 순간뿐이었다. 연약하고 어린 '소녀'의 모습. 마치 사진 속의 동생처럼 가녀린 모습을 보일 때만 남자는 부드러워졌다.

"오늘만 재워줘요. 무슨 짓을 할지 몰라 뛰쳐나왔는데, 갈 데가 없어요."

역시나, 철옹성 같던 남자의 표정이 누그러졌다.

"……그래서 애라는 거야."

"알아요."

이한의 대답에서 긍정을 읽은 유정은 쪼르르 걸음을 옮겨 방금 전까지 그가 앉아 있던 소파에 털썩 소리 내어 앉았다. 그리고 새하얀 소파를 손바닥으로 팡팡 내려쳤다.

"여기서 자면 되니까 재워주세요."

세상에 완벽한 어둠이 내려앉았다. 자정이 넘어간 지도 오래, 두 시를 가리키는 시계를 힐끗 확인한 그가 침대에서 몸을 일으켰다.

"후."

소리를 죽이고 밖으로 나간 그는 이불을 덮은 채 잠들어 있는 인영을 보았다. 그에겐 좁은 소파가 유정에겐 커다란 침대처럼 보였다. 하지만 그뿐이다. 불편한 소파에 깊이 잠들지 못한 것이지 연신 몸을 뒤척이고 있다.

한참 어둠 속에서 유정을 바라보던 이한이 한쪽 무릎을 굽히고 앉았다. 작은 얼굴이 잔뜩 구겨져 있다. 찌글찌글 참 못나 보인다. 그래서 시선을 뗄 수가 없다.

"위험해."

작은 소녀를 보며 그가 우울하게 읊조렸다.

지끈, 두통이 밀려왔다.

*

키득키득. 유정이 작게 웃음을 내뱉었다. 소파 위에 구겨져 자는 이한을 한참이고 바라보는 소녀의 얼굴에 행복함이 떠올라 있었다.

옮길 때 무겁진 않았나? 그의 침대에서 일어난 순간, 유정은 가장 먼저 그 생각을 했다. 그리고 비썩 말라 있는 자신의 몸을 보며 한숨을 삼켰다.

이러니 그 사람이 날 여자로 안 봐주지.

오늘부터라도 꼬박꼬박 밥을 먹어야겠다고 생각하며 거실로 나오자 소파에 잠들어 있는 그가 보였다. 소녀는 불편한 기색이 역력한 얼굴로 잠들어 있는 그를 훔쳐보며 한참이나 방긋방긋 웃었다.

만지고 싶었지만 만질 수 없다. 지금 만지면 깰 것이 분명하니까.

대신 소녀는 휴대전화를 꺼내 남자의 얼굴에 앵글을 맞추고 버튼을 눌렀다.

치즈— 찰칵!

몰카 방지용 소리가 들리자 이한이 눈을 번뜩 떴다.

"저리 치워."

"에이, 치사하게. 보기만 하겠다는데."

이한은 개구지게 웃는 소녀의 얼굴을 밀어냈다.

저돌적인 소녀는 부담스럽다.

그가 만들어낸 세상을 마구 뒤흔들고 부숴 버리니까.

"이제 그만 집으로 가."

"알았어요. 말 안 해도 갈 거예요."

자리에서 일어난 유정이 혀를 쏙 빼내더니 뽀르르 집을 벗어난다. 유정의 뒷모습이 사라진 걸 확인한 이한의 입술에서 깊은 한숨이 터져 나왔다. 그리고 문득 깨달은 사실에 눈을 동그랗게 떴다.

"아……."

집에서 잠들었다. 학교가 아니면 잠시도 눈을 붙이지 못하던 그가 유정이 다가온 것도 모른 채 잠들었다.

놀란 표정으로 유정이 나간 문을 보던 그가 다시 침대에 털썩 누운 후 손으로 얼굴을 가렸다.

그에게서 괴로운 신음이 흘러나왔다.

"젠장……."

집에 도착한 유정은 고모부 내외가 어젯밤 자신이 집에 들어오지 않았다는 걸 알지 못한다는 사실을 깨닫곤 잠시 충격을 받았다. 하지만 이내 가볍게 어깨를 으쓱이며 자신의 방으로 향했다.

유정은 의자에 앉아 기다란 속눈썹을 늘어뜨린 채 잠들어 있는 이한의 사진을 보며 웃은 후 액정에 입을 맞췄다.

그와 직접 입을 맞춘 것도 아닌데 얼굴이 붉어졌다. 그리고 왼쪽 가슴이 뜨거워졌다.

*

여름이 한풀 꺾여가는 8월 말이었건만, 더위는 여전히 기승을 부렸다. 에어컨 바람을 찾아 건물 안으로 들어간 사람들 덕분에 한산해진 거리를 보던 유정은 맞은편에서 들리는 목소리에 고개를 돌렸다.

"많이 마르셨습니다."

그렇게 말하는 최 변호사 역시 조금 야윈 것 같았다. 하지만 유정은 그런 내색 따윈 않고 앞에 놔둔 레모네이드를 한 모금 마셨다.

"그래요?"

"네. 많이 힘드십니까?"

"집은 조금 답답하고 힘든데, 괜찮아요."

"학교생활은요?"

"왕따를 당하는 것 같지만 그것 역시 괜찮아요."

"……."

일그러진 그의 표정을 보며 유정이 정말 괜찮다는 듯 말을 이었다.

"정말이에요. 학교 이사장이 있는데 무척 잘해줘요."

"이사장?"

전혀 뜻밖의 명칭에 최 변호사는 기억을 더듬었다. 무언가 생각이 날 듯 말 듯했다.

"아가씨가 다니는 학교가……."

"대영이요."

"아아, 그래요. 태훈 차남이 운영하는 곳이었죠. 김이한이던가요?"

"어? 최 변호사님이 어떻게 선생님을 알아요?"

"그 사람에 대한 소식이라면 유명하니까요."

유정은 고개를 기울였다. 무슨 소식이냐고 묻는 투였다. 이 이야기를 해도 될까 고민하던 최 변호사가 조심스러운 음색으로 말했다.

"아가씨와 사정이 비슷해요."

"사정이 비슷하다고 하면……?"

"어릴 적에 부모님을 모두 잃었죠. 그 일로 태훈이 한동안 떠들썩했어요. 지금이야 사람들이 이야기를 잘 안 하지만……."

"아……."

"모르셨어요?"

유정이 고개를 끄덕였다.

"그쪽 사람들에겐 관심 두지 않았으니까요."

"그렇군요."

고개를 끄덕이는 최 변호사의 얼굴에 난감함이 비쳤다. 유정의 눈빛이 날카로워져 있었다. 이야기를 잘못 꺼냈다. 이런 이야기는 애초에 꺼내는 게 아닌데.

"뭔가 더 있는 거죠? 말해주세요."

"그게……."

그가 쉬이 입을 열지 못하자 유정이 고집스레 말했다.

"대한민국은 IT 강국이라고요. 검색 한 번이면 많은 걸 알아낼 수도 있고요."

"아…… 휴."

한숨을 뱉은 그가 미간을 찌푸렸다. 어쩔 도리가 없다는 듯이.

"태훈은 2남 1녀였어요."

"였어요……?"

과거형에 소녀가 멍하니 되물었다. 그러자 최 변호사가 고개를 끄덕이며 말을 이었다.

"열일곱 살 때던가…… 하여튼 학교 옥상에서 뛰어내려서 자살했어요. 그것 때문에 한동안 대한민국이 시끄러웠죠."

"왜……."

되묻던 유정이 입을 꾹 다물었다.

처음 이한과 옥상에서 만났던 날이 떠올랐다.

"왜 옥상 문을 잠가두는 거예요?"

"너 같은 학생이 있을까 봐."

그 말에 유정이 되물었다. 혹시 땡땡이치는 학생 때문에 그러느냐고. 이에 그는 고개를 내저으며 말했다.

"아니, 뛰어내릴 것 같은 학생."

그 대답에 유정은 웃음을 흘렸다. 그땐 정말 옥상에서 뛰어내리고 싶었기 때문이다.

그리고 두 번째로 옥상에서 만났을 때, 그는 난간에 기대어 있는 소녀의 팔을 붙잡으며 놀란 표정을 지었다.

"뛰어내리는 줄 알았어."

그 말에 담겨 있던 감정이 뭐였더라.

생각이 나지 않는다.

그때의 유정은 자신의 일만으로도 머리가 가득 차버려 주위의 것들은 보지 못했다. 그저 가볍게 웃으며 되받아쳤던 것 같다.

그리고 그와 마지막으로 옥상에서 만났던 날에 소녀는 물었다.

"선생님이 뛰어내리고 싶은 건 아니에요?"

"뭐?"

소녀의 말에, 그의 얼굴이 형편없이 일그러졌다.

"마치 강요하는 것 같잖아. 뛰어내리지 말라고."

화가 가득하던 표정은 지금에 와 생각해 보니 괴로움이었다. 소녀의 표정이 흐려졌다.

"멍청한 년."

"네?"

"이기적인 년."

"아, 아가씨?"

"나쁜 년."

"……."

쉼 없이 욕을 내뱉는 유정의 모습을 놀란 눈으로 보던 최 변호사가 물었다.

"왜 그러세요?"

"……."

"아가씨?"

소녀는 손을 들어 제 얼굴을 가렸다. 부끄러워 미칠 것 같았다. 자신의 감정만 강요하던 지난날이 떠올랐다.

날 위로해 줘요. 나 불쌍한 애니까 제발 날 위로해 줘요.

그의 감정은 보려 하지도 않고, 바라기만 했다.

"나 진짜 나쁜 년 같아요. 엄청 이기적인 년이야. 나밖에 모르는 아주 나쁜 년."

"……."

그에게 되물어선 안 됐다.

그것이 그에겐 큰 상처일 테니까.

하지만 어린 소녀는 이를 알지 못했고, 그를 괴롭혔다. 아무것도 모르는 어린아이라는 점만으로 용서받으며.

"그래서…… 어떻게 됐는데요?"

조심스럽게, 소녀가 물었다. 언제나 거침없던 소녀와는 사뭇 다른 태도에 최 변호사는 주의 깊게 듣지 않았던 이야기를 술술 꺼내놓았다.

"모두 태훈은 첫째가 아닌 둘째가 물려받을 거라고 생각했어요. 공부를 아주 잘했고 사업 쪽으로도 꽤 감각이 좋았거든요. 그런데 외가 쪽의 대영재단으로 들어가 버리더라고요. 그 후론 계속 학교만 경영하는 것 같아요."

한 달 전, 우연히 참여한 모임에서 들은 말이다. 태훈 쪽 법무팀에서 일하고 있는 동기생에게서 들은 것이니 확실할 터였다.

"그런데 이쪽 사람들이 간혹 그러더라고요. 김이한 씬…… 음."

그가 어떻게 말해야 할지 몰라 말을 멈췄다. 동기가 말했다. 김이한은 미쳤다고. 그것 때문에 태훈 김우영 사장의 걱정이 말이 아니라고. 한동안은 회사 내에 김이한이 정신병원에 입원했다는 소문까지 돌았다고도 했다.

이한과 친하게 지내고 있는 것 같은 유정에게 어디까지 말해야 할지 몰라 그는 몇 번이고 입술을 달싹이다가 이내 입을 다물었다. 아무리 좋은 단어를 떠올려 보아도 그 상황을 둘러 표현할 마땅할 말이 없었다.

"학교에 갇혔다?"

그런 최 변호사를 대신해 유정이 먼저 운을 뗐다. 숨통이 트인 최 변호사가 미미하게 고개를 저었다.

"그렇게 시적인 표현은 아니고요. 그냥 도망간 거라고요, 태훈에서."

그래도 이사장으로서 훌륭하다니 된 것 아니냐며 최 변호사가 덧붙였다. 유정은 떨리는 눈빛으로 고개를 숙였다.

"난 더 이상 소중한 걸 만들 수가 없어. 지키지 못할 게 뻔하니까."

순식간에 눈에 눈물이 차올랐다. 신음이 터져 나올 것만 같다.

소중한 것, 그것을 그는 더 이상 만들 수가 없다고 말했다. 왜냐는 물음에 그는 말했다. 지키지 못할 게 분명하다고. 그렇다고. 그래서 더 이상 자신의 마음엔 아무도 담을 수 없다고.

연민.

그것으로 만들어진 관계가 얼마나 불안정한지 소녀는 너무나 잘 알고 있었다.

하지만 그 감정으로 이한과 자신은 묶여 있었다.

최 변호사와 헤어진 유정은 비척비척 걸음을 옮겼다. 딱히 목적지를 정해두진 않았지만 걸음은 자연스럽게 학교로 향했다.

하교가 끝난 뒤의 학교는 을씨년스럽다. 어둠에 갇힌 학교는 귀신이라도 나올 것만 같았다.

제발, 제발 없기를.

소녀는 난생처음으로 그가 없길 바라며 걸음을 옮겼다. 그리고 이사장실 문 앞에 멈춰서 조심스레 문을 열었다.

달칵. 그러한 소리가 들렸던 것 같다. 작은 소리여서, 문을 열자마자 의자에 기대어 잠든 그의 모습에 소녀는 자신이 방금 들은 소리가 현실에서 들은 것이 맞나 잠시 생각했다.

천천히 걸음을 옮긴 유정은 달빛을 받으며 잠들어 있는 남자의 앞에 섰다.

그의 앞에 무릎을 꿇고 앉은 유정이 손을 뻗어 힘없이 늘어진 새하얀 손을 붙잡았다. 그러자 놀랍게도 천천히 닫혀 있던 눈꺼풀이 들렸다.

그는 갑작스레 나타난 유정의 모습에도 놀라지 않았다. 소녀가 자신의 손을 붙잡고 있는데도 떨쳐 내지 않았다. 그저 멍하니 소녀의 모습만 내려다볼 뿐.

"왜 여기서 자요?"

"……."

"말해주면 안 돼요? 아무런 도움이 되지 않을 테지만…… 속에만 담아두면 병 돼요."

파르르 떨리는 손끝만큼 음정도 흔들렸다. 유정은 흐려진 눈망울로 이한을 올려다보며 부탁했다. 그 이야기, 내가 들어주면 안 되나 하고.

그러자 그가 천천히 눈을 깜빡이며 읊조렸다.

"다른 곳에선 잠을 잘 수가 없어."

"왜요?"

끊어질 듯 끊어지지 않는 음성. 달빛 아래 두 사람처럼 희미하기 그지없는 감정들. 하지만 그 감정들은 이내 이한의 입에서 흘러나오는 음성에 격랑으로 변한다.

"악몽을 꿔."

"……."

"그런데 이곳에선 꾸지 않아."

그렇게 말한 남자가 웃었다. 소녀의 눈에서 떨어지는 눈물을 바라보며.

"왜 네가 울어?"

"……."

"강유정."

그가 답하라는 듯 힘주어 말하자 유정이 툭툭 눈물을 떨궈냈다. 아무 말 없이 자신의 얼굴만 올려다보는 어린 소녀를 보며 그가 손을 뻗었다. 그리고 눈가에 맺힌 눈물을 손가락으로 닦아냈다.

유정은 눈을 감았다.

"몰라요. 눈물이 나요."

어찌할 바를 몰라, 이한은 가만히 소녀의 머리를 토닥였다. 작은 머리통이 점점 아래로 내려간다. 소녀는 부끄러워하고 있었다.

힘겹게 터져 나온 목소리가 옅게 떨렸다.

"나…… 용서해 줄 거예요?"

"뭘?"

"여기 계속 와도 돼요?"

"……."

"나…… 계속 떼써도 돼?"

소녀의 물음에 이한은 아무런 답도 해주지 않았다. 하지만 소녀는 침묵 속에서 긍정을 들었다.

"선생님, 나 외로워요. 내 주위엔 아무도 없으니까……."

연민으로 만들어진 감정, 그 감정은……

위태롭고 아프고, 또.

쉬이 끊어낼 수 없을 만큼 간절했다.

*

아무도 만나지 않으면 그 어떠한 것도 느낄 수가 없다.

이한은 동생의 장례식에서 아주 단순한 이 논리를 깨달았다. 아무도 만나지 않으니, 동생의 죽음을 떠올릴 필요도 없었다. '어, 네 동생 잘 지내냐?' 라는 식의 안부인사나, '동생 일은 안됐네' 하고 돌아오는 자연스러운 위로가 사라지자 죽음으로부터 자유로워졌다. 그래서 최소한의 의무조차 하지 않았다. 그저 이 시간이 얼른 흘러가 버렸으면 하고 생각했다.

동생의 죽음은 갑작스러운 사고와 같은 것이었다. 밝고 긍정적인 아이였고, 세상의 때라곤 전혀 묻지 않은 온실 속 화초였다. 힘든 일 따윈 느껴본 적이 없을 것 같고, 어떤 역경이 와도 힘차게 이겨 나갈 것만 같은 사람. 가장 가까이에 있고, 많은 이야기를 나눈 이한조차 그렇게 생각했는데 다른 사람들은 어땠을까.

너무나 짧은 삶을 살고 바람처럼 사라져 간 동생은 스스로 목숨을 끊었다. 모두가 하교하고 아무도 남아 있지 않은 학교에서, 어미의 손길이 그득한 대영고등학교 옥상에서 뛰어내려 꽃이 만개한 화단에서 죽었다.

호박 빛의 잔이 찰랑이는 것을 보며 이한은 그날의 일을 떠올리고 있었다. 갑작스레 병원에서 걸려온 전화, 뇌가 팅팅 부어 눈을 떠도 제대로 된 삶을 살 수 없다는 의사의 진단에도 그는 제발 살아만 달라고 빌었다. 빌고 또 빌며 제발 내 곁을 떠나지 말아달라며 홀로 숨조차 쉬지 못해 호흡기에 의지해 있는 동생의 손을 잡았다. 하지만 너무나도 무심히 떠나 버렸다.

"요즘도 학교에 짱박혀 있냐?"

십여 년도 더 된 일을 떠올리던 이한은 곁에 앉아 있던 우민의 물음에 잔을 들다 말고 고개를 끄덕였다. 홀로 마시는 술은 위험했다. 그 술이 사람의 의식을 얼마나 갉아먹는지 아니까. 술이 마시고 싶을 때면 이한은 유일한 친구인 우민을 불렀다. 그를 꿔다 놓은 보릿자루처럼 옆에 앉혀놓고 그가 하는 의미 없는 말들을 흘려들으며 알코올에 잡생각을 지워냈다.

"어."

"가끔 모임에도 나오고 그래. 얼굴 까먹겠다."

"여기 나와 준 것만으로도 감사해해."

이한의 얼굴엔 귀찮다는 기색이 역력했다. 초등학교부터 시작해 대학까지 함께 나온 우민마저도 그에겐 귀찮은 존재 그 이상도 이하도 아니었다. 보통의 이들이라면 이런 이한의 행동에 화를 내기도 했겠지만 우민은 그러지 않았다. 오랜 시간 함께해 온 만큼 이한에 대해 많은 것을 이해하고 있었고, 그가 이렇게 변해 버린 이유 또한 알고 있었다.

동생의 영정사진 앞에서 무너져 내리던 이한을 우민은 아직도 잊지 못했다. 어린 소년이던 그는 미성숙한 사람이 저리도 슬픔을 내리 쏟을 수 있을까, 하는 생각이 들 정도로 펑펑 눈물을 쏟았다. 주위에서 자신을 어떻게 보든 상관이 없다는 듯이 홀로 그렇게 울었다.

"시간은 왜 이렇게 느리게 갈까?"

대영고교 교복을 입고 있던 이한이 그렇게 물었다. 부모님이 돌아가셨을 때도 슬퍼 보이지 않았던 이한은 하나뿐인 동생을 잃고 나서야 세상을 잃은 듯 굴었다.

왜 이렇게 시간이 느리게 흘러갈까? 난 무얼 하고 있나? 난 뭘 해야 할까? 내일은 또 어떻게 시간을 죽여야 하지?

마치 철학가들이나 할 법한 이야기를 하며 세상에 무감해졌다. 권태로운 모습은 친구인 우민에겐 너무나 위태로워 보였다. 학교 옥상에서 뛰어내린 그의 동생처럼.

그리고 그는 시간을 죽여 나갔다. 그리고 그 시간 속에 있는 자신도 죽여갔다. 부모님은 일찌감치 돌아가셨고, 사랑하던 동생이 죽고, 할아버지는 회사를 돌보느라 이한은 돌보지 못했다. 어린아이 홀로 감당할 수 없는 일들을 겪은 그는 그렇게 죽었다.

살아 있지만 살아 있지 않았다.

숨을 내쉬고 있었지만 들이마시진 않았다.

이한은 여전히 얼굴을 구기며 구시렁거리고 있었다. 그 모습을 우민은 의아하게 바라보았다. 감정 표현이 서투른 그가 보이는 반응치곤 꽤나 격한 쪽에 속했기 때문이다. 우민이 기가 막힌다는 듯 그의 얼굴을 쏘아본 후 술잔을 기울였다.

"오늘따라 너 참 재수 없어 보인다."

"누가 할 소릴."

우민의 말을 되받아친 이한은 그 후로 한참이고 말이 없었다. 우민은 속으로 한숨을 삼켰다.

분명히 무슨 일이 있는데 늘 그런 것처럼 이한은 말을 아꼈다. 직접 말을 해주지 않으면 저 작은 머리통 속에 있는 생각이 무엇인지 감을 잡을 수 없을 정도로 통통 튀는 녀석이니 직접 들어야 했다.

어떻게 해야 저 입을 열 수 있을까 고민하던 우민은 제가 먼저 묻기도 전에 달싹이는 입술을 멍하니 보았다.

"띠동갑 여자한테 시선이 가는 건…… 이상한 건가?"

이번에도 전혀 뜻밖의 이야기를 들어버렸다. 자신을 여기까지 불러낸 것을 보면 그 홀로 꽤 고민을 많이 한 이야기일 텐데도 그 이야기가 너무나 턱없어서, 그는 잠시 당황해 버렸다.

"이상하지. 열여덟이잖아. 로리타잖아, 완전."

웩! 토하는 시늉을 하던 우민은 무언가를 깨닫고 고개를 홱 돌렸다. 굳어 있는 이한의 표정을 본 그가 경악에 차 입을 쩍 벌렸다.

"야, 너……."

"그렇지? 이상한 거지?"

"뭐야? 너 설마 너희 학교 학생한테……! 야, 그건 진짜 아니다! 이건 사회적인 지탄을 받는 걸 떠나서……."

"그렇지?"

"그래! 네가 선생은 아니지만 어찌 되었든 학교의 이사장이잖아. 교육자라고. 그러니까 당연히 문제가 되지."

아주 심각한 관계로 엮어버리는 우민의 말에 이한은 가볍게 고개를 저었다.

"그 정도까진 아니야."

그래, 심각한 것은 아니었다. 그냥 그 아이에게 계속 시선이 가고, 가끔 당황하는 것뿐. 단순하게 말하자면 딱 거기까지였다. 그럼에도 그가 이러한 고민을 하는 건 앞으로의 관계가 어떻게 변해갈지 모르기 때문이다.

저돌적으로 다가오는 유정, 그리고 그 아이의 어리광을 계속 받아주는 자신.

그리고…….

자신을 위해 울어주던 아이, 자신을 집에서 편히 잠들 수 있게 만들어준 소녀.

그의 눈이 질끈 감겼다.

"뭐?"

"그냥 신경이 쓰이는 거야."

"왜 신경이 쓰이는데? 네가 어디 다른 사람한테 신경 쓰고 그럴 놈이냐?"

"……."

신랄하게 지적한 우민이 술잔을 든 손을 흔들었다.

"심각한 거 아니면 빨리 접어라. 너보단 그 애가 더 걱정이니까. 잠시의 감정이야, 십대의 마음은. 그 잠시의 감정으로 인생을 망치는 것은 좀 문제 있지 않냐?"

"……그래, 그렇겠지?"

감정적으로 흔들리기 쉬운 나이, 더욱이 유정은 혼자였다. 그 시기에 소녀의 눈에 들어온 것이 자신일 뿐이다. 그래, 소녀는 장미가 아니다. 허영심 가득한 장미는 나약했지만 소녀는 약하지 않았다.

오히려 약한 것은 이상한 어른인 자신이었다.

*

수업 시간이 한창인데도 소녀는 교실로 향하는 대신 이사장실에서 책을 읽고 있었다.

도서관에서 빌린 어린왕자였다. 이미 대여 기간이 넘어버렸지만 마지막 장까지 읽기 전에는 결코 포기할 수 없었다. 소녀는 아직, 그가 왜 이 책을 그토록 반복적으로 읽는지 깨닫지 못했다.

유정은 여우가 어린왕자에게 부탁하는 장면을 보고 있었다.

"제발 나를 길들여 줘. 부탁이야!"

"어떻게 해야 하니?"

어린왕자가 되물었다. 어떻게 해야 길들일 수 있느냐고. 이에 대한 여우의 답은 실천하기엔 조금 어려운 것들이다.

"아주 참을성이 많아야 해. 처음엔 내게서 조금 떨어져 그렇게 풀 위에 앉아 있어. 내가 곁눈질로 너를 볼 테니 너는 아무 말도 하지 마. 말이란 오해의 근원이니까. 그렇게 하면 넌 매일 조금씩 가까이 다가와 앉게 될 거야."

참을성이 많아야 한다. 그리고 말은 오해를 부르니 행동으로 실천하라.

책에서 배운 진리에 유정의 눈동자는 길들이고 싶은 존재에게로 향했다.

어제 과음을 한 것인지 이한은 잠들어 있었다. 그의 주위론 평소와 달리 옅은 알코올 냄새가 가득했다. 천천히 이한에게로 다가간 유정은 허리를 숙여 얼굴을 살폈다. 파리한 얼굴을 보던 유정이 씁쓸한 얼굴로 입술을 달싹였다.

"선생님."

그녀의 부름에도 남자는 눈을 뜨지 않았다. 소녀가 원하는 바다. 지금부터 할 일은 아주 은밀해야 하니까.

떨리는 소녀의 입술과 술 냄새가 폴폴 나는 남자의 입술이 마주했다. 소녀의 입맞춤은 깊지 않았고, 그의 입술에 겨우 대고 있는 정도였다. 한참이고 남자의 따스한 입술을 느끼던 소녀가 얼굴을 확 떼어낸 후 얼굴을 화르르 붉혔다.

"제가 어른이 되면 선생님의 여자친구가 될 수 있어요?"

소녀는 이미 답을 알고 있었다. 그래서 그가 깨어 있을 때는 묻지 못했다.

그리고 소녀는 자신이 무슨 짓을 했는지 깨달았다. 도둑 키스. 얼굴만 보려고 한 건데 커져 버린 마음은 이한에게 다가가라 종용하고 있었다.

"아니."

서둘러 교실로 돌아가려는 유정의 뒤에서 남자의 목소리가 들려왔다. 한발 늦은 대답이었지만 그래서 더욱 명확한 거절이었다.

자신의 세상의 전부가 되어버린 남자가 밀어냈다. 온몸이 휘청거릴 만큼 힘차게.

"처음이란 말이에요. 그러니까 조금 봐줘요."

유정이 부탁했다. 하지만 이한은 평소와는 달리 너무나 차갑고

냉담한 표정으로 말했다.

"너 같은 꼬맹이를 내가 왜 봐줘야 하는데?"

그러게, 왜 그가 날 봐줘야 할까? 감정만 앞서서 그에게 요구하는 제 모습이 너무나 한심스러워 견딜 수가 없었다. 하지만 그의 눈이 자신을 향하길 바랐다. 내가 온전히 이 사람만 보는 것처럼 이 사람도 날 그렇게 봐주었으면 했다. 어떠한 관계든 기브 앤 테이크를 바라게 되는 건 당연한 것이니까.

자신이 그가 필요한 것처럼 그도 자신이 필요할 것이다. 그와 자신은 비슷했고, 비슷한 아픔을 가졌고, 그랬기에 알아보았다. 그러니까…… 그러니까…… 또다시 떼를 쓰면 그가 따뜻한 손을 내밀어줄지도 모른다.

그래, 그렇게 말해야지. 유정이 결심하며 입술을 달싹일 때다.

"어리광 피우지 마."

그는 속을 꿰뚫어 보는 눈동자로 유정을 쏘아보며 닦달했다. 어린아이 같은 방법은 통하지 않는다고. 놀란 눈으로 이한을 보던 소녀가 더듬더듬 뒤로 물러났다.

"갑자기 나한테 왜 이래요?"

"갑자기가 아니야. 한 번쯤은 말해주려고 했어."

"뭘요?"

유정의 눈망울이 흔들렸다. 그의 입에서 나올 말이 무엇인지 예상이라도 한 듯이 벌써부터 상처받은 표정이다.

"이젠 여기 오지 마."

"왜요?"

유정이 또다시 물었다. 왜요? 왜? 왜 여기에 오면 안 되는데요?

라고.

"내가 너에게 이사장실에 와도 된다고 허락한 건 네가 학교에 적응하지 못하고 있었기 때문이야. 하지만 네가 여기에 오니까 오히려 더 친구들이랑 섞이질 못하잖아. 넌 네 또래의 친구들과 함께 있어야 해."

이한의 이야기를 가만히 듣고 있던 유정의 입술이 비틀렸다. 삐뚜름해진 웃음만큼이나 삐뚤어져 버린 마음으로 소녀는 이한을 노려보았다.

"……그럼 왜 잘해준 건데?"

"……."

"왜 나한테 마음을 연 건데요?"

소녀가 날카롭게 물었다. 허를 찔린 그는 더욱 무심한 얼굴을 만들어냈다. 오랫동안 써온, 하지만 잠시 잊고 있었던 가면이 그의 얼굴을 덮었다.

"나 좋아해 주지 않아도 좋아요. 그냥 옆에만 있게 해……."

"이상하잖아."

"……."

"이사장과 학생은."

난 선생님을 이사장으로 본 적이 없어요!

유정은 그렇게 소리치려다 말고 꺽꺽 숨을 내뱉었다. 순식간에 그에게 거부를 당하고 내쳐진 이 상황을 소녀는 견딜 수가 없었다. 아직은 성숙하지 않은 나이, 상대의 거부가 너무나 무섭고 슬픈 나이. 열여덟의 유정은 갑자기 변해 버린 그의 모습에 휘청거렸다.

몸이 흔들리고 다리가 꺾였다. 서둘러 팔을 뻗어 벽을 짚은 소녀는 눈가에 뜨거운 눈물이 차오르는 것을 느끼며 거친 숨을 토해냈다.

"하지만 어떻게 해……. 내가 어리광을 피워야 선생님이 날 봐주는걸."

당신이 없으면 안 되는걸.

당신은 나에게…… 세상의 전부인걸.

5. 주저앉다

교문을 향해 빠르게 내달리는 작은 몸을 보던 이한이 눈을 감았다.

이렇게까지 했어야 할까……. 잠시 고민해 본다. 하지만 고민은 길지 않았다.

그는 천천히 손을 뻗었다. 차가워진 손끝으로 낡은 책을 더듬던 그가 멍하니 활자를 보았다.

"네 장미꽃을 위해 보낸 시간 때문에 장미꽃이 그렇게 소중해진 거야."

어린왕자가 장미와 보냈던 시간. 그 시간은 무게를 더해 장미를 소중하게 만들었다.

시간에 의미를 두지 않았던 이한, 그는 소녀와 보낸 시간 때문에 자그마한 몸으로 세상을 견뎌내는 유정이 신경 쓰이기 시작했다.

“사람들은 이 진리를 잊어버렸어. 하지만 넌 그걸 잊어버리면 안 돼. 네가 길들인 것에 대해서는 영원히 네가 책임을 져야 되는 거야. 너는 네 장미꽃에 대해 책임이 있으니까.”

그리고 자신도 모르는 사이에 유정을 끌어당겼다. 그 아이의 외로움은 자신이 달래주어선 안 되는 것이었다. 그로 인해 소녀가 더 상처받으리란 것은 쉬이 유추해 낼 수 있었다. 그는 비겁한 어른이었으니까.

하지만 그는 소녀가 쉴 곳을 마련해 주었다. 안타까움 때문에? 동생과 동일시해서? 그건 아니었다. 소녀가 어느 순간 그의 눈에 들어왔기 때문이다.

“너는 네 장미꽃에 대해 책임이 있어.”

여우가 말했다.

손가락으로 활자를 더듬은 이한이 말했다.

“나는 내 장미꽃에 대해 책임이 있다.”

✲

학교를 도망쳐 나온 유정은 한참이고 길에서 방황했다. 이젠 정말 갈 곳을 잃었다. 이곳에서 소녀가 있을 곳이라곤 그가 만들어 준 곳이 전부였다. 하지만 이한이 그녀를 밀어냄으로써, 그녀는 그 전부를 잃어버렸다. 갑작스레 변해 버린 그의 모습에 당황하는 것도 잠시, 유정은 자신의 고백 때문에 이 모든 관계가 어그러졌음을 깨달았다.

"고백하지 말걸…… 하지 말걸……."

소녀는 말없이 걸음을 옮겼다. 학교로 돌아가야 한다는 생각도 하지 못한 채. 홀로 낯선 길을 걸으며 순식간에 망쳐 버린 관계를 후회했다.

해가 저물고 어느새 거리에도 사람들이 가득 찼다. 퇴근을 마친 직장인들, 서둘러 학원으로 향하는 소녀 또래의 아이들, 그리고 유모차를 끌며 어디론가 향하는 아이와 엄마.

그 사이에서 소녀는 혼자였다. 그 사실을 인식하지 않으려는 듯이 소녀는 빠르게 걸음을 옮겼다. 그리고 자신도 모르는 사이에 고모부 집에 도착한 소녀는 초인종을 누르는 대신 열쇠로 문을 열고 안으로 들어갔다.

"강유정, 너 여기 앉아봐라."

이상하게도 고모부가 일찍이 퇴근해 앉아 계셨다. 거실에 모여 있는 고모부 내외와 연정을 보던 유정은 지치고 힘든 마음을 애써 숨기며 자리에 앉았다.

분위기는 살벌했다. 부엌에 있는 여주댁도 평소라면 호기심을 가지고 기웃거렸겠지만 오늘은 웬일인지 내다볼 생각도 하지 않았다. 본능적으로 유정은 문제가 생겼다는 것을 직감할 수 있었다. 그리고 고모부가 내미는 핑크빛 휴대전화를 보는 순간 자신의 생각이 틀리지 않았음을 깨달았다.

연정의 것으로 보이는 휴대전화 액정에 이한의 사진이 떠 있다. 기다란 속눈썹을 길게 늘어뜨린 채 눈을 감고 있는 그는 누가 보아도 잠이 든 상태로 보였다.

소녀의 얼굴이 얼음장처럼 굳어졌다.

"이 사진, 어떻게 된 거니?"

"……."

무슨 말을 할 수가 있을까. 유정이 아무리 어린아이라 하더라도 남자가 자고 있는 사진이 자신의 휴대전화에 있다는 것이 꽤나 심각한 문제라는 것쯤은 알고 있었다. 더욱이 남자의 존재가 학교의 이사장이라면 더더욱 문제가 될 터.

미성년자인 자신과 성인인 그의 간극은 생각보다 넓었다. 하지만 고모부는 애초에 답을 기대하지 않았다는 듯 연이어 물었다.

"외박도 했다며? 연정이에게 다 들었다. 두 사람 다투고 네가 집을 나가서 아침에 들어왔다고."

"이 남자랑 함께 있었던 거냐?"

유정이 꿀 먹은 벙어리처럼 입을 다물고 있자 고모 또한 합세해 그녀를 몰아붙였다. 외박을 했고, 이 남자와 함께 있었냐는 물음. 그것이 가지는 파장은 생각보다 큰 것이어서 가만히 입을 다물고 있을 수가 없었다. 하지만 어른들은 그녀가 답할 기회조차 주지 않았다.

"네가 이러는 걸 보면 부모님이 얼마나 슬퍼하시겠어! 널 데리고 와 책임을 져야 하는 내 입장은 생각도 안 한 거니?"

고모의 목소리가 이명처럼 귀전을 울렸다. 유정은 멍한 눈으로 이한의 사진을 내려다보며 고모의 말을 되새김질했다.

부모님이 슬퍼하신다.

슬퍼하실까?

그들에게 과연 슬퍼할 권리가 있을까? 날 혼자 둔 것은 나의 부모이자 눈앞에 있는 이들인데.

이들이 날 책임진다고? 자신의 입장은 생각해 보지 않았냐고?

속이 쓰리다.

"학교 이사장이란 이야기는 들었다. 대영 이사장이면 태훈 차남이지? 이 일을 정식으로 학교에……."

"그러지 마세요! 제가 좋아서, 좋아서 그랬던……."

화들짝 놀란 유정이 자리에서 벌떡 일어나 외쳤다. 소녀가 간절한 표정을 짓자, 쿡쿡, 연정이 웃었다. 고소해 죽겠다는 얼굴이었다. 하지만 유정은 신경 쓰지 않았다. 신경 쓸 겨를이 없었다. 어떻게 해서든 그에게 피해가 가게 해서는 안 된다. 내가 지켜주겠다고 말하지 않았던가.

"좋아해? 너 이 남자가 몇 살인지는 아니?"

"넌 아직 공부해야 하는 학생이고, 이 사람은 어른이다."

두 사람의 말에 유정은 파들파들 떨리는 주먹을 움켜쥐었다.

나이, 학생, 어른.

조각조각 맞춰진 단어들을 열거해 보니 그와 자신의 관계가 확실하게 이해되었다. 불현듯 자신의 손을 놓아버린 그의 선택 또한 이해했다.

갑자기 세상이 암흑으로 변해 버린 기분이다. 자신이 품었던 마음이, 잠시 가졌던 안락처가 얼마나 덧없는 것이며 모래 위에 지어진 성이라는 것을 이제야 알게 되었다. 소녀는 참…… 멍청했다.

"나도 이 일을 크게 만들고 싶진 않다. 전학 수속을 밟아야겠다."

"고, 고모…… 고모부, 싫어요. 저 여기 있을……."

"말 잘 듣지 않는 아이는 이 집에 필요 없다."

차갑게 내치는 말에 유정은 힘없이 자리에 앉았다.

자신은 아이였다. 어른들의 말에 따를 수밖에 없는, 아무것도 못 하는 아이.

아무리 좋아해도, 아이에 불과한 소녀는 사랑을 지킬 수 없었다.

두꺼운 화장으로 표정을 감춘 유정의 고모가 휴대전화를 내밀었다. 액정에 드러난 제 얼굴을 본 이한은 아무런 말도 하지 않았다.

이런 날이 오리라는 것은 짐작하고 있었다. 찰랑찰랑 가득 찬 마음이 흘러넘치다 보면 흔적을 남기는 것이 당연했다.

"이런 일로 학교를 찾게 되어 유감입니다."

고모가 입을 열었다. 유감이라고 말했지만, 그녀의 목소리에서는 감정을 전혀 느낄 수 없었다.

"왜 이러한 사진을 유정이가 가지고 있는 것인지는 굳이 묻지 않겠습니다. 다른 사람들에게 알려져 봤자 좋을 게 없으니까요."

과연 친딸의 일이었다면 이렇게 말할 수 있을까.

유정에 대한 걱정보단 본인들의 안위가 더 중요하다는 듯한 어투에 이한의 표정이 굳어졌다.

그래, 네가 살던 세상은 이러한 곳이구나.

그래서 그렇게 위태해 보였구나.

그는 갑작스레 유정의 많은 것을 훔쳐본 듯한 기분이 들었다. 소녀의 입을 통해 들어온 것과 직접 경험하는 것은 많이 달랐다.

또다시 예쁜 색의 립스틱을 바른 입술에서 지질한 이야기가 흘러나올까 싶은 이한이 먼저 말을 시작했다.

"함께 있는 것이 문제가 되는 것이라면 제가 학교를 떠나겠습니다."

"아니요. 전학시키겠습니다. 유정일 더 이상 이런 학교에……."

고모의 말이 끝나기도 전에 이한은 가차 없이 고개를 저었다.

"유정 학생은 이곳에서 친구들도 사귀었고, 이제 겨우 학교에 적응했는데 다른 곳으로 가게 되는 건 너무나 가혹합니다."

"하지만……!"

"아직 십대입니다. 어른들이 지켜줘야 할 아이이지요. 애어른처럼 굴더라도 어쩔 수 없는 철부지입니다."

철부지, 그는 그 단어에 힘을 줬다. 과연 유정이 철부지일까? 아니, 철부지는 자신이었다. 작은 소녀를 집에 들이던 그때, 이렇게 될 것이라는 걸 예상했어야만 했다. 그는 모든 것을 짐작하고 예상하면서도 모른 척했다. 소녀가 주는 위로가 좋아서. 아직 꽃도 피우지 못한 어린 장미에게 받은 위로가 너무 커서. 그가 비겁하고 이상한 어른이어서.

유정은 이곳에 남고 싶어 했다. 자신의 것을 지키기 위해 고모 내외와 함께 있어야 한다고도 했다. 그는 유정의 이야기를 수없이 들었다. 그녀의 많은 것을 알게 된 지금 그것들을 그냥 흘려 버릴 수가 없었다. 그렇다면 그가 할 수 있는 것은 많지가 않았다.

"이 일은 제가 이사장직에서 물러나는 걸로 마무리 지어주십시오."

그가 학교를 떠나는 것.

그리고 유정을 이곳에 두는 것.

"죄송합니다."

자리에서 일어난 이한이 깊이 허리를 굽혔다.

그것이, 이상하고 비겁한 어른이 책임을 지는 방법이었다.

유정은 문에서 눈을 떼지 못한 채 아무도 없는 복도를 서성이고 있었다. 고모가 이사장실로 들어간 지 한 시간이나 흘렀다. 하지만 아직도 굳게 닫힌 문은 열릴 생각을 하지 않았다.

손톱을 딱딱 물어뜯으며 불안한 기색을 감추지 못하던 유정은 문이 열리자 긴장한 기색으로 두 사람을 살폈다. 허리를 숙여 인사를 건네는 이한과 사무적인 표정의 고모. 어른들의 표정으론 상황이 어떻게 된 것인지 알 수가 없었다.

"나중에 집에서 이야기하자."

소녀의 불안한 표정을 읽었는지, 고모가 먼저 입을 열었다. 유정은 별수 없이 고개를 끄덕였다.

따각따각. 하이힐 소리와 함께 고모의 뒷모습이 점차 멀어졌다. 소녀는 고개를 들었다. 옅은 남자의 눈동자와 마주한 소녀의 표정이 우르르 쏟아져 내렸다.

"선생님……."

울먹이는 목소리로 말한 유정이 양손으로 얼굴을 가렸다.

"죄송해요."

그런 사진을 찍혔다는 것도 이한은 모르고 있었다. 이 모든 일의 원흉은 철없는 자신이었다. 이한은 잘못이 없었다.

분명 울고 싶을 텐데, 늘 그런 것처럼 이를 악물고 참아내는 작은 몸을 보던 이한이 옅은 한숨을 내쉬었다.

"네가 죄송해할 일은 아니야. 오히려 내가 미안하다."

그가 손을 뻗어 유정의 머리를 쓰다듬었다. 오히려 미안하다는 그의 말에 유정은 결국 울음을 참지 못하고 터뜨렸다. 꺽꺽, 숨이 넘어갈 것처럼.

"이래서……."

천천히 운을 뗀 유정은 말을 끝맺지 못하고 다시 다물었다.

이래서 그가 나에게 다가오지 말라고 했던 거구나.

둘 중 하나는 다치는 관계, 아니, 둘 다 다칠 수밖에 없는 관계.

"우린 함께 있으면 이상한 관계야. 사제 사이라고 할 수도 없고, 그렇다고 사적인 관계도 아닌."

유정은 차마 이한을 보지 못한 채 자리에 주저앉았다. 무릎 사이에 얼굴을 묻은 채 결국 엉엉 울음을 터뜨리는 아이를 보던 그가 한쪽 무릎을 꿇었다.

"유정아."

그가 처음으로 다정하게 소녀의 이름을 불렀다. 깜짝 놀란 유정이 천천히 고개를 들었다. 붉어진 코와 뺨, 그리고 눈물로 얼룩진 얼굴이 진짜 소녀 같았다.

그의 장미가 허영의 가시를 벗었다.

“힘들면 주위 어른들에게 도움을 요청해.”

“아직 내가 학생이어서 선생님과 함께 있을 수 없는 거예요?”

소녀는 실낱같은 희망을 부여잡고 있었다. 이에 이한은 작게 고개를 저었다.

“그것 이전의 문제야.”

“……선생님이 날 좋아하지 않아서?”

“그래.”

고요한 목소리에 유정의 표정이 흐려졌다.

“미안하다, 혼란스럽게 만들어서.”

기나긴 여행을 마친 어린왕자는 다시 저자와 만났다. 어린왕자가 지구에 온 지 근 1년이 되어가는 어느 날, 매서웠던 여름도 시간이 지나면 가을이 되는 것처럼 어린왕자도 지구에서 사계절을 만났고, 보았다.

“내가 지구에 떨어진 것 말이야. 내일이면 1년이야. 바로 이 근처에 떨어졌어.”

이렇게 말하는 어린왕자는 슬픈 표정을 지었다. 그리고 말했다.

"나는 오늘 우리 별로 돌아가. 내가 갈 길은 훨씬 더 멀고, 훨씬 더 어려워."

책으로 활자를 훑던 그는 결국 마지막은 읽지 못한 채 책을 덮었다. 그리고 자리에 서서 좁은 이사장실을 눈에 담았다.

이곳은 그의 세상이었다. 어미의 손길이 묻어 있는 이곳에서 세상으로부터 격리되어 살았다. 그리고 동생이 떠나간 이 학교에 남았다.

아픔으로 가득한 곳인데 아이러니하게 이곳에서만 아프지 않았다. 그것을 그는 떠나 버린 어미와 동생이 자신을 지켜주는 것이라 생각했다.

하지만…….

그가 의자에 털썩 앉았다. 그리고 손으로 눈가를 가리며 웃었다.

"멍청했지."

이곳에선 아무것도 해결되지 않았다. 앞으로 나아가야 했는데, 이곳에만 머물러 지냈다. 이걸 깨닫게 된 계기를 떠올렸다.

손을 내린 그가 문을 보았다. 지금이라도 저 문을 열고 어린 장미가 뛰어 들어올 것만 같았다. 해맑게 웃으며 자신이 지켜주겠다고 말할 것만 같았고 자신을 대신해 울어줄 것만 같았다. 울지 못하는 그를 위해 슬퍼해 주고 아파해 줄 것만 같았다.

한참이고 문을 보던 그가 책상 한편에 놓인 어린왕자를 보았다.

이 책은 동생의 것이었다. 어린 동생은 이 책을 보며 자신도 무서운 뱀을 만났으면 좋겠다고 말했다. 글 속 양을 그려준 저자도,

충실한 충고를 해주던 여우도, 지구를 소개시켜 준 탐험가도 아닌 무시무시한 독을 가진 독사를 만났으면 좋겠다고.

그 이야기를 했을 때 알아차려야 했다. 하지만 어린왕자를 읽은 지 오래된 그는 알지 못했다. 어린왕자가 뱀을 다시 찾아간 후 어떻게 되었는지 까마득하게 잊고 있었다.

말릴 수 있는 기회가 있었는데, 동생이 보낸 SOS를 들을 수도 있었는데 그러지 못했다. 그리고 그날부터 그는 동생이 남긴 책을 읽고 또 읽었다. 이 동화가 하는 말이 무엇인지, 동생은 이 책을 보며 무슨 생각을 한 것인지 알기 위해 몇백 번이고 봤다. 그리고 읽으면 읽을수록 끝을 읽기가 힘들었다. 끝을 향해 달려갈수록 동생이 느낀 절망을 알아갔기 때문이다.

동생은 결국 뱀을 만나지 못했다. 그래서 스스로 여행을 끝냈다, 길고 긴 여행을.

어린 시절 부모를 한꺼번에 잃어야 했던 동생은 그렇게 죽었다.

그리고 그런 동생과 비슷한 아이가 제 앞에 나타났다. 그리고 자신을 좋아한다고 말했다. 그것이 얼마나 위험한 감정인지도 모른 채.

파멸.

그 끝에 닿기 전에 자신이 끝내야 했다.

그렇게 해야만 했다.

어린 장미를 지키기 위해서.

어린 장미는 가시를 세우고 있어야만 살아남을 수 있었다.

구석에 있는 포스트잇을 끌어와 간결한 서체로 마지막 메시지를 남겼다.

마지막 인사는 짧았다.

"잘 지내라."

어쩌면 이 인사는, 소녀에게 닿지 못할지도 모른다. 하지만 상관없었다. 그는 진심으로 소녀가 잘 지내길 바랐다. 꿋꿋하게 이 팍팍한 세상을 이겨 나가길 바랐다.

그리고 훗날에…….

자신의 세상이던 작은 공간을 둘러본 그가 망설임 없이 걸음을 옮겼다. 끝까지 뒤는 돌아보지 않았다.

*

웬일로 교실이 시끌벅적했다. 하지만 창밖만 우울한 눈으로 바라보는 유정의 귀엔 아무런 소리도 들려오지 않았다.

"야, 그 이야기 들었냐?"

"무슨 이야기?"

구석에 있는 아이들이 이야기했다. 요즘 학교에서 가장 핫한 뉴스 중 하나를.

"우리 학교 이사장, 그만뒀대."

"헐, 갑자기 왜?"

"몰라. 스스로 그만뒀다던데? 다시 자기네 회사로 돌아가려는 거 아니야?"

이사장이란 이야기에 아이들을 향해 고개를 돌린 유정이 놀란 눈으로 자리에서 벌떡 일어났다.

"뭐? 그거 진짜야?"

반에서 이미 공식적인 왕따가 되어 있던 유정이 말을 걸자 아이들이 기분 나쁘다는 듯 얼굴을 일그러뜨렸다.

"쟤 왜 우리한테 말 거냐?"

아이들이 답해주지 않았지만 소녀는 빠르게 걸음을 옮겨 교실을 빠져나갔다. 그리고 이사장실로 이어져 있는 계단을 뛰어 내려가 순식간에 이사장실 앞에 섰다.

"하아! 하아!"

거친 숨을 고르는 유정의 눈동자가 절망으로 물들었다.

정말 그만뒀어요? 거짓말. 당신에게 이 학교가 어떤 의미인지 아는데…….

조용히 이사장실 문을 열었다. 아무도 없는 텅 빈 이사장실을 보던 유정이 천천히 눈을 깜빡였다. 낡은 책상도, 의자도, 소파도 모두 제자리에 있었으나 가장 중요한 것은 사라지고 없었다.

이한, 나에게 많은 것을 주었던 남자.

"선생님……."

내가 너무 욕심을 부려서 그런 거죠? 선생님에게 고백만 하지 않았어도, 아니, 그런 사진만 찍지 않았어도 선생님은 여전히 제 곁에 있을 수 있었던 거죠? 당신의 세계인 이곳을 떠나지 않아도 됐던 거죠?

소녀의 눈에 눈물이 맺혔다.

"나 때문이야. 다…… 다 나 때문이야."

이곳이 아니면 잠들 수 없다던 그의 모습이 떠올랐다. 힘주어 잡으면 부서질 것처럼 희미한 웃음을 짓던 그 사람. 달빛을 받아 더욱 연약하게 보이던 남잘 떠올리며 유정이 천천히 걸음을 옮겼다.

깔끔하게 정리되어 있는 책상 위에 놓여 있는 것은 책 한 권이었다.

어린왕자.

그리고 책 위에 붙어 있는 포스트잇 하나.

유정은 차갑게 식어버린 손을 뻗어 낡은 책 위에 붙어 있는 포스트잇을 찬찬히 읽었다.

—좋아했어, 너와 같은 마음은 아니었지만.

나와 같은 마음이 아닌, 좋아한다. 그건 어떠한 감정인지 아직 어린 유정은 알지 못했다. 아니, 알고 싶지도 않았다.

—이 책은 빌려줄게.

마지막 줄을 보던 유정의 눈빛이 흔들렸다.

"빌려준다는 건…… 다시 찾으러 오겠다는 말이죠?"

소녀의 목소리가 울먹임으로 가득했다.

"이 몸은 무거운 허물에 지나지 않으니 가지고 가지 못해."

사락사락, 유정은 그의 손때가 가득 묻은 책장을 넘겼다. 그리고 마지막, 저자에게 어린왕자가 하는 말을 보는 순간 고개를 숙였다.

"고맙습니다."

참고 있던 눈물이 쏟아졌다.

후두두, 후두두.

마치 소나기가 내리는 소리 같았다.

그가 남긴 책은 마치 옥상으로 가지 말라는 외침 같았다. 책상 위에 있는 책을 집어 든 유정은 책을 꼭 끌어안았다.

여전히 눈물은 쏟아진다. 빠르게, 무게감을 가지고, 쉼 없이.

"선생님에게서 많은 것을 배웠어요."

욕심을 내면 소중한 것이 망가질지도 모른다는 거. 손에 쥐고 있으려면 섬세하니까 아주 조심스레 대해야 한다는 것도.

자신의 감정만 앞서 모든 것을 망쳐 버리기 전에 이것들을 알았다면 좋았으련만, 모든 것이 산산이 부서져 가루가 되어버렸다.

"감사합니다."

유정이 다시 한 번 말했다. 자그마한 몸을 떨며.

그에게 사랑을 배웠다.

너무나 가슴이 아픈.

2부

부부 사이

그가 떠난 후 빈자리를 볼 때마다 문득 느꼈다.
아, 그가 내 곁에 없구나.
더 이상 우린 함께가 아니구나 하고.

프롤로그

음의 아름다움은 귀를 기울이게 만든다. 그가 내는 인기척, 숨소리까지 다. 나 또한 숨을 죽이고 그가 만들어내는 소리에 온 신경을 곤두세운다.

잊으려고 노력하는 것보다 기다리는 게 더 편했다. 그래서 기다렸다. 그러지 않으면 죽을 것 같았으니까.

4년. 그가 떠난 후 4년이라는 시간이 흘렀다. 계절이 열여섯 번 바뀌고, 그사이에 소녀는 여자가 되었다. 아직은 뽀송뽀송한 솜털과 여전히 작고 깡마른 몸 때문에 성숙한 여인처럼 보이진 않았지만 확실히 성인이었고, 자신의 몸 정도는 지킬 수 있는 그런 나이였다.

유정은 자신의 앞에 앉아 있는 남잘 보았다. 그도 소녀처럼 많은 것이 바뀌었다. 예전의 그는 값비싼 보석처럼 반짝이는 눈동자를 하고 있었다. 하지만 지금 그의 눈동자는 속을 알 수 없을 만큼 깊은 어둠을 머금고 있었다. 빛을 받으면 금실처럼 반짝이는 가느다랗고 예쁘던 머리카락 역시 검은색으로 바뀌어 있었다. 그것이 새하얀 피부를 더욱 창백하게 만들었다.

슬펐다, 이 남자의 변한 모습이.

좋은 쪽이라면, 열여덟에 만난 그때보다 더 잘 웃고 있었다면, 나 괜찮다는 듯 웃고 있었다면, 그랬다면 다시 만난 오늘 진심으로 기뻐했을 텐데.

아니었다, 그는.

아파 보였다.

지난 4년이 그녀에게 끔찍했던 것처럼 그 또한 그러했다는 것을 한눈에 알아볼 수 있었다.

"선생님."

두 사람에게 익숙한 호칭을 끄집어내자, 신음처럼 짧은 답이 되돌아왔다.

"음."

그의 숨소리, 낮고 고아한 목소리, 자신을 바라보는 그의 눈동자를 눈으로 훑던 유정이 눈을 감았다.

정말, 정말 그였다.

그렇게도 기다리던 사람. 그렇게도 애타게 바라던 그가 내 눈앞에 있다.

"잘 지냈어요?"

잘 지냈을 리가 없으면서도 그렇게 물었다. 당신, 잘 지냈느냐고. 나 없이도 잘살았느냐고.

그녀의 물음에 이한은 아무런 답도 하지 못했다.

"……왜 이렇게 변했어요, 속상하게."

음정이 흔들렸다. 점차 차갑게 식어가는 손, 하지만 그와는 반대로 펌프질을 해대며 점차 뜨거워져 가는 심장. 그 모든 것을 느끼며 유정은 깨달았다.

아, 난 이 사람을 참 많이 좋아했구나. 덧없는 시간들을 참 열심히 살아갈 만큼 그를 기다리고 또 기다렸구나.

그리고……

"유정아."

그의 부름에 눈이 감겼다. 눈가에 아슬아슬하게 매달려 있던 눈물이 아래로 툭 떨어졌다.

사랑하는구나.

어른이 된 난 그를 사랑하고 있구나.

지켜주겠다고 말한 사람, 하지만 끝내 놓을 수밖에 없던 그. 그런 그를 기다리며 '풋사랑'은 어느새 여물어 '풋' 자를 떼고 그냥 '사랑'이 되었다.

오늘의 만남은 갑작스러웠다. 이한은 자신이 이곳에 나올 줄 몰랐다. 자신이 알리지 말라고 부탁했다. 어쩌면 그가 도망가 버릴지도 모르니까. 과거의 그녀는 그만큼 그에게 많은 것을 빼앗고 부수었다.

하지만 오늘의 그는 예전처럼 따뜻했다. 손짓, 눈짓, 음성 하나하나까지도. 변해 버린 것은 겉모습뿐이었다. 겉으로 보기에는 그랬다.

"잘 지냈어, 변하지 않았고."

"거짓말."

짧게 말한 유정은 손을 들어 눈물을 닦았다. 그리고 자신을 바라보고 있는 이한과 눈을 마주했다.

"내가 당신을 사기로 했어요, 내 모든 걸 걸고."

"……."

"거래를 했어. 그러니까 이제…… 내 옆에 있어줘요."

그렇게 말하는 유정은 당차 보였다. 예전의 그녀는 객기만 부리는 소녀였는데 이젠 아니었다. 남들이 들으면 눈살을 찌푸릴 만큼 원색적으로 이야기하는 유정은 어른이었다. 그것도 남의 약점을, 남이 가장 괴로워하는 부분을 붙잡고 흔들어 버리는.

"정말 공주님이 되었구나."

그의 말에 유정이 입가를 끌어 올렸다.

"아니요. 아주 나쁜 어른이 되었어요."

그녀의 말 그대로였다. 소녀는 어른이 되었다. 이제 자신의 몸 하나 정도는 지킬 수 있는. 가슴속에 가득 담아두었던 것들은 썩지 않고 자랐다. 식물에게 물을 많이 주면 뿌리가 썩는다는데, 소녀는 조금씩 물을 주었다. 자신의 마음속에 있는 것들에.

그를 향한 그리움에도 조금씩 물을 주었고, 세상을 향한 분노에도 조금씩 물을 주었다. 자신의 주위에 있는 모든 것에게 철저히 제 감정을 숨기고 살았다.

그녀는 그렇게 열심히 살았다. 그가 돌아올 날을 기약하며.

유정은 커다란 가방에서 낡은 책 한 권을 꺼내 그에게 내밀었다. 이한은 책을 받아 드는 대신 눈으로 표지에 적힌 글귀를 읽었다.

어린왕자.

그가 그녀에게 빌려주었던 것이었다.

"돌려 드릴게요. 그리고 감사해요."

"……."

"선생님이 준 것들은 아주 소중히 생각하며 썼어요. 만년필은 입학원서에 썼고, 어린왕자는 마음이 흐트러질 때마다 보았어요. 마지막으로 준 포스트잇은 가끔 보며 내가 가야 할 길을 생각했고, 그리움은 마지막 보루처럼 아껴놓았어요."

그녀를 홀로 두고 떠난 4년 전을 떠올린 이한의 얼굴이 일그러졌다. 하지만 유정은 그가 회한에 젖을 시간도 주지 않았다.

"태훈 김 사장님과는 거래가 끝났어요. 그래서 오늘 본인에게 통보와 동시에 다시 한 번 답을 받으려고 왔어요."

앙증맞은 입술이 느리지도 빠르지도 않게 달싹였다. 그가 계속 말해보라는 듯 팔짱을 꼈다.

"선생님."

노련한 태도로 그의 집중을 이끌어낸 그녀가 말했다.

"저랑 결혼해 주세요."

'하자', 할래?' 도 아닌 해주세요.

그녀는 그에게 부탁하고 있었다.

1. 다시 만나다

바로 어제까지만 해도 따스한 봄이었다. 몸이 녹진녹진해지고, 길을 걷다 문득 벤치가 보이면 앉아서 쉬어가고 싶을 정도로 볕이 따뜻해서 오늘 아침엔 상큼한 민트 색 외투를 꺼내 입었다. 하지만 계절의 변화무쌍함을 얕보았을까, 아니면 시리기만 한 겨울을 무시했던 걸까. 그것도 아니면 봄의 연약함을 미처 생각하지 못한 것일까. 차가운 바람에 말리지 않은 머리카락 끝이 얼어붙었다. 유정은 딱딱하게 굳은 머리카락을 손으로 녹이며 걸음을 서둘렀다.

이한이 소녀의 곁을 떠난 것이 가을이다. 그때부터 유정은 또다시 홀로 남았다. 하지만 더 이상 예전처럼 불안함을 가지지 않았다. 그가 주고 간 것들, 그것들은 유정을 꽤 단단하게 만들었다.

열여덟의 그때와 스물둘의 유정은 그렇게 달랐다. 작은 키는 여전했지만 아찔한 힐로 제 콤플렉스 따윈 간단하게 뛰어넘었고, 화장으로 아직 남아 있을지 모르는 여린 표정을 감췄다. 겉으로 보기에 유정은 그 또래 나이의 아이들처럼 발랄한 모습이었다.

위태로운 힐 위에서 힘차게 걸음을 옮기던 유정이 문득 자리에 멈춰 섰다. 추위를 이기지 못한 사람들이 동동거리며 빠르게 그녀를 지나치고 있었지만 휴대전화를 든 유정은 한 걸음도 나아가지 못한 채다.

"……돌아왔어."

한숨처럼 내뱉어진 목소리는 떨리고 있었다. 액정을 바라보는 유정의 눈망울이 흔들렸다. 인터넷 검색을 하던 그녀의 눈에 들어온 기사 때문이다.

—태훈 로열패밀리의 화려한 등장!

짧은 문구는 누가 보아도 태훈에서 낸 것이었다. 뉴욕에서 공부하던 그가 돌아오자마자 태훈그룹 70주년 행사에 참여했고, 곧 태훈화장품으로 들어가 최근 경쟁사에 밀리며 성장세가 주춤하던 회사를 다시 한 번 일으켜 세우리라는 기사가 적혀 있었다.

그래, 그가 돌아왔다. 기사에서처럼 화려하게 유정의 앞에.

시간은 자신에게만 흐르지 않았다. 자신이 스물두 살의 어른이 된 것처럼 그 또한 서른넷의 완연한 남자가 되었다. 예전처럼 유약해 보이는 모습 대신 대한민국의 경제 한 귀퉁이를 지탱하고 있는 태훈가의 사람이 되어 날카롭게 벼려진 칼날처럼 서 있었다.

믿기지 않는다는 듯 기사를 반복적으로 읽던 유정의 뺨이 발그레 빛났다. 지금 당장에라도 그에게 달려가고 싶었지만 그녀에겐 일상이 있었다. 지켜야 할 것들이 있었고, 그것들은 유정에게 꽤나 중요한 것들이었다. 그녀는 휴대전화를 들어 올려 사진 속의 그와 눈을 맞추었다.

"반가워요, 선생님."

고작 사진에 인사를 건네는 것임에도 그녀는 기뻐 보였다. 하지만 그녀의 미소는 그 밑의 관련 기사를 보는 순간 사라졌다.

—태훈그룹 차남 김이한 씨와 천호그룹 김인영 씨의 핑크빛 만남!

기사는 이한이 일을 배우기 위해 뉴욕지사로 넘어갔을 때, 미리 유학을 와 있던 인영과 우연치 않게 만나 마음을 키워 나갔다고 했다. 그가 이번에 완전히 한국으로 들어온 계기가 인영이라며 두 사람이 곧 화촉을 밝힐지도 모른다는 소문이 상류계에 파다하다는 글도 자세히 적혀 있었다.

그녀는 만나지 못한 4년, 그녀는 알지 못한 4년간 그의 곁엔 다른 여자가 있었다.

유정은 차마 끝까지 읽지 못하고 눈을 질끈 감았다.

기다리라고 했던 거 아니에요? 이러는 게 어디 있어.

"후우."

깊은 한숨을 내뱉은 유정이 눈을 떴다. 흔들렸던 표정이 금방 평정을 되찾았다.

어찌 되었든 그가 돌아왔다는 사실엔 변함이 없었다.

—두 사람의 만남을 시작으로 태훈과 천호는 사업적 협약을 통해 더욱 단단한 결속을 유지할 것이다.

그래, 그게 이 상류사회에선 무엇보다 중요했다. 그리고 그 기준에선 유정이 가진 것도 결코 적지 않았다. 아니, 그의 여자보다 조건이 더 좋다면 좋겠지. 그가 다른 사람의 남자가 되었다면 빼앗아오면 그만이다.

생각을 정리한 유정은 인파 속으로 숨어들었다. 피곤한 얼굴을 한 직장인들이 퇴근을 하고 있었다. 바삐 움직이는 사람들, 혼자서 세상사 모든 일을 끌어안은 듯 다급하고 부산스러운 사람들. 그 속에서 유정 또한 사람들과 부대끼며 열심히 살았다.

그가 떠난 학교에 홀로 꿋꿋하게 남아 수업도 들었다. 수능에서 꽤 좋은 점수를 받아 고모부가 원하는 대학에 진학도 했으며 말 잘 듣는 아이가 되었다. 대학에서 만난 친구들과 영화도 보러 갔고, 돈 좀 있는 젊은 아가씨들이 그러하듯 맛집을 찾아다니기도 했다. 어떨 땐 고모부의 든든한 백이 되어 그가 회사에서 자리 잡는 걸을 도왔고, 또 어떨 땐 고모부의 눈을 피해 정계 관련 기사를 모았다.

그녀의 엄마인 이 회장은 유정에게 아무것도 하지 말라 했지만 그녀는 열심히 살았다. 치열하게 살진 않았으나 남들이 하는 만큼은 했다.

그러다가 문득 느꼈다. 갑작스럽게 밀려온 염증에 모든 것을 내팽개친 어느 날. 고등학교 시절로 돌아간 것처럼 나태하게 굴어본 그날, 그녀는 제 가슴속에 아주 크게 자리 잡은 구멍이 있다는 것을 알게 되었다.

그것은 마치 블랙홀처럼 모든 것을 빨아들였다. 잡생각이 걷힌 머릿속에 결국 남은 것은 이한뿐이었다.

그, 이한. 그녀의 심장에 도장처럼 콱 찍혀 버린 사람. 그를 생각하자 가슴에 또다시 스산한 바람이 불었다.

목적지에 다다른 유정은 2층에 붙어 있는 병원 간판을 보며 희미하게 웃었다.

"뭐야, 나 꽤 치열하게 살아왔잖아."

스물둘. 죽음을 앞둔 엄마가 보기에도 더 이상 어리다고 할 수 없었던 나이. 그 나이가 왔다.

"유정 양, 오늘은 어땠어요?"

"즐거웠어요."

"그래요?"

흐음, 콧소리를 낸 기영이 펜을 달깍거리며 물끄러미 유정을 바라보았다. 유정은 그의 시선을 피하지 않았다.

그와의 병원놀이는 벌써 4년째 지속되고 있었다. 시간은 기영과 그녀 사이에 어떤 결속 같은 것을 만들었다. 믿음이라고 해도 좋고, 신뢰라고 해도 좋다. 아주 미약한 믿음이고 언제 깨질지도 모르는 신뢰지만 더 이상 유정은 그의 앞에서 고모부가 원하는 이야기를 떠들지 않았다.

'그'가 떠나간 후 기영은 유정이 믿는 몇 안 되는 사람 중 하나가 되었다. 그는 그녀에게 충고를 해주었고, 그녀의 속에 있는 것을 밖으로 끄집어내기 위해 누구보다 노력했다.

"전혀 즐겁지 않은 표정인데?"

그의 얼굴에 걱정이 어렸다. 예전의 그녀를 떠올린 것이 틀림없다. 천연덕스럽게 거짓말을 늘어놓던 열여덟 살의 강유정. 유정은 불안해하는 기영을 놀려주고 싶은 마음을 꾹 참으며 대답했다. 하루종일 이곳에 붙들려 있기는 싫으니까.

"정말 즐거워요. 설레기도 하고."

"무슨 일이 있었는데요? 저번 주엔 특별한 일이 없을 거라고 했는데, 지금 보니 있는 것 같네요."

유정은 천천히 눈을 감았다. 그러자 그녀의 속을 가득 채운 그의 얼굴이 떠올랐다.

"그가 돌아왔어요."

다른 여자의 남자로. 그가 돌아왔어요. 한국으로. 내 곁으로.

"네?"

"선생님이 돌아왔어요."

기영 또한 놀란 것인지 눈을 크게 떴다. 유정과 이한의 관계라면 기영 또한 잘 알고 있다. 그녀의 심리치료를 담당했던 그는 그때의 유정이 얼마나 무너져 내렸는지 누구보다 잘 알고 있었다.

"아파요."

가슴을 내려치며, 소녀가 말했다. 소녀는 계속 아프다고만 했다. 하지만 아픈 이유를 소녀는 몰랐다.

시꺼멓게 멍이 들 때까지 가슴을 내려치는 소녀의 손을 붙잡은 것이 기영이다. 그는 무의식적으로 자신을 학대하는 소녀가 제 안에 틀어박히지 못하도록 무던히 애를 썼다. 돌아오겠다는 그의 약속을 떠올리게 했고, 과거를 보는 소녀가 죄책감이 아닌 미래에 대한 희망을 가지고 살아갈 수 있게 만들었다.

"내가 혼자가 된 것처럼…… 그도 혼자가 되었어요. 나 때문이야. 나 때문에 학교를 떠나게 됐어."

어린 소녀는 기영의 품에서 처음으로 울음을 왈칵 쏟아냈다. 슬픔을 참는 법만 배워온, 그리고 그것을 꽤나 완벽하게 해내던 유정이 처음으로 속절없이 울음을 터뜨렸다. 그때의 모습은 아직도 기영의 마음속에 저릿하게 남아 있었다. 마음이 아픈 사람들을 만나는 것이 일인 그에게도 어린 소녀가 세상을 잃은 것처럼 우는 것은 충격이었다.

그런데 정말 그가 돌아왔단다. 4년의 시간이 지나 다시 유정의 앞에 나타났단다.

"그거 잘됐네요."

기영은 진심을 다해 말했다. 소녀이던 유정이 여인이 된 지금까지 기다린 사람이다. 그가 유정을 어떻게 바꿔놓을지, 열여덟의 유정이 놀랍도록 바뀌어간 것을 떠올리자 기대감마저 들었다.

하지만 그녀의 생각은 조금 다른 것 같았다. 기쁨으로 충만하던 눈동자가 순간 잿빛으로 변했다.

"아니요. 조금 더 늦게 왔으면 어땠을까, 조금 아쉽긴 해요. 1, 2년 정도 더 뒤에 왔으면 더 좋을 뻔했어요."

"왜요? 그렇게나 만나고 싶어 했잖아요. 지금도 무척 행복한 얼굴이고."

유정은 말없이 고개를 저었다. 잠깐 스쳐 지나간 표정이 조금 날카로워, 기영은 그녀가 이 문제에 대해 이야기하고 싶어 하지 않는다는 것을 깨달았다.

간혹 유정이 지금과 같은 표정을 지을 때가 있었다. 그리고 이러한 표정은 단 한 사람을 떠올릴 때만 나온다. 이야기는 결국 한 곳으로 귀결되었다.

"이 부사장님과의 관계는 어때요?"

"요즘도 고모부한테 저와의 상담 내용을 보고하시나요?"

기영의 표정이 굳어졌다. 그러다 이내 이 아이에겐 당해내지 못하겠다는 듯이 차트로 얼굴을 가렸다. 킥킥, 차트 너머로 그의 웃음소리가 들렸다.

"유정 양, 지금 나 협박하는 거예요? 내가 보고를 하면 사실을 이야기해 주지 않을 것처럼 들리네요."

"물론이죠."

립글로스를 발라놓은 입술이 짓이겨졌다. 순간적으로 피어오른 적대감이 강렬하다. 기영은 자세를 고쳐 잡았다.

"좋아요. 그럼 사실대로 이야기해 줄게요. 난 요즘 소설가가 된 기분이 들어요. 유정 양에 대해서 아주 큰 상상의 나래를 펼쳐야 하거든요. 차트에 적는 것 따로, 이 부사장님께 보고하는 것 따로. 헷갈리지 않게 조심해야 하죠. 그래야만 완벽하게 속일 수 있을 테니까요."

그의 말에 유정의 얼굴 근육이 탁 하고 풀리더니 이내 개구쟁이의 모습이 되었다.

"어떤 소설인데요?"

기영은 자신이 1년 전부터 보고해 오던 내용을 떠올렸다.

서류상으로 유정은 오랫동안 약물을 복용한 환자였다. 그런 환자에게 아무런 일도 없다는 것은 말이 되지 않았다. 더욱이 보고를 받는 상대는, 그녀가 그러한 약에 잠식되어 반쯤은 정신을 놓길 바라는 사람이었다. 자연스럽게 보고서의 내용은 점점 더 악랄해져 갈 수밖에 없었다.

"4년 동안 계속된 약물 치료로 정신이 많이 피폐해져 있다고 했어요. 겉으론 멀쩡해 보이지만 속은 곪아버렸다고. 약이 없으면 잠을 자지 못하고, 어떤 날은 약에 취해 하루 종일 멍하다고도 했죠. 한 번은 죽고 싶다는 전화를 받은 적도 있다고 했어요."

"정신과의사는 그만두고 그쪽 길로 나가시는 게 어때요? 아주 훌륭한 소설가가 될 것 같은데."

"공부한 게 아까워서 그러고 싶지는 않아요."

유정의 장난에 기영 또한 장난처럼 응수했다. 가벼운 표정을 짓고 있는 그를 보던 유정이 한숨처럼 읊조렸다. 후, 나직한 한숨 소리가 기영의 가슴을 쳤다.

"4년이었어요."

"뭐가요?"

"내 마음에 악몽을 꼭꼭 숨겨두었던 게. 그리고 그 악몽이 이제 끝나가는 것을 느껴요."

"그가 돌아온다는 게 정말 기쁜가 보네요."

이한으로 인해 유정이 상처를 치유하고 있다고 알아들은 그가 말했다. 하지만 유정은 틀렸다는 듯 작게 고개를 저었다.

"아니요. 그렇지 않아요. 조금 달라요."

"뭐가요?"

그는 늘 그랬던 것처럼 유정에게 질문을 던졌고, 유정은 그에 대한 답을 내놓았다.

"선생님을 만난 열여덟 살엔 정말 죽고 싶다는 생각을 했어요. 그때 날 지켜주었던 게 이한 선생님이에요. 그 사람이 떠나고 나선 제 주위엔 아무도 없었어요. 그런데 왜 제가 아무렇지도 않게 살 수 있었을까요?"

"그 사람 때문에 유정 양이 많이 바뀌었기 때문에……."

"아니요. 선생님, 알고 보니 돌팔이 아니야? 지난 4년간 나랑 가장 많은 대화를 했잖아요."

"난 의사이지 점쟁이가 아니니까요. 신도 아니고."

그가 억울한 표정을 지었다. 그 표정이 재미있었던 유정은 와르르 웃음을 쏟아냈다. 작은 얼굴이 웃음으로 일그러지고 눈가엔 눈물이 맺혔다.

"고모부 때문이에요. 내가 지금까지 이렇게 지낼 수 있는 건 다 그 사람 때문이에요."

표정을 갈무리한 유정이 여전히 웃음기 가득한 목소리로 말했다. 하지만 기영은 단번에 알아챘다. 방금 전과는 달리 지금의 유정은 만들어진 웃음을 짓고 있었다.

아주 예쁜 웃음이지만 보는 사람으로 하여금 가슴까지 시리게 만드는 웃음이다. 저런 웃음을 볼 때면 정신과의사라는 직업 따윈 때려치우고 그저 어른으로서, 스물두 살 아가씨보다 조금 더 살아온 어른으로 그녀에게 조언을 해주고 싶어진다.

"미움은……."

그가 운을 뗐다. 그녀는 더 듣고 싶지 않다는 듯 작게 고개를 저으며 말을 잘라냈다.

"알아요. 사람을 병들게 만들죠."

유정이 똑똑하게 답했다. 사회가 만들어낸 평균적인 답을. 하지만 곧이어 자신의 생각을 덧붙인다.

"하지만 미워하지 않으면 병드는 사람도 있어요."

아직 방학이 끝나지 않았다. 2월의 캠퍼스는 간간이 도서관을 찾은 이들만 있을 뿐, 이곳이 학기 중에 시끄러운 그곳과 동일한 곳이 맞나 하는 생각이 들 정도로 고요했다.

무릎 아래까지 내려오는 긴 코트를 입고 과사무실을 찾은 유정은 씁쓸한 얼굴로 머리카락을 쓸어 올렸다.

2년을 다닌 학교다. 고모부의 뜻에 따라 온 곳이고, 학과 또한 그녀의 의사와는 상관없이 결정되었지만 꽤나 정이 들어버렸다. 새로운 사람들도 많이 만났다.

물론 그들은 그녀에 대해 몰랐다. 고등학교 때의 친구들처럼 그녀가 장호의 사람이란 것도, 자신이 속으로 어떤 생각을 하는지도. 커다란 비밀 하나를 마음에 품어오다 보니 다른 이들에게 쉽게 마음을 열어주지 못했다. 외톨이가 된 건 자신 탓이었는데, 어린 소녀는 남들을 탓했다. 그녀가 그들을 배척했으면서도 그들이 자신을 배척한다고 믿었다.

이젠 마음도 생각도 자랐다. 더 이상 그들을 탓하지 않았고, 그녀는 홀로 있기를 선택했다.

"자퇴하려고요."

유정은 준비해 온 자퇴서를 여직원에게 내밀었다. 만약 학과 친구들이 이 이야기를 들었다면 그녀에게 무슨 일이 있느냐고 물을 테지만 일면식 하나 없는 직원은 묻지 않았다. 순조롭게 절차가 진행되었고, 학교 서류에는 그녀가 '재학 중'이 아닌 '자퇴'로 기록되었다.

고개를 숙인 유정이 기다란 복도를 걸어 밖으로 나왔다. 그리고 잠시 계단 앞에 멈춰 서서 불어오는 바람을 맞았다.

머리카락을 간질이는 바람을 느끼며 유정은 주머니에서 휴대전화를 꺼내 연락처를 찾았다. 얼마 지나지 않아 상대방이 전화를 받았다. 유정은 일상적인 말로 통화를 시작했다.

"안녕하세요? 강유정이라고 합니다."

그녀의 말에 상대는 의외라는 듯 잠시 말을 잇지 못했다. 하지만 곧 무슨 일이냐는 상투적인 답이 들려왔고, 유정은 본론을 꺼냈다.

"잠시 시간 좀 내줄 수 있으세요?"

말간 얼굴은 거의 화장기가 없었다. 색조화장 대신 기본적인 피부 톤만 맞춰놓은 작은 얼굴은 그 나이 또래의 매력이 있었지만 그것만으론 눈앞의 여자를 다 설명할 수는 없었다.

남들이 보기엔 깜짝 놀랄 정도로 작은 얼굴엔 커다란 눈과 작은 코, 앙증맞은 입술이 옹기종기 자리하고 있다. 조화로운 얼굴이었고, 아직은 앳된 여자가 후에 얼마나 아름다운 여인으로 성장할지 기대감마저 들게 만들었다.

우영은 자신을 찾아온 유정의 표정을 살폈다. 그녀는 코트 자락으로 드러난 무릎을 덮은 뒤 꼿꼿하게 허리를 세우고 자신을 바라보고 있었다.

강유정, 장호의 유일한 상속자이자 주식 부자로는 다섯 손가락 안에 꼽히는 아가씨다. 4년 전 장호그룹의 총수가 죽은 뒤부터 이 부사장이 회장 대리를 맡고 있었으나 그건 눈앞의 이 소녀의 힘이 있었기에 가능한 일이었다. 최대 주주이고, 아직도 이 회장의 감성과 이 여자의 아비이던 강 회장의 날을 잊지 못하는 이들이 장호엔 가득했다.

그래서 눈앞의 여자는 막강한 힘을 쥘 수밖에 없었다. 부모님 모두가 장호의 총수였기에, 그리고 그들이 그녀 앞으로 막대한 주식을 남겨주었기에.

그런 여자가 왜 자신을 보자고 한 것일까. 우영은 의아함이 가득한 얼굴로 유정을 보며 물었다.

“차는 어떤 걸로 드릴까요?”

“괜찮습니다. 신경 써주셔서 감사해요.”

입꼬리를 부드럽게 늘려 웃는 모습에 그가 고개를 끄덕였다. 차를 마실 만큼 이야기가 길어지지 않는다는 뜻이었다.

“처음 뵙죠?”

우영이 무어라 묻기도 전에, 유정이 먼저 운을 떼었다. 우영은 작게 고개를 저었다.

“유정 양은 기억을 못 하겠지만 두어 번 뵀습니다. 강 회장님과

이 회장님 장례식장에서."

물론 그는 유정이 자신을 기억하리라고는 생각하지 않았다. 수천 명의 조문객 사이에서 우영을 기억할 리가 없다. 설사 조문객이 수십이었어도 유정은 기억해 내지 못할 것이다. 어릴 때 부모님을 잃은 경험이 있는 우영은 당시를 거의 기억하지 못했다.

우영의 말에는, 다분히 시험의 의도가 있었다.

어디, 이 작은 아가씨가 어떻게 반응하나 볼까.

"그러셨군요."

하지만 부모님의 죽음에 대한 이야기에도 유정의 표정엔 한 치의 흐트러짐이 없었다. 미간을 찌푸리는 모습이 슬퍼한다기보다는 기억을 더듬는 듯했다. 오래전 일도 아닌 겨우 4년 전의 일을 떠올리려는 스물두 살의 여자치고는 너무도 냉정한 모습이다.

초연해진 것일까, 아니면 부모의 죽음이 이 여자에겐 아무런 상처도 되지 않았던 것일까. 무엇이 되었든 우영은 갑자기 눈앞에 있는 이 작은 여자가 육식동물처럼 달려드는 친척들에게 모든 것을 빼앗길 거라 믿고 있던 지난 생각을 말끔히 지웠다. 그녀는 만만치 않았다.

"죄송하지만 기억이 안 나네요."

"당연합니다."

띠동갑이 넘는 나이 차에도 우영은 그녀를 깍듯하게 대했다. 그 모습이 마음에 든 유정은 밝은 어조로 본론을 꺼냈다.

"오늘 갑자기 찾아온 이유는 이 사장님께 하나 제안을 할까 해서입니다."

"제안이요?"

"네."

"무슨 제안입니까?"

어디 한번 말해보라는 듯이 우영이 등을 소파 등받이에 기대며 고개를 끄덕였다. 하지만 그의 느긋함은 이어진 유정의 말에 산산조각이 났다.

"태훈그룹이 최근 무리한 사업 확장으로 자금이 부족하다고 들었습니다."

"……무례하군요."

우영의 얼굴이 종잇장처럼 일그러졌다. 화를 참지 못하고 자리에서 벌떡 일어나는 우영을 유정이 나지막한 목소리로 붙들었다.

"제 제안이 이 사장님께 결코 나쁘지 않을 것이라는 걸 약속드리죠."

"……."

"듣지 않으실 건가요?"

그녀의 약속은 꽤나 달콤하게 들렸다. 노련한 사업가인 우영은 유정이 거짓말할 사람이 아니라는 것을 금방 알아챘다. 들어서 손해 볼 것은 없겠지. 우영은 다시 자리에 앉았다.

"계속 말씀해 보시죠."

"그로 인해 천호와의 결혼을 서두른다는 이야길 들었습니다."

그것이 이 작은 여자가 들을 정도로 이 바닥에 파다하게 나 있는 소문인가.

그는 왈칵 터져 나오려는 한숨을 집어삼켰다.

"그 이야길 지금 저에게 하는 저의가 뭡니까?"

포석을 다 깔았으면 이젠 진심을 말하라. 그가 종용했다. 그러자 그녀의 입에서 지체 없이 말이 흘러나왔다.

"제가 가진 게 생각보다 많습니다."

"그런데요?"

유정은 잠시 말을 멈췄다. 그녀의 입가에 맺혀 있던 웃음이 더욱 진해진다. 이제껏 단 한 번도 좋다고 생각해 본 적이 없는 것들이 지금 이 순간엔 무척이나 고마웠다.

"다 드릴게요."

"……?"

의미를 파악하지 못한 우영이 침묵했다. 다 준다고? 뭘? 무엇을? 태훈이 장호에게 받을 것이 있었던가?

그의 혼란을 읽었는지 유정이 부연했다.

"김이한 씨만 제게 주세요. 그럼 제가 가진 모든 걸 드리겠습니다. 천호보단 장호가, 그리고 천호에선 아무 힘도 없는 딸보단 모든 걸 가진 제가 더 좋지 않겠어요?"

"그게 무슨……."

우영의 눈에 혼란과 불신, 그리고 경악이 한꺼번에 떠올랐다.

유정은 무릎 위에 올려두었던 손을 마주 잡았다. 손가락이 새하얗게 질릴 정도로 힘껏 움켜쥔 그녀가 떨리는 목소리로 말을 이었다.

"김이한 씨가 김인영 씨와 어떤 관계인지 전 상관하지 않습니다."

"……."

"아시잖아요. 이 세곈…… 사람의 마음보다 더 중요한 것이 많다는 것을."

그렇게 말하는 당사자가 정작 슬퍼 보이는 것은 왜일까.

우영은 알 수가 없었다.

*

"후."

유정의 이야기를 끝까지 다 들은 최 변호사는 튀어나온 한숨을 참지 못했다. 그는 혼란스러운 눈으로 알 수 없는 표정을 짓고 있는 유정의 옆 얼굴을 쳐다보았다.

유정이 지금 하려고 하는 일은 스스로 지옥불로 들어가는 것이나 마찬가지였다. 이러라고 이 회장이 그녀에게 모든 주식을 남겨준 것이 아니었다. 살아남으라고, 이 지독한 세계에서 홀로 고고하게 서 있으라고 준 것이었다.

하지만 유정은 제가 가진 것을 전혀 다르게 이용했다. 그리고 이 세계의 룰대로 하겠다고 말했다.

정략결혼.

얼마나 구시대적이고 멍청한 단어인가.

두통을 느낀 최 변호사는 관자놀이를 문지르며 말했다.

"정말 괜찮으시겠습니까?"

"……."

유정은 말없이 차창 밖을 응시했다. 이런 반응이 나올 거라는 것 정도는 충분히 예상했었다.

"예전엔 어른인 게 자랑인가 했어요."

조곤조곤, 그녀가 이야기를 이어나간다.

"어른일수록 많은 걸 잊고 산다는 걸 알고 난 참 멍청하다고 생각했거든요. 왜 다들 자신이 어른이라고 생각할까. 그런데 알았어요. 내가 스물둘이 되고서야. 아니, 그 사람을 다시 만나고서야 알았어요."

"무엇을요?"

"유치원 때 배운 것도 사람들은 잊어요. 파란불이 들어오면 신호등을 건너야 한다는 것도, 잘못을 했으면 사과해야 한다는 것도 잊고…… 남의 것을 훔치면 안 된다는 것도 잊어요."

이야기 중간중간 웃음이 흘러나왔다. 전혀 웃긴 이야기가 아닌데도.

"아니, 난 다 잊는다고 생각했어. 그런데 그게 아니었던 거야. 잊은 게 아니라 어쩔 수 없는 상황이라는 게 있다는 걸 알게 된 거예요."

찻잔에서 시선을 뗀 그녀가 고개를 들었다. 입가엔 아직도 미소가 머금어져 있었다.

"저 처음에 고모부 집에 살 때요, 정말 모두 줘버릴까 생각한 적도 있었어요. 그렇게 가지고 싶어 하는데 못 줄 건 또 뭐가 있느냐고."

최 변호사의 표정이 흐려졌다. 어린 소녀가 감당하기엔 너무나 힘든 일이었다. 이 진창 같은 세상에 부모도 없이 홀로 남은 소녀는 오롯이 감내할 수밖에 없었다. 그리고 그 부모가 남긴 엄청난 재산은 소녀를 더욱 고립시켰다.

그래, 정말, 내던져 줘버렸으면 좋았을지도 모르겠다. 그러면 어쩜 유정은 평범한 아이들처럼 자랐을지도 모른다. 홀로 피어나는 장미가 아닌 잡초라 하더라도 다른 풀과 섞여 지냈을지도 모른다. 하지만 현실은 그렇지 못했다.

"그런데 도저히 안 되겠더라고요."

자조 섞인 목소리에 최 변호사는 무거운 입술을 억지로 움직였다.

"왜요?"

"엄마가 돌아가시던 날…… 갑작스럽게 발작을 일으키던 날에요. 누가 병원에 와 있었는지 알아요?"

"……."

최 변호사의 눈이 질끈 감겼다. 소녀는 모르리라 생각했는데 모두 알고 있었나 보다. 그의 입에서 옅은 신음이 흘러나왔다. 하지만 유정은 잔인한 현실을 아무렇지도 않게 덤덤한 표정으로 말했다.

"우리 엄마, 참 불쌍하기도 하지. 어떻게 가족 손에 죽냐. 그렇죠?"

그렇게 괴로웠다. 그렇게 힘이 들었다. 발이 푹푹 꺼져 끔찍한 상태에서 만난 것이 이한이다. 그녀의 안식처이자 사랑이 되어준 남자.

"난 그렇게 안 죽으려고, 내가 죽였음 죽였지 절대 그렇게 안 죽으려고 그렇게 버텼어요."

유정이 입술을 짓이겼다. 예쁜 색으로 반짝이던 입술이 새하얗게 질렸다.

괜찮아진 줄 알았다. 겉으로 유정은 이한이 떠난 후에도 잘 지냈다. 밥도 잘 먹었고 생활 또한 잘 이어나갔다. 그것이 감쪽같은 연기였다니. 최 변호사는 세심하게 살피지 못한 자신의 과거에 욕지거리를 내뱉었다.

열여덟의 여자아이가 그런 상황을 버틸 수 있을 리가 없는데.

소녀는 여자가 되었고, 시간만큼이나 유정의 마음에는 많은 독이 쌓였다.

“나 나쁘죠?”

허탈하게 웃는 모습에 최 변호사가 고개를 저었다.

“아닙니다.”

“정말?”

깜찍하게 코를 찡긋거린 유정이 크게 기지개를 켰다. 좁은 차안이었지만 그녀가 팔을 뻗을 수 있을 만큼은 되었다. 머리부터 발끝까지 힘을 준 유정이 순간 힘이 빠진다는 듯 몸을 늘어뜨렸다.

아니라고? 그럴 리가.

정말 자신이 나쁘지 않았다면 이러한 짓을 벌일 리가 없다.

“그런데 왜 난 이런 내 마음을 그 사람에게 들키기 싫을까요. 알기 때문이에요. 지금 나에게서 구정물 냄새가 난다는 걸.”

그렇게 말한 유정이 작게 웃음을 내뱉었다.

“이해해 주세요, 최 변호사님. 그리고 제가 원하는 대로 하게 해 주세요. 당신도, 당신도 그랬잖아…….”

부탁이 아니라 협박이었다. 이해해 달라고 말했지만 해주지 않으면 당장에라도 무슨 짓을 벌일 것처럼 굴었다.

고개를 든 유정은 자신을 바라보는 최 변호사와 눈을 마주했다. 흔들리는 최 변호사의 눈망울에 그녀의 얼굴이 비쳤다. 그녀는 입술 끝을 길게 늘렸다.

“우리 엄마 좋아해서 옆에 있었잖아요. 지켜주려고, 그 사람들로부터 아픈 우리 엄마 지켜주려고.”

그의 얼굴이 일그러졌다. 이 회장이 죽은 지도 4년이다. 그 4년, 유정은 그녀와 같이 고독을 안고 살아온 남자의 마음을 할퀴며 협박했다.

“끝까지 지키지 못했으면 나라도 지켜줘요.”

시간은 아주 충실하게 흘러갔다. 시간이란 것은 붙잡고 싶다고 붙잡아놓을 수 있는 것이 아니었다. 그리고 그 시간 속에서 그는 자신의 많은 부분을 바꾸어 나갔다.

예전보다 살이 빠져 날카로운 인상으로 이사장실 중심에 서 있는 이한의 표정은 무감했다.

그는 많은 것이 바뀌었는데, 이곳만은 4년 전과 같았다. 이곳에 오니 변해 버린 자신의 모습이 더욱 허탈하게 느껴진다.

“…….”

말없이 낡은 가구를 훑었다. 그리고 예전 그가 잠들지 못하던 긴긴밤에 그랬던 것처럼 걸음을 옮겨 구석구석을 살폈다. 그때의 숨결을 느끼듯이 눈을 감고 천천히, 천천히.

탁, 탁. 구두굽 소리가 그의 신경을 거슬리게 할 법도 했건만 그는 여전히 표정이 없었다.

“처음엔 난 아직 아이니까 부모님이 필요하나 했거든요. 그런데 그것도 아니야. 늘 바쁜 사람들이었으니까. 돌아가시는 날에도 안 울었어요. 모두들 저보고 수군수군, 장례식이 다 엉망진창이 됐다니까요.”

가죽이 벗겨진 소파를 내려다보던 그가 눈을 감았다.

그의 기억 뿌리 깊은 곳에 내려져 있는 어린 장미의 모습이 선명히 그려졌다. 그렇게 말하는 아이는 웃고 있었다. 열여덟 어린 나이에 부모님의 죽음을 이야기하면서도 아무것도 느끼지 못하는 사람처럼, 감정이 없는 사람처럼 위태롭게 웃었다.

그때의 그는 어떻게 했던가. 손을 뻗어 작은 몸을 안아주었다. 그러자 소녀는 제 품 안에서 울음을 터뜨렸다. 장례식장에서 울지 못한 것을, 남들 앞에선 보이지 못하는 감정을 제 안에 모두 토해냈다.

그때부터였을 것이다. 맑고 순수한 눈빛이 늘 자신을 향한 것은. 그리고 그 눈동자가 닿을 때마다 신경이 쓰인 것은.

홀로 두지 못했다. 홀로 두면 소녀는 당장에라도 옥상으로 올라갈 것만 같았으니까.

처음엔, 소녀에게 죽은 동생을 대입했다. 그 아이도 너처럼 위태로웠겠지. 너처럼 견딜 수 없는 현실을 꼭꼭 숨기고 있다가 결국 터져 버린 거겠지. 너처럼, 너처럼.

그렇게 생각해선 안 되는 것이었는데. 자신의 손길을 기다리는 미약한 생명체 따윈 밀어냈어야 했다. 소녀는 동생이 아니었다. 강인하고 당당했다. 괜히 손을 뻗어 소녀를 아프게 한 것은 자신이었다.

그의 눈이 천천히 깜빡였다. 옅은 갈색의 속눈썹이 허공에서 팔랑거렸다. 깊은 상념 속에 빠져 있던 그는 뒤에서 느껴지는 인기척도 모른 채 한참이고 소파를 내려다보았다. 그리고 이곳에서 빵을 먹고 달콤한 딸기 맛 사탕을 먹던 어린 소녀를 떠올렸다.

자랐겠지.

내가 변한 것만큼 너도 변했겠지.

그렇겠지.

그러해야겠지…….

그의 마음이 작은 울림을 만들어냈다.

"여기 있을 줄 알았다."

한참 그를 보고 있던 우영이 기다리다 못해 말을 툭 내뱉었다. 햇빛을 바라보고 서 있던 이한이 천천히 등을 돌렸다.

검은색으로 염색한 머리카락을 어색한 눈으로 바라보던 우영이 헛기침을 내뱉었다. 변한 동생의 모습은 그에게도 어색했다.

"형."

작게 말한 이한이 웃었다. 부러질 듯 가냘픈 웃음이 아닌 어딘가 비어 있고 공허한 웃음이었다. 우영은 한숨을 푹 내쉰 후 말했다.

"할아버지가 너 장가가길 원하신다."

"장가?"

"그래."

짧은 답에 이한의 입술이 호를 그렸다.

"인영이와 결혼이라……."

"……."

우영은 잠시 어떠한 말을 해야 할지 몰라 멈칫했다. 사실대로 말을 해야 할까 고민하는 기색이 역력하다. 하지만 그는 이내 고개를 내저었다. 유정이 내건 조건 하나를 더 떠올리며.

"김이한 씨에겐 절대 말씀하지 마세요."

다부진 표정에서 강단이 느껴졌다. 하지만 그와 반대로 잔뜩 겁을 집어먹은 것 같기도 했다.

우영은 유정과 이야기하는 도중에 눈앞에 있는 동생과 장호의 아가씨와의 연관관계를 떠올렸다. 유정은 이한이 이곳에 있을 때 학생으로 재학 중이었다. 그가 갑자기 자신을 찾아와 무작정 일을 돕겠다고 말하던 그때에 전학 온.

분명 두 사람 사이엔 무언가 일이 있었다. 하지만 물어볼 수가 없었다. 물어보면 군말 없이 뉴욕으로 떠난 후 태훈으로 돌아온 이한이 다시 떠나갈 것만 같아서.

"알았어."

짧게 답한 이한이 다시 뒤돌아섰다. 햇빛을 등지고 선 넓은 어깨를 보며 우영은 고개를 숙였다. 단단해 보이는 모습이었으나 그래서 더 부서지기 쉬워 보였다.

4년 전 동생이 돌아왔을 때 물어봐야 했다. 왜 갑자기 학교를 떠났는지, 그렇게도 학을 떼던 태훈으로 돌아온 것인지 그때 물어봐야 했다. 그때였다면 이한이 이렇게 변하기 전에 속에 품고 있던 마음을 말해줬을지도 모른다.

하지만 늦었다고 생각하는 때가 가장 빠른 때라는 말도 있지 않은가.

"다시 돌아오고 싶냐?"

"……여기로?"

놀란 그가 몸을 돌렸다. 순간, 예전으로 되돌아간 듯 표정이 되살아난다. 우영은 힘차게 고개를 끄덕였다. 네가 원하는 것이라면 무엇이든 해주겠다는 마음을 담아서.

하지만 되돌아온 것은 피식, 바람이 빠지는 듯 기운 없는 웃음소리였다.

"여기로 돌아오고 싶지는 않아. 근데……."

달싹이던 입술이 다시 한 번 닫혔다가 열렸다. 그 사이로 한숨이 배어 나온다.

"시간은 되돌리고 싶어."

어린 장미를 만나지 않았던 그때로.

천호와 태훈 모두 호텔 사업을 하고 있었지만 약속 장소는 의외로 교외의 작은 레스토랑으로 결정되었다. 이한은 우영을 통해 약속 장소를 듣는 순간 인영의 취향이 하나도 변하지 않았다는 것을 깨달았다.

인영은 이쪽 세계의 사람답지 않게 사람들 앞에 나서길 꺼려했다. 어릴 적부터 음악을 전공하고 수많은 무대 위에 서야 했던 그녀지만, 사람들의 눈초리에 불안감을 느낀다고 그에게 털어놓은 적이 있었다. 이한은 그런 인영을 존중해 주었다. 사람들의 시선이 싫다면 없는 곳에서 만나면 되니까.

이한은 약속 시각보다 일찍 레스토랑에 도착해 작은 창밖을 내다보았다. 밖에선 새 생명들이 피어나고 있었다. 시작을 알리는 봄, 따스함을 알리는 봄이 오고 있었다.

멍하니 창밖에 시선을 둔 그의 귀에 레스토랑 문이 열릴 때 나는 종소리가 들렸다. 딸랑딸랑. 평소라면 신경 쓰지 않았을 그 소리가 거슬렸던 그는 천천히 고개를 돌렸다. 그리고 자신에게 다가오는 한 사람의 모습을 보곤 얼음장처럼 굳어졌다.

높은 힐 때문인지, 예전 자신이 작다며 놀리던 어린 소녀를 떠올리기엔 무리가 있었다. 얼굴에 옅게 한 화장도, 세련된 옷차림도 모두 열여덟 유정을 생각하지 못하게 만들었다.

소녀가 여자가 되어 그의 앞에 나타났다.

유정은 아무 말 없이 그의 맞은편 의자를 빼내 앉았다. 그리고 들고 있던 분홍빛 백을 옆에 내려놓은 후 이한과 시선을 마주했다.

그녀는 잠시 그의 얼굴을 살펴보고 있었다. 꼼꼼히 뜯어보고 예전에 자신이 알던 그가 맞나 생각하며 입술을 굳게 다문 채 관찰만 했다. 유정의 입술이 열린 것은 그가 당황한 마음을 숨기기 위해 앞에 있는 물잔을 들어 물을 한 모금 마신 후였다.

"선생님."

"음."

후, 그가 속으로 긴장한 한숨을 들이켰다. 그리고 신음처럼 옅은 소리를 냈다.

"잘 지냈어요?"

그래, 그렇게 물어야 할 정도로 두 사람은 오랫동안 떨어져 있었다. 이한은 아무 말 없이 유정의 얼굴을 살폈다. 방금 전 그녀가 그러했듯이.

그의 어린 장미는 이제 꽃봉오리가 만개한 아름다운 꽃이 되어 있었다. 더 이상 가시를 세울 필요도, 허세 가득한 말로 자신을 부풀릴 필요도 없어 보였다.

그가 아무 말 없이 자신만 바라보고 있자 유정이 얼굴을 일그러뜨렸다.

"……왜 이렇게 변했어요, 속상하게."

"잘 지냈어. 변하지 않았고."

"거짓말."

그의 입술이 굳게 다물렸다. 그녀의 말엔 하등 틀린 것이 없었다. 그는 잘 지내지 못했다, 지난 4년간.

그렇게도 도망치고 싶던 현실을 마주한 순간 이한은 속절없이 흔들렸다. 그가 오랫동안 지낸 학교와 태훈은 달랐다. 모두들 경쟁자뿐이었고 그를 의식하는 시선뿐이었다. 명예회장으로 앉아 있는 이 회장도 그의 목을 죄었다.

자신과 태훈은 어울리지 않았다. 하지만 그는 그 사실을 입 밖으로 내뱉을 수가 없었다. 그리 말해봤자 배부른 투정밖에 되지 않는다는 걸 알았으니까. 그래서 참아 넘겼다. 삼키고 또 삼키며 그의 마음에 쌓았다. 이제 이곳이 내가 있어야 할 곳이라고, 더 이상 도망가서는 안 된다며.

"내가 당신을 사기로 했어요, 내 모든 걸 걸고."

유정의 말에 그가 시선을 들었다.

날 사기로 했다. 참 재미있는 말이다. 하지만 허투루 들을 수도 없는 말이었다. 그가 미간을 찌푸리자 유정이 힘겹게 말을 토해냈다.

"거래를 했어. 그러니까 이제…… 내 옆에 있어줘요."

"정말 공주님이 되었구나."

"……아니요. 아주 나쁜 어른이 되었어요."

우는지 웃는지 모를 표정으로 대꾸한 그녀가 그의 앞에 책을 내밀었다. 그가 떠나기 전 이사장실에 두고 온 어린왕자이다. 이한은 책을 두고 갔을 때 자신의 바람을 떠올렸다. 자신이 사라져도 어린 장미가 버티길. 나쁜 마음을 먹지 않길. 이 책의 주인처럼 되지 않길.

그리고 다행히도 유정은 4년 후 자신의 앞에 앉아 있다.

"돌려 드릴게요. 그리고 감사해요."

"……."

"선생님이 준 것들은 아주 소중히 생각하며 썼어요. 만년필은 입학원서에 썼고, 어린왕자는 마음이 흐트러질 때마다 보았어요."

소녀가 가져간 만년필, 그리고 소녀를 위해 남겨두었던 어린왕자.

모두 그가 내민 서툰 손길이었다. 그는 그것을 후회했지만 소녀는 다른 듯했다. 그걸로 구원을 받았다는 듯이 그를 바라보고 있다.

찌릿.

심장이 저렸다.

이한은 눈시울이 붉어질 것만 같아 고개를 옆으로 돌렸다.

"마지막으로 준 포스트잇은 가끔 보며 내가 가야 할 길을 생각했고, 그리움은 마지막 보루처럼 아껴놓았어요."

그의 눈이 감겼다. 이제야 모든 것이 하나둘 이해가 되기 시작했다.

"태훈 이 사장님과는 거래가 끝났어요. 그래서 오늘 본인에게 통보와 동시에 다시 한 번 답을 받으려고 왔어요."

이곳에 인영은 나오지 않을 것이다. 오늘 그와 결혼을 가지고 거래를 할 사람은 눈앞에 있는 유정이었다. 그의 얼굴에 핏기가 가셨다.

"선생님, 저랑 결혼해 주세요."

허탈한 웃음이 흘러나온다. 무엇이 스물두 살의 어린 여자에게 이러한 마음을 먹게 했을까?

"결혼이라……. 갑자기 왜?"

"지금의 선생님에게, 태훈에게 필요한 것이니까."

준비한 듯 튀어나온 대답에 그의 시선이 유정의 눈동자로 향했다. 유정은 깊게 심호흡을 했다. 오늘을 위해 4년을 준비했다. 그가 부담을 느끼지 않도록, 그래서 다시 도망가지 않도록 그녀는 마음을 감췄다.

"……그리고 나에게도 필요한 거니까요. 서로에게 다 좋잖아요?"

"서로에게 다 좋다……."

"네. 제가 구해 드릴게요. 대신 선생님도 저한테 한 가지 해주셔야 해요."

마지막 말은 꼭 장난 같았다. 무거워진 분위기를 가볍게 만들기 위한 장난. 콧잔등을 찡긋거리며 해사하게 웃는다. 죽은 시체가 웃는다면 저런 표정일 것 같았다.

이한은 손을 들어 제 이마를 덮었다. 열이 오르는 듯 머리가 지끈지끈 아파왔다.

이 아이는 나에게 뭘 바라는 걸까? 그녀는 더 이상 소녀가 아니었다. 도피처를 찾아 헤맬 필요도 없다. 지금은 자신의 힘으로 얼마든지 도피처를 만들 수 있을 테니까.

그런데 왜 너는, 나를 그렇게 곧은 시선으로 바라보나.

“난 너에게 해줄 수 있는 게 아무것도 없어.”

그의 목소리가 떨렸다.

그래, 그는 그녀에게 아무것도 해줄 수가 없었다. 뭘 해주기엔 그가 가진 것이 없었다. 그건 그도, 그녀도 아는 사실이었다. 하지만 그녀는 단호하게 고개를 내저었다.

“예전처럼…… 안아주세요.”

잠시 끊어진 호흡, 그리고 그와 함께 붉어지는 눈망울. 툭 건들면 후두두 쏟아질 것처럼 눈물이 고였다. 그 모습을 이한은 한없이 바라만 보고 있었다.

“전 그거면 돼요. 아무것도 안 해주셔도 되니까…… 예전처럼 안아주시기만 하면 돼요.”

어떻게?

넌 그때보다 더 지독한 표정을 짓고 있는데.

“그럼 학교로 돌아가게 해드릴게요.”

그리고 내가 가장 원할 것 같은 걸 내걸며 스스로 널 죽이고 있는데.

그의 마음이 아릿해졌다.

툭, 투둑.

4년 전 헤어졌을 때, 이러한 미래를 마주하리라곤 꿈도 꾸지 못했다. 소녀는 여인이 되어 행복하게 웃고 있을 줄 알았다. 그러리라 생각했다.

한데 넌 왜 더 고립되었니.

"울지 마."

"미안해요. 하지만 어떻게 해. 선생님을 보니까 계속 눈물이 나는 걸요."

유정은 손을 들어 손등으로 거칠게 눈물을 닦아냈다. 눈가가 붉어질 정도로 힘껏 문지르며 눈물을 참아내려 이를 악물었다. 하지만 눈물은 멈추지 않았다. 자신의 마지막 보루를 모두 꺼내 보인 여자는 다시 소녀가 되었다.

"다 끝나면 놓아줄게요. 그때까지만 내 옆에 있어줘요, 선생님."

"무슨……."

"아무것도 묻지 말고…… 그때까지만 곁에 있어주세요."

이한은 조용히 눈을 감았다.

널, 널 어떻게 해야 할까.

널 어떻게 하면 좋을까…….

비가 쏟아졌다. 봄비다.

갑작스런 비 소식에 우산을 챙기지 못한 사람들이 후다닥 달리며 버스정류장과 처마 밑으로 달려갔지만 유정은 내리는 비를 고스란히 맞았다. 그를 위해 고른 하얀색 원피스가 젖고, 한 시간이나 걸려서 한 메이크업이 지워졌다.

"흐, 흐아…….

흐느끼며 자리에 주저앉은 유정이 무릎 사이에 얼굴을 묻었다.

"난 너에게 아무것도 바라지 않아."

명백한 거절이었다.

기다렸던 그가, 자신의 마음을 밀어냈다. 열여덟의 그날처럼.

쏴아아아—

빗줄기가 굵어진다. 그녀의 얼굴에서도 굵은 눈물방울이 하염없이 떨어지고 있었다.

2. 다시 걷다

뚝, 뚝, 뚝.

손끝과 바짓단을 타고 아래로 떨어진 물소리가 힘없이 좁은 공간 안을 울렸다.

물에 빠진 생쥐 꼴이 되어 의자에 앉아 있는 이한의 얼굴이 창백하다. 이대로 있다간 감기라도 걸릴 것 같았지만, 그는 얼이 빠진 사람처럼 한참이나 그 자리에 앉아 거친 숨만 토해내고 있었다. 어떻게 할지 몰라, 어느 길로 나아가야 할지 몰라 멍청히 멈춰 있었다.

뚝, 뚝…….

흠뻑 젖어버린 옷이 울었다. 정작 울고 싶은 그를 대신하여. 의자 밑에 물웅덩이가 생겼다.

"이한."

그 홀로 있는 줄 알고 있는 어두운 공간에서 작은 목소리가 들려왔다. 우영이었다. 언제 들어온 것인지 그는 현관문 앞에서 엉망이 되어버린 제 동생을 놀란 눈으로 보고 있었다.

천천히 고개를 돌려 우영을 보는 이한의 눈빛이 울렁였다. 감정이 묻어나는 얼굴에 우영이 뒷걸음질 쳤다.

돌아가 있었다. 4년 전으로. 지독한 표정으로 나타나 태훈으로 들어오겠다던 그때로.

굳게 닫혀 있던 이한의 입술이 달싹였다. 숨을 왈칵 뱉어내듯 말하는 목소리에 눈물이 묻어나 있다.

"왜 그랬어."

그의 눈동자가 원망으로 가득하다.

"왜 말하지 않았어."

목소리엔 고통이 가득하다.

깜짝 놀란 눈으로 한참이고 이한을 내려다보던 우영이 다급히 걸음을 옮겼다. 방금 전까지만 해도 살기까지 느껴지던 눈동자에 물러나던 때와는 달리.

"어떻게 된 일이야?"

"후."

이한의 앞에 멈춰 선 그가 한숨을 내뱉었다.

유정은 이한에게 절대 알리지 말아달라고 했다. 만나기 전에 그가 어떻게 나올지 모른다며. 그래서 이 모든 계획이 틀어질지도 모른다고. 하지만 눈앞의 제 동생을 보았을 때 그녀의 생각은 틀린 것 같았다. 이한은 도망치지 않았을 것이다. 도망치려 했다면 이렇게 괴로운 표정은 짓지 않았겠지.

우영은 불안감을 숨기려 손을 마주 잡고 떨리던 눈동자에 슬픔을 가득 담고 있던 여자를 떠올렸다.

"찾아왔었다, 너와 결혼하겠다고."

"……."

이한의 입술이 파르르 떨렸다.

"떼를 썼다면……."

우영은 기다렸다. 굳게 닫힌 입술이 온전히 열리길. 그래서 저에게 마음을 털어놓길.

"그랬다면 웃었을 거야. 그리고 예전처럼 장난하지 말라며 넘겼겠지."

그렇게 말한 이한이 공허한 눈을 깜빡였다.

"그런데 협박을 하잖아."

쪼끄만 게. 그가 읊조렸다.

이한이 손을 들어 얼굴을 쓸어내리자 물방울이 후두둑 떨어졌다. 우영은 욕실에서 수건을 꺼내와 이한의 머리 위에 덮어씌웠다.

"일단 닦아라. 감기 걸리겠다."

그의 충고에도 이한은 움직이지 않았다. 온몸이 빗물로 푹 절어 어깨마저 축축 늘어지는데도.

우영은 인상을 찌푸리며 이한의 머리를 닦아주었다. 역시 두 사람이 만나기 전에 이한에게 언질이라도 줘야 했나? 유정의 부탁만 생각하고 동생의 입장은 생각하지 못한 자신의 선택이 원망스러웠다.

뭘까. 도대체 두 사람은 어떠한 관계일까. 왜 상대의 이야기를 하며 둘 다 똑같은 표정을 짓고 있는 것일까. 온통 의문뿐이다.

"어떻게 할 거야? 네가 싫다면 지금이라도……."

"애초에 만나게 해서는 안 됐어."

말하는 이한의 입술이 기묘하게 비틀렸다. 화가 잔뜩 난 표정이었다. 우영은 더 이상 말을 잇지 못하고 끝을 흘렸다.

"다시 만나 버렸잖아."

다시 만났다. 두 사람이.

괴롭던 시간 속에서 서로에게 위안이 되던 둘이 4년이란 긴긴 시간이 지나 다시 마주했다. 어떤 이들에게 4년이란 시간이 짧을 수도 있겠지만 이한과 유정에겐 아니었다. 두 사람 모두에게 4년은 평생과 같이 느껴졌다.

감정을 잘라내지 못해, 이한은 떠났다. 앞으로 나아가기 위해 걸어가야 하는 길이라 생각했으니까. 어른인 이한은 그렇게 생각했다. 하지만 어린 유정은 그러한 생각도 하지 못했을 것이 분명했다. 홀로 남은 소녀는 괴로워했을 것이다. 그래서 그렇게도 지독한 어둠 속에 파묻혀 그의 앞에 다시 나타난 것이리라.

붉어진 눈을 질끈 감는 이한을 보며 우영은 한숨을 내뱉었다. 이젠 물어야 했다. 어떠한 일이 있었는지 알아야 앞으로의 일도 결정할 수 있을 테니까. 과거를 알지 못하면서 미래를 단정 짓는 것은 너무나 위험했다.

"나 진짜 궁금해서 그런다. 장호 아가씨와 너, 무슨 사이냐?"

그의 물음에 이한은 천천히 고개를 들어 우영을 보았다. 멍한 눈동자는 공허했다.

"모르겠어."

"뭐?"

"난 그 아이의 마음이 한순간이라고 생각했어. 십대는 불안정하고 무엇 하나 확신할 수 없는 나이니까. 그런데 스물둘의 강유정도 똑같아. 여전히 내가 필요하대."

이한의 말에 우영의 입술이 굳게 닫혔다. 그게 무슨 말이냐고 되묻지 않았다. 무슨 멍청한 말이냐고도 하지 않았다.

"어떻게 해야 할까……."

이한의 물음에 우영의 입에서 깊은 한숨이 터져 나왔다. 그제야 두 사람의 관계가 조금씩 가닥이 잡혔다. 동생이 학교에 있을 때 유정을 만났다. 그리고 두 사람 사이에 가져서는 안 되는 다소 위험한 감정이 생겼다. 소녀는 떼를 썼고, 이한은 어쩔 수 없이 학교를 나왔다.

이제야 모든 것이 조금씩 맞아떨어져 가기 시작했다.

유정을 보고 웃던 이한, 그 아이가 신경 쓰인다고 말하던 것이 순차적으로 떠올랐다.

아아, 이제야 동생의 마음을 알았다.

"그건 네가 생각해야지."

팔짱을 낀 우영이 매정하게 말했다. 자신의 동생은 서른넷의 나이를 먹고도 여전했다. 여동생의 영정사진을 부여잡고 울음을 터뜨린 뒤로 자라지 않은 채로 몸만 커버렸다.

"넌 진짜 좀 더 자라야겠다."

언젠가 우영이 했던 말이다. 처음 소녀를 만난 날 유정에게 키 가지고 놀렸더니 울어버렸다는 말에 우영이 쏘아댄 말. 그리고 그때와 별다를 것 없는 표정을 지은 그는 동생의 모습을 내려다보며 감정을 배제한 채 객관적인 사실만 늘어놓았다.

"나 찾아와서 그러더라. 이 회장이 남긴 주식, 모두 주겠대. 너와 결혼만 시켜달래. 그럼 네가 모두 가질 수 있다고."

"뭐?"

"그걸 왜 너한테 주냐니까 뭐라는 줄 알아?"

하지만 결국 감정이 묻어나는 건 어쩔 수가 없었다. 두 사람은 똑같이 고통스러운 표정을 지었다. 자신만을 생각한 채. 상대의 마음은 보지 못해 자신이 가장 괴롭다는 듯이 군다. 이 얼마나 우매한가. 욕을 해줄 가치도 없었지만 우영은 동생을 위해 말을 아끼지 않았다.

"너한테 학교를 빼앗았단다. 그게 자긴 너무 미안해서 마음이 편치 않단다."

그 이야길 유정이 했을 때 우영은 '왜?' 라고 묻지 않았다. 그녀의 표정이 너무나 절박해서 차마 물을 수가 없었다. 하지만 동생의 표정을 보니 물어보지 않길 잘했다는 생각이 들었다.

"스물두 살짜리가 너한테 자기 걸 다 준다는데 넌 느끼는 거 없어?"

겨우 스물두 살이다. 어른인 척 군다고 하더라도 아직 생각도, 마음도 덜 여문 이십대 초반의 여자일 뿐이다. 제 또래의 아이들은 캠퍼스에서 청춘을 불태울 나이에 유정은 세상을 다 산 것처럼 표독한 표정을 짓고 어른인 척 군다. 그건 분명 문제가 있었다.

"답은 나와 있잖아, 이미."

똑똑한 동생은 답을 찾은 얼굴이었다. 우영은 힘없이 웃었다. 더 이상 뭐라고 해줄 필요가 없어 보였다.

"여잘 울렸으면 책임져야지."

그의 말에 이한이 손을 들어 눈을 가렸다.

남잘 울리면 여자도 책임을 져야 한다.

*

그가 떠난 후 빈자리를 볼 때마다 문득 느꼈다.

아, 그가 내 곁에 없구나.

더 이상 우린 함께가 아니구나 하고.

다시 만나길 바랐다. 다시 만나면, 그와 함께 있을 수 있다고 생각했다. 그녀는 강해졌으니까. 그를 지킬 수 있을 정도로 강해졌으니까.

하지만 착각이었다.

그는 그녀를 필요로 하지 않았다.

그와 헤어진 후 유정은 정신없이 길을 헤매다 어떤 장소 앞에서 멈춰 섰다. 고개를 들자 익숙한 건물이 눈에 들어왔다.

예전 그의 집을 찾아간 날이 떠올랐다. 그에게 반 협박을 해서 집 안으로 발걸음을 들여놓고 그날 그의 집에서 잤다. 그리고 편안하게 잠든 그의 모습을 보며 웃고 행복해했다. 그 순간을 간직하고 싶어, 사진을 찍었다.

"소중한 것은…… 아껴줘야 해."

그렇지 않으면 부서질 테니까.

그 사실을 절실하게 깨달았는데, 자신은 또다시 힘껏 부여잡고 놓아주지 않으려 하고 있다. 그러면 안 되는데, 그러면…… 그러면 또다시 놓쳐 버릴 텐데.

"이젠 어디로 가야 하나."

유정의 입술에서 헛웃음이 터져 나왔다. 돌아갈 곳이 없었다. 집이 없고, 안식처가 없었다. 지옥 같은 고모부의 집만이 그녀가 돌아갈 수 있는 유일한 장소였다.

유정은 한참 이한의 집을 올려다보다 뒤돌아섰다. 이제, 자신의 자리로 돌아가야 할 때였다.

비척비척 힘없이 걸음을 옮기던 유정은 그 순간 자신의 어깨를 힘껏 붙잡는 손길에 몸이 뒤로 획 돌아갔다. 그곳에 숨을 몰아쉬는 이한이 보였다. 그는 그녀와 마찬가지로 비에 젖어 있었다. 그의 뒤로 우산이 떨어져 있는 것이 언뜻 보인다.

"너……."

추위에 보랏빛으로 변한 유정의 입술을 본 그가 얼굴을 구겼다.

쏴아아—

또다시 비가 내린다. 차가운 비가 온몸을 때려 아팠지만 유정은 웃었다.

"떼…… 안 쓰겠다고 했는데 아직 덜 컸나 봐요, 나."

입술 끝이 떨렸다. 힘주어 끌어 올린 미소가 이한은 안쓰럽기만 했다. 그는 붙잡고 있던 어깨를 잡아당겨 작은 몸체를 품었다. 힘주어 안은 어깨는 가늘었다.

그의 장미.

유정은 그의 품에 안긴 후 아무런 움직임도 보이지 않았다. 굳은 몸이 놀란 것처럼 느껴지기도 했고, 떨리는 어깨가 울고 있는 것 같기도 했다. 하지만 이한은 그녀에게 무슨 생각을 하냐고 묻지 않았다. 무서웠다. 왜 그러는지 모르겠지만 유정을 안자 그러한 마음이 들었다.

"선생님."

한참 동안 그녀의 부름에 답하지 않은 그가 한숨처럼 말했다.

"그 호칭은 좀 어떻게 하자."

"네?"

유정이 고개를 빠끔히 들었다. 두 사람의 시선이 아주 가까워졌다.

서로의 숨결을 느낄 수 있는 거리다. 이한은 유정의 눈망울에 맺힌 제 모습을 보며 부드럽게 미소 지었다. 그 미소를 보는 순간, 유정은 그의 입에서 무슨 말이 나올지 알았다.

"결혼하자, 우리."

"선생님……."

"결혼하자니까? 그런데 선생님이라고 부르면 다른 사람들이 뭐라고 생각하겠어?"

그의 웃음이 유정에게 전염되었다. 유정은 천천히 손을 들어 그를 끌어안았다. 그리고 그의 가슴에 얼굴을 묻었다. 방금 전까지만 해도 절망으로 가득하던 감정이 지워졌다. 유정은 부러 웃지 않았다. 하지만 입술에 스멀스멀 차오르는 기쁨은 어찌 할 수 없었다.

그대만이 날 웃게 만들 수 있었다.

그대만이 날 숨 쉬게 한다.

"고마워요."

"뭐?"

"옆에 있어줘서."

유정의 말에 그의 표정이 굳어졌다.

고맙다.

이러한 상황에서 하기엔 너무나 비참한 말이다. 마치 유정이 떼를 써서, 혹은 그녀가 내던져 주기로 한 세속적인 것들 때문에 그가 받아들인 것만 같아서.

유정의 손을 풀고 살짝 한 걸음 물러난 그가 유정을 보았다. 쏟아져 내리는 비가 얼굴을 따갑게 내리쳤으나 그는 상관하지 않았다.

"강유정, 이거 하나만은 확실하게 하자."

그의 말에 순간 유정의 얼굴에 긴장감이 흘렀다. 하지만 이한은 말을 멈추지 않았다.

"네 주식, 필요 없어. 태훈이 자금 사정이 안 좋다는 건 알고 있지만 굳이 그렇게까지……."

"어차피 제 것이 아니에요."

유정이 힘주어 말했다. 어차피 내 것이 아니다. 알아들을 수 없는 말이다.

그가 미간을 찌푸리자 유정은 입술을 늘어뜨리며 미소를 머금었다.

"그 사람들한테 빼앗길 바엔 이한 씨한테 줄래요."

"……."

"이한 씨라 불러도 되죠?"

더 이상 묻지 말라는 표현이다. 그녀의 눈동자조차 그렇게 말하고 있다.

어떻게 할까. 이 자리에서 유정을 닦달해 작은 가슴에 품고 있는 모든 이야기를 토해내게 만들어야 하나 고민하던 그가 작게 한숨을 내뱉었다.

"씨는 빼자."

"그럼 뭐라고……."

유정이 난감하다는 듯 콧잔등을 찌푸렸다. 그 모습이 너무나 귀엽게 느껴져, 그는 작게 웃음을 내뱉었다.

"오빠. 그래, 오빠가 좋겠다."

"오, 오빠요?"

"그래."

그녀의 뺨이 붉어졌다. 이한은 손을 뻗었다. 유정은 잠시 머뭇거리다 그의 손을 마주 잡았다.

서로 다른 속도로 평행선을 달리던 두 사람이 함께 걷기 시작했다.

몸이 노곤하게 녹아내릴 때까지 뜨거운 물이 쏟아지는 샤워부스 아래에 있던 유정은 오한이 사라지고 나서야 물을 잠갔다. 커다란 타월로 몸에 송골송골 맺혀 있는 물기를 닦아낸 그녀가 심란한 눈으로 변기 위를 보았다.

그의 집에서 씻는 것도 죽고 싶을 정도로 부끄러운데 커다란 옷을 보자 그 마음은 더욱 커졌다.

"이걸 어떻게 입으라고……."

입을 뾰족하게 내민 유정은 한참이나 난감한 얼굴로 티셔츠를 쳐다보았다.

이한은 예전 집을 처분하지 않았다. 그녀도 한 번 와본 집은 시간이 멈춘 것처럼 모든 것이 그대로였다. 결벽증이 있다고 생각될 정도로 온통 새하얀 공간에 홀딱 젖은 채로 발을 디딘 유정은 씻고 들어오라는 말과 함께 이한이 건네는 옷을 받아 들었다. 그녀가 옷을 내려다보고만 있자 그가 욕실로 떠밀었다.

그가 시키는 대로 몸을 따뜻하게 녹이고 옷을 갈아입으려고 보니 생각하지도 못한 문제가 생겼다. 속옷은 둘째 치더라도 이한의 것으로 보이는 옷은 지나치게 컸다. 자신이 입으면 포대자루 같을 것이 분명했다.

고개를 돌린 유정은 바닥에 떨어진 자신의 옷을 보았다. 빗물에 푹 절어 있는 옷을 다시 입을까 고민하던 그녀는 고개를 저었다. 저 옷을 다시 입을 바엔 씻은 것이 수고로운 행동이 될 것 같았다.

"히유."

이상한 한숨 소리를 내뱉은 유정은 눈알을 데굴데굴 굴렸다. 어떻게 하지? 고민이 깊어졌다. 하지만 이내 어쩔 도리가 없다는 것을 깨달았다.

유정은 한참이나 노려보던 티셔츠를 꿰어 입은 후 욕실에 달린 거울을 보았다. 분명 그에겐 라운드 티셔츠일 텐데 자신에겐 어깨가 다 드러나는 원피스가 되어버렸다.

유정은 한참이나 거울 속에 비친 제 모습을 쏘아보았다.

"또 작다고 놀리겠지?"

입술에 걸린 웃음은 시니컬했으나 눈동자는 반짝였다. 과거의 그를 떠올리는 유정의 얼굴에 행복함이 스쳤다.

결혼하자.

나지막한 음성으로 하던 말을 떠올리자 눈가에 눈물이 차올랐다. 주저앉아 엉엉 울고 싶은 기분이 들었다. 그는 날 울게도 만든다. 슬픔이 아닌 안도와 기쁨으로.

옷을 입고 밖으로 나온 유정은 자신과 눈이 마주치자마자 옆으로 고개를 돌리는 이한을 보았다. 그는 못 볼 거라도 본 것처럼 굴었다. 유정의 눈동자에 의아함이 가득 들어찼다.

"외투 입어. 이제 가자."

성급하게 이한이 현관으로 향하며 말했다. 유정의 답을 듣기도 전이다.

그의 모습을 멀뚱히 바라보던 유정은 어깨 아래로 내려간 천 조각을 끌어당겼다. 그리고 신발을 꿰어 신고 있는 이한을 보며 말했다.

"나 여기서 자고 가면 안 돼요?"

"뭐?"

자신이 생각하기에도 꽤 당돌한 물음이다. 그리고 이한 또한 꽤나 놀란 듯 고개만 돌려 유정을 보았다.

예전에도 이러한 말을 한 적이 있다. 그때의 그는 어린아이었던 그녀를 여자로 생각하지 않았다. 하지만 지금은 곤란하다. 이한은 속옷 하나 걸치지 않은 채 그가 건네준 바지는 무시하고 티셔츠만 입고 있는 유정을 외면하며 고개를 돌려 버렸다. 항의하듯, 유정이 웅얼거렸다.

"이제 나 어린애 아닌데……."

나 이제 어린아이가 아니에요.

열여덟의 소녀가 아니에요.

당신이 책임지고 있던 학교의 학생도 아니고, 교복을 벗어던진 지도 오래됐어요.

유정은 그렇게 이야기를 끝마치려고 했다. 하지만 시선 끝에 걸리는 사진 하나에 모든 말이 사그라졌다.

아직은 앳된 이한의 곁에 있는 작은 소녀. 두 기사에게 보호를 받는 공주님처럼 해맑게 웃고 있는 소녀는 이한의 동생이었다.

"다른 곳에선 잠을 잘 수가 없어."

그가 이사장실에서 멍하니 읊조리던 말이 떠올랐다. 그리고 이젠 슬픔조차 무뎌졌다는 듯 하던 말도 떠오른다.

"악몽을 꿔. 그런데 이곳에선 꾸지 않아."

묻고 싶었다.

아직도 악몽을 꾸나요? 아직도 떠나간 동생을 생각하나요? 아직도…… 내가 그 동생처럼 학교 옥상으로 달려갈까 봐 걱정이 되나요?

유정은 머릿속에 떠오르는 수많은 의문을 털어내려 애썼다. 그는 이제 내 곁에 있으니까. 그가 왜 자신의 곁에 있는지는 중요하지 않았다. 손만 뻗으면 닿을 곳에 이한이 있다. 그의 숨결을, 그와 함께 있는 그 분위기를 느낄 수 있다. 고독감 따위, 이제 없었다.

"잠은 잘 자요?"

유정의 물음에 이한은 걸음을 옮겼다. 신고 있던 신발을 벗고 유정의 곁을 지나 하얀 소파에 앉았다. 그가 말갛게 웃으며 고개를 들었다. 그는 움직였는데 그녀는 움직이지 못하고 있었다.

"어떨 것 같아?"

물음에 물음으로 답한 그는 유정이 입술을 파르르 떠는 것을 보았다. 전부를 놓고 떠난 것은 그였는데 상처받은 것은 유정이었다. 유정은 4년 전 자신으로 인해 학교를 떠나야 했던 이한을 떠올리며 아파하고 있었다.

잠잘 곳을 잃은 것도, 한국을 떠나야 했던 것도 그인데 왜 그녀가 더 상처를 받은 것일까. 이한의 눈빛이 흐려졌다.

"못 잘 것 같아."

힘겹게 터져 나온 말에 그는 작게 고개를 저었다.

"아니, 이젠 잘 자."

그의 말에도 유정은 여전히 믿지 못하겠다는 듯 눈만 깜빡였다. 혹여 자신이 뭔가 잘못한 건 아닐까. 그녀는 잔뜩 겁을 집어먹은 표정으로 이한을 내려다보았다. 그에게 다가가고 싶어 몸을 움찔움찔 떨었으나 차마 다가가지 못하고 그 자리에 멈춰 섰다.

이한은 그녀에게 손을 내밀지 않았다. 다가오라고도 말하지 않았다. 그 말을 유정이 가장 기다리고 있다는 것을 알면서도.

그의 부름에 다가오는 것보다 그녀 스스로가 다가와야 했다. 자신이 움직인 것처럼 그녀 또한 그래야 했다.

"네가 나에게 학교를 돌려주고 싶다고 했지?"

"소중한 곳이잖아요."

유정의 눈빛이 흐려졌다. 대영고등학교는 그에게 아주 중요한 곳이다. 갑작스런 비행기 사고로 돌아가신 어머니의 손길이 묻어 있는 곳이고, 소중한 동생이 그곳에서 죽었다. 하지만 그는 그녀의 말에 동의할 수 없다는 듯이 고개를 저었다.

"유정아, 틀렸어."

동그랗게 눈을 뜬 유정은 이어지는 말에 눈을 크게 떴다.

"학교를 떠난 건 너 때문만이 아니야. 알았기 때문이야."

"그, 그게 무슨 말이에요?"

"계속 그곳에 있었다면 난 아직도 침대에서 자지 못했겠지. 악몽에 시달렸을 거야. 하지만 지금은 아니야."

그는 더 이상 예전처럼 유약해 보이지 않았다. 늘 사라져 버릴 것처럼 흐릿하게 웃지도 않았고, 바람에 흔들리는 갈대처럼 모든 것을 세상에 내맡기지도 않았다. 그는 단단해져 있었다. 그 길이 아주 고단하고 힘들었을 것처럼 보였으나.

"학교를 버린 건 나야. 그러니까 죄책감 가질 필요 없어. 너 때문에 그런 일이 생긴 게 아니야."

물론 학교를 떠난 이유에 유정이 분명 있었다. 하지만 그는 굳이 그 말을 덧붙이지는 않는다.

"……정말요?"

천천히 고개를 끄덕인 이한이 유정을 보았다. 그녀는 여전히 그곳에 서 있다. 한 걸음도 가까워지지 않은 채.

"그럼 이제 어떻게 하죠?"

서글프게 웃은 유정이 고개를 숙였다.

난 진짜 이제 당신에게 아무것도 해줄 게 없잖아요.

턱 끝까지 치고 올라온 말을, 유정은 힘겹게 삼켰다. 그가 어떤 대답을 할지 두려웠다.

"어떻게 하긴, 겁도 없는 아가씬 집으로 돌아가야지. 걱정할 거야."

"과연 걱정할까요?"

유정이 웃으며 벽에 걸린 시계를 보았다. 어느새 아홉 시가 넘어 있다. 평소 집에 일찍 들어오던 자식이 이 시각까지 연락 한 통 없다면 보통의 부모는 걱정할 것이다. 하지만 유정의 전화는 울리지 않고 있었다. 그 누구도 그녀를 찾지 않았다.

고개를 돌린 유정이 천천히 걸음을 옮겨 그의 앞으로 다가왔다. 드디어 그녀가 움직였다.

"힘들면 주위 어른들에게 손을 내밀라고 하셨죠? 그런데 날 힘들게 하는 건 주위에 있는 어른들이었어요. 그런 사람들에게 손을 내밀 수는 없잖아요?"

"유정아."

따뜻한 목소리에 유정의 걸음이 더욱 빨라졌다. 그의 앞에 멈춰 선 유정이 머리를 내밀었다. 쓰다듬어 달라는 무언의 몸짓이다. 그 모습에 걱정이 가득하던 눈동자가 순간 멍해졌다. 작게 웃음을 내뱉은 그가 작은 머리를 쓰다듬어 주었다.

토닥토닥, 그렇게 위로를 건넸다.

"하지만 이젠 괜찮아요. 선생…… 아!"

고개를 든 유정이 빠르게 눈을 깜빡였다. 그의 얼굴이 꽤 굳어 있었다. 그녀는 한숨을 푹 내쉬고, 혼잣말을 하듯 입술을 오물거렸다.

"오, 오…… 빠가 옆에 있으니까."

부끄러움에 몸을 배배 꼬던 유정이 작게 웃음을 내뱉었다. 그가 자신을 어떻게 보고 있을지 확인하기 무서워 고개를 숙인 그녀가 한 걸음 뒤로 물러났다. 그의 손길이 머리에서 떨어졌고, 곧 그가 팔을 뻗어도 닿지 않을 만큼 떨어져 선 유정이 그를 바라보았다.

"그러니까 자고 갈래요."

"……."

멀찍이서 아주 앙큼한 말을 내뱉는 모습에 이한은 말문이 막힌 듯 입술을 꾹 닫았다. 그가 아무런 말도 하지 않자 유정이 다시 한 번 고집스레 말했다.

"응? 자고 가면 안 돼요?"

그녀가 졸랐다. '나 여기 있고 싶어요' 라고. 그 말이 그에겐 어떤 식으로 받아들여지는지도 모르고 자고 가겠다고 한다.

그의 표정이 굳어졌다. 이를 어쩌나. 난감해졌다.

아직은 어린 유정이다. 세상으로부터 전혀 보호받지 못하고 살고 있으면서 어떤 면으로는 보호받고 살고 있기도 했다.

그녀가 과연 남녀 간의 관계를 알고 있을까. 여자가 남자 혼자 사는 집에서 자고 가겠다는 것이 어떠한 뜻인지 알고 있기는 한 것일까.

아마 모르겠지.

"오빠라고 부르지도 못하면서."

그가 장난스럽게 말했다. 형제 하나 없으니 '오빠' 란 호칭이 어색할 줄은 알면서도. 정곡을 찔렀는지 작은 어깨가 움찔 떨렸다.

그의 눈치를 살피듯 고개를 빼끔히 든 유정이 그의 웃음을 발견하고서 눈을 뾰족하게 떴다.

"왜, 화났어?"

그가 여전히 웃음기가 가득한 목소리로 묻자 유정이 온몸을 파르르 떨었다. 몸에 힘을 꽉 준 그녀가 고개를 힘껏 들었다. 도도한 표정을 지은 유정이 그와 시선을 똑바로 두며 걸음을 옮겼다.

"오빠."

"뭐?"

한 걸음.

"오. 빠."

한 걸음.

"오빠!"

한 걸음 더.

서로의 가슴이 닿을 정도로 가깝게 다가온 유정이 그를 노려보며 쏘아붙였다.

"이제 됐죠?"

"……."

"나 자고 가도 되죠?"

마치 자신이 이겼다는 듯 크게 웃음 짓는 모습에 그가 커다랗게 뜬 눈을 연신 깜빡였다.

아, 이런 어린애를 어떻게 하면 좋을까.

"그게 무슨 의미인지는 알고 있어?"

"알아요. 동영상 봤어요."

"……."

그가 입을 꾹 다물었다. 조금이라도 입술을 벌리면 그 사이로 신음이 터져 나올 것만 같았다.

턱을 치켜들고 당당하게 말하는 유정을 보자 그는 불쑥 짜증이 올라왔다. 자신의 마음은 모른 채 철없이 구는 유정을 보자 가슴이 답답하면서도 화가 치밀기도 한다.

"동영상도 동영상 나름이지."

그의 말에 유정은 자신도 다 안다는 듯이 더욱 도도하게 고개를 들었다. 발뒤꿈치만 들면 둘의 입술이 닿을 정도로 거리가 가까워졌음에도 유정은 도전적인 행동을 멈추지 않았다. 심장이 터질 듯이 뛰었지만 여기서 물러설 마음이 없는 듯 보였다.

"다 알아요."

"뭘 아는데?"

그의 물음에 유정은 흔들림 하나 없는 표정으로 읊조렸다.

"호텔 레스토랑에서 밥을 먹고 룸으로 올라가는 거."

"……."

예전 그에게서 들은 말이다. 여름방학, 데이트를 하자는 유정의 말에 그는 어른의 세계를 이야기해 주었다. 넌 아직 아이니까 나와 데이트를 할 수는 없다고.

4년 전의 이야기를 그대로 이야기하는 모습에 기가 막혀 헛웃음이 터져 나왔다. 하지만 아직은 그녀와 어른들이 하는 연인의 대화를 나눌 마음이 없는 그는 주머니에서 폰을 빼 들었다.

"뭐 해요?"

"신고하게."

짧게 답한 그가 시선을 들어 유정과 눈을 맞추며 입꼬리를 끌어올리며 웃었다.

"정상적인 동영상은 아닐 테니까."

"……씨."

여전히 아이 취급하는 모습에 울컥 화가 치밀어 올랐다. 유정은 뒤꿈치를 들고 그대로 그의 입술에 제 자그만 입술을 맞추었다. 짧고 순결한 입맞춤이었지만 그에게 준 충격은 대단했다.

"봐. 다 안다고요."

속으로 벌컥 소리를 치고 싶은 것을 참아낸 이한의 미간이 찌푸려 들었다. 욕구는 인간으로 태어나면 어쩔 수 없이 가지게 되는 것이다. 눈앞의 유정과 함께 있고 싶은 것은 당연했다.

하지만 아직은 아니었다. 그는 장미에 대한 책임이 있었다. 그 책임을 그는 그저 욕정이란 이름으로 짓밟고 싶지는 않았다.

한참이고 눈싸움을 하던 두 사람의 팽팽한 균형이 깨진 것은 얼마의 시간이 흐르지 않아서였다. 허리를 굽힌 그가 나지막하게 물었다.

"동영상은 뭐였는데?"

"에?"

순간 가까이 다가온 그의 얼굴에 놀란 유정이 눈을 동그랗게 뜨고 얼떨떨해져 되물었다. 하지만 이한은 나른하게 웃으며 더욱 허리를 숙였다.

"멜로?"

두 사람의 입술이 맞닿았다. 조금의 틈도 없이 맞춰진 입술은 그 이상의 행위는 하지 않았으나 야릇한 감정을 불러일으키기엔 충분했다.

달콤하다는 것이 이런 것이구나. 얼굴에 닿는 그의 숨결을 느끼며 유정은 멍하니 생각했다. 짧은 입맞춤이 끝나고 나서도 유정은 아쉬운 듯 그만을 올려다보았다.

"아니야?"

유정이 힘차게 고개를 끄덕였다. 멜로는 아니었으니까. 살결이 뒤섞이던 그것은 분명 사랑이 느껴지지 않는 행위였다.

다시 한 번 고개를 내린 그가 이번엔 좀 더 농밀하게 입을 맞춰왔다. 혀로 달콤한 사탕을 핥듯 작은 입술을 맛보았다. 그리고 앙증맞은 입술을 벌려 입속으로 부드럽게 파고들었다.

유정의 몸이 움찔 떨렸다. 언제 숨을 쉬어야 할지 몰라 그의 어깨를 탕탕 두드려 보지만 그는 그녀를 만질까 무서워 뒷짐 지고 있던 손을 풀고 가느다란 허리를 끌어안았다. 작은 몸체를 더욱 가까이 끌어당긴 그가 소담한 가슴 위에 손을 얹었다. 그 움직임만으로도 유정의 몸에 순간 엄청난 긴장감이 들이닥친다.

움찔움찔!

그가 주는 손길에 유정의 작은 몸이 어찌할 줄을 몰라 잔뜩 겁을 집어먹는다.

"하아, 하아."

입술이 떨어지자마자 유정은 숨을 몰아쉬었다. 산소가 부족해서 그런 것인지, 아니면 그의 입맞춤 때문인지, 아니면 서로 맞닿은 심장이 미친 듯이 내달려서 그런 것인지는 모르겠으나 유정의 얼굴이 붉게 달아올라 있었다.

예쁜 오렌지 빛깔 눈동자가 어둠을 머금는다. 어둠의 근원은 욕망이었다.

"에로?"

아무것도 모르는 어린 아가씨를 침대 위에 눕히고 싶다. 그리고 그 위에 자신의 몸을 묵직하게 내리누르고 싶다. 그래, 정말 그렇게 하고 싶다. 이한의 손끝이 차갑게 식었다.

유정이 작게 고개를 젓는 것을 보며 그가 거칠게 말을 내뱉었다.

"그럼……."

그가 말끝을 흐리자 유정의 눈동자에 불안이 머물렀다. 금방이라도 울음을 터뜨릴 것 같기도 하다. 그런 유정을 보자 그제야 놓았던 이성이 돌아오기 시작했다.

그래, 아직은 어려. 아직은 아니야. 그래, 아직은.

그가 마인드컨트롤을 했다. 유정을 두렵게 만들면서까지 가질 수는 없었다.

허리를 숙여 작은 유정을 번쩍 들어 올린 그는 자신의 목을 감싸는 손길에 허탈한 듯 웃었다. 방금 전까지 그런 표정을 지었으면서 지금은 서슴없이 자신을 만진다. 이 아이를 진짜 어쩌면 좋을까.

천천히 걸음을 옮긴 그는 침실로 향했다. 그리고 침대를 보자 긴장감에 뻣뻣하게 굳어버린 유정을 조심스레 내려놓았다.

습기를 머금고 있는 눈동자를 한참이나 바라보던 그가 입술에 호를 그리며 웃었다.

"그런 표정 지을 거면 애초부터 덤비지 마."

다정한 손길로 몇 번이나 유정의 머리카락을 쓰다듬은 그는 자리에서 일어났다. 오늘은 어쩔 수 없이 소파에서 몸을 구기고 자야 할 것 같았다.

"그럼 자, 공주님."

짧은 인사를 건넨 그는 문을 닫고 밖으로 나왔다. 그제야 긴장하고 있던 몸이 축 늘어졌다.

유정이 긴장한 것처럼 그 또한 긴장하고 있었다. 여자를 안지 않은 지가 벌써 수년째다. 수도승처럼 살아온 자신의 인생을 떠올리던 그는 기가 막힌 듯 웃음을 피식 내뱉었다. 유정의 앞에서는 어쩔 수 없이 약해진다.

"아저씨! 오빠는 무슨! 양심도 없어!"

소파로 향하던 그가 방 안에서 들려오는 목소리에 멈칫했다. 유정이 왁왁 악을 써대고 있었다. 움찔, 눈썹을 찌푸린 그가 몸을 돌려 다시 방으로 향했다. 소리를 내 문을 열자 이불을 머리까지 뒤집어쓰고 있는 작은 몸이 떨린다.

나 참, 정말.

기가 막힌 듯 웃은 그가 일부러 정색하며 말했다.

"뭐라고?"

"……."

"방금 뭐라고 외친 것 같은데?"

그의 물음이 이어질 때마다 유정의 몸이 진동하듯 잘게 떨린다. 그 모습이 너무나 귀여워 장난은 여기까지 할까 생각했지만, 조심스레 들려온 말에 결국 웃음을 터뜨렸다.

"아무 말도 안 했다, 뭐."

하하하, 시원하게 소리를 내 웃은 그가 동그란 둔덕을 보며 천천히 걸음을 옮겼다. 그리고 유정의 옆에 누워 이불째 작은 몸을 끌어안았다.

오늘은 그에게도 그녀에게도 너무나 많은 일이 있었다.

"오늘은 이러고 자자."

눈을 감은 그가 읊조렸다.

이젠 쉬어야 했다. 내일부터는 많은 일이 있을 테니까.

커다란 손으로 유정의 몸을 두드려 주던 그는 딱딱하게 굳어 있던 몸이 움직이는 것을 느끼며 고개를 들었다. 이불 밖으로 빠끔히 나온 눈동자가 그의 눈치를 살핀다. 그리고 화가 나지 않았다는 사실을 깨닫자마자 또다시 앙큼한 행동을 개시한다.

이불을 끌어 내린 유정은 몸을 돌려 이한의 허리를 끌어안았다. 그의 몸에 또다시 긴장감이 흘렀지만 작은 악동은 이를 알아차리지 못한 채 눈을 질끈 감고 있다.

"너 정말."

"이러고 잘 거예요."

고집스레 말한 유정이 눈을 뜨며 그의 얼굴을 올려다보았다.

"오빠."

졌다, 졌어.

그의 입술에서 언뜻 그런 말이 나온 것 같다.

몸이 사락사락 녹아내릴 것 같다. 유정은 고개를 들어 기다란 속눈썹을 길게 늘어뜨리고 있는 이한을 보며 그렇게 생각했다. 그는 고른 숨을 내뱉고 있었다. 깊은 잠에 빠진 그를 방해하고 싶지 않은 유정은 한참이고 그의 얼굴만 올려다보고 있었다.

행복했다. 가슴이 뜨거워졌다. 늘 차가운 냉기만 불던 마음에 따스한 봄바람이 불어왔다. 밖의 날씨는 아직도 차가운 겨울과 가까웠는데, 그녀의 마음은 달랐다.

곧 그녀의 마음과 같은 봄이 찾아올 것이다. 그 봄이 되면 이한의 곁에 있을 것이다. 그녀의 마음이 부웅 떠올랐다.

창밖의 세상에 빛이 찾아든 것이 보였다. 유정은 조용한 미소로 뜨는 해를 맞이했다. 또다시 하루가 시작되었다. 늘 그것이 지독하게 느껴졌는데 오늘은 달랐다.

이제부터 시작이지.

그래, 때가 왔어.

지금부터 시작될 일들을 떠올리자 유정의 눈동자가 슬픔을 머금었다.

도망가지 않게 도와주세요, 선생님. 제 결심이 흔들리지 않도록 해주세요.

천천히 눈을 깜빡인 유정은 몸을 움직여 그의 턱에 짧게 입을 맞췄다. 불안함이 그득하던 눈동자를 눈꺼풀로 감추고 힘이 빠지려는 손에 힘을 주고 그를 붙잡았다.

천천히 입술을 뗀 유정의 작은 입술에서 한숨이 비져 나왔다. 이제 그만 현실로 돌아와야 할 때였다. 그의 곁은 너무 따뜻해서 그녀의 결심을 흔들리게 만들었다. 이곳에서 다 잊고 새로 출발하고 싶은 마음이 계속 들었다. 그러면 안 된다. 그녀만 행복할 수는 없었으니까. 도망간 것들과 정면으로 마주하고 이젠 싸워야 할 때였다.

상체를 일으킨 유정이 침대를 벗어나려 할 때였다. 뒤에서 유정의 허리를 끌어안은 단단한 팔이 그녀의 몸을 잡아당겨 다시 침대에 눕혔다. 갑작스레 일어난 일에 유정은 커다란 눈만 깜빡이며 상황 파악을 하려 했다. 왜 내가 천장을 보고 누워 있지? 무슨 일이 일어난 거지? 눈알을 도록도록 굴린 유정이 고개를 돌려 느른한 웃음을 짓고 있는 이한을 보았다.

"아침엔 안 건드리는 게 좋은데."

"……."

예쁘게 휘어지는 입술을 멍하니 보던 유정은 그의 얼굴이 점차 다가온다는 생각을 하며 느릿하게 눈을 깜빡였다. 그는 웃고 있었다. 하지만 목소리에 묻어나는 감정은 약간의 짜증이었다.

"침대에서 이러는 건 반칙이라고."

이제야 왜 그가 그러는 것인지 깨달은 유정의 얼굴에 화르르 불길이 올라왔다. 어느새 맞닿을 듯 다가온 가슴을 힘껏 밀어낸 유정이 웅얼거렸다.

"변태."

"이제 알았어?"

유정의 머리를 커다란 손이 따스하게 쓰다듬는다.

마음이란 참 간사하다. 그리고 참 강하다.

외면하려고 했을 땐 조금씩 잊혀가는 것 같기도 했다. 가끔 밥을 먹을 때, 길을 걸을 때, 일을 하기 전에, 잠자리에 들기 전에…… 하루의 대부분을 차지하던 생각이 시간이 지날수록 줄어들었다.

하지만 잊혀진 것이 아니었다. 그 자리에 멈춰 가만있었을 뿐이다. 교복을 입은 소녀인 채로.

이한은 자신의 사무실을 보았다. 지나치게 넓은 사무실은 그의 취향 그대로 꾸며져 있었다. 쓰레기 하나, 머리카락 하나 떨어져 있다면 한눈에 보일 정도로 새하얀 공간 안에 검은색으로 머리를 염색하고 검은 슈트를 입은 그가 서 있었다.

"사무실은 어때? 마음에 들어?"

"넓어."

이한이 퉁명스럽게 대답했다. 우영은 웃음을 터뜨렸다.

"손님들도 많이 찾아올 텐데 이 정도는 돼야지. 명색이 태훈 차남의 사무실인데."

"무시무시할 정도로 엄청난 낙하산이라고 말하는 것 같은데?"

"그렇게 떠드는 사람도 있겠지."

이한의 곁으로 다가온 우영이 어깨를 툭툭 두드리며 말했다.

"그래도 네가 뉴욕에서 낸 성과를 보면 입을 싹 닫아버릴 거야."

이한이 뉴욕지사에서 낸 성과는 눈이 부실 정도였다. 겨우 흑자만 내고 있던 지사를 맡은 지 단 1년 만에 완벽하게 바꿔놓은 이한은 많은 사람들을 놀라게 만들었다. 동생에게 사업적 감각이 있다는 것은 그간 조금씩 넘긴 일로 알 수 있었지만 이 정도일 줄은 모르던 터라 우영은 많이 기뻐했다.

그런 이한이 한국으로 돌아오겠다고 말했을 때 우영은 뜯어말렸다. 그곳에서 딱 5년만 더 일하고 그룹 본사로 바로 돌아오라는 것이 그의 의견이었지만 이한은 고개를 저었다.

"한국에서 꼭 해야 할 일이 있어."

만나야 할 사람이 있다고 덧붙인 말에 우영은 고개를 끄덕일 수밖에 없었다. 그렇게 동생은 화려하게 한국으로 돌아왔다.

우영이 이한을 보며 물었다.

"혹시 그때 만나야 할 사람이 있다고 했던 게 강유정 씨냐?"

"……음, 어."

잠시 고민하던 이한이 고개를 끄덕였다.

그녀에게 주고 온 어린왕자가 늘 마음에 걸렸다. 잘 지내는지 가까이서 한 번만이라도 확인하면 이러한 마음이 괜찮아질 것이라 생각했다. 그리고 그의 우려대로 유정은 여전히 아파하고 있었다.

"힘들면 주위 어른들에게 손을 내밀라고 하셨죠? 그런데 날 힘들게 하는 건 주위에 있는 어른들이었어요. 그런 사람들에게 손을 내밀 수는 없잖아요."

어젯밤 유정이 한 말이 떠오른다.

자신을 힘들게 하는 것은 주위 어른들이라던 말.

이한의 표정이 어두워졌다.

"너무 오래 붙들고 있었네. 출근은 다음 주부터지?"

"음, 정리해야 할 것도 있으니까."

이한의 말에 우영이 고개를 끄덕였다. 정리해야 할 것, 유정에 관한 것이다. 장호가를 만나 결혼에 대한 이야기를 나누어야 할 것이다. 제안은 유정이 한 것이지 기업에서 한 것이 아니었으니까. 어떠한 형태로든 그들을 만나 추후의 이야기를 하고 기업 형태로는 어떻게 협의해 나갈 것인지를 협상하려면 상당히 오랜 시간이 필요할 것이 분명했다. 이한과 유정의 결혼은 단순히 두 사람만이 하는 것이 아니었다.

"그럼 언제 인사시킬 거야? 회장님도 기다리고 계신다."

"우선은 장호부터 찾아 봬야지."

"원래 신부 쪽에 먼저 인사드리는 거지. 알았다."

장난스러운 우영의 말에 이한이 난감한 듯 얼굴을 쓸어내렸다.

"도둑놈."

"형!"

커다랗게 웃음을 터뜨린 우영이 사무실을 나섰다. 그의 뒤에 대고 이한이 항의했지만 그는 아랑곳 않고 '도둑놈 맞지, 뭐' 라고 말한 뒤 사라져 버렸다.

이마를 짚은 이한이 고개를 절레절레 저었다. 정신이 하나도 없었다.

앞으로 함께 지낼 직원들과 인사를 나누어야 한다. 장호와 만날 약속도 해야 하고, 유정과의 결혼과는 별개로 해야 할 일도 많았다. 하지만 이한은 무엇 하나 손에 잡히지 않았다.

아침에 현관 앞에서 제 옷을 입고 배웅해 주던 유정의 모습이 머릿속에서 떠나질 않았다. 퇴근 후에 만날 수 있느냐고 조심스럽게 묻던 모습도, 같이 있을 수 있다는 말에 수줍게 웃던 모습도 머릿속을 떠나지 않았다. 오늘 아주 좋은 선물을 줄 것이라고 말했다. 그 선물이 무엇인지 그는 묻지 않았다. 무엇이든 상상하는 것만으로도 즐거웠으니까.

그녀의 모든 것이 그의 머릿속을 지배하고 어지럽게 만든다. 그때, 닫힌 문이 열리고 간 줄 알았던 우영이 목을 빼끔히 내밀었다.

"그래도 아직은 어리니까 무리한 건 시키지 마라."

"무슨 무리?"

"알면서 그런다."

"……형, 정말!"

"진짜 간다!"

달칵, 문이 닫혔다.

이한은 씩씩거리며 자리에 앉았다. 해야 할 일이 산더미였다. 태훈화장품 사장으로 취임 전 봐야 할 서류도 있었고, 같이 함께 일할 직원들과도 이야기를 나누어봐야 했다. 다음 달에 론칭할 상품들, 각 매장의 매출표, 주요 매장…… 전부 그가 직접 살펴봐야 하는 것들이었다. 어디 그뿐인가. 중국과 홍콩, 일본에 무리하게 확장해 놓은 태훈화장품 사업 전반을 재검토해야 했다.

그런데 무엇 하나 손에 잡히질 않는다. 다시 한 번 유정과 함께 결혼에 대해 자세히 이야기해 보는 것이 좋지 않을까? 그 아이가 왜 자신에게 결혼을 하자고 한 것일까. 이 회장이 남긴 주식이 왜 제 것이 아니라고 했는지도 물어봐야 하지 않을까. 유정이 하고 싶은 대로, 이야기하고 싶지 않아 해도 다시 한 번 물어봐야 하지 않을까.

[사장님, 손님이 찾아오셨습니다.]

상념의 빠진 그를 인터폰에서 흘러나온 목소리가 끄집어냈다.

상대를 확인한 이한이 고개를 끄덕이자 밝은색 슈트를 입은 중년의 남자가 문을 열고 들어왔다. 전혀 예상외의 방문자였다.

"안녕하십니까. 강유정 씨 문제로 찾아 뵀습니다."

허리를 깍듯하게 숙인 그가 무심한 표정으로 말했다.

"앉으십시오."

소파를 가리킨 이한은 김 비서에게 차를 부탁했다. 얼마 지나지 않아, 두 사람 앞에 김이 모락모락 올라오는 잔이 놓였다. 고소한 향에 긴장감이 풀려왔지만 이한은 최 변호사를 살피는 시선을 거두지 않았다. 이 남자는 뭔가. 갑자기 왜 자신을 찾아온 것일까.

"제가 찾아온 것이 의아하신가 보군요."

주머니에서 명함을 꺼낸 최 변호사가 테이블 위에 손바닥만 한 종이를 내밀었다.

"장호 법무팀 분이 아니시군요."

이한은 명함에 적힌 국내 최대 로펌 회사 이름을 보았다. 최경환이란 이름보다 중요한 것은 그가 장호의 사람이 아니라는 것이었다. 그렇다면 이 남자는 정말 왜 자신을 찾아온 것일까. 그가 다음에 이어질 말을 기다렸다.

"이지영 씨 개인 변호사였습니다."

"장호그룹 이 전 회장님 말씀이십니까?"

"네, 강유정 씨 어머님이시죠."

최 변호사가 잔을 들었다. 그리고 따뜻한 커피를 입안에 머금었다. 차갑게 식은 몸이 다시 제 체온을 찾는 것을 느낀 최 변호사는 자신을 날카롭게 노려보는 시선을 느끼며 작게 웃음을 뱉었다.

"왜 그렇게 무섭게 보십니까."

"찾아온 이유를 말씀하질 않으시는 걸 보면 꽤 이야기하기 어려운 걸 것 같아서요. 그것도 유정이와 관련된 이야기로."

"역시 사업가이십니다."

최 변호사는 호흡을 가다듬었다. 그리고 방금 전까지만 해도 눈동자에 가득하던 감정을 지운 채 이야기를 시작했다.

"사실 오늘 찾아온 이유는 강유정 씨가 원해서입니다. 의뢰인으로서 저에게 일을 부탁하신 거죠. 하지만 지금부터 제가 드릴 이야기는 강유정 씨가 원하는 것이 아닙니다. 변호사는 의뢰인의 사적인 부분을 지켜 드려야 합니다. 하지만 제가 그것을 어기면서까지 김이한 씨에게 모든 것을 털어놓는 이유는……."

"이유는?"

"아가씨는 저에게 단순한 의뢰인이 아니기 때문입니다."

"그게 무슨 말씀이십니까?"

그가 굳은 표정으로 물었다. 최 변호사는 목소리에서 웃음기를 뺐다.

"저에겐 아주 소중한 분입니다. 내가 사랑했던 사람이 꼭 지키고자 하던 사람이어서요."

이한의 눈이 커다랗게 변했다. 이 회장에게 생전 다른 남자가 있다는 이야긴 듣지 못했다. 그가 아무리 상류사회에 귀를 닫고 사는 사람이라 하더라도 그 정도의 위치에 있는 미망인의 소식이라면 들려올 법도 한데 말이다. 그렇다는 건 단순히 이 남자 혼자만의 감정이란 뜻이다.

최 변호사는 흔들림 없이 말을 이었다.

"모든 이야기를 하겠습니다. 그리고 판단은 김이한 사장님께

맡기겠습니다. 하지만 이건 기억해 주십시오. 제가 이 이야기를 드리는 근본적인 이유는…… 김이한 씨가 아가씨를 지켜주길 바라서입니다."

그는 강유정의 주식을 100% 김이한에게 넘기겠다는 서류와 함께 혼인신고서를 그의 앞으로 내밀었다. 그리고 그가 마지막으로 내민 것은 이 회장의 유언장이었다. 증빙을 마친 서류는 그녀가 죽기 일주일 전에 작성한 것이었다. 중간에 적혀 있는 글귀를 읽는 그의 눈동자가 흔들렸다.

—강유정이 스물두 살이 되는 해에 내가 가진 장호 주식과 함께 장호의 사회적 기업, 강기태 자선사업에 대한 모든 권리를 넘긴다. 그 이전에 강유정에게 법적인 보호자가 생길 경우 그 사람에게 모든 것을 넘긴다.

'스물두 살 이전에 강유정에게 법적인 보호자가 생길 경우 그 사람에게 모든 것을 넘긴다.' 짤막한 이 한 줄의 문장은 엄청난 파급력을 담고 있었다. 이한은 그 부분을 읽고, 또 읽었다.

"이 회장님이 돌아가시던 날 이 부사장님께서 그곳에 계셨습니다. 아마 벨을 눌렀으면 이 회장님께선 적절한 치료를 받고 생명을 연장하실 수 있었을지도 모릅니다. 그날 무슨 일이 있었는지 전 모릅니다. 하지만 이 회장님을 떠올려 보면 그분께서 왜 그렇게 하셨는지는 알 수 있죠."

그의 의문을 읽었는지 최 변호가 이야기를 시작했다. 이한은 알지 못한 유정의 숨겨진 이야기였다.

"아주 자존심이 강하셨던 분입니다. 그래서 벨을 누르려는 이 부사장을 막았을지도 모릅니다. 그걸 아가씨도 잘 알고 있고요. 대소변도 가리지 못하는 자신의 처지를 많이 힘들어했습니다. 어찌 되었든 그날 벨은 울리지 않았고, 이 회장님은 돌아가셨습니다."

그의 눈살이 찌푸려졌다. 그제야 왜 주위에 있는 어른들에게 도움을 구하지 못했는지 알 것 같았다. 그리고 열여덟에 만난 유정이 왜 고모와 고모부 옆에 남아 있어야 했는지도.

"아가씨는 이 부사장님을 원망하고 계십니다. 그가 가장 원하는 것은 장호이고, 그걸 가지기 위해선 아가씨께서 이번 생일에 받을 주식이 꼭 필요하다는 것을 아가씬 아주 잘 알고 계십니다."

"하지만 최 변호사님의 말이라면 유정이가 이 부사장을 원망할 이유가……."

"자신이 곁에 없어서 그런 일이 일어났다고 생각하는 겁니다. 자신이라면 살렸을 거라고. 처음엔 이 부사장이 아닌 자신을 원망했을 겁니다. 왜 학교에 가서 어머니의 곁에 없었나 하고요. 그리고 열여덟의 소녀는 견디기 힘들었을 겁니다. 따로 원망할 대상이 필요했겠지요. 그리고 벨을 울리지 않은 이 부사장을 미워하게 된 겁니다."

이한은 혼란스러운 눈으로 최 변호사를 보았다. 그러자 그도 잘 모르겠다는 듯이 웃기만 한다.

둘 사이에 무거운 침묵이 내려앉았다. 그리고 이한의 생각이 어느 정도 정리되고 난 후에야 최 변호사의 이야기는 다시 시작되었다.

벌써 4년이나 묵은 이야기다. 단 몇 마디로 모든 상황을 설명할 수 없을 정도로 복합적인 감정이 얽힌 일이다. 누군가에게 이해를 구할 수 있는 일도 아니라는 것을 최 변호사는 알고 있었다. 그랬기에 최대한 사실에 근거하여 이성적으로 이야기를 전할 수밖에 없었다. 어떻게 받아들이든 그건 이한의 몫이었다.

"그래서 그분 곁에 있었던 겁니다. 그리고 한 장의 서류에 서명했습니다. 스물두 살이 되면 이 부사장에게 모든 것을 넘기겠다는. 그리고 이 부사장의 곁에 남았던 겁니다."

"왜…… 그 사람 곁에 남아 있었던 겁니까? 화가 났다면, 그렇게 싫은 사람이었다면 그럴 필요가 없지 않습니까?"

"아가씨는 알고 있었던 겁니다. 이제 가질 수 있을 거라고 생각한 순간 모든 걸 잃었을 때 어떤 감정을 느끼는지."

아마 죽고 싶겠지. 자신의 손에 들어왔다 생각한 것이 모래알처럼 손가락 사이로 빠져나간다면.

이한의 입술이 떨렸다. 갑자기 한기가 몰려오는 기분이 든다.

"회사를 가질 수 있을 거라고 생각한 이 부사장의 기대감을 한 순간에 부숴 버리고, 장호를 공중분해하려는 겁니다. 아가씨에겐 강 전 회장님이나 이 전 회장님께서 어떻게 그 회사를 지켰는지는 중요하지 않습니다. 다만 이 부사장이 그걸 가지는 꼴은 죽어도 보지 못하겠다는 거죠."

"그래서……."

그래서 자신과의 결혼이 필요했구나. 생일이 오기 전 자신에게 미운 소리를 하면서 결혼하자고 요구하고 협박한 것이구나.

그는 그것이 단순히 유정의 외로움에 근거하여 한 말인 줄 알았다. 하지만 유정은 작은 머리로 이 많은 생각을 하고 결론을 내렸다. 이한은 이 상황을 어떻게 받아들여야 몰랐다.

최 변호사는 그런 이한의 생각을 읽었다.

"네, 장호의 주식을 이한 씨에게 모두 주려고 하는 것이죠. 그럼 태훈 사람인 이한 씨가 장호의 최대 주주가 되는 것이고, 장호를 휘두를 수 있으니까요. 회사가 공준분해되지 않는다고 해도 장호는 자연스럽게 태훈에게 흡수될 테니 말입니다."

이것이 강유정의 계획이었다. 그래서 열여덟의 유정은 그렇게 공허한 표정을 짓고 있었던 것이다. 이 회장이 물려준 재산은 그녀를 지키는 울타리가 아닌 소녀를 죽이는 독이 되었다. 썩은 고기에 파리 꾀이듯 꾀이는 사람들을 보고, 소녀는 무슨 생각을 했을까. 이한은 알 수 있었다.

난 외톨이야. 아무도 없어. 날 이해해 줄 사람은 아무도 없어.

그렇게 생각했을 것이다.

다른 이들이 아무리 진심을 다해 다가오더라도 밀어내기만 했겠지.

스물두 살의 강유정은 열여덟의 강유정이 생각한 것만큼 훌륭한 어른으로 성장하지 못했다.

그녀는 맹목적으로 원망할 대상을 찾았고 복수할 계획만 세웠다.

이 회장을 사랑했다면, 그래서 유정이 단순한 의뢰인이 아니라면 일을 이렇게 하게 해서는 안 됐다. 그런데 그는 왜 말리지 않은 것일까. 이한의 눈동자에 분노가 머물렀다.

"왜 말리지 않았습니까?"

"……."

"말렸어야 하는 것 아닙니까! 그때! 열여덟 살의 그때! 그 서류에 사인을 하면 안 된다고 하셨어야 하는 거 아닙니까! 아무것도 모르는 아이를, 그런 아이를……!"

"아무것도 모르는 아이였기 때문입니다."

오해 말라는 듯, 최 변호사가 고개를 저었다.

"열여덟 어린 머리로 계획한 복수가 모두가 물거품이었다는 걸 알게 되면 진즉 나쁜 선택을 했으리라고 생각했기 때문입니다. 열여덟 살의 감수성은 그런 것이니까요. 복수를 계획했다면 스물두 살 때까진 나쁜 결심을 하지 않으리라고 생각했습니다. 이 시기가 될 때까지는요."

"……."

"그리고 중간에 마음이 변하리라 생각했습니다. 하지만 아가씨는 변하지 않았습니다."

그의 말에 이한은 손을 들어 제 얼굴을 가렸다. 그런 것인 줄 몰랐다. 소녀가 가슴에 품고 있던 것이, 그 소녀가 커서 여자가 되어서도 그런 생각을 하고 있는지도. 그는 아무것도 알지 못했다. 소녀의 아픔을, 여자의 아픔을.

그의 입에서 옅은 신음이 흘러나왔다.

"제가 아는 것은 단 하나입니다. 김이한 씨에게 주식이 넘어갔다는 것을 이 부사장이 알게 되면 그냥 넘어가지 않으리란 것이지요."

"……."

최 변호사가 혼인신고서를 이한의 앞으로 내밀었다. 그의 시선이 자연스레 서류로 향했다. 유정이 채워 넣은 빈 칸은 완벽했고 사인난에는 도장까지 찍혀 있었다. 거기에 이한의 서명만 덧대어진다면 두 사람은 법적인 부부 사이가 된다.

하지만 이한은 서류를 작성하는 대신 붉어진 눈으로 최 변호사를 노려보았다. 이를 악물며 잇새로 차갑게 말을 씹어 내뱉었다.

"……그 모든 이야기를 하고 이 서류를 제게 내미는 건 무슨 뜻입니까?"

최 변호사는 모호한 미소로 대답을 대신했다.

자리에서 벌떡 일어난 이한은 테이블에 있는 혼인신고서를 신경질적으로 집어 들었다. 종잇조각이 그의 손에서 구겨졌다.

"제가 그 아이의 복수극에 동참이라도 해달라는 말씀이십니까?"

쫙— 쫙—

조각조각난 종이가 공중에 흩어졌다.

"그럴 수는 없습니다."

사납게 굳은 얼굴로 최 변호사를 보던 그가 입가를 비틀어 웃었다. 험악한 얼굴이었지만 최 변호사는 오히려 안심할 수 있었다. 유정의 주위엔 세속적인 것들에 흔들리는 자들이 대부분이다. 이 회장이 죽었을 때 누구 하나 유정을 제대로 봐주는 사람이 없었다. 그저 그녀의 앞에 걸려 있는 수많은 주식과 사회적으로도 존경받을 수 있는 사회적 기업 하나가 제 손에 들어온다는 생각뿐이었다.

하지만 눈앞에 있는 남자는 달랐다. 유정이 고른 남자는 그 서류 하나로 자신이 가질 수 있는 것들을 과감하게 무시했다.

열여덟 소녀에게 쉴 곳을 만들어준 남자는 스물둘 여자에게도 훌륭한 울타리를 만들어줄 것 같았다. 그녀의 고독이 끝이 보이는 것 같았다. 드디어.

"김이한 씨……."

그의 부름에 이한은 미간을 찌푸리며 냉랭하게 말했다.

"더 이상 할 말 없으니 가보시는 게 좋을 것 같습니다."

"당신이 이 서류에 도장을 찍지 않으셨으니 말씀드리겠습니다."

그가 다급하게 말을 내뱉었다. 지금부터가 진짜 하고 싶었던 말이다. 그에 대한 확신이 서니 말은 막힘없이 흘러나왔다.

"아가씨는 모든 복수를 끝내고 이 회장님의 곁으로 가려고 하십니다. 그래서 자신이 과거에 잘못을 저질렀다고 생각한 이한 씨에게 모든 것을 주려고 한 것이죠."

이한이 손을 들어 입을 틀어막았다. 온몸의 긴장을 풀면 곧바로 괴로움이 입 밖으로 쏟아져 나올 것만 같았다. 그 모습을 보며 최 변호사는 진심으로 말했다.

"지켜주십시오, 아가씨를. 그분의 생각을 돌려주십시오."

'제발, 제발 소녀를 어둠 속에서 구해주십시오.'

간절한 최 변호사의 목소리가 들린 것 같았다. 이한은 그를 외면하며 등을 돌렸다. 금방이라도 눈물이 쏟아질 듯 그의 눈가가 축축하게 젖었다. 그런 모습을 최 변호사에게 보여줄 수는 없었다.

어떻게 하면 그 작은 아이를 구할 수 있을까. 그 아이가 원하는 것들을 들어준다 하더라도 시커멓게 타버린 마음을 어떻게 해야 다독일 수 있을까.

알 수가 없다. 자신이 그녀에게 무엇을 해줄 수 있는지, 그녀가 진짜 무엇을 바라는지조차도.

"조만간……."

한참 동안 창밖만 바라보고 있던 이한이 불현듯 입을 열었다.

"빠른 시일 내에, 다시 서류를 준비해 주십시오."

이한의 몸이 천천히 돌아갔다. 자신의 예상대로 붉어진 눈동자를 보며 최 변호사가 힘없이 웃었다.

"아가씨를 부탁드립니다."

최 변호사는 자신보다 한참 어린 청년에게 허리를 굽혀 보이고 사무실을 나왔다. 사장실 문에 등을 기댄 그의 입가에 흐릿한 미소가 떠올랐다. 체념과 결심이 한데 담긴 미소였다. 눈을 감은 그가 중얼거렸다.

"아가씨, 이제 더 이상 당신을 소중히 여기는 사람들을 슬프게 하지 마십시오."

당신 때문에 슬픈 사람이 너무 많습니다.

3. 다시 뛰다

"같이 살자."

어쩐 일인지, 이한이 먼저 그런 말을 해왔다. 놀란 유정이 몇 번이고 확인했지만 그는 같은 말을 반복할 뿐이었다.

'뭐, 어때. 어차피 결혼할 거잖아.'

고모부 내외는 아무 말도 하지 않았다. 오히려 후련하다는 표정이었다. 유정이 누구와 동거를 하든 결혼을 하든, 유정이 직접 서명한 서류가 있는 한 유정의 재산이 저희들의 손아귀에 들어오는 것은 시간문제라고 생각하는 것이 분명했다. 그들은 이한이 유정을 어떤 눈으로 바라보고 있는지 깨닫지 못했다.

하지만 갑작스럽게 시작된 동거는 이한에게 어마어마한 고통을 안겨주었다.

서재 한편에 놓여 있는 커다란 원목 책상 위에 가득 쌓인 서류를 검토하고 있던 이한은 시각을 확인하고 한숨을 내쉬었다. 벌써 자정이 넘었다.

잠자리에 들고도 남을 시각이었다. 앞으로 피곤한 매일이 기다리고 있을 것이 뻔했지만 그는 웬일인지 잠자리에 들 수 없었다.

"후."

깊은 한숨을 내뱉은 그는 콧잔등 위에 걸쳐져 있던 안경을 벗고 눈두덩을 꾹꾹 눌렀다.

그녀와 같은 공간에 있다. 그녀를 제 공간으로 들인 것은 자신이고, 유정의 상황을 몰랐더라도 결혼하기로 결심한 이상 언젠가는 결혼해 한집에 살았을 것이다. 하지만 아직 마음의 준비가 되지 않았다. 두 사람만 있을 그 준비가.

굳게 닫혀 있는 문을 보던 그가 불안한 시선을 아래로 내렸다. 저 문을 열고 나가는 순간 제 몸은 이성을 잃고 날뛸 것이다. 오빠라 부르며 자신에게 앙큼하게 다가오던 유정의 모습이 머릿속을 훅훅 지나갔고, 곧이어 자신은 더 이상 열여덟의 학생이 아니라고 하던 말도 떠올랐다.

"안 돼."

신음 섞인 목소리로 작게 말한 그가 고개를 숙여 책상에 뜨끈뜨끈 열이 오른 이마를 댔다.

"나가지 말자."

그래, 나가지 말자. 나가지 말자, 나가지 말자…….

주문처럼 말을 왼 그가 자리에서 일어났다. 그리고 서재 한편에 놓인 간이침대로 가 누웠다. 오늘은 이곳을 자신의 침실로 삼아야겠다고 생각하며.

새하얀 천장을 멍하니 올려다보던 그가 눈을 깜빡였다.

유정에게 가득한 상처, 그 상처의 깊이를 자신은 알지 못했다. 그도 어릴 적 부모님을 잃었다. 사고였고, 어쩔 수 없는 일이라고 이내 생각했다. 그런데 몇 해 뒤, 결국 그 빈자리를 채우지 못한 동생이 학교 옥상에서 뛰어내렸다. 그것으로 그의 인생은 완벽하게 깨졌다.

자살, 그것은 어린 이한에게 있어선 받아들이기 버거운 것이었다. 그래서 홀로 살았다. 학교에 자신의 공간을 만들어 그곳에서 책을 읽고 시간을 죽이고 잠을 자며 그렇게 지냈다. 자신조차도 서른 살까지 그곳에서 나오지 못해 길을 헤맸다.

그런데 유정은 어떤가.

아버지가 초등학교 때 병으로 돌아가셨다. 가족이 제 어미를 죽였다. 그리고 그 가족에게 복수하기 위해 곁에 남아 그 모진 시간을 견뎌냈다. 방금 전 본 장면만 해도 이 부사장 내외가 어린 유정을, 그리고 지금의 유정을 어떻게 대했을지 알 수 있었다. 그걸 그녀는 묵묵히 견뎌낸 것이다. 스스로를 죽여가며, 그들에게 복수할 계획을 세우며.

그래서 말할 수가 없었다. 그녀에게 복수를 그만두라고. 그건 너 스스로를 다치게 하는 행위라고 그만두라고 말할 수가 없었다. 나라면 어땠을까 생각해 보면 그 생각은 더욱 확고해졌다.

만약 그라면 굳이 4년이란 시간을 견디지도 않았을 것이다. 합법적인 방법으로 그들을 궁지로 몰아넣지 않았을 것이다. 그 어떠한 범법 행위를 해서라도 파멸시켜 버렸겠지.

"……."

그래, 그렇다면 유정일 칭찬해 주자.

잘 견뎌냈다고.

넌 할 만큼 했다고.

그러니까 앞으로 널 상처 내는 것들이 있다면 내게 말하라고. 이야기를 듣고, 같이 마음으로 느끼고, 네 대신 내가 모든 것을 해 줄 수는 없지만 함께해 주겠다고, 그렇게 이야기를 해주자.

그는 천천히 눈을 감으며 그렇게 생각했다. 내일 아침 유정과 마주하자마자 그렇게 말할 것이라고. 하지만 늘 그랬던 것처럼 유정은 그의 뜻대로 움직여 주지 않았다.

달칵.

조심스레 문이 열리는 소리와 함께 탁탁 발걸음 소리가 들린다. 누구의 인기척인지 알고 있다. 이 집에 있는 것은 자신과 유정뿐이니까. 하지만 그는 눈을 뜨지 않았다.

이런.

그는 속으로 신음을 삼켰다. 그녀 때문에 밖으로 나가지 않았는데 그 노력이 허사가 되어버렸다. 그녀가 직접 서재를 찾을 줄이야.

자꾸 신음이 흘러나오려는 입술을 굳게 다문 그는 잠든 척 눈을 감고 있었다. 위에서 자신을 내려다보는 시선이 느껴진 것도 잠시, 곧 이불을 들추고 옆으로 꼬물꼬물 파고드는 여체에 더 이상 참지 못하고 눈을 번뜩 떴다.

"뭐야?"

"안 잤어요?"

"……."

오히려 놀라야 하는 것은 그녀였다. 침대에 몰래 침입한 것은 그가 아닌 그녀였으니까. 하지만 유정은 심드렁한 얼굴로 그에게 물었고, 곧 그의 겨드랑이 쪽으로 파고들었다. 그의 얼굴이 얼음장처럼 굳었다.

제 품에 쏙 들어온 유정은 너무나 작았다. 그리고 평소와 다름없이 너무나 위험했다. 순진한 눈망울로 자신을 올려다보며 의심하나 드리우지 않는다. 그 순수함이 더욱 그를 끓어오르게 만들었다.

"왜요?"

고개를 쳐든 그녀가 물었다. 이한은 그녀의 반짝이는 눈망울을 피하며 짐짓 말을 돌렸다.

"너, 나 안 자는 거 알았지?"

"모르면 바보게요?"

작은 손을 뻗어 이한의 입가를 더듬은 유정이 키득키득 웃었다.

"입술이 파르르 떨렸어요."

장난스러운 손길에 그의 몸이 찌르르 울렸다. 하지만 유정은 더욱 대담하게 손을 옮겨 날렵한 턱 선을 따라 손가락으로 선을 그었다.

"턱도 움찔했고."

"……."

어떻게 할 줄을 몰라 가만히 유정에게 몸을 내맡기고 있던 이한이 입술을 꾹 깨물었다. 새하얗게 질린 입술을 본 유정이 또다시 작게 웃음을 내뱉었다.

"뭐야, 너."

그 다 알고 있다는 표정은!

버럭 소리치려던 이한은 제 입술을 틀어막는 작은 손에 몸을 움찔 떨었다. 초롱초롱 별이 박혀 있는 것처럼 빛나는 눈동자를 말없이 노려보던 그는 앙증맞은 입술이 내뱉는 말에 얼굴을 붉혔다.

"전 오빠가 입버릇처럼 말하는 '어린 여자' 아이예요. 그런 저에게 오빠가 손대리라고 생각하지 않아요."

"……."

"그러니까 오늘은 오빠 품에서 잘래요."

그의 눈이 질끈 감겼다.

작은 악마를…… 집에 들여 버렸다.

산송장의 삶이 이러할까.

이한은 시도 때도 없이 자신의 침대를 파고드는 유정 때문에 매일 긴장의 나날을 보내고 있었다. 회사로 출근하기 전에 살펴봐야 할 서류도 산적해 있고 그 외에 유정의 주식 문제도 알아봐야 했지만, 자리에만 앉으면 병든 닭처럼 꾸벅꾸벅 졸기 일쑤였다.

혹시 이제 어른이 된 지 얼마 안 된 아가씨에게 필요한 것은 커다란 곰이 아닐까, 난 혹 그 곰이 된 건 아닐까 생각할 때도 있었다. 하지만 유정에게 필요한 것은 죽어 있는 커다란 곰이 아닌 살아 숨 쉬고 시시때때로 반응을 보여주는 김이한이었다. 그 사실을 알았을 때 그는 나라 잃은 백성 같은 표정을 지었다.

그가 마른세수를 하며 앓는 소리를 냈다.

"이대론 죽겠어."

그래, 죽거나 아니면 자신을 시험에 들게 하는 유정에게 손을 뻔거나 둘 중 하나였다.

인상을 찌푸린 그는 약속 시간이 되자 자리에서 일어나 옷방으로 향했다. 출근하지 않는 날엔 편안한 캐주얼 차림을 즐기는 그였으나, 그는 말끔한 슈트로 갈아입었다. 거울에 비치는 자신의 모습을 본 그는 만족한 듯 고개를 끄덕였다. 의상과 표정 모두 기합이 잔뜩 들어간 모습이다.

옷방을 나온 그는 부산스러운 소리가 들리는 부엌을 힐끗 보았다. 작은 인영이 조리대 위에 요리책을 펴놓은 채 이리저리 움직이고 있었다.

그 모습을 한참이고 보던 이한이 미간을 찌푸리며 물었다.

"뭐 해?"

"점심이요."

짧게 답한 유정이 고개를 돌려 그의 모습을 보더니 이내 눈을 크게 뜬다. 그녀의 말로는 분명 점심을 만들고 있다고 했는데, 조리대 위에 널브러진 식자재는 저녁상 수준이다.

"어디 가요?"

"약속 있어서."

"약속?"

"법무팀과 약속 있어."

그가 현관문 쪽으로 걸음을 옮기며 답했다. 그러자 앞치마에 손을 닦으며 유정이 따라 나왔다. 법무팀과 약속이 있다는 그의 말에 눈을 동그랗게 뜬 유정이 물었다.

"회사에 무슨 일 있어요?"

요즘 태훈의 사정이 좋지 않다는 것을 유정 또한 알고 있었기에 목소리엔 근심이 묻어났다. 아무리 이십대 초반의 여자이고 회사 경영에는 참여하지 않더라도 그녀는 오너 일가였다. 회사 일이라면 빠삭했고, 법무팀을 소집한다는 것은 상당히 심각한 문제가 생겼다는 것쯤은 알 수 있었다.

유정의 낯빛이 점차 어두워지는 것을 본 그가 심드렁한 표정으로 말을 툭 내뱉었다.

"너 1m 접근 금지 신청하려고."

"네?"

그게 무슨 말인지 모르겠다는 듯 유정이 눈을 동그랗게 뜨자 그는 여전히 심통이 가득한 표정으로 읊조리듯 말했다.

"날 소중히 대하라고 했을 텐데?"

"여기서 더? 더 어떻게요?"

"……."

이제야 무슨 뜻인지 알겠다는 듯 유정이 표정을 굳혔다. 다소 뻔뻔스러운 이한의 말에 유정은 어떤 식으로 말해야 할지 모르겠다는 듯 그의 얼굴을 빤히 올려다보았다. 그제야 그는 단 하나의 사실을 깨달았다.

그래, 저 작은 악마의 기준에 있어선 자신을 아주 소중히 대해주고 있는 것일지도 모른다. 아니, 어쩜 남자의 심정이 되어 사랑하는 여자의 몸을 결혼하기 전까지 지켜주려는 젠틀맨 코스프레를 하고 있는 것인지도 모른다.

차라리 그는 유정이 모든 것을 알고도 그를 약 올리려고 그러는 것이 아니길 바랐다. 만약 모든 것을 알고도 그러는 것이라면 그의 인생이 한동안은 계속 고달플 테니까.

이한은 자신을 빤히 올려다보는 유정을 내려다보며 한숨처럼 말했다.

"후, 그래, 우리 유정 양이 날 많이 소중히 여기긴 하지."

침울하게 말한 그가 유정의 머리를 쓰다듬어 주었다. 평소라면 주인의 손길을 받는 고양이처럼 따스한 터치를 즐겼을 그녀지만 지금은 그의 손을 탁 쳐내며 뾰족하게 말했다.

"무슨 헛소리예요?"

눈을 동그랗게 뜨며 되묻는 말에 이한은 입을 꾹 다물었다. 유정의 말엔 틀린 것이 없다. 자신은 지금 분명 헛소리를 하고 있었다.

한숨을 내쉰 이한은 신발을 꿰어 신은 후 현관문 손잡이를 붙잡았다. 그리고 여전히 뒤에서 심통 맞은 표정을 하고 있는 유정을 향해 부드러운 미소를 지어 보였다. 어쩔 수 없는 나이의 간극, 그 간극은 채우기 어려운 것이고, 시간이 자연스레 해결해 줄 것이다. 안달 내어봤자 될 일도 되지 않을 것이다. 그러니 그는 그대로, 그녀는 그녀대로 그 자리에서 해야 할 일들을 해 나가면 된다.

이한이 유정의 앞치마를 슬쩍 보며 말했다.

"나 간다. 아, 그리고……."

그가 미처 말을 끝맺지 못하자 유정의 고개가 옆으로 기울었다. 호기심 어린 눈동자를 보며 그가 조심스레 운을 뗐다.

"학교 다시 다닐 생각 없니?"

"없어요. 내가 하고 싶은 건 그게 아니었으니까."

망설임 없이 흘러나온 말에 그가 한숨을 집어삼켰다. 유정이 학교에 자퇴서를 제출했다는 말을 들은 이후로 다시 공부를 시작하라는 말이 목 끝까지 올라왔었다. 배움이란 때가 있는 것이고, 그 때를 놓쳐 버리면 영영 잡을 수 없을 테니까. 하지만 그가 바로 그러한 제안을 하지 못한 것은 유정이 지금처럼 반응하리란 것을 알았기 때문이다.

그가 이번엔 제법 진중한 표정으로 물었다.

“뭘 하고 싶었는데?”

스무 살의 넌 무엇을 하고 싶었냐고. 주위 어른들의 말과 상황을 모두 잊은 넌 어떤 일을 하고 싶었냐고.

그의 질문에 유정은 시선을 피하지 않은 채 또박또박 말했다.

“지금은 뭘 하고 싶었는지 기억이 안 나요.”

그 말이 그의 가슴을 내려쳤다. 뭘 하고 싶었는지 기억이 나지 않는다고 말하는 유정에게 그는 어떠한 말도 하지 못한 채 입술만 달싹였다. 결국 그의 입을 통해서 나온 것은 옅은 한숨뿐이었다.

“그럼 같이 찾아보자.”

혼자서 찾기 힘들면 같이 찾으면 된다. 그럼 혼자 찾을 때보다 빠르게 원하는 무언가를 손에 넣을지도 모르니까. 하지만 유정의 생각은 다른 것인지 작은 고개가 좌우로 흔들렸다.

“아니, 괜찮아요. 새로운 목표가 생겼으니까.”

“새로운 목표?”

“네.”

짧게 답한 유정이 고개를 끄덕인다. 그가 계속 말을 해보라는 듯이 고개를 끄덕이자 유정은 커다란 눈동자에 그만을 담고 예쁘게 웃었다.

“오빠 색시.”

"……."

아, 이런.

그의 입에서 앓는 소리가 흘러나오자 유정은 본연의 악동으로 돌아가 심드렁하게 인사를 건넸다.

"조심히 다녀와요. 저녁은 같이 먹게 일찍 들어오고요."

"……알았어."

휘청거린 이한이 문을 열고 밖으로 나간다. 그가 나간 현관문을 한참이고 보던 유정의 표정이 순간 탁 풀어졌다. 그리고 자신이 입고 있는 앞치마를 보며 힘없이 웃는다.

"그렇게 될 수 있으면 참 좋겠어요."

그녀가 늘 꿈꿔오던 미래는 스물두 살 생일 전에 멈춰 있었다. 그것이 그녀가 유일하게 생각하던 미래이고, 그 후의 미래는 없었다.

천천히 걸음을 옮긴 유정은 베란다로 향해 아래를 내려다보았다. 이한이 차에 오르는 것이 보인다. 난간에 턱을 기댄 유정은 그의 차가 아파트를 떠나는 것을 확인하며 우울하게 읊조렸다.

"미안해요, 거짓말해서."

*

검은색 원피스를 입고서 길을 걷고 있는 유정에게 사람들의 시선이 모인다. 특별할 것 없는 심플한 디자인의 옷과 스타일이었지만 그 옷을 입은 유정은 살아 있는 사람이라기보단 예쁜 옷을 입혀놓은 인형 같았다.

곧바로 택시를 타고 병원까지 향할 수 있었지만 유정은 병원을 5분 정도 남겨둔 곳에서 내렸다. 10㎝가 넘는 힐을 신고 울퉁불퉁한 보도블록 위를 걷고 있는 유정은 웃고 있었다. 후텁지근한 바람이 좋아서, 햇살이 좋아서, 도시의 소음이 좋아서, 모든 것이 좋아서 웃음이 절로 나왔다.

"저기……."

"네?"

누군가 그녀의 팔을 팔았다. 뒤를 돌아본 유정은 자신의 팔을 붙잡는 손을 툭 털어내며 남자를 노려보았다. 그는 생각보다 날카로운 그녀의 표정에 놀란 듯 눈을 크게 뜨고 입술을 달싹이며 호감을 표해왔다. 하지만 유정의 표정은 변화가 없었다.

"저…… 애인 있으세요?"

"애인은 없는데 약혼자는 있어요."

"에?"

"예비 유부녀라고요."

활짝 웃은 유정이 다시 걸음을 옮기기 시작했다. 그녀가 거짓말을 했다고 생각한 남자가 짜증을 냈다.

"싫으면 싫다고 하든지, 기분 나쁘게시리."

뾰족한 목소리였지만 유정은 신경 쓰지 않았다. 세상 사람들이 그녀에게 무어라 하든 상관없었다. 그들은 어차피 스쳐 지나갈 사람들에 지나지 않으니까.

계단을 올라 4년 동안 주구장창 드나들던 병원 문을 열고 안으로 들어갔다. 익숙한 간호사가 그녀를 반겼다.

"오셨어요? 아, 그런데 어쩌죠? 지금 선생님 상담 중이신데……."

"기다릴게요."

유정의 입에서 흔치 않은 이야기가 들려왔다.

기다릴게요.

그 말이 간호사에게도 이상하게 들린 것인지 눈을 크게 떴다.

"아, 아, 네. 20분 정도 기다리시면 됩니다."

"네."

커다란 소파가 놓여 있는 곳으로 걸음을 옮긴 유정은 무릎 위에 가방을 올려놓으며 초연한 표정을 지었다. 뭔가 심상치 않은 분위기에 간호사의 표정이 연신 상담실을 향했다.

차트를 작성하던 기영은 노크 소리와 함께 들어오는 간호사의 모습에 들고 있던 펜을 내려놓았다. 미묘하게 구겨진 미간과 곤란하다는 듯이 흔들리는 눈동자에 그의 고개가 옆으로 기울었다. 사람을 관찰하는 것이 직업의 일환인 그의 눈에 그녀의 불안이 명확하게 보였다.

"무슨 일이에요?"

다음 환자는 한 시간 뒤에 진료가 잡혀 있다. 지금부턴 기영이 2년 전부터 준비한 논문을 쓸 시간이었다. 기영의 물음에 간호사가 조심스럽게 입술을 달싹였다.

"그게…… 유정 환자 오셨어요."

"오늘 예약 있나요? 없었던 것 같은데……."

기영은 한편에 쌓아둔 차트를 보기 위해 손을 뻗었으나 곧 간호사가 예약하지 않았다는 말에 행동을 멈췄다.

"전화도 없었어요."

"갑자기 왔다……. 심상치 않네요. 그렇죠?"

"네."

기영과 마찬가지로 수많은 환자를 만나본 간호사이다. 그녀의 의견 역시 자신과 다르지 않자 기영은 한숨을 내뱉으며 자리에서 일어났다. 그의 표정이 진중해졌다.

"단단히 각오한 표정이던가요?"

"……네. 평소와는 다른 것 같아요."

"네, 들어오라고 해주세요."

기영은 한쪽에 놓여 있는 거울 속의 제 모습을 살폈다. 구겨져 있는 하얀 가운을 손바닥으로 탁탁 두드려 편 그는 유정의 차트를 찾아 의자에 앉았다. 지난 4년간의 기록이 적혀 있는 차트를 보던 기영은 문이 열리자 고개를 들어 유정을 보았다. 초연한 표정의 유정을 본 그가 자리에서 일어났다.

"이리 앉아요."

초연? 아니었다. 처연한 표정이다. 얼굴에 드러난 표정은 단순히 초연하다고 표현하기엔 부족했다. 처연하다는 말이 더 옳을 것 같았다.

그는 긴장이 서리는 손바닥을 가운에 슥 닦아냈다. 주치의인 그가 감정의 동요를 보여선 안 되었다. 하지만 마음을 추스르기가 쉽지 않았다.

한참을 유정을 보던 그가 조심스럽게 운을 뗐다.

"갑자기 하고 싶은 말이 있어서 찾아온 거죠?"

"네."

그러면서 어깨를 동그랗게 마는 유정을 보며 그가 고개를 끄덕였다.

"무슨 말이 하고 싶어요? 하고 싶은 말이 있으면 모두 해봐요."

"선생님이랑 같이 살게 되었어요. 고모부 집에서 나오게 됐고요."

"그런 일이 있었어요?"

기영이 눈을 동그랗게 뜨는 것을 보며 유정이 뺨을 붉혔다. 부끄러운 것인지 연신 손가락을 꼼지락거리던 유정이 숨을 크게 들이마셨다가 내뱉었다.

"네."

"잘됐어요, 유정 양."

그는 진심을 다해 기뻐했다. 늘 이 부사장 집에서 나오는 것이 좋겠다고 유정에게 말해오던 그다. 그의 옆에 있어봤자 유정의 병은 더욱 깊어지기만 할 테니까. 그녀가 진심으로 걱정되어 자신이 도울 수 있는 부분은 도와줄 테니 일찍 독립해 혼자 살아보는 것이 어떻겠느냐고 수없이 말했다. 그때마다 유정은 고개를 저었다. 고모부 곁에 있어야 한다며. 그런 그녀의 마음이 바뀐 것이다.

기영이 손을 뻗어 작은 유정의 손을 움켜쥐었다. 그리고 진심을 다해 유정의 행복을 빌어주었다.

"이제 나쁜 생각은 끝낸 거죠?"

그의 물음에 유정은 말갛게 웃었다. 긍정도 부정도 하지 않는 모습에 그의 표정이 순식간에 굳었다.

"부탁할 일이 있어서 찾아왔어요."

그녀의 말에 기영은 입술을 굳게 닫았다. 부탁할 일이라……. 좋지 않은 예감이 든다. 그리고 곧 그가 답을 하기 전에 들려오 막은 그러한 생각에 확신을 주었다. 그의 눈이 질끈 감겼다.

"고모부가 선생님을 찾을 것 같아요."

"절요?"

"네. 분명히 찾으실 거예요."

그렇게 말하는 유정을 보며 그가 붙잡고 있던 손을 거뒀다. 그리고 이마를 짚으며 앓는 소리를 냈다.

"유정 양…… 난 유정 양을 진심으로 좋아해요."

그가 조심스럽게 꺼낸 말에 유정의 눈망울이 흔들렸다. 그는 소녀이던 유정을 좋아했다. 그리고 어른이 된 그녀가 진심으로 행복해지길 바랐다. 세상에 혼자라고 생각하는 그녀에게 진심을 다해 말해주고 싶었다. 너의 주변엔 널 걱정하는 이가 많이 있다고. 그들을 조금은 의지해도 된다고.

"진심으로 유정 양을 걱정해요. 유정 양이 그만 아팠으면 좋겠어."

그의 목소리가 떨렸다. 그득하던 감정이 넘쳐흘러 찰랑거렸다. 하지만 이와 반대로 유정의 얼굴에선 점차 감정이 사라지고 있었다.

"그만 끝내는 게……."

"아직 시작도 못 했는데 뭘 끝내라는 이야기예요?"

"유정 양."

그의 부름에 유정이 입술을 악물었다. 눈에 눈물이 가득 차올랐다.

"내 시간은 4년 전에 멈춰 있어요."

참지 못한 눈물이 흘러내렸다.

*

"방법이야 많습니다. 미성년자이던 강유정 씨가 원치는 않았지만 그 서류에 서명을 했고, 법정대리인 역시 이성진 부사장이 지정했다고 하면 법정에서 무효 처분을 받을 수 있습니다."

이한의 설명을 들은 법무팀에선 즉각 답을 내놓았다. 그럴듯하게 들렸지만 이한은 고개를 저었다.

"그렇게 만만한 인사가 아닙니다."

그 정도 대비도 하지 않았을 리가 없다. 유정을 100% 신뢰했을 리가 없으니까.

"어떤 경우의 수도 모두 생각해 주십시오. 여름이 오기 전까지 모든 준비를 끝마쳐야 합니다."

유정의 생일이 오기 전 모든 준비를 끝내야 했다. 원래 그녀의 것이니 모두 그녀에게 돌려주어야 한다.

애초에 자신의 것이 아니라고 했던 말. 그 말은 아직도 가슴속 깊은 곳에 박혀 있다. 그것들은 모두 처음부터 네 것이었다고 말해주고 싶었다.

"착오 없게 준비하겠습니다."

검은 슈트를 입은 사내가 자리에서 일어나 인사를 했다. 그가 사무실에서 나간 뒤 이한은 창가로 향했다. 발밑의 세상은 마치 장난감처럼 작았다. 피곤함이 극에 달한 표정으로 협탁에 걸터앉은 그는 보잘것없어 보이는 그 세계를 보았다.

달칵, 문소리와 함께 우영이 안으로 들어왔다. 물먹은 솜처럼 늘어져 있는 이한을 본 우영이 깜짝 놀라 뒷걸음질 쳤다.

"너, 너, 얼굴이 왜 그러냐?"

눈 밑에 짙게 드리워진 다크서클은 그려놓은 것처럼 진했다. 어디 그뿐인가. 늘 단정하게 정돈되어 있던 얼굴은 오늘따라 파리하고 거칠했다.

창밖을 보던 시선이 슬쩍 움직였다. 눈살을 찌푸리는 형을 보며 이한은 취한 사람처럼 달큰한 웃음을 지었다.

"잠이 부족해서."

그제야 이유를 알게 된 우영이 벙찐 표정이 되었다. 그러다 이내 커다랗게 웃음을 터뜨린 우영은 배를 붙잡으며 킬킬거렸다.

"뭐야? 그런 거야? 난 또 뭐라고."

"그런 거 아니야."

"그런 거 아니면 도대체 잠이 부족한 이유는 뭔데?"

우영은 여전히 믿지 못하는 표정으로 웃음을 터뜨린 후 걸음을 옮겼다. 방금 전까지만 해도 다 죽어간다고 생각하던 동생의 얼굴이 갑자기 우습게 보이기 시작했다.

"도둑놈. 아무리 사내놈이 짐승이라 해도 너까지 짐승일 줄은 몰랐다. 뭐, 세상물정 모를 때 데리고 오는 게 좋다는 말도 있다만……."

"세상물정을 모른다고?"

짜증을 가득 담아 되묻는 모습에 우영의 웃음이 깨끗하게 지워졌다.

"아."

짧게 고개를 끄덕인 우영은 이한의 맞은편에 엉덩이를 걸치고 앉으며 말을 이었다.

"그래, 넌 공주님께 간택된 거지."

"그게 더 기분 나쁘니까 입 다물어줄래?"

또다시 우영의 입에서 웃음소리가 새어 나왔다.

"그래도 좋아 보인다."

우영의 말에 이한의 입술이 느른하게 벌어졌다.

자신이 좋아하는 사람 역시 날 좋아하는 일은 기적이라는 말이 떠올랐다.

그래, 모든 것은 기적과 같았다. 그가 그녀를 학교에서 만났던 것도, 그녀가 그곳으로 전학 오게 된 것도, 그리고 훗날 그녀가 다시 그 앞에 나타난 것도.

이한의 웃음이 더욱 진해졌다. 그리고 그 웃음 끝에 감정이 그득한 말이 흘러나왔다.

"응, 행복해."

간택됐다…….

문을 여는 이한의 입가에 설핏 웃음기가 어렸다. 살금살금 다가와 끝내 제 심장을 건드리고 시침을 떼는 게 고양이 같단 생각은 했다. 아무것도 모르는 척 저를 휘두르는 그녀가 얄밉다기보다 귀여울 뿐이니 큰일이라는 생각도.

"유정아! 강유정?"

아무 대답이 없다. 집에 없나 생각하며 시선을 내린 그가 현관 한쪽에 다소곳이 놓인 작은 신발을 바라봤다. 그가 사준 것이었다.

유정의 신발은 그녀의 체구처럼 작았다. 왠지 애틋해진 기분으로 신발을 바라보던 그는 서둘러 거실로 들어섰다. 분명 집에 있는 걸 아는데 너무나 조용한 게 수상했다. 혹시 자나? 침실로 걸음을 옮기며 무심코 주변을 둘러보던 그의 시선 끝에 뭔가가 감지되었다. 저도 모르게 우뚝 멈춰 선 이한이 부엌을 바라보며 눈을 휘둥그렇게 떴다.

"강유정?"

동시에 조리대 앞에 잔뜩 웅크려 있던 뭔가가 흠칫하는 걸 봤다. 성큼성큼 다가서자 그제야 쭈뼛거리며 고개를 든 유정이 어색하게 웃으며 그를 바라본다.

"와, 왔어요?"

유정의 머리카락이며 옷자락, 바닥까지 온통 밀가루 범벅이다. 그 광경을 눈으로 훑던 이한은 저도 모르게 새어 나오려는 웃음을 간신히 씹어 삼켰다. 낮까지만 해도 멀쩡하던 공간이 그야말로 쑥대밭이 되어 있다. 밀가루랑 전쟁이라도 벌인 건가? 뭘 어떻게 요리해야 저렇게 되는 건데? 분명 그가 집을 나설 때 의욕 충만한 얼굴로 요리를 시작하는 그녀를 본 것 같은데, 무엇 하나 완성되기는커녕 일거리만 더 만들어놓았다.

"이게 뭐야?"

그의 물음에 유정은 새빨개진 얼굴로 눈동자만 데굴데굴 굴려댔다.

"저기, 그게……."

"아, 아니. 아니다."

보이지 않게 한숨을 내뱉은 이한은 곧장 유정에게 다가갔다. 손을 뻗어 잔뜩 위축된 조그만 몸을 일으킨 그는 머리에 앉은 하얀 가루를 훌훌 털어내며 다정하게 물었다.

"밥은 먹었어?"

대답조차 못 하겠는지 유정은 작게 고개만 끄덕이다 쭈뼛거리며 올려다볼 뿐 말이 없다. 뭐 대단히 큰 잘못을 저질렀다고 이런 얼굴인 걸까. 영락없이 눈치 보기 모드로 돌입한 새끼 고양이구나 생각하니 절로 웃음이 나왔다.

"일단 씻고 나와."

"저기, 저…… 잘못했어요. 미안해요."

"잘못은 무슨. 괜찮으니까 씻기나 해."

정말 괜찮다는 걸 보여주기라도 하듯 그녀의 머리카락을 쓸어주고 무릎을 굽혀 앉자 유정은 그제야 후다닥 부엌을 빠져나갔다. 하얀 가루 틈에서 이 밀가루를 담았을 것으로 추정되는 커다란 볼을 집어 든 그는 멀리서 물소리가 들려오자 그제야 참았던 웃음을 터뜨렸다.

청소는 그다지 오래 걸리지 않았다. 바닥의 밀가루를 적당히 쓸어 담아 버리고 나머진 청소기로 빨아들였다. 문제는 초토화된 조리대였다. 대체 무얼 만들려고 한 건지 감도 안 잡히는 재료들의 향연에 가볍게 한숨을 내쉰 그는 일단 눈에 보이는 채소들을 깨끗이 씻어두었다. 그리고 잘 갈아놓은 칼을 집어 들었다.

재료를 모두 다듬고 작은 락엔락 케이스에 나눠 담아둔 그가 마지막으로 집어 든 건 대파였다. 일정한 소리를 내며 적당한 크기로 썬 대파가 얼추 쌓일 무렵 등 뒤에서 상큼한 향이 느껴졌다. 동시에 부드럽고 따뜻한 감촉이 그의 등으로 덮쳐 왔다.

"미안해요."

미처 다 말리지 못한 머리카락에서 전해온 물기가 그의 옷자락을 적신다. 차갑고도 기묘한 느낌에 움찔한 순간, 엇나간 칼질이 그의 손끝을 스쳤다.

"아……."

흠칫했지만 다행히 큰 소리는 내지 않았다. 그러나 이미 칼날에 베인 손가락에선 피가 스며 나오고 있다. 이걸 어떻게 해야 하나 생각하는 사이 등 뒤에서 꼼지락거리던 유정이 그의 겨드랑이 밑으로 고개를 빠끔히 내밀었다.

"정말 미…… 악!"

부엌을 엉망으로 만든 것에 대한 사과는 곧 비명이 되었다.

"어, 어떡해! 다친 거예요? 베인 거예요? 어떡해."

"괜찮아. 괜찮으니……."

"어떻게 해, 어떻게. 어떡하지? 많이 아파요? 나 때문이죠? 어떡해! 미안해요!"

괜찮다고 분명 말한 것 같은데 들리지 않은 모양이다. 어떡해, 라는 말만 그 짧은 사이에 열 번은 들은 것 같다. 가뜩이나 하얀 얼굴이 아주 하얗게 질려선 똥마려운 강아지처럼 쩔쩔매며 어쩔 줄 몰라 하는 걸 보니 제가 다 안타까울 지경이다.

"어떡해. 진짜 아프겠다. 잠시만. 아, 약! 약 어디 있어요?"

"집에 밴드 없을 텐데……."

상비약 통에서 마지막으로 남은 밴드를 쓴 걸 떠올린 이한이 나직하게 대꾸하자 유정은 평소에는 생각하지 못할 속도로 빠르게 지갑을 들었다.

"약 사올게요!"

"나 괜찮은……."

쾅!

"……데."

남의 말은 끝까지 듣고 가야지.

순식간에 고요해진 집 안에서 이한은 얼떨떨한 얼굴로 제 손가락을 바라봤다.

폭풍이 지나고 난 자리. 찔끔 배어 나온 핏방울 하나.

대체 이 상황을 어떻게 해석해야 하나.

"풋……."

절로 웃음이 터져 나왔다. 그렇게나 당황한 유정의 모습은 처음이다.

"많이 안 다쳤다니까."

한참을 웃고 난 이한은 결국 남은 재료를 치우기 시작했다. 이렇게 웃으며 요리하다간 손가락이 아니라 더 큰 걸 희생하게 될지도 모른다. 일단은 함께 나가서 밥을 먹고 생각난 김에 백화점에도 들러 그녀에게 필요한 물건을 사야겠다.

유정이 돌아온 건 얼마 시간이 지나지 않아서였다. 깔끔해진 부엌의 식탁 앞에 여유롭게 앉아 있는 그를 보자마자 부리나케 달려와 그의 손을 잡아당긴다. 내내 뛰어다니다 온 건지 숨이 거칠다. 발갛게 상기된 얼굴로 내뱉는 숨결이 그의 손등에 닿고 있다.

"어우, 흉 지면 어떡해."

그 와중에도 그녀는 그의 손가락 걱정뿐이었다. 당장 눈물이라도 쏟을 것처럼 일렁거리는 눈을 보니 정말 괜찮다는 소리가 쏙 들어가고 말았다. 준비해 온 소독약으로 환부를 톡톡 닦아낸 그녀가 주머니에서 사온 밴드를 꺼내 들었다.

그런데…….

툭.

"……."

네모난 종이 케이스를 뜯자마자 툭하니 떨어진 물건에 두 사람의 얼굴이 경직되었다.

밀봉된 정사각형 봉투 가운데로 둥그렇게 불거진 형태.

"커, 컬러밴드인 줄 알았는데……."

아니, 누가 봐도 콘돔이잖아, 이건.

두 사람의 얼굴에 순식간에 핏기가 가셨다.

부스럭부스럭.

"후우……."

또 부스럭부스럭.

"하아……."

두꺼운 이불 속에서 뭔가가 둥글게 몸을 웅크린 채 연신 꿈틀거리다가 한숨을 내쉬길 반복했다. 그 한숨의 주인공은 밤이 깊도록 잠을 이루지 못하는 유정이었다. 평소라면 그 소리를 꽤나 거슬려 했을 테지만 지금의 그녀는 그런 생각을 할 겨를조차 없었다.

어떻게든 잠을 자기 위해 덮어쓴 이불은 덥고 답답하기만 하고 정신은 점점 말짱해졌다. 다시 꿈틀꿈틀 몸을 움직이던 유정이 결국 얼굴만 빼끔히 내밀어 새하얀 천장을 바라봤다. 백지처럼 깔끔한 천장으로 새하얗게 질린 얼굴로 굳어버린 이한의 얼굴이 떠올랐다.

"읔!"

저도 모르게 신음을 흘린 유정은 다시 이불을 푹 덮어썼다. 그 순간 당황한 기색이 역력하던 이한의 얼굴을 떠올리자 절로 온몸에 소름이 돋고 손발이 오그라든다.

"으악! 악!"

팡팡!

소리 죽여 내뱉는 비명과 함께 이불이 툭툭 튀어 올랐다. 파닥파닥, 뭍에 끌려 나온 물고기처럼 온몸을 비틀어대며 괴로워하는 동안 침대가 삐걱거리고 매트리스 튀는 소리가 이어졌지만 유정은 멈출 수가 없었다. 입에서는 연신 '나 왜 이렇게 멍청하니' 하는 소리가 연발해 나오고 있었다.

그렇게 숨이 막히도록 날뛰고 난 유정은 한참 만에야 이불을 둘둘 감으며 신음을 내뱉었다.

"어떡해……."

난 정말 바보인가.

터질 듯 붉어진 얼굴을 이불에 푹 묻으며 유정은 다시금 방금 전의 아찔한 상황을 떠올렸다. 그 순간 당황한 속내를 감추기 위해 배시시 웃어버린 그때를.

"너…… 나한테 왜 이래?"

진지하다 못해 축 가라앉아 울먹이던 그의 목소리가 귓가를 스쳤다. 유정은 아무 말도 하지 못했다. 절대 의도한 게 아닌데 이상

한 오해까지 덤으로 받고 나니 머릿속이 새하얗게 바래 버려 더 이상은 아무런 생각조차 떠올릴 수가 없었다. 뻔뻔스럽게 짓고 있던 웃음이 사라진 건 두말하면 잔소리다.

먼저 자겠다며 도망치듯 그 자리를 벗어나 방으로 돌아온 후론 계속해서 이 상황이었다. 애써 잠을 청했다가도 문득문득 떠오르는 생각에 이불을 차고 뒤척이고 다시 눈을 감았다가 또 이불을 차고 비명을 지르고…….

"미쳤어, 미쳤어!"

눈을 질끈 감고 또 온몸을 버둥거리던 유정이 울먹였다. 불시에 찾아오는 실수의 순간은 제아무리 뻔뻔하게 그의 곁을 맴돌던 그녀에게도 감당하기가 힘든 것이었다. 당장 내일부터 이한의 얼굴을 어떻게 보냔 말이다.

"분명 어색해할 텐데……."

어색해하기만 하면 다행이다.

가뜩이나 저를 경계하던 이한이 아닌가. 마지막 이한의 표정으로 추측하건대 자신을 피해 다니며 얼굴조차 마주 보려 하지 않을지도 모른다. 아니, 분명 피해 다닐 것이 분명했다. 무슨 병균 취급하면서 말이다.

그 순간 벌떡 상체를 벌떡 일으킨 유정은 눈을 번뜩였다.

"그렇게 둘 순 없지."

암, 그렇고말고.

결연한 표정으로 자리에서 벌떡 일어난 유정은 베개를 집어 들었다. 그리고 굳게 닫혀 있는 문을 한참이나 노려본 후 힘차게 걸음을 옮겼다.

유정은 제 몸을 반쯤 가리고도 남는 커다란 베개를 끌어안고 방을 나섰다. 눈에 보이는 거실은 끝을 알 수 없는 구멍처럼 어두웠다. 떨어지지 않는 걸음을 떼자마자 어깨 위로 스멀스멀 덮쳐 오기 시작한 한기에 유정은 흠칫 몸을 떨었다. 금세 불안으로 가득한 그녀의 눈가가 젖어들기 시작했다.

그녀와 어둠은 떼려야 뗄 수 없는 사이다. 하지만 그녀는 그 어둠이 무서워 견딜 수가 없었다. 밤만 되면 온 집 안의 불이란 불은 죄다 밝혔다. 그런 제 행동이 불안함의 종국에 닿으면 하는 짓이란 것을 알고 있는데도, 그런 자신의 행동을 보면 고모부가 더욱 기뻐할 것이란 걸 알면서도 그녀는 그렇게 행동할 수밖에 없었다. 진심으로 무서웠으니까.

오싹오싹 소름이 돋는 걸 견뎌가며 종종걸음을 옮긴 그녀는 서재의 문틈 사이로 새어 나오는 불빛을 보며 안도의 한숨을 내쉬었다. 그는 아직 잠자리에 들지 않은 것 같았다.

똑똑.

"나 들어가도 돼요?"

노크를 하고 조심스럽게 말을 꺼낸 유정은 베개를 더욱 힘껏 끌어안으며 안에서 들려올 답을 기다렸다. 하지만 그녀가 기다리는 목소리는 좀처럼 들려오지 않았다. 결국 더 기다리지 못하고 문을 열어젖힌 유정의 눈에 굳은 표정의 이한이 들어왔다. 얼음이 든 온더록스 잔과 반쯤 비워진 양주병이 함께 보인다.

"들어가도 되냐고요."

"안 돼."

서늘한 눈빛, 힘이 실린 말투.

10년 굶주린 사자가 우리 앞을 얼쩡거리는 토끼를 바라볼 때의 표정이다. 네가 이대로 발을 들이면 뒷일을 장담할 수 없단 딱 그런 눈빛.

하지만 유정은 문틈 사이로 성큼 발을 들였다. 조심스럽게 살금살금 움직이는 몸과는 달리 도전적으로 빛나는 눈빛과 어투는 그 나이 또래의 것처럼 생기가 넘쳤다. 반짝반짝 빛나는 눈동자와 마주한 그가 작게 신음을 내뱉었다. 하지만 순진한 듯 순진하지 않은 아가씨는 점점 그에게 다가오며 힘 있게 말했다.

"나 말 안 듣는 아이인 거 알면서."

후, 그의 한숨이 깊어졌다. 알고 있으니 더 미칠 노릇인 듯 보인다.

천천히, 아주 천천히 그에게 다가간 유정은 조금의 거리를 유지한 채 걸음을 멈췄다. 당장에라도 저를 한입에 삼켜 버릴 것처럼 주시하는 강렬한 눈빛과 마주하며 입꼬리를 끌어 올려 웃었다.

"왜 그렇게 봐요?"

"넌…… 왜 그렇게 보는데?"

"오빠가 나 밀어내니까."

절대 밀려나지 않으려고요. 유정이 웅얼거렸다. 그녀의 대답에 한참 동안 그녀를 노려보던 이한이 고개를 돌렸다.

비스듬히 내리깐 눈과 꿈틀거리는 그의 매끈한 턱 선을 바라보던 유정이 조심스럽게 걸음을 이어 그의 앞에 섰다. 이젠 손만 뻗으면 닿을 거리다. 두 사람 사이를 막고 있는 것은 튼튼한 원목 책상뿐. 하지만 그런 건 유정에게 전혀 벽이 될 수 없었다. 그리고 그것을 이한은 매우 잘 알고 있었다.

"그만 놀려. 나도 한계니까."

"누가 참으라고 그랬나?"

퉁명스러운 말과 함께 후다닥 책상을 돌아온 유정이 그의 품으로 뛰어들었다. 자연스럽게 허벅지에 걸터앉고 어깨에 얼굴을 묻는다. 스스로 폭 안긴 자세가 된 그녀는 이한이 빳빳하게 몸을 굳히자 바닥에 툭 떨어져 있는 손을 끌어와 제 허리에 감았다. 그 행동에 이한의 입에서 나직한 신음이 새어 나왔다.

"강유정."

화가 난 듯 굳어진 말투에 유정의 어깨가 동그랗게 말렸다. 하지만 여기서 도망칠 생각은 없다는 듯이 고개를 들어 눈을 마주한다. 그렁그렁 맺힌 눈물이 넘치지 않도록 눈에 잔뜩 힘을 준 채.

"오빠."

그를 불렀다. 속살거리듯 작은 목소리로.

눈동자에 이는 파동을 마주하며 그녀가 작게 고개를 저으며 입술을 달싹였다.

"아니, 선생님."

다시 부르며 유정은 애써 장난스러운 미소를 떠올렸다. 하지만 눈동자는 긴장이 가득해 굳어 있고, 파르르 떨리는 입술은 어쩔 방법조차 없어 보인다. 아무리 어른인 척 굴어도 그녀는 아직 어렸으니까. 자신의 표정 하나도 감추지 못할 만큼 순수했으니까. 적어도 이한의 앞에서만큼은. 4년 전 그를 처음 만났던 그때처럼.

그리고 지금의 유정은 완전히 그때로 돌아가 그의 무릎 위에 앉아 있다. 그가 지켜주고 싶던 어린 장미이던 그때와 같은 눈망울로 이한을 바라보며.

"나 선생님 여자가 되었으면 좋겠어요."

그 순간 유정은 제 아래 깔린 남자의 허벅지에 단단히 힘이 들어가는 걸 느꼈다. 다시금 꿈틀거리는 턱. 이를 가는 듯 으드득 들려오는 마찰음. 하지만 유정은 여기서 멈출 수가 없었다.

"선생님."

지금만큼은 온전히 그를 붙들고 싶었다. 그의 마음을 확인하고 싶었다. 단순히 보호받으며 느끼는 애정보다 좀 더 깊게 그를 이해하고 이해받으며 살고 싶었다.

유정은 완연한 여자의 눈동자로 그를 바라보며 조심스레 손을 뻗었다. 단단히 굳은 뺨에 손을 올린 그녀의 목소리에 물기가 어렸다.

"나 정말 진지해요. 그러니까…… 선생님 여자 해주면 안 되나?"

열여덟 소녀의 어설프던 풋사랑은 어느덧 스물둘 여자의 진심이 되어 그의 가슴을 두드려 댔다.

두근두근.

뛰어오르는 심장의 느낌에 그의 눈빛이 어두워졌다.

"강유정, 그게 무슨 뜻인지 알아?"

"알아요."

"어떤 뜻인데?"

낮은 음성으로 묻는 말에 유정은 몸을 떨지 않으려 애를 쓰며 그를 마주 봤다. 평소의 이한은 언제나 냉정하고 이성적이었다. 그런 그의 머릿속에 그녀는 지켜주고 감싸줘야 할 상대일 뿐이었다. 그녀는 아직 아이야. 아직 불안정한 상태야. 이건 단지 네게 떼를 쓰는 거야. 진짜로 너에게 안길 마음 따윈 없다고. 언제나 그녀를 밀어내던 그의 행동에서 그녀는 그런 심리를 충분히 읽고 있었다.

평소의 그는 다정하다. 유정이 원하는 것은 되도록 들어주려 노력했다. 따스한 손길과 자신을 담은 눈동자는 달콤하다.

하지만 지금의 그는 어떤가.

좀 더 묵직하고 진지한 표정의 그는 주변의 공기를 압도하고 있었다. 어깨를 짓누르는 긴장감에 숨이 막힐 지경이었지만, 그녀의 각오 역시 견고했다.

"나도 다 봤다고요."

"뭘 봐?"

"에로."

유정의 말에 그의 입에서 깊은 한숨이 터져 나왔다. 예전의 그는 동영상을 봤다는 그녀의 말에 멜로냐 에로냐고 물었다. 그 물음에 대한 답을 지금에 와 또 하고 있는 것이다.

"……그만."

딱 잘라 말하는 목소리와 함께 그의 커다란 손이 그녀의 겨드랑이로 파고들었다. 힘으로라도 그녀를 떼어낼 기세이다. 하지만 유정은 엉덩이에 힘을 주며 그의 허벅지에서 떨어지지 않으려 안간힘을 썼다. 힘껏 고개를 젓고 그의 어깨에 얼굴을 묻었다. 싫다는 완곡한 표현이다.

"제발……."

작게 중얼거린 유정이 고개를 들었다. 마주친 눈동자를 바라보며 다시 손에 힘을 줘 그를 붙잡았다.

변화가 감지된 건 그때부터였다.

당혹스러움으로 가득하던 그의 그늘진 눈가에 천천히 다른 감정이 깃들기 시작했다. 그리고 어느 순간, 그녀의 허리에 올라온 손이 그녀를 훌쩍 감아 당겼다.

"아……!"

힘껏 밀착된 몸에서 거센 박동이 느껴진다. 여자로서의 본능이 그 순간 그의 가슴팍에 손을 올리게 만들었지만, 이한의 손길은 거침이 없었다. 순식간에 그녀의 등허리를 가린 기다란 머리카락이 치워지고 드러난 새하얀 목덜미에 그의 입술이 닿았다. 머리가 아찔하도록 뜨거운 숨결이 왈칵 쏟아진다.

"선생님……!"

정작 유혹한 건 자신이면서도 움츠러드는 것까진 막을 수가 없었다. 비명 섞인 부름에 대답 대신 목덜미로부터 짜릿한 고통이 밀려왔다. 허공에서 팔을 허우적거리던 작은 손이 그의 어깨에 닿았다. 그 순간 그는 더욱 흉포해졌다.

물렸구나, 라고 생각한 순간 다시 부드럽고 말캉한 것이 그 부위를 뒤덮는다. 느릿하게 이어지는 점액질의 감촉. 이게 무얼까. 무슨 상황일까. 바쁘게 굴러가던 생각이 정지한 건 그 감촉이 서서히 그녀의 목으로, 다시 그녀의 턱 선과 귓불에 당도했을 때다.

움찔!

몸이 위로 튀어 올랐다.

"흐읍!"

나른한 호흡과 함께 뭔가가 귓불을 뒤덮었다. 그것이 그의 입술이고 말캉한 입안의 속살이라는 사실을 깨닫기까진 그리 많은 시간이 걸리지 않았다. 그의 입술과 혀가 움직일 때마다 유정은 바르작바르작 몸을 떨며 가빠오는 숨을 토해냈다.

대체 이게 무어라고 몸이 이렇게 달아오르는 걸까.

생경한 느낌은 유정에게 너무나 많은 것을 느끼게 만들었다.

"저, 저기…… 잠깐…… 잠깐만……."

더는 견딜 수 없단 생각에 유정은 황급히 그의 몸을 밀어내며 도리질을 쳤다. 그제야 이한은 선심 쓰듯 팔의 힘을 풀었다.

얼마나 몸이 달아오른 건지, 제 얼굴이 어떤 상태인지 상상조차 되지 않았다. 빤히 저를 바라보는 시선이 제 몸 어딘가에 닿는다고 생각할 때마다 그곳이 따끔거려 견딜 수가 없는데 한층 가라앉은 이한의 목소리가 들려온다.

"어때?"

"……네?"

"이젠 늦었다고 생각하는데."

나직하게 이어진 난데없는 말.

붉어진 눈으로 그를 바라본 순간, 그의 입꼬리가 부드럽게 휘어 올라갔다. 그 미소와 짙게 물든 눈동자에서 느껴지는 어떤 기대감.

지금까지의 그에게선 상상할 수도 없을 만큼 짓궂은 표정으로 웃던 그가 말했다.

"늦었다고."

이제 도망칠 기회 따윈 없어.

한껏 끌어 올려진 입술이 마치 그렇게 말하는 것 같았다.

순식간에 그녀의 입술 틈으로 말려든 혀가 그녀의 혀와 얽혀들었다. 놀란 눈을 채 감지도 못했다. 바로 눈앞에 자리한 이한의 기다란 속눈썹을 바라보며 굳어 있는 사이 가볍게 입안을 훑고 난 이한이 작게 속삭였다.

"눈 감고."

그제야 눈을 감은 유정은 정신없이 손에 잡히는 것을 붙들며 몸을 떨었다. 다시금 벌어진 입술 틈으로 스며든 혀가 거침없이 그녀의 입안을 탐색했다. 부드럽게 입술을 맞물고 비비며 감싸다가도 금세 돌변해서 여린 살을 거세게 빨아들이고 비명이 나올 만큼 아프게 깨문다. 지켜주고 싶은 마음과 터져 나가는 욕구를 억누를 수 없는 그의 마음이 그 행위를 따라 전해진다.

분명 그와의 키스는 이번이 처음은 아니다. 하지만 지금 그와 하고 있는 이 행위는 그 무엇보다 낯설었다. 이전의 키스가 단순한 키스 그 자체였다면, 지금의 키스는 좀 더 노골적이고 그다음을 기대하게 만드는 행위의 전초였다.

묘한 희열감에 몸을 떨며 정신없이 그의 공세를 받아들이던 유정이 견디지 못해 앓는 소리를 내고서야 이한은 천천히 그녀의 입술을 놓아줬다.

"하아……."

그리고 그제야 어깨를 들썩이며 밀린 숨을 몰아쉬자 이한은 그녀의 젖은 입술을 매만지며 나직하게 웃었다.

"입이 바쁘면 숨은 코로 쉬는 거야."

"그, 그렇게 쉬고 있었는데……."

유정이 헐떡였다. 숨이 모자란 가슴이 크게 들썩이고, 불안한 눈망울은 연신 떨리고 있다.

단지 심장이 너무 뛰어서 그런 것뿐인데. 왠지 억울한 눈을 치뜨자 열기로 물든 눈동자에 그녀의 얼굴이 비쳐 보인다. 그제야 저를 놀린 말임을 깨달은 그녀가 발끈하며 입을 열려는 순간, 그녀의 몸을 당겨 안은 이한이 자리에서 일어났다. 움찔 놀란 유정이 그의 목을 휘감으며 버티는 사이 그의 발걸음은 곧장 하얀 시트가 깔린 침대로 옮겨갔다.

털썩.

등 뒤로 폭신한 감촉이 느껴지자 유정은 저도 모르게 몸을 웅크리며 돌아누우려 했다. 하지만 그보다 빠르게 그녀의 허리에 올라탄 이한이 그녀의 티셔츠를 걷어 올리며 입을 맞추기 시작했다.

"아, 아, 잠시만. 잠깐만."

그제야 새삼 덮쳐 오는 현실감에 유정은 흠칫흠칫 몸을 떨며 그의 단단한 팔을 붙잡았다. 다시금 시작된 몸의 떨림이 흥분인지 공포인지 알 길이 없다. 하염없이 입을 맞추며 몸을 겹치고 곧장 티셔츠 아래의 틈새로 스며든 이한의 손이 맨 살갗을 쓰다듬기 시작했다. 가냘픈 허리와 보드라운 피부를 매만지며 점차 위로 이동하는 그의 손길에 티셔츠는 점점 뭉쳐지고 그녀의 호흡은 더 불편해졌다.

그리고 어느 순간, 몸을 낮춘 그가 봉긋하게 모습을 드러낸 젖무덤과 툭 불거진 쇄골에 입술을 얹었다.

"흐읍!"

새하얀 살결 위에 닿는 기묘한 감촉과 짜릿한 고통. 연신 잇자국을 새기고 빨아들이던 그의 입술이 옮겨가는 곳마다 설원 위의 동백처럼 선연한 자국이 새겨졌다. 짙은 독점욕으로 가득한 애무에 유정의 허리가 한껏 비틀렸다.

"으응…… 흑……."

다시금 그녀의 앙증맞은 입술에서 옅은 신음이 터져 나왔다. 흥분과 고통, 그 중간쯤 서 있는 것이다. 점점 더 아득해지는 머릿속을 감당할 수가 없어진 유정이 눈을 질끈 감았다. 어느새 그녀의 눈가에 맺히기 시작한 물기가 관자놀이를 타고 흘렀지만 그녀는 깨닫지 못했다.

그것을 먼저 발견한 건 이한이었다.

"왜……."

먹먹한 질문은 더 이상 이어지지 못했다. 스르륵 몸을 일으킨 그가 손을 뻗어 말없이 흐느끼는 그녀의 눈가를 조심스럽게 문질렀다. 그제야 눈을 뜬 그녀가 발견한 것은 곤란한 듯 표정을 굳힌 이한의 얼굴이다.

"저…… 저…… 그게……."

"무서운 거야?"

목소리가 떨려 나와 유정은 차마 대답할 수가 없었다.

절대 싫진 않다고, 많이 무서운 것도 아니라고, 단지 이런 그가 낯설어서, 지금의 우리가 너무 낯설어서 조금 무섭게 느껴진 것뿐이라고 말해야 하는데 목구멍이 콱 틀어 막혀 도무지 말을 할 수가 없었다.

아아, 난 어째서 이 지경인 걸까.

유정은 어찌해야 할지 알 수가 없어 정말로 울어버리고 싶을 지경이었다. 그를 밀어내지도 잡지도 못하는 손이 가만히 시트를 움켜쥐었다.

그 모습을 가만히 내려다보던 이한이 천천히 고개를 내려 유정의 이마에 입을 맞췄다. 어딘지 미안한 듯 멋쩍은 미소. 더 참지 못해서 미안하단 걸까. 다정하고 부드러운 입맞춤과 토닥임이 이어지자 유정은 다시금 치미는 흐느낌을 참으려 이를 악물었다.

이건 그의 잘못이 아닌데.

"어떡하지. 네가 그러면…… 나도 울고 싶어지는데."

남의 속도 모르고 하는 소리에 유정이 눈을 휘둥그렇게 떴다.

"뭐예요, 그게?"

"이제 너랑 나는 똑같은 길을 걷게 될 거란 의미."

그녀의 눈동자가 크게 흔들렸다. 그 어떤 말보다 그녀의 심장을 크게 뒤흔드는 말이다.

동그랗게 눈을 뜬 채 굳어버린 사이 그의 나른한 웃음소리가 전해진다. 귀여워 못 견디겠단 얼굴로 그녀의 몸을 꼭 당겨 안고 잠시간 그녀의 목덜미에 얼굴을 비비던 그가 다시 몸을 일으켜 양손으로 그녀의 얼굴을 붙들었다.

"앞으로는 네가 울 때 나도 울게 될 거고, 네가 웃어야 나도 웃을 수 있게 될 거야."

부드럽게 미소 짓던 입술이 내놓은 말에 심장이 꾹 죄어든다. 더는 우는 얼굴을 보여주고 싶지 않아 눈에다 악착같이 힘을 줬다. 아마도 이상한 표정이 되었을까. 그의 입가에 떠올랐던 미소가 더욱 짙어졌다.

"지금 네가 무서운 만큼 나도 무서워. 네가 다칠까 봐, 네가 싫다고 할까 봐."

"……."

"그러니까 너도 날 피하지만 말아."

한마디 한마디 전해진 그의 진심에도 끝내 대답을 하지 못한 유정은 가만히 손을 들어 올려 그의 얼굴을 매만지기 시작했다. 남자답지 않게 부드러운 살결, 오뚝하게 자리 잡은 코와 부드럽게 젖어 있는 입술, 어느덧 거칠게 돋아난 짧은 수염……. 하나하나 손끝으로 전해오는 실체감에도 그녀는 쉽사리 눈을 감을 수가 없었다. 뚝뚝 흘러내린 눈물이 베개로 떨어지는 동안에도 유정은 하염없이 그의 얼굴을 바라보고 또 바라봤다.

이한은 그녀의 마음을 다 이해한단 표정으로 그녀의 손길에 얼굴을 맡겼다.

지그시 그녀의 눈을 마주 보며 말했다.

"사랑해."

끝내 그녀의 얼굴을 눈물과 미소로 엉망으로 만들어 버렸다.

"사랑한다, 유정아."

달콤하게 속삭이는 목소리에 유정의 얼굴이 일그러졌다.

어느 틈에 벗겨진 그녀의 티셔츠가 바르작거리는 손길에 밀려 침대 아래로 떨어졌다. 이한의 입술이 그녀의 입술로 파고들었다. 조용한 서재는 새근거리는 숨소리와 서로의 살갗과 섬유가 스치는 소리만으로 가득했다. 순식간에 팬티만 남고서 알몸이 된 그녀를 잠시 놓아둔 이한이 어디론가 걸음을 옮겼다. 그리고 돌아온 그의 손에서 뭔가를 발견한 그녀의 얼굴이 달아올랐다.

"이젠 싫다고 하면 안 돼."

"그, 그런 말 안 해요."

은근하게 낮아진 목소리와 장난스러운 말이 이제 와 왜 이렇게 얄미운 걸까.

힐끗 노려보자 싱긋 웃어 보인 그가 들고 온 콘돔을 그녀의 머리맡에 놓고 훌훌 옷을 벗어 던졌다. 차마 알몸이 된 그를 마주 볼 수가 없어 눈을 돌리자 그는 몸을 겹쳐왔다. 이제 정말 시작이구나 생각하니 또다시 몸이 움츠러든다. 다시금 이어진 키스에 이어 몸을 쓸며 올라온 커다란 손이 그녀의 가슴을 힘껏 쥐었다.

"흐읍!"

저도 모르게 신음을 내뱉고서 당황하는 사이 부드러운 가슴을 애무하는 손길에 연분홍빛 돌기가 꼿꼿하게 여물기 시작했다. 그의 손바닥이 움직일 때마다 일어선 유두가 쓸리며 찌릿한 감각이 밀려든다.

"좀 아플지도 몰라."

나직한 말에 제 몸에 닿는 굵고 단단한 것을 의식한 유정이 찔끔 몸을 움츠리며 대꾸했다.

"지, 지금 이것도 아픈데요?"

첫 경험을 하게 되면 아프리라는 상식 정도는 있다. 하지만 생각한 것보다 더 아프자 유정은 잔뜩 겁을 집어먹은 얼굴로 그를 올려다보았다.

"이건 내가 조절이 잘 안 돼서 그런 것 같고."

싱겁게 웃은 이한이 그녀의 입술에 쪽 하고 입을 맞추고는 깊게 고개를 숙였다.

"그래도 아프지 않게 노력해 볼게."

천연덕스럽게 내뱉고서 그녀의 가슴을 베어 문다. 급히 들이켠

숨이 턱 멈춰 버렸다.

축축한 감촉이 그녀의 말랑한 살을 거세게 빨아들이고 잘 여문 돌기를 건드려 대는 동안 유정은 파르르 몸을 떨며 신음했다.

게걸스럽게 가슴을 맛보는 그의 혀는 무자비했다. 약한 살을 잘근잘근 깨물고 연신 빨아당기며 제 욕구를 채우는 몸짓엔 오랫동안 묵혀놓은 애욕으로 가득했다. 자신을 도발하던 작은 여체의 사정 따윈 이제 신경 쓰지 못하겠다는 듯이.

이미 군데군데 피어 있는 꽃잎 사이로 새로운 꽃봉우리가 맺혔다. 가늘게 떨리는 몸을 핥고 입 맞추며 내려오던 입술이 어느덧 가느다란 허리선에 당도했다. 혀를 내려 힘껏 빨아들이자 그녀의 허리가 튀어 올랐다.

"아!"

그러다 어느 순간, 팬티 사이로 그의 손이 들어왔다. 기겁하며 그의 손을 붙잡자 이한은 너털웃음을 지으며 달랬다.

"그렇게 놀라면 어떡해. 이제 시작인데."

"그, 그래도 지금 저…… 저기 좀 이상해서……."

다리 사이가 축축한 건 기분 탓일까. 왜 이렇게 된 건지 알 수가 없는 유정이 울상을 하자 나직하게 웃으며 그가 속삭였다.

"괜찮아. 이런 건 부끄러워할 일이 아니야."

그래도 부끄러운데…….

마지막 항변은 단호하게 파고든 손길에 신음이 되어버렸다. 거뭇한 수풀을 헤치고 지금껏 아무도 닿은 적 없는 틈새를 쓰다듬는 감촉에 절로 비명이 터져 나왔다.

"아, 잠깐! 잠깐만요!"

반사적으로 다리를 오므리며 허리를 뒤틀었지만 그의 손길은 거침이 없었다. 미끈하게 흘러나온 애액을 묻히고 다시 불룩 튀어나온 돌기를 문질러 대는 손가락의 움직임에 유정은 하염없이 신음하며 몸부림쳤다.

"아, 아윽! 이상해요……. 하지 마요……!"

어찌나 몸부림을 치는지 결국 그의 손이 불쑥 빠져나갔다. 짧은 한숨 소리를 들은 것 같은데 엉덩이에 덥석 올라앉은 손이 이번엔 남은 속옷을 확 끌어 내렸다.

"꺅!"

금세 허허벌판에 떨어진 기분으로 비명을 지르자 몸을 일으킨 그가 그녀의 등을 토닥이며 말했다.

"쉿. 괜찮다니까."

"으, 아, 아니, 저 지금……."

"이렇게 안 하면 정말 아플지도 몰라."

어느 틈에 딱 달라붙은 무릎을 붙들고서 내려다보는 그의 눈빛이 사뭇 진지하다. 끝내 힘이 빠져 버린 다리가 그의 손에 벌어졌다. 하지만 그것으로 안심할 일은 아니었다.

"악! 어, 어떡해!"

갑자기 그녀의 허벅지를 꾹 눌러 고정한 이한이 그녀의 다리 사이로 얼굴을 들이밀었다. 소스라치게 놀라며 그의 머리카락을 붙잡는 순간, 뜨거운 숨과 함께 그의 혀가 여린 돌기를 감싸오기 시작했다. 그녀의 손가락이 스르륵 풀려 나갔다. 충격과도 같은 쾌감으로 머릿속이 새하얗게 변해 버렸다.

"하아…… 하아……."

유정은 흐릿해진 눈으로 천장을 보며 신음했다. 뭘 어찌해야 할지 알 수가 없고 자꾸 눈가만 젖는다. 제가 어떤 모습을 하고 있는지, 어떤 얼굴로 어떤 목소리를 내고 있는지조차 모르겠다. 그의 혀가 움직일 때마다 헛숨을 넘기며 밀려드는 쾌감에 몸을 떠는 수밖에.

그렇게 꽤 오랜 시간 동안 정성을 들여 그녀를 풀어놓은 이한이 몸을 일으켰다. 젖은 입가를 훔치며 바라보는 눈빛이 실컷 사냥감을 짓이겨 놓고 난 사자처럼 승리감으로 번뜩였다.

저도 모르게 파르르 몸을 떨고서 힘이 들어가지 않는 다리를 움직이려 하자 미리 갖다 둔 콘돔으로 손을 뻗던 이한의 입가에 피식 웃음기가 떠오른다. 그런 이한을 노려보는 유정의 눈가가 또다시 촉촉하게 젖기 시작했다.

"또 우는 거야?"

"안 울어요!"

제법 앙칼지게 내뱉자 콘돔을 끼우던 이한이 작게 웃음을 터뜨렸다.

"그래, 이제부턴 진짜 울면 안 돼."

"아, 안 운다니까…… 으읏!"

말을 채 마치기도 전에 신음이 튀어나왔다. 들어갈 곳을 가늠하듯 불쑥 아래로 파고든 손가락이 부드럽게 속살을 휘젓고 있다. 다시금 시작된 이상한 전율. 이미 예민해질 대로 예민해진 곳에서 전해오는 감각이 절로 신음을 내뱉게 만들었다.

"들어갈 거야."

이윽고 나지막한 경고와 함께 이한이 몸을 겹쳐왔다. 다리 사이로 느껴지는 단단한 열감. 내내 기대했고 각오했으면서도 몸이 굳는 것까진 막을 수가 없었다. 그리고 천천히 그녀의 입구로 뭔가가 밀고 들어오기 시작했다.

"아아……."

입구부터 꽉 막힌 기분에 절로 입이 벌어진다. 이 커다란 게 과연 사람 몸에 들어가긴 하는 건가. 저도 모르게 작게 신음하자 이한이 움찔하며 그녀를 내려다봤다.

"아, 아파요……. 이거 아픈 것 같은데……."

뻐근하고 아릿하게 아픈 느낌이 심상치 않은데다 점점 더 무서워져 허리를 뒤로 빼려는 순간,

"엄마!"

단단히 허리를 붙든 이한이 단숨에 밀고 들어왔다. 동시에 그녀의 입에서도 비명이 터져 나왔다. 첫 경험의 고통이 어떤 건지 이야기는 들어 알고 있었지만 이건 상상하던 것 이상이었다. 아래가 터지도록 가득 찼다. 난생처음 느껴보는 생경함. 뜨겁게 달군 칼날에 베인 느낌이 이것과 비슷할까. 그 순간 정신을 잃었대도 이상하지 않을 고통이었다.

숨조차 편히 쉬기 힘들 만큼 극렬한 고통에 허겁지겁 헛숨만 들이켜는 동안, 이한은 꼼짝도 하지 않고 그녀의 몸을 꼭 감싸 안았다. 그녀의 얼굴 이곳저곳에다 부드럽게 입을 맞추는 그의 행동에는 안타까움과 미안함이 가득했다.

그리고 간신히 정신을 수습한 유정은 울고 싶어졌다.

어느덧 놀람으로 떨리는 손이 그의 어깨를 토닥토닥 때려대고 칭얼거리는 목소리가 억울함을 호소했다.

"뭐야……. 안 아프게 해준다면서……."

"미안. 난 최선을 다했어."

"……흑! 미워요. 진짜 아프단 말이야……."

"미안."

정말 미안한지 다시 그녀의 머리를 당겨 안고 입을 맞추며 속삭이는 목소리에 멋쩍음이 묻어났다. 그래도 정작 밀어 넣은 걸 빼겠다는 말은 않는다.

왠지 얄미워진 유정이 이한의 등을 툭툭 두드려 댔다. 아프지도 않은 건지 꿈쩍도 하지 않는다. 좋아 죽겠다는 얼굴로, 사랑스러워 죽겠다는 얼굴로 그녀의 몸을 껴안고 입을 맞추며 행복해한다.

이러니 어떻게 참을 수 있을까.

참지 말랬더니 순식간에 짐승 모드로 돌변해 대는 남자를.

내가 울면 같이 운다더니 정작 내가 아플 땐 모르쇠 모드인 이 남자를.

기막혀 웃는데도 다 받아주겠단 얼굴로 이마를 마주 대는 이 남자를…….

"그래도 사랑해요."

사랑하는데.

"사랑해요, 선생님."

그 마음이 이렇게나 가득 차버렸는데.

창밖엔 어느새 빛이 가득 찾아들었다. 하지만 침대에 누워 있는 두 사람은 이를 알아차리지 못한 채 여전히 곤한 숨만 내뱉고 있다.

커다란 이한의 품에 쏙 안겨 있는 유정은 마치 작은 새처럼 보였다. 그가 해주는 팔베개가 편한지 곤한 숨을 내뱉던 그녀가 몸을 뒤척인다.

"으음."

작은 신음 소리에 이한이 팔을 들더니 유정의 머리를 조심스레 쓰다듬었다.

"쉬이—"

좀 더 자.

그의 음성에 유정의 뒤척임이 멈췄다.

너른 품으로 얼굴을 묻은 그녀가 또다시 작게 코를 골며 잠든다.

그들의 얼굴 위로 따뜻한 별이 쏟아졌다.

반짝반짝 예쁘게.

4. 다시 넘어지다

부스럭.

두꺼운 이불이 들썩이며 소리를 냈다. 침실에 있는 침대보다 훨씬 작은 사이즈의 침대 위에서 먼저 눈을 뜬 것은 이한이었다. 잠에서 깨어나자마자 자신의 품에 꼭 안겨 있는 여체를 느낀 그의 입술이 부드럽게 벌어졌다.

고개를 내린 그가 유정의 정수리에 조심스레 입을 맞췄다. 행복한 마음이 모락모락 피어올랐다.

작게 웃음을 내뱉은 그는 유정이 몸을 잘게 떨며 잠에서 깨어나자 눈을 감았다. 그리고 잠든 척 시치미를 뗐다.

유정의 시선이 느껴진다. 따끔따끔하리만치 자신을 빤히 바라보는 시선에 이한은 이제라도 눈을 뜰까 고민했지만 끝내 눈을 뜨진 않았다. 조심스럽게 자신의 뺨에 닿는 손길에도, 입술을 스치

듯 지나가는 손길에도, 수염이 까슬까슬하게 난 턱을 더듬는 행동에도 꿋꿋하게 버텨낸 그는 한참이고 자신의 얼굴을 관찰하던 유정이 품에서 벗어나려고 하자 몸을 뒤척이는 척하며 더욱 힘껏 끌어안았다.

두 사람의 가슴이 맞닿았다. 소담한 가슴이 제 가슴에 짓눌리는 것을 느낀 그의 특정 부위가 딱딱해지고 있었지만 다행히도 유정은 이를 눈치채지 못한 듯 보였다.

"우씨."

그의 품에서 벗어나고자 연신 허리를 비틀던 유정이 작게 짜증을 냈다. 힘이 왜 이렇게 세, 하며 투덜거리는 목소리가 연신 들려온다. 끝끝내 웃음을 참아내지 못한 이한의 입술에서 작은 바람소리가 흘러나왔다.

"풋."

"……뭐야? 자는 척하고 있던 거예요?"

뾰족한 목소리에 천천히 눈을 뜬 이한은 유정을 내려다보며 싱글벙글 웃었다.

"아까 일어났어."

"그럼 이것 좀 놔줘요. 나 숨 막혀요."

"숨 막히라고 그런 건데?"

"……."

그의 말에 방금 전까지 몸을 바스락바스락 움직이던 유정의 행동이 딱 멈췄다. 그리고 생기가 가득한 그의 얼굴을 빤히 올려다보며 입술을 짓이겼다.

"나쁘다."

"……어?"

갑작스레 바뀐 분위기에 그가 당황해 눈만 깜빡였다. 그러자 유정은 쐐기를 박듯 말을 이었다.

"나 지금 엄청 아픈데, 장난이나 치고."

"……유, 유정아?"

"진짜 나빠."

그녀의 말에 이한이 화들짝 놀라 힘주어 깍지를 끼고 있던 손의 힘을 풀었다. 유정은 그 빈틈을 놓치지 않았다.

동그랗게 말아 쥔 주먹으로 너른 그의 가슴을 힘껏 밀어낸 유정이 침대에서 후다닥 뛰어나왔다. 하지만 발바닥이 바닥에 닿는 순간 몸이 아래로 풀썩 가라앉는다. 유정은 당황한 얼굴로 이한을 보았다. 하반신이 마비된 것처럼 아무런 감각도 없자 꽤나 놀란 눈치다.

느른한 표정으로 유정을 보던 그가 상체를 일으키더니 배를 접어 웃음을 터뜨렸다. 결이 예쁜 근육이 그의 웃음에 따라 움직인다.

"그만 웃어요."

유정은 실오라기 하나 걸치지 않은 몸이 부끄러운 것인지 바닥에 떨어져 있는 그의 옷을 입으며 투덜거렸다. 커다란 티셔츠는 그녀에게 원피스처럼 헐렁했지만 그로서도 만족한 듯 그제야 그를 본다. 눈동자에는 '일단 몸을 가렸으니 어떠한 말에도 대항해 주겠다.'는 의지가 결연하게 빛나고 있었다.

이에 이한은 다시 한 번 웃음을 터뜨렸다. 어린 연인은 그에게 안기고 나서도 바뀐 것이 하나도 없었다. 그 모습이 귀엽게만 느껴져 그는 사랑스러운 눈으로 유정을 보았다.

침대에 등을 느른하게 기댄 그가 자신을 노려보는 유정을 응시했다. 여전히 바닥에 주저앉아 있는 유정은 어젯밤의 여파로 아직도 몸이 불편한 것 같았다.

"공주님, 안아서 욕실로 모셔다 드릴까요?"

"……진짜 못됐어."

투덜투덜 작은 입술이 연신 움직인다.

바닥을 짚고 힘껏 일어난 유정이 삐거덕거리며 어색한 걸음을 옮기자 이한이 자리에서 일어나 다가갔다. 그리고 유정이 뭐라고 하기도 전에 오금 밑으로 팔을 찔러 넣어 번쩍 안아 올렸다. 몸이 순식간에 위로 붕 떠오르는 기분에 화들짝 놀란 그녀가 눈을 동그랗게 뜨며 자신을 올려다보았지만 이한은 짐짓 보지 못한 척 성큼성큼 걸음을 옮겼다.

"깨끗이 씻고 나와."

욕실 앞에 유정을 내려준 그가 커다란 손으로 그녀의 머리를 쓰다듬었다. 자신을 어린아이 취급하는 이한을 한껏 노려본 유정이 안으로 들어가자 그가 입을 가리며 침대로 향했다. 마치 손을 떼면 웃음이 왈칵 쏟아질 것처럼. 곧이어 나올 그녀의 반응을 예상이라도 한 듯 그의 입술에 개구진 웃음이 떠올랐다.

그리고 얼마 지나지 않아 욕실 안에서 비명 소리가 터져 나왔다. 그가 예상한 대로였다.

"악!"

얼룩덜룩 열꽃이 핀 자신의 몸을 발견한 유정은 문을 연 뒤 시원하게 웃음을 터뜨리고 있는 이한을 노려보았다. 그는 뭐가 그리도 좋은지 침대에 엎어지며 웃음을 멈추지 않는다. 하하, 하하하, 침대를 두드리며 터뜨리는 시원한 웃음소리에 그녀는 한동안 자리에서 콩콩 뛰며 비명처럼 외쳤다.

"짐승! 이게 뭐야!!"

자신의 양팔을 앞으로 내민 유정이 울먹였다. 잇자국이 선명한 팔은 짐승이 물어뜯은 듯이 엉망진창이었다.

*

김이한과 강유정의 연애는 순조로웠다.

연애라…….

낯간지러운 단어라고 생각한 이한은 얼굴을 붉히며 법무팀에서 보낸 서류로 시선을 돌렸다. 그의 정면엔 태훈 법무팀이 아닌 최 변호사가 앉아 있었다.

연애는 순조롭다. 하지만 연애 외적인 부분은 순조롭지 않았다. 이한이 침울한 표정으로 입을 열었다.

"많은 가능성을 고려했습니다. 그러나 저희 법무팀의 누구도 100%를 장담하진 못하더군요. 다들 일단 소송부터 해봐야 한다는 식으로 말하고만 있습니다."

"이 부사장이 쉬운 사람은 아니니까요."

"그래서 외람되게도, 최 변호사님을 오시라고 부탁드린 겁니다. 확인해 보니 당시 유정의 법적후견이셨더군요. 이상하다는 생각이 들었습니다. 다른 사람도 아니고 최 변호사님이, 아무리 유정이에게 복수라는 목표를 심어주기 위해서라곤 하지만 그런 서류에 동의하셨다는 것이요."

차근차근 사실을 되짚어 나가는 이한의 눈매가 차갑다. 그러나 최 변호사는 서늘한 이한의 눈동자를 피하지도, 외면하지도 않았다.

"누구라도 의아하게 생각하겠지요."

"혹시, 협박이라도 당하셨습니까?"

이한은 단도직입적으로 물었다. 최 변호사가 고개를 저었다.

"아닙니다."

"그럼……?"

"하지만 그렇게 될 겁니다."

"예?"

무슨 의미냐는 듯 이한이 눈을 가늘게 떴다. 그리고 이내, 그의 입이 서서히 벌어졌다.

"설마……?"

"이 부사장이 저에게 아가씨의 사인이 적힌 서류를 들고 왔을 때, 그 방 안엔 저와 이 부사장 둘만 있었습니다."

'사실'을 '날조'하겠다고 말하는 최 변호사의 표정은 무덤덤했다. 아니, 오히려 이런 날이 오기를 기대한 듯 옅은 미소까지 띠고 있었다.

"하지만 그렇게 되면 최 변호사님이—"

"4년입니다."

최 변호사는 우려 섞인 이한의 말을 중간에 잘랐다.

"아가씨가 복수를 준비해 온 시간, 4년. 그 시간은 저에게도 많은 것들을 준비할 수 있는 충분한 시간이 되었습니다."

새로 준비해 온 혼인신고서와 서류를 내려놓은 그가 자리에서 일어났다. 이한은 아무렇지 않게 뒤돌아서는 그의 등을 멍하니 바라보았다.

"왜, 왜 이렇게까지 하시는 겁니까?"

"글쎄요……."

문고리를 잡은 최 변호사가 중얼거렸다.

"언젠가 아가씨가 그러더군요. 사랑하는 사람을 끝까지 지켜주지 못했으니까 자기라도 지켜달라고."

"……."

슬쩍, 고개를 돌린 최 변호가 장난스럽게 웃었다.

"죄책감은 때론 그 어떤 것보다 더한 부채가 되죠. 잘 알고 계시지 않습니까?"

그 어떤 것보다 무거운 부채, 죄책감. 최 변호사의 말대로 이한은 너무나 잘 알고 있었다. 동생을 먼저 보낸 그는 혼자 살아남은 죄책감에 죽지도 못했다.

그래서 최 변호사를 말릴 수가 없었다.

유정의 어머니가 최 변호사를 신뢰한 것은 그가 유능한 변호사였기 때문이었다. 그리고 유능한 변호사인 최 변호사는 아주 간단한 방법으로 이 부회장과 유정 사이에 오간 서류를 백지화시켜 버렸다.

후견인의 배임행위로 인한 공증무효.

이 부회장이 내민 서류에 도장을 찍을 당시 유정은 열여덟이었다. 그리고 열여덟 살 소녀는 법률행위를 할 수 없다. 이 부회장을 찾아간 최 변호사는 유정의 후견인이었던 자신이 유정에게 아무런 설명을 하지 않았음을 밝혔다. 산전수전 다 겪은 이 부회장은 그 말이 뜻하는 바를 금방 알아들었다. 그가 악을 썼다.

"그런 식이면 최 변호사, 당신도 무사하지 못해!"

"알고 있습니다."

최 변호사는 가볍게 응수했다.

공증무효가 확인될 때까지는 분명 시간이 걸리겠지만, 돌아가는 형세가 불리하다고 느낀 이 부회장은 재판 결과가 나올 때까지 기다리지 않았다. 이 부회장은 유정을 집으로 불러들였다. 이한에게 미리 이야기를 들은 유정은 눈을 감았다.

때가 왔구나.

하지만 그런 그녀도 집에 들어가자마자 따귀를 맞을 것이라고는 예상하지 못했다.

짝!

날카로운 소리가 공간을 갈랐다. 힘없이 바닥에 주저앉은 유정은 화끈하게 달아오른 뺨을 손으로 감싸며 웃었다.

"어떻게 키워준 은혜도 모르고……!"

고모부의 얼굴이 붉어져 있다. 유정은 고개를 쳐들었다. 비틀린 그녀의 마음처럼 웃는 입술도 그렇게 비틀렸다.

"은혜요?"

유정은 뒤에서 안절부절못하는 고모와 연정을 보았다. 그들을 바라보던 유정이 자리에서 일어났다. 옷에 뭐라도 묻은 사람처럼 손등으로 옷을 탁탁 털던 유정은 세 사람을 바라보지 않은 채 시니컬하게 말했다.

"은혜를 입었으니 갚는 거예요."

"뭐, 뭐야?"

고모가 바들바들 떨며 물었다. 그제야 고개를 든 유정은 고모를 바라보았다.

고모는 유정과 같은 성씨이다. 아빠의 누나이고 두 사람은 함께 컸다. 이 부사장과 결혼하기 전에 그녀는 꽃처럼 약하고 예뻤다고 했다. 그래서 아버지는 늘 누나를 이 부사장에게 준 것을 아까워했다.

그런 그녀가 돈 앞에서 아버지를 배신했다. 그깟 돈이 뭐라고.

"남편의 의사에 따라 조카에게 그 어떠한 애정도 쏟지 않은 채 곁에 둔 사람에게 복수하는 거고."

고모의 눈동자가 흔들렸다. 하지만 유정은 그녀를 좀 더 쏘아본 후 고개를 돌려 이 모든 상황을 바라보고 있는 고모부를 보았다.

"엄마를 죽인 사람한테 복수하는 거고."

그의 얼굴에서 핏기가 가셨다. 마치 그걸 어떻게 알았느냐는 표정이다. 유정은 다시 시선을 옮겨 이번에는 연정을 바라보았다.

"고아가 된 사촌을 괴롭힌 사람에게 복수하는 거예요."

욕지거리가 나오려고 했으나 유정은 이성적으로 그들을 대하려고 노력했다. 하지만 조소를 짓는 것은 잊지 않았다.

"고모부, 축하드려요. 앞으로 어떠한 결정이 내려지든 간에 원하던 대로는 되지 않겠네요."

짝!

유정의 고개가 다시 한 번 옆으로 돌아갔다. 이번엔 입안이 터진 것인지 비릿한 맛이 돌았다. 천천히 고개를 돌린 유정은 자신을 노려보고 있는 고모를 보며 웃었다. 각오는 했는데 뺨을 두 대나 맞을 줄은 몰랐다.

"우리가 널 어떤 심정으로 데리고 있었는데!"

어떤 심정? 어떤 심정인데?

유정은 그렇게 묻고 싶었다. 하지만 묻지 않았다. 성큼성큼 걸음을 옮겨 연정의 앞으로 걸어간 유정이 손을 들었다. 그리고 망설임 없이 손을 휘둘러 뺨을 휘갈겼다.

짝!

날카로운 소리에 모두의 몸이 움찔 떨렸으나 유정은 고개를 돌려 고모를 보았다.

"고모를 때릴 수는 없으니까요."

무심한 목소리가 흘러나온 순간, 정신을 차린 연정이 발끈하며 손을 들어 올렸다. 하지만 그 손은 유정의 뺨에 닿기 전에 붙들렸다. 놀란 눈으로 입만 뻐끔거리는 연정을 슬쩍 비웃어준 유정은 보란 듯 잡은 손을 홱 뿌리치며 고모를 바라봤다.

"알고 싶지도 않아요."

"뭐, 뭐라고?"

"다음 주에 주주총회가 열릴 거예요. 경영권 방어하시는 데 힘드시겠지만, 건투를 빌게요."

유정의 입술이 비틀렸다. 자신의 본모습을 모두 내어 보이며 자신의 계획을 모두 털어놓는 이 순간이 기뻐 미치겠다는 듯이.

"……."

고모부 내외의 입술이 꾹 다물려 있는 것을 보며 유정이 천천히 턱을 치켜 올렸다.

무어라 말을 하든 다 되받아쳐 주겠다는 듯이 도도한 표정을 지으며 그들의 답을 기다렸다. 하지만 큰 충격을 받은 듯 자리에서 비틀거린 고모부는 아무 말도 하지 않았다. 그건 고모 역시 마찬가지였다.

오히려 반응한 것은 가만히 이 상황을 보고 있던 연정이었다. 성큼성큼 다가온 그녀는 손을 치켜들어 유정의 뺨을 사정없이 내려쳤다.

짝!

날카로운 소리에 고모부 내외의 눈동자에 놀라움이 서렸다. 하지만 연정은 거기서 멈추지 않았다.

짝짝!

연달아 날아든 손찌검에 가만히 서 있던 고모가 달려와 연정의 손을 붙잡았다. 붙잡힌 양팔을 풀고 앞으로 튀어나가 또다시 유정에게 달려들려는 듯 연정이 발악했지만 고모는 놓아주지 않았다. 그들의 모습을 보던 유정은 재미있다는 듯 웃었다. 무슨 한 편의 코미디 같았다.

"너 진짜 싸가지 없구나?"

붉어진 눈으로 외치는 연정을 보며 유정이 신경질적인 웃음을 터뜨렸다.

"이제 알았니?"

시선을 돌려 세 사람과 눈을 마주한 유정이 걸음을 옮겼다. 받은 만큼 되갚아주려는 듯 손을 높이 치켜들었다. 남을 상처 내는 데 이골이 난 그녀였다.

짝!

"하지만 너부터 싸가지를 키워야겠네. 어디 언니한테."

입안에 비릿한 맛이 느껴졌지만 개의치 않은 유정이 다시 한 번 손을 들 때였다. 언제 들어온 것인지, 이한이 유정의 팔을 붙잡아 자신의 품으로 끌어당겼다.

놀란 눈으로 이한을 보는 사람들의 모습에 그가 굳어진 표정으로 읊조렸다.

"일하는 아주머니가 문을 열어주시더군요."

연정의 시선이 뒤에서 이 모든 상황을 관망하고 있는 여주댁을 향했다. 그녀의 눈에서 불꽃이 튀자 여주댁의 어깨가 움찔 떨렸다.

"유정이, 데리고 가겠습니다."

이한이 한기가 뚝뚝 흐르는 목소리로 말했다. 핏기 가신 얼굴로 이 부사장이 외쳤다.

"그럴 수는 없네! 그 아이는 아직 내 조카야!"

"조카?"

이한의 입가에 비릿한 조소가 떠올랐다.

"그 조카가, 열두 살 차이 나는 남자와 동거하겠다고 집을 나갔을 때 뭐라고 하셨는지 궁금해지는군요."

"……."

"혈연의 정이라는 것이 있었는지 모르겠지만, 이젠 썩어문드려서 형체도 남아 있지 않을 것 같습니다."

그의 말에 누구 하나 나서는 사람이 없었다. 사람들을 시린 눈으로 바라본 이한은 그의 팔에 매달려 있는 유정의 오금 밑으로 팔을 찔러 넣었다. 그는 힘 하나 들이지 않고 작은 몸을 들어 올렸

뒤 인사도 없이 뒤돌아섰다.

"여보, 어떻게 좀 해봐요……."

이한의 모습이 완전히 시야에서 사라지자, 고모가 다급히 남편의 팔을 붙들었다. 이 부회장은 신경질적으로 그녀의 손을 뿌리쳤다. 손에 다 들어온 부를 이렇게 놓칠 순 없었다. 이렇게 허망하게 끝내려고 속 모를 아이를 4년이나 키운 것이 아니었다.

"걱정하지 마."

우드득, 소리가 나도록 이를 악다문 그가 말했다.

"이렇게 쉽게 나가떨어지지 않아."

유정을 안은 채, 이한은 한참을 걸었다. 주차해 둔 차를 지나고 근처 공원에 도착할 때까지 두 사람은 아무런 말도 하지 않았다.

침묵을 깬 것은 이한이었다.

"괜찮아?"

이한이 자신의 품에 폭 안겨 있는 유정을 내려다보다 속삭였다. 끄덕끄덕, 그녀는 천천히 고갯짓을 했다.

"안 괜찮다고 해야 위로해 주지."

"……."

"아파?"

그의 물음에 유정이 다시 한 번 고개를 끄덕였다. 그리고 손바닥을 제 가슴에 가져다 댔다.

"여기가요. 여기가 아파요."

그녀의 눈에서 눈물이 차올랐다. 적당한 벤치를 발견한 이한은 그녀를 그 위에 앉히고 바로 앞에 무릎을 꿇었다. 후두두둑, 한꺼번에 떨어진 눈물이 그의 손등을 아프게 때렸다.

"최 변호사님이……."

그의 장미가 운다. 너무나 서러워서, 소리 내지도 못하고 운다. 너무나 미안해서, 미안하다는 말도 못 하고 운다.

"나 때문에…… 내가 떼를 써서……."

시퍼렇게 부은 뺨보다 가슴이 아프다고 한다.

하지만 그는 울지 말라고 하지 않았다. 괜찮다고 위로해 주지도 않았다. 그것은 최 변호사가 원하는 바가 아니었다.

"미안해?"

이한이 물었다. 유정은 대답 없이 입술을 짓이겼다.

"그럼 살아."

"그걸 어떻게……."

소스라치게 놀란 유정이 말하다 말고 제 입을 틀어막았다. 이한은 그녀를 아래에서 올려다보며 그녀의 무릎에 턱을 얹었다.

"살아서, 계속 속죄해."

"다, 다…… 알아버린 거예요?"

당신만, 세상 사람 다 알아도 당신만 모르길 바란 내 나쁜 생각들을 다 알아버린 거예요? 그걸 알면서도, 나를 그렇게 사랑해 줬어요?

그녀가 작은 비명을 내질렀다. 하지만 그는 개의치 않으며 호흡을 가다듬고 입술을 달싹였다.

"죽고 싶다는 생각을 할 수 있는 건……."

한숨처럼 나온 말에 도망치려는 듯, 그녀의 발이 움직였다. 하지만 그는 그녀의 발목을 힘주어 잡았다.

"그 사람에게 소중한 것이 없기 때문이야."

입술을 달싹일 힘도 없는지 그녀는 소리 없이 눈물만 흘렸다. 그 모습을 보던 이한이 힘없이 웃었다.

"넌 날 소중하게 생각하지 않니?"

"아니, 아니요……."

"그래, 그렇다면 됐다."

먼저 일어선 그가 그녀에게 손을 내밀었다. 유정은 그의 손을 잡고 힘겹게 몸을 일으켰다. 비틀거리는 그녀의 어깨를 단단하게 붙든 그가 말했다.

"앞으로도 날 소중하게 생각해 줘."

맞잡은 손의 온기를 느끼며, 유정은 그가 한 말을 읊조렸다.

'앞으로도 날 소중히 생각해 줘.'

찾았다.

그가 그녀에게 원하는 것. 그녀가 그에게 줄 수 있는 것. 그것을 비로소 찾아냈다.

"네."

눈물로 엉망이 된 얼굴을 하고, 그녀가 웃었다.

윗방을 힐끗 바라본 유정은 귀에 대고 있던 휴대전화를 더욱 힘주어 잡았다. 전화를 하지 않았으면 하는 상대가 전화를 걸어왔다. 그리고 내용은 역시나 그녀가 걱정하던 대로였다.

사람들이 말했다. 신은 사람이 견딜 수 있을 만큼의 시련만 준다고. 그리고 그 신은 사람이 가장 행복할 때 시련을 주기도 한다고.

유정은 옷방 안에서 들려오는 이한의 목소리를 들으며 그 생각에 동의했다.

"유정아, 내 셔츠 어디 있지?"

"제일 오른쪽 옷장이요!"

"어, 찾았다!"

그와의 생활이 이젠 정말 즐거워질 무렵이다. 이대로 살아도 좋겠다고 생각하는 시점. 그런 시점에 신은 기다렸다는 듯 유정에게 시련을 주었다.

[유정 양, 바쁘면 나중에 전화할까요?]

기영의 목소리에 유정은 나중에 전화를 걸어달라고 부탁하려다가 입을 다물었다. 과연 나중이 있을까? 고모부를 생각해 보면 지금도 늦었을지 모른다. 아니, 확실히 늦었다. 그 사람은 추진력이 좋은 사람이니까. 유정은 애써 무거운 입술을 달싹였다.

"아니에요."

짧고 힘 있는 목소리에 전화 너머로 한숨 소리가 들려온다. 기영은 어떻게 해서라도 그녀를 말리고 싶다는 듯 빠르게 말을 덧붙였다.

[유정 양의 마음 잘 알아요. 하지만 지금은 멈출 수 있어요. 그러니까 지금이라도…….]

"아니에요. 그럼 끝나지 않는걸."

작은 입술을 달싹여 말한 유정은 커다란 눈을 깜빡였다.

그래, 그녀가 끝내고 싶어도 끝낼 수가 없었다. 그녀가 끝낼 수 있는 것이었다면 진즉 끝냈을 것이다. 하지만 손뼉도 양손이 맞부딪쳐야 소리가 나는 것처럼 이번 일 역시 그녀 홀로 끝낸다고 해서 끝을 낼 수 있는 것이 아니었다. 아니, 조금만 더 빨리 그를 만났더라면 접었을지도 모르겠다. 하지만 너무 늦어버렸다.

처음 그가 한국으로 돌아왔을 땐 이 일이 다 끝난 후에 왔으면 했다. 지금부터 내가 할 일은 너무나 추악하고 부끄러운 일이니까. 내가 나쁜 어른이 되었다는 걸 보여줘야 하니까.

눈을 감은 유정이 한숨처럼 이야길 시작했다.

"선생님, 요즘 참 행복해요. 행복해서…… 빨리 끝내고 싶어."

[유정 양…….]

"이런 구질구질한 마음, 상황을 가지고 그 사람 옆에 있고 싶지 않아요."

모든 걸 털어낸 후 정말 그의 사랑스러운 아내가 되고 싶었다. 행복하게 웃고 싶었다. 나도 행복해질 수 있다는 걸을 알려준 그에게 온전히 안기고 싶었다.

"나도 훌륭한 어른이 되고 싶어졌어요. 그렇다면 끝내야 해요."

고갤 돌린 유정의 시선 끝에 장식장이 닿는다. 유리문으로 잠겨 있는 장식장 안에는 그의 가족사진이 놓여 있다. 행복하게 웃고 있는 이한과 우영, 그리고 가운데 서 있는 작은 소녀. 세 사람이 행복하게 웃고 있는 사진을 보는 유정의 눈망울이 흔들렸다.

"그래야 날 계속 곁에 둬줄 거 아니에요."

아직도 그의 사랑이 나를 향한 것인지 저 여자를 향한 것인지 모른다. 하지만 하나 확실한 건 저 사람으로 인해 자신이 곁에 있을 수 있다 하더라도 만족한다는 것, 행복하다는 것. 그것만으로도 충분했다.

그때 문이 열리고 멀끔한 차림의 이한이 나왔다. 그는 전화를 들고 있는 유정을 보며 걸음을 멈췄다. 소리 없이 '누구야?' 라고 입을 뻐끔거리는 것을 보며 유정이 빠르게 말을 마쳤다.

"고마워요, 약속 지켜줘서. 마지막까지 잘 부탁해요."

일상적인 대화로 통화를 마무리한 유정은 옅은 색의 슈트를 입고 있는 그를 바라보았다. 유정의 눈길에 그는 멋쩍게 넥타이를 똑바로 고쳐 맸다. 하지만 여전히 마음에 들지 않는 것인지 유정이 쪼르르 다가와 그의 앞에 섰다. 평균 여자보다 작은 유정은 185㎝가 조금 넘는 이한의 넥타이를 고쳐 주기 위해 힘껏 뒤꿈치를 들어야만 했다. 진지한 얼굴로 넥타이를 고쳐 매주는 유정을 힐끗 내려다보며 이한이 허리를 숙였다. 숨결이 닿는 것만으로도 욕망이 스멀스멀 피어오른다.

"누구?"

"저 예전부터 도움 주던 분이요. 잘 지내느냐고 안부차 연락 왔어요."

"도움 주던 사람?"

"네."

더 이상 이야기하고 싶지 않다는 듯 딱 잘라 말한 유정이 한 걸음 뒤로 물러섰다. 머리부터 발끝까지 훑은 유정은 다시 시선을 끌어 올려 이한의 머리를 보았다.

"염색해야겠다."

옅은 머리가 삐죽 자라난 것을 본 유정이 그의 머리카락으로 손을 뻗었다. 하지만 머리카락은 목보다 훨씬 높은 곳에 있었고, 아무리 노력해도 유정의 팔은 닿지 않았다. 이한은 그녀를 위해 고개를 숙여주었다.

"자."

"헤."

유정은 자신의 시야에 닿은 그의 머리카락을 양손으로 마음껏 흩뜨리며 웃었다.

"보들보들하다. 강아지 같아요."

"너무 정성스럽게 쓰다듬어 주면 발정 나니까 그만하지?"

"강아지 무서워서 그만 만져야겠네."

싱긋 말한 유정이 한 걸음 떨어졌다. 그리고 그를 따라 현관으로 향했다.

잘 닦여 있는 구두를 꿰어 신은 그가 유정의 이마에 짧게 입을 맞추었다. 소리 내어 떨어진 입술에 유정이 고개를 들어 그와 시선을 맞췄다.

"나 다녀올게."

그가 떠난다.

그가 떠나기 전에 꼭 해야 할 말이 있다.

"오빠."

"어젠 선생님이더니 오늘은 오빠야?"

잠자리에선 늘 그에게 선생님이라 하는 유정이었다. 호칭 문제로 몇 번이나 지적했지만 유정은 잘 되질 않는다며 미간을 찌푸린 후 말간 눈으로 그를 바라봤다. 엄연히 말하면 자신은 이사장이지 선생님이 아니라고 몇 번이나 말했으나 고쳐지지 않았다. 그의 말에 유정은 입술을 뾰족하게 내밀며 투덜거렸다.

“나에게 사랑을 가르쳐 줬으니 선생님이지, 뭐.”

고집스레 말한 유정은 더 이상 뭐라 하지 말라는 듯이 기습적으로 짧게 입맞춤을 했다. 그럼 이한은 늘 꿀 먹은 벙어리처럼 입을 꾹 다물고야 만다. 눈빛은 늘 사랑을 담고서.

이한은 자신의 옷자락을 붙잡는 유정을 보며 고개를 기울였다. 의아한 시선에 유정이 조심스럽게 입술을 달싹였다.

“저 미치지 않았어요.”

“뭐?”

작은 목소리에 그가 되물었다. 그러자 유정은 방금 전보다 좀 더 힘 있는 목소리로 말했다.

“나 미치지 않았어요. 알죠?”

그의 말에 이한의 눈이 커졌다. 뜬금없는 이야기에 유정을 보던 그는 손을 들어 유정의 뺨을 감싼 뒤 입술에 쪽 하고 입을 맞췄다. 짧은 입맞춤이 아쉬운 듯 유정의 시선이 그의 입술에 머물렀다.

“난 미쳤다, 너 때문에.”

그의 말에 그녀의 입꼬리가 천천히 위로 끌려 올라갔다. 방금 전까지만 해도 긴장감이 그득하던 눈동자는 곧 행복으로 차오르고 뺨은 홍조를 띠었다.

양손을 뻗어 그의 목을 감싼 유정이 뒤꿈치를 들어 이한의 입술을 훔쳤다. 고개를 옆으로 돌려 순식간에 그의 입술을 핥고 입속을 휘저은 유정이 천천히 입술을 뗐다. 그리고 발뒤꿈치를 땅으로 내리기 전, 그의 턱에 마지막으로 제 입술을 맞춘 후 웃었다.

“너…….”

“훌륭한 선생님 밑엔 훌륭한 제자가 있죠.”

장난스런 말에 그의 입에서 바람 소리가 흘러나왔다. 후후, 기쁜 듯 눈을 반짝이며 웃은 그가 손을 뻗어 머리를 쓰다듬은 후 인사를 건넸다.

"그럼 다녀올게."

아쉬운 발걸음을 뗀 그가 문을 열고 밖으로 나갔다.

쾅.

작은 소리를 내며 문이 닫히자 방금 전까지만 해도 행복함으로 가득하던 유정의 눈동자가 순간 텅 비었다. 잿빛으로 변한 눈동자로 한참이나 문을 바라보던 유정이 그 자리에서 비틀거렸다. 서둘러 손을 뻗어 벽을 짚은 그녀가 고개를 숙였다.

어깨가 떨려왔다. 목엔 울음이 가득차고 눈동자엔 슬픔이 그득 차오른다.

"데리러 와요, 꼭."

당신, 나 꼭 데리러 와야 해.

슬프게 읊조린 그녀는 한참을 자리에 서 있었다.

저 모습이 마지막이 아닐지도 모른다. 하지만 그녀의 감은 오늘이 마지막이라 외치고 있었다. 천천히 걸음을 옮긴 유정은 버석해진 마음으로 고개를 돌려 집 안을 눈으로 쓰다듬었다. 이한의 집에서 지낸 지 얼마 되지 않았다. 그럼에도 이곳은 고모부의 집보다 더욱 제집처럼 느껴졌다.

늘 갈 곳을 찾아 떠돌았던 열여덟. 그때의 그는 자신에게 안식처를 주었다. 그리고 서른넷의 그도 자신에게 쉴 곳을 주었다. 아니, 집을 주었다.

유정의 눈에서 눈물이 흐른다.

"앞으로도 날 소중하게 생각해 줘."

"소중하게 생각하기 때문에, 확실히 끝내려는 거예요."

그러니까 나 미워하지 말아요.

"고마워요."

고마워요, 선생님. 고마워요.

몇 번이고 읊조리며 그의 흔적이 가득한 집 안을 둘러본 그녀가 욕실로 향했다. 머리부터 발끝까지 깨끗하게 씻고 머리도 말렸다. 스킨로션을 바른 후 밖으로 나온 그녀는 화사한 노란색 원피스를 꺼내 입었다. 이 옷을 고를 적에 그는 병아리 같다며 그녀를 놀렸다. 작다고 놀리지 말라며 심통을 부렸다가 거울 속 제 모습을 보며 까르르 웃음을 터뜨리던 일이 떠오른다. 하지만 지금 거울의 제 모습을 살피는 유정은 그때처럼 웃지 않았다. 무표정한 얼굴로 정성스럽게 화장을 한 유정이 자리에서 일어났다.

침실로 향한 그녀는 고모부 집에서 가져온 가방을 열었다. 그리고 그곳에 들어 있는 포스트잇과 만년필을 꺼냈다. 자리에 엎드린 그녀가 꾹꾹 눌러 포스트잇에 글자를 적어내렸다. 정성스럽게 한 자 한 자 적은 그녀는 마침표까지 찍었다. 하지만 한참이고 굽힌 허리를 펴지 못한 채 엎드려 있었다. 작은 등이 떨린다.

그녀를 자리에서 일으켜 세운 것은 날카로운 초인종 소리였다.

딩동—

그 소리가 마치 저승사자라도 되는 양 그녀의 몸이 움찔 떨렸다. 고개를 든 그녀의 눈동자는 어느새 붉어져 있었다. 하지만 이

내 손을 들어 손가락으로 눈가를 쿡쿡 찍으며 마음을 갈무리했다.

포스트잇을 침실 문에 붙인 그녀는 현관으로 향했다. 문을 열기 전 신발장에서 높은 힐을 꺼낸 그녀는 신발까지 완벽하게 신고 나서야 문을 열었다. 그곳엔 험악한 인상의 남자들이 서 있었다.

"반항 말고……."

네 명의 남자 중 가장 앞에 있는 남자가 유정을 향해 경고조로 말하자 유정은 그 어느 때보다 도도한 표정으로 눈을 내리깔았다. 그녀의 기백에 남자들이 한 걸음 물러났다.

"내 발로 갈게요."

잠시의 이별. 준비를 모두 마친 그녀는 그 어느 때보다 당당했다.

*

아침, 현관문 앞에서 유정과 아쉬운 이별을 하느라 예상보다 늦게 쥬얼리 숍에 도착한 이한은 미리 주문해 둔 반지를 찾았다. 차를 타고 오면서도 보조석에 둔 반지 케이스에 계속 시선이 갔고, 그건 사무실에 도착해서도 마찬가지였다.

사장실 앞에 대기하고 있는 직원들에게도 인사를 하는 둥 마는 둥 한 그는 집무실에 홀로 남게 되자 케이스를 만지작거렸다. 이 반지를 받으면 유정이 얼마나 좋아할까. 입술을 끌어 올려 웃은 그가 케이스를 열었다. 그러자 영롱한 빛을 뽐내는 반지가 나타났다.

핑크골드로 만들어진 반지는 가운데에 커다란 다이아몬드 장식이 되어 있었다. 그가 특별 주문한 반지는 어린 장미가 아닌 완벽하게 만개한 장미였다.

반지를 한참이고 바라보며 실실 웃던 그가 문득 자신의 상태를 깨달았는지 손을 들어 눈을 가렸다.

"얼빠진 놈."

스스로를 비웃은 그는 작게 소리 내어 웃었다. 집을 나선 후에도 그의 머릿속에는 온통 유정뿐이었다. 자신의 품에서 사랑스럽게 눈을 빛내는 모습, 입술을 뾰족하게 내밀며 투덜거리는 모습, 붉은 얼굴로 입을 맞추던 모습까지.

선생님이라 부르던 그녀의 모습이 떠오르자 순간 그의 시선이 휴대전화로 향했다.

전화를 해볼까?

지금쯤 유정이 뭘 하고 있을지 궁금해진 이한이 휴대전화로 손을 뻗었다. 순간 기가 막힌 타이밍에 휴대전화가 울리고 문이 벌컥 열렸다. 거의 동시에 일어난 일에 그의 몸이 딱딱하게 굳어갔다.

—형.

그에게 형은 단 한 사람뿐이다. 김우영. 정신 없이 바쁜 그가 대체 무슨 일로 전화를 했을까.

액정을 향해 있던 고개가 위로 들렸다.

회사에 출근하기 전부터 그의 일을 봐주던 김 비서가 창백한 얼굴로 서 있다.

"무슨 일이야?"

심상치 않은 예감에 그가 날카롭게 물었다. 그리고 예상과 별반 다르지 않는 말이 흘러나왔다.

"사, 사모님이……."

사모님.

김 비서의 입에서 이러한 호칭으로 불릴 사람은 단 하나뿐이다.

이마에 맺혀 있던 땀이 중력을 이기지 못하고 아래로 흘러내렸다. 살짝 벌어진 선 고운 입술에선 연신 거친 숨이 터져 나왔지만 그는 걸음을 멈추지 않았다. 25층에 멈춰 있는 엘리베이터를 확인한 그는 주저 없이 계단을 뛰어올랐다. 두 칸씩, 세 칸씩, 기다란 다리로 뛰어오른 그는 집 앞에 도착해 잠시 걸음을 멈췄다. 그리고 흐르는 땀을 손등으로 닦아낸 후 호흡을 골랐다.

장마로 인해 제법 쌀쌀해진 날이다. 하지만 앞뒤 보지 않고 달려온 그의 이마와 인중, 목에선 연신 짠내 나는 땀이 흐르고 있었다.

호흡을 갈무리한 그가 초인종을 눌렀다.

딩동―

집 안에서 들려오는 초인종 소리에도 인기척이 없다. 그의 얼굴이 창백하게 변했다. 그가 다시 한 번 초인종을 눌러보았으나 여전히 답은 없다. 사정없이 미간을 구긴 그는 비밀번호를 누르고 집 안으로 거침없이 걸음을 옮겼다.

텅 빈 집. 그와 그녀의 체취로 가득한 곳이었지만 그녀는 보이지 않았다. 구석구석 빠르게 걸음을 옮겨 작은 몸체를 찾던 그는 결국 한참이 지나서야 그 사실을 인정했다. 그의 입에서 옅은 신음과 함께 거친 욕설이 터져 나왔다.

"젠장!"

이를 악물며 내지른 그가 앞으로 나가려는 손을 애써 막으며 둥글게 주먹을 말아 쥐었다. 손등이 하얗게 질리고 혈관이 불뚝 튀어나왔다.

고개만 돌려 화로 붉어진 눈동자로 연신 집 안을 둘러보던 그의 눈앞에 무언가 턱 걸렸다.

거침없이 걸음을 옮긴 그가 침실 쪽으로 향했다. 굳게 닫혀 있는 문엔 노란색 형광 빛깔의 포스트잇이 붙어 있다. 거친 손길로 종이를 떼어낸 그는 동글동글 귀여운 글자들을 읽었다.

—내가 끝내고 싶어도 끝낼 수가 없어요.

그의 손에서 포스트잇이 구겨졌다. 짧은 내용의 메모였지만 안에 담겨 있는 메시지는 너무나 강력했다. 눈을 질끈 감은 그가 입술을 짓이겼다.

—사랑해요, 선생님.
미안해요, 오빠.

"뭐야…… 강유정! 너 뭐냐고!"

비명처럼 외친 그가 자리에 주저앉았다.

사랑해요? 미안해요?

"순 제멋대로지, 넌!"

그녀에 대한 원망이 쏟아져 나온다. 알았다면, 미리 이런 일이 일어날 것을 알았다면, 이런 글을 남길 정신이 있었다면 그에게 미리 언질이라도 주어야 했다. 자신의 마음대로, 제 일이라고만 생각하며 이렇게 구는 것보단 자신에게 도움을 요청하고 지켜달라고 하는 편이 훨씬 현명했다.

하지만 유정은 그렇게 하지 않았다. '우리'의 일이 아닌 '자신'의 일이라 생각했고, 스스로 그의 곁을 떠나 홀로 싸우려 하고 있었다.

그의 눈동자가 고통으로 일렁였다. 실핏줄이 터진 눈동자는 붉어져 야차처럼 보였다.

"이런 느낌이었어?"

그의 목소리에 슬픔이 가득 차올랐다. 이별을 메모로 통보받는 기분이 정말 엿 같다는 것을 이제야 알게 됐다.

그도 4년 전 포스트잇으로 똑같이 이별을 고했다. 그때의 유정이 어떤 기분이었을지 이제야 와 닿았다.

굳은 얼굴로 자리에서 일어난 그는 주머니에서 휴대전화를 꺼냈다. 창백하게 핏기가 가신 얼굴과 마찬가지로 굳은 표정으로 번호를 누른 그는 상대가 전화를 받자마자 낮고 음습한 목소리로 읊조렸다.

"강유정 위치 찾아내요. 그리고……."

전화기 너머로 꿀꺽, 침을 삼키는 소리가 들렸다. 어지간해서는 화내는 법이 없는 이한의 분노에 상대도 긴장한 듯했다. 이한은 휴대전화를 쥔 손에 힘을 가득 실었다. 모든 것을 깨부술 것처럼.

"장호 이성진 부사장에 대해 모두 알아내요, 먼지 하나까지. 모조리 알아내서 나에게 보고하세요."

*

유정은 차창 밖 세상이 어둠으로 물드는 것을 무심한 눈으로 보았다. 여느 여자라면 이러한 상황에 비명을 지르며 제발 살려만 달라고 빌겠지만 그녀는 달랐다. 마치 모든 일에 순응하는 것처럼 남자들이 이끄는 대로 차에 올라탔고, 오랜 시간 내달리는 세상을 바라만 보고 있었다.

검은색 승용차는 쉴 새 없이 지방도로를 달리고 있었다. 서울에서 많이 떨어지는 곳으로 가는구나 생각할 뿐 유정은 자신의 옆에 앉아 있는 남자에게 목적지를 묻지 않았다.

그렇게 얼마나 더 달렸을까 차가 서서히 속도를 늦추더니 한 병원 앞에 멈췄다.

"내려."

강압적인 말에 유정의 얼굴에서 감정이 피어올랐다. 입술을 비틀어 웃은 그녀는 무릎 위에 손을 얹으며 자신에게 강짜를 놓았던 남자를 노려보았다.

"너 내가 누군지 알고 이러는 거야?"

"뭐?"

"이성진 부사장이 너희에게 약속한 돈, 내 돈이야."

"……."

순간 할 말을 잃은 듯, 남자의 입이 살짝 벌어졌다. 그 모습을 본 유정의 입술이 더욱 비틀려 올라갔다.

"스마트한 세상에 휴대전화로 지금쯤 어떤 기사가 떴는지 정도는 확인해."

날카롭게 쏘아붙인 유정이 차에서 내렸다. 그리고 가장 먼저 당당히 걸어갔다.

병원에 들어서자 수속은 순식간에 끝났다. 이성진 부사장이 이미 입원 절차를 밟아놓은 상태였다. 그녀는 환자복을 품에 안은 채 간호사의 안내를 받아 기다란 복도를 걸었다. 1인실로 보이는 병실에서 커다란 웃음소리가 들려왔다.

"낄낄낄!"

"하하하!"

섬뜩한 목소리에도 유정은 최대한 냉정을 유지하려 애썼다. 하지만 소름이 돋은 팔뚝만은 숨길 수 없었다.

복도 가장 안쪽, 철창 앞에선 간호사가 경비원에서 눈짓을 했다. 미리 지시받은 것이 있는 경비원은 두말 없이 문을 열어줬다.

폐쇄병동은 이렇게 생겼구나. 유정은 한숨을 집어삼켰다.

사람 손바닥만 한 작은 창이 전부인 폐쇄병동에선 좀 전과 같은 기괴한 웃음소리나 뭐라고 하는지 모를 고함 소리는 들리지 않았다. 하지만 그래서일까. 무거운 침묵은 더욱 그녀를 움츠러들게 만들었다.

이제야 유정은 조금 후회가 되었다. 자신 스스로 이곳으로 걸어 들어 오게 된 일이.

간호사는 걸음을 멈추지 않았고, 폐쇄병동에서도 가장 구석진 방으로 그녀를 안내했다. 문 앞엔 자물쇠가 세 개나 걸려 있고, 그녀는 능숙하게 문을 연 후 옆으로 비껴났다.

"들어가시면 됩니다."

"당연히 들어가라고 문을 연 거겠죠."

서늘하게 말을 내뱉은 유정은 떨리는 발걸음을 안으로 옮겼다. 그리고 막 문을 닫으려는 간호사를 보며 조소를 지었다.

"내가 미친 사람처럼 보여요?"

"……."

"난 세상에 돈 때문에 미친 사람은 한 사람뿐인 줄 알았거든. 그런데 너무 세상 가장 위쪽에 있었나 봐요. 바닥은 구정물 냄새가 진동하네요."

표정을 굳힌 간호사가 문을 닫았다. 문 닫히는 소리가 유독 큰 것을 보니, 기분이 나쁘긴 했나 보다.

두꺼운 철문이 닫히는 소리와 함께 자물쇠 잠기는 소리가 들린다. 세상 밖과 완전히 차단되고 그녀의 주위에 아무도 남지 않게 되자, 유정은 그제야 긴장했던 몸에 힘을 풀고 작고 낡은 침대에 엉덩이를 붙였다.

눈을 감은 그녀는 애환이 서린 눈동자로 환자복에 얼굴을 묻었다.

"괜찮아."

그녀가 중얼거렸다.

"끝내기 위한 거야, 정말 확실하게."

난 잘못하지 않았어. 그도 이해해 줄 거야.

그 자기최면만이 지금의 유정에게 남은 유일한 버팀목이었다.

억겁 같은 시간이 흘렀다. 정작 그녀가 환자복을 구석으로 내던지고 허리를 빳빳하게 굳힌 지 두어 시간도 흐르지 않았지만.

뚜벅뚜벅.

유정은 복도 저 멀리서 걸어오는 발걸음 소리를 들었다. 두어 시간 만에 처음으로 듣는 인기척이다.

철컹.

밖에 있는 사람이 보이지 않도록 설치된 창은 방문자의 얼굴을 보여주지 않았다. 하지만 유정은 상대가 누구인지 알고 있었다. 그녀의 입술이 호를 그렸다. 조소가 아닌 진심이 가득한 웃음이었다.

문이 열리고 예상대로 고모부가 방 안으로 들어왔다. 그는 홀로 방으로 들어왔고, 긴밀한 이야기를 나누기 위함인지 사람들에게 모두 멀리 물러나 있으라고 했다.

예상보다 빠른 시간 안에 그가 자신을 찾아왔다.

"네가 이렇게 나올 줄은 몰랐다."

고모부의 말에 유정은 노란색 원피스 위에 올려둔 손을 들어 머리카락을 쓸어 넘겼다. 환자복으로 갈아입지 않은 그녀는 여전히 아침에 나온 그대로 예쁜 모습을 유지한 채였다. 그에게 초라한 모습을 보여주고 싶지 않았다.

"만만하게 보셨던 거죠."

"그래도 여기서 꺼내주지 않을 거다."

그의 말에 유정은 알고 있다는 듯이 천천히 고개를 끄덕였다. 느린 몸짓에 이성진 부사장의 표정이 얼음장처럼 굳었다. 그 모습이 재미있다는 듯이 유정은 다시 한 번 웃음 지었다.

"저도 주식 넘길 생각 없어요."

"그럼 여기서 평생 썩어야겠구나."

그의 말에 유정의 고개가 옆으로 기울었다.

"그럴까요? 여론도 가만두지 않을 테고, 저에겐 제 편이 생각보다 많아요."

"그래도 어린아이 몸짓에 지나지 않는 반항일 뿐이다."

유정이 코웃음을 쳤다. 어린아이의 몸짓에 지나지 않는 작은 반항이라……. 그 말을 듣자 진심으로 비웃음이 흘렀다.

"고모부는 몰라요, 어린아이가 상처를 받으면 얼마나 독해지는지. 어른들은 감히 상상도 못 하는 분노를 품죠. 작은 일도 크게 받아들이니까요."

"뭐야?"

날카롭게 되묻는 그를 보며 유정은 자리에서 일어났다. 이 부사장은 저도 모르게 움찔거렸다. 작은 그녀가, 그의 한 줌도 안 될 체격을 가진 그녀가 커 보였기 때문이다.

"예전이라면 그 말이 무서웠을 거예요. 하지만 지금은 하나도 무섭지 않아요."

"더 이상 이야기할 필요가 없겠구나."

더 말해봤자 입만 아프다는 듯이 그가 잘라 말했다. 하지만 유정은 할 말이 남았다는 듯이 입술을 달싹였다.

"여론이 어떻게 돌아가는지 궁금한데, 신문이라도 넣어줄래요? 여긴 심심해요."

"너……."

"왜요, 이렇게 나오니까 내가 달리 보이기라도 하세요? 예전의 말 잘 듣고 순종적이던 강유정이 아닌 것 같아요?"

그녀가 당당할 수 있던 이유, 그건 그녀의 주위에 있는 사람들 때문이었다. 믿을 수 있는 사람들, 그리고 무조건적으로 자신의 편이 되어주는 사람들. 그 사람들은 그녀를 변화시켰고 단단하게 만들었다.

그녀에겐…… 이한이 있다. 그리고 그는 언제 어느 때고 그녀를 구해주었다. 이번 역시 그녀는 믿음을 가졌다.

"고모부, 오랫동안 기다려 왔어요. 당신에게 비수를 꽂는 날을. 중간에 멈추고 싶었지만 끝내 여기까지 왔어."

이성진 부사장의 눈동자가 흔들렸다. 하지만 유정은 말을 멈추지 않았다.

"멈추려고 했던 날 움직인 건 다름 아닌 당신이에요. 그러니까 원망 말아요."

이한에 대한 사랑으로 한땐 그를 용서할까 했다. 이한은 놀랍도록 유정을 변화시켰고 행복이 무엇인지 알게 해준 사람이다. 그런 사람 앞에 당당히 서기 위해 잠시 추악한 마음 따윈 모두 떨쳐 버려야지, 그렇게 마음먹던 지난날의 자신이 떠올랐다.

유정은 아무런 말도 하지 못하는 고모부와 눈을 마주하며 천천히 또박또박 말을 마쳤다.

"이제 와 용서를 구하려고 하지도 말고 도와달라는 말도 하지 말아요."

그렇게 말하는 유정의 표정이 순간 허물어졌다.

"가만히 있어요, 원래의 당신으로."

변하지 말고 그냥 지금의 모습 그대로 있어요.

그래야 난 끝까지 당신을 미워할 수 있어요.

따스함을 알아버린 유정은 성진에게 그렇게 부탁했다.

*

—재벌가의 충격적 진실, 장호 상속녀 강유정 폐쇄병동에 감금?

—가족까지 저버린 장호 이성진 부사장, 입장 없어.

기사를 읽어 내리는 기영의 눈동자가 떨렸다.

유정은 자신이 예상한 대로 폐쇄병동에 감금되었다. 이 사실은 그녀가 미리 언론사에 뿌려둔 기사로 인해 그날 바로 세상에 알려지게 되었다.

네티즌들의 어마어마한 비난이 날아들었지만 장호에선 아무런 답변도 내놓지 못하고 있었다. 무슨 답변을 내놓을 수 있겠는가. 오너 가의 싸움에 나설 간 큰 인간이 많지도 않았고, 실제로 그녀가 남자들과 함께 병원에 입원하는 모습까지 여과 없이 드러났는데.

그렇게 유정이 병원에 입원한 지 만 하루도 되지 않아 대한민국 국민이라면 모두 이 사실을 알게 되었다. 재벌가의 스캔들이라면 사람들은 작은 것 하나라도 관심을 가진다. 그런데 드라마에서나 일어날 법한 일이 현실에 일어났으니 어찌 관심을 가지지 않을 수 있겠는가.

기영은 밑에 달려 있는 기사들을 확인했다.

—'강유정, 오래전부터 정신과 치료받았다' 공식 입장 내놔.

—장호 상속녀 강유정 양 측 반론, '그녀는 미치지 않았다' 입장 밝힐 예정.

—강유정은 명확한 납치 감금! 폐쇄병동의 진실!

기사엔 최 변호사의 사진이 실려 있었다. 냉혹한 얼굴로 그간의 진실을 털어놓는 모습엔 감정 한 터럭 보이지 않았으나, 반박은 장호의 기세를 주춤하게 할 만큼 완벽했다.

기영은 기자회견장으로 향하기 전 미리 준비해 둔 차트를 챙겼다. 이 역시 자신이 10분 전 기자들에게 모두 발송하였고, 조금 있으면 있을 기자회견장에서 지난 4년간 의사로서 하지 말아야 할 일을 행해온 자신의 과실에 대해 모두 밝힐 예정이었다.

가운을 벗은 기영은 외투를 입으며 가방을 챙겼다. 기자회견장이 바로 근처이나 미리 가 있을 생각이다.

하지만 그의 발걸음은 진료실을 나서기도 전에 멈췄다. 노크도 없이 진료실 안으로 들어온 사람은 그도 사진으로 몇 번 본 자였다.

"뭐야?"

이한은 기영을 노려보며 차갑게 말을 내뱉었다. 평소 예의 바르고 다정다감한 성격의 그와는 180도 다른 모습이다. 타인에겐 제 속마음을 표현하지 않는 그다. 늘 사람 좋은 얼굴로 희미하게 웃던 그다. 그 역시 마음에 상처를 안고 있다. 남에게 자신의 상태를 알리는 것을 극구 꺼리는. 하지만 오늘은 분노를 가득 드러낸 얼굴로 기영을 노려보고 있었다.

성큼성큼 걸어온 그는 커다란 원목 책상을 손바닥으로 내려쳤다.

쾅!

커다란 소리와 함께 단단한 책상이 흔들렸다.

"강유정에게 무슨 짓을 한 겁니까?"

그의 말에 기영은 들고 있던 가방을 내려놓았다. 그리고 환자들을 위해 마련해 놓은 소파를 가리켰다.

"이야기가 길어질 것 같으니 앉아서 이야기하시죠."

"난 지금!"

"김이한 씨, 저에게 궁금한 것이 많지 않습니까?"

그의 물음에 이한의 입술이 새하얗게 질렸다. 이로 짓이겨진 입술은 곧 터질 것 같았지만 그는 결코 힘을 빼지 않았다. 날카로운 눈빛에 한숨을 내쉰 기영이 고개를 끄덕였다.

"좋습니다. 그럼 그냥 이야기하죠."

사무적으로 이야기한 기영은 이한의 얼굴을 꼼꼼히 살폈다.

선이 고운 눈매와 오뚝한 코는 어디 하나 손댈 필요 없이 완벽했다. 평소 웃음이 많은 사람인지 굳어 있는 이 와중에도 입꼬리는 하늘로 향해 있다. 새하얀 피부와 옅은 갈색의 눈동자까지 본 기영이 입술을 달싹였다.

"당신이군요……."

그의 말에 이한의 입에서 거친 숨이 토해졌다. 욕설이라도 내뱉고 싶은 얼굴이었으나 기영은 웃는 얼굴로 나머지 말을 내뱉었다.

"그녀를 구원한 사람이."

다정다감한 사람이라고 했다. 자신에게 쉴 곳을 내어주고, 자신을 행복하게 만들어주었으며, 살 의미를 주었다고. 유정은 반짝반짝 빛나는 눈으로, 믿음이 가득한 목소리로, 그렇게 말했다.

"그녀에 대해 아는 것이 있다면 모두 말해주십시오."

그가 제법 평온한 목소리로 말했다. 하지만 표정은 여전히 엉망진창이었다. 그런 이한을 본 기영이 이야기를 시작했다.

"찾아왔습니다."

"찾아…… 와요?"

이 역시 이한은 몰랐던 일이다. 그 작은 머릿속으로 얼마나 많은 생각을 하고 실행한 걸까. 그는 이제 두려워지기 시작했다.

"이 부회장을 배신할 수 있냐고 묻더군요. 전 원래 이성진 부회장에게 고용된 사람이니까요. 그때는 조금 섭섭했습니다. 이래 봬도 4년 동안 이성진 부회장에게 실제 차트에 적힌 것과는 다른 보고를 해오며 강유정 씨에게 신뢰를 주었다고 생각했는데 말입니다."

"……"

"그래서 전 대답했습니다. 그것은 배신이 아니라 의사로서의 양심이라고."

많이 외로운, 하지만 멀쩡한 소녀에게 약을 처방할 수는 없었다. 하지만 기영은 또 돈의 힘을 간과하지 않았다. 그가 약을 처방하지 않는다는 것을 알면 이 부회장은 유정을 다른 의사에게 보낼 가능성이 높았다.

"그럼 약을 처방했습니까?"

"했습니다."

"뭐라고?"

벌떡 일어난 이한이 기영의 멱살을 잡았다.

"너 이 개—"

"비타민제를."

"……!"

"잘 안 먹더군요. 시킨 대로 잘 먹었으면 키도 좀 컸을 텐데."

천연덕스럽게 웃은 기영이 이한의 팔을 가볍게 뿌리쳤다. 기영은 긴장이 풀어진 듯 비틀거리는 이한을 보며 뒷짐을 지었다.

"그랬더니 이성진 부사장이 조작된 차트를 요청할 때 자신에게 알려달라고 하더군요. 알고 있었던 겁니다, 그쪽에서 가만히 있지 않을 거란 걸. 본인이 이 말도 안 되는 일을 끝낼 수 없다는 사실도. 유정 양의 짐작대로 이 부사장, 보고로 만족하지 않고 차트를 요구하더군요. 그런데 어쩝니까, 차트엔 정상이라고 적혀 있는데. 그래서 대신 병원을 소개시켜 줬습니다."

"병원?"

"멀쩡한 사람 하나 병자로 만드는 데 까다로운 절차 따위 필요로 하지 않는 병원. 보호자 두 명의 서명만 있으면 되죠. 믿기지 않겠지만 아직도 그런 병원들이 있죠. 의사의 양심보다 돈을 택하는 사람들을 뭐라고 할 순 없을 겁니다. 장호가 가진 돈은 그렇게 위력적이니까요. 뭐, 차트는 그쪽 병원에 직접 보내겠다고 하니 이성진 부사장도 납득하더군요."

"정신병원……."

마치 질문처럼, 이한이 혼잣말을 했다. 기영은 고개를 끄덕이고 가방을 집어 들었다.

"유정 양은 자기 발로 걸어 들어갔습니다. 저에게 당부를 남기고."

"지금이라도 제가 그녀를 병원에서 퇴원시킬 수는 없습니까?"

이한의 물음에 기영은 얼굴을 일그러졌다.

"불가능합니다. 가족은 이성진 부사장이지 당신이 아니지 않습니까."

이한은 핏방울이 맺히도록 입술을 깨물었다. 법적으로 꺼낼 수 없다면 다른 방법을 찾아야 했다. 그리고 이한은 세상에서 가장 강력하고 힘 있는 것을 이미 알고 있었다.

"병원을 알려주십시오."

"가도 아무것도 할 수가……."

기영이 미처 말을 끝맺기도 전, 이한이 말했다.

"정말 그렇게 생각하십니까? 내가 아무것도 못 한다고?"

입가 가득 조소를 머금은 이한은 벌게진 얼굴을 하고 그의 진료실로 들어온 이한과 완전히 다른 사람 같았다. 다감해 보였던 눈동자는 얼음처럼 차가웠고 목소리에선 냉기가 뚝뚝 흐르고 있었다. 결국 기영은 병원의 위치를 말해줄 수밖에 없었다.

"당신은 어떻게 할 겁니까?"

기영에게서 주소가 적힌 메모지를 받아 든 이한이 물었다. 기영은 가방을 들어 올렸다.

"인터뷰를 할 겁니다. 그녀는 나의 친구니까. 지켜줘야죠."

"당신도 무사하진 못할 텐데요?"

"불법 폐쇄병동을 알선한 혐의로 의사 면허를 취소시키진 않을 겁니다. 그리고……."

말꼬리를 흐린 기영이 싱긋 웃었다.

"내가 잘못되면 장호나 태훈에서 알아서 해주지 않을까요?"

이한은 별수 없다는 듯 고개를 절레절레 흔들었다.

*

병원으로 들이닥친 사람들은 순식간에 경비원들을 제압했다. 병원장까지 밖으로 나와 소란에 합세하고 언성을 높였다.

"이게 무슨 짓입니까! 업무방해죄로……!"

이제 겨우 오십대 중반은 되었을까, 제법 정정한 그가 외치자 사람들 사이에 있던 이한은 숙이고 있던 고개를 들어 그를 바라보았다. 날카로운 눈동자에 무거운 침묵이 내리깔렸다. 태생부터 금수저를 물고 태어난 그에겐 사람을 압도하는 분위기가 있었다. 탁월한 사업가의 기질을 타고났고, 사람들의 마음을 주무르는 일 따위 숨 쉬는 것보다 쉬웠다.

그가 천천히 앞으로 걸어 나갔다. 양 주머니에 손을 꽂은 채 시선을 비스듬히 내리깐 이한은 자신보다 훨씬 작은 병원장을 보며 낮은 목소리로 읊조리듯 말했다.

"병원 문 닫고 싶으십니까?"

"뭐?"

병원장의 입이 쩍 벌어졌다.

"양심을 저버린 병원의 말로가 어떤지 기대하십시오."

이한은 거기서 멈추지 않고 강력히 경고했다.

"장호에서 얼마나 받았는진 모르겠습니다만……."

길을 열지 않으면 병원을 부숴 버릴 생각이었다. 그의 생각이 차가운 그의 목소리에서 뚝뚝 묻어나고 있었다.

"태훈이 가진 힘도 결코 적지 않습니다."

그의 말에 병원장이 뒤로 더듬더듬 물러났다. 요즘 태훈이 자금 쪽으로 압박을 받고 있다고는 하나 장호보다 더 큰 기업이다. 태훈이 가진 힘이 장호보다 적지 않다는 이한의 말은 사실이었다.

이제야 말귀를 알아듣는군.

이한의 입술이 차갑게 비틀렸다.

"강유정, 어디 있는지 안내 안 하십니까?"

"폐쇄병동에 있는 환자는 보호자가 아니면……."

그가 말을 모두 내뱉기도 전에 이한이 말을 잘라낸다. 인내심의 한계가 점점 찾아오고 있었다.

"약혼자입니다."

"약혼자라도……."

"거기서 한마디라도 더 덧붙이면 그땐 더 이상 참지 않겠습니다."

그의 말에 병원장은 결국 고개를 떨어뜨릴 수밖에 없었다.

그가 먼저 앞장을 섰고 이한은 뒤를 따랐다. 그의 뒤로 수많은 인원이 따라붙어 병원 사람들에게 공포 분위기를 조성했으나 그들은 개의치 않았다.

몇 개의 문을 열고 들어갔는지 모른다. 환자들마저도 긴장해 그들의 눈치를 살폈으나 그들은 시선조차 주지 않았다. 병원 안에 무서운 침묵이 내려앉았고, 곧 거침없이 걸음을 옮기던 사람들의 걸음이 멈췄다.

뒤에 서 있던 간호사가 후다닥 달려와 자물쇠를 열었다. 그 모습을 굳은 눈으로 보던 그가 이를 악물었다. 턱이 움찔거리더니 깊이 파인다.

이런 곳에 혼자 와? 겁도 없어? 널 진짜!

속이 부글부글 끓어올랐다.

덜컹, 커다란 소리와 함께 문이 열렸다. 이한은 간호사의 몸을 옆으로 밀친 후 병실 안으로 한 걸음 발을 디뎠다. 순간 곰팡이 냄새가 코를 훅 치고 들어왔다. 그의 얼굴이 사정없이 구겨졌다.

"약은 안 먹……."

유정은 고개도 들지 않고 웅얼거렸다. 그는 냉담한 목소리로 말을 잘라냈다.

"강유정."

그의 목소리에 유정의 어깨가 움찔 떨렸다. 설마 하며 천천히 고개를 든 그녀의 눈에 그의 모습이 비쳤다. 흔들리는 눈망울엔 어느새 불안이 가시고 행복함이 떠오른다.

한참이고 유정의 모습을 보던 그가 터벅터벅 걸음을 옮겼다. 침대에 걸터앉아 있는 그녀의 앞에 걸음을 멈춘 이한이 순간 팔을 높이 치켜들었다. 유정은 움찔 놀라 반사적으로 눈을 감았다. 맞을지도 모른다고 생각했기 때문이다. 하지만 그녀의 뺨에 닿는 건 고통이 아니었다. 따스한 손길에 그녀의 눈이 떠졌다.

"선생님……."

잊지 않고, 잊지 않고 순식간에 날 찾아와 주었다.

"거참, 말 안 듣는 학생이네. 얼마나 속을 썩일 거야?"

"……미안해요."

미안해할 짓은 하지 마.

그의 눈초리가 마치 그렇게 말하는 것 같았다. 손길은 다정했지만 눈에 맺힌 것은 비난에 가까웠다.

"미안해요. 하지만……."

"하지만은 없어. 변명은 듣지 않을 거야. 다음엔…… 어딜 가든 나에게 허락을 구해. 이렇게 사라지는 법은 없어."

단호한 어조에 유정의 고개가 천천히 끄덕여졌다.

"네……."

그제야 만족한 이한은 온몸에 주고 있던 힘을 풀었다. 긴장이 풀리자 근육이 비명을 지른다. 하지만 그는 개의치 않고 한쪽 무릎을 꿇어 그녀와 눈을 맞췄다.

"미안."

유정의 눈이 동그랗게 변했다. 방금 전까지만 해도 자신을 혼내던 그가 갑자기 왜 사과를 하나 싶었다. 이한이 그녀의 혼란에 답을 주었다.

"전에 혼자 두고 간 것."

열여덟의 그녀 옆에 자신이 남아 있었다면 오늘의 일은 일어나지 않았을지도 모른다. 하지만 그는 떠났다. 그것이 어린 장미에 대한 책임인 줄 알았다.

"미안해."

그녀는 힘껏 고개를 저었다.

"이젠 아무 데도 안 가. 그러니까…… 이런 일이 있으면 나한테 먼저 말해줘. 너 때문에 정말 심장이 남아나질 않아."

그의 부탁에 유정은 울음이 가득한 목소리로 연신 고개를 끄덕였다.

"……알았어요."

그녀의 답이 마음에 든 것일까. 그제야 굳어 있던 표정을 편 그가 무릎을 펴 그녀의 입술에 입을 맞췄다. 따스한 입술은 차가운 바람이 불던 그녀의 마음에 훈풍을 불어 넣었다.

5. 다시 주저앉다

잠시의 시간, 극도의 불안을 맛본 이한은 그 후로도 한동안 불안한 사람처럼 유정을 찾곤 했다. 회사에 출근할 때면 태훈의 경호팀 중 여직원 하나를 붙여 밀착 경호를 했고, 수시로 유정에게 연락했다. 어느 날은 전화를 받지 않아 그가 직접 GPS를 보고 달려온 적도 있었다. 숨이 꼴딱꼴딱 넘어갈 듯한 얼굴로, 막 팝콘을 입안에 밀어 넣고 있던 유정을 보며 이한이 얼마나 화를 냈던가. 영화를 보느라 휴대전화를 못 본 유정은 엉덩이라도 찰싹찰싹 때릴 것 같은 그의 모습에 겁을 잔뜩 집어먹기도 했다.

정작 폐쇄병동에 들어갔다 나온 것은 그녀였지만 그녀보다 더 불안해하고 무서워하는 것은 그였다. 그는 늘 유정의 곁을 지키려 했고, 늘 제 시야 가까이 두려 했다.

유정은 샤워부스 아래에서 쏟아지는 물을 맞으며 눈을 감았다.

머리카락 사이사이에 있던 비눗물이 씻겨 아래로 내려가는 느낌이 평온했다. 요즘 그녀의 일상은 매일매일이 조용하고 평화로웠다.

쾅쾅!

"강유정! 내가 어디 갈 땐 이야기하라고 했지!"

……이런 것만 아니면.

욕실문이 요란하게 흔들렸다. 유정은 문에 대고 소리를 질렀다.

"저 화장실에 있잖아요!"

"그것까지 보고하라고 했어, 안 했어?"

얼토당토않은 요구를 너무나 당연한 듯 해오는 이한이었다. 유정은 또 시작되었다는 얼굴로 물을 잠근 후 배에 힘을 꽉 주고 소리쳤다.

"선생님!"

"그래, 학생이면 선생님 말씀을 잘 들어야지!"

"……."

더 이상 답할 가치를 느끼지 못한 유정은 커다란 타월을 꺼내 몸을 감쌌다. 젖어 있는 머리에서 연신 물방울이 툭툭 떨어졌으나 유정은 대충 머리를 쓸어 올린 후 문손잡이를 잡았다.

달칵 소리를 낸 문이 열림과 동시에 막 문을 두드리려는 커다란 주먹이 허공에서 멈췄다. 하얀 타월 하나만 걸친 채 자신의 앞에 드러난 유정을 본 이한은 꿀 먹은 벙어리처럼 입을 꾹 다물었다. 눈동자엔 당황한 기색이 역력했다.

"나 씻거든요?"

"……"

"그만 좀 방해하시죠?"

이한이 멈추고 있던 숨을 훅 하고 뱉어냈다. 손을 아래로 툭 떨어뜨린 그가 유정의 얼굴을 살폈다. 날카로운 시선을 견디지 못한 그가 고개를 떨궈 그녀를 살핀다. 유정의 입꼬리가 살짝 올라가 있음을 발견한 이한은 손을 앞으로 내밀어 둥근 어깨를 붙잡았다.

"좀 더 방해해도 될까?"

마치 길거리에서 여자를 헌팅하는 남자처럼 껄렁껄렁한 말투였다. 어깨를 붙잡은 손에서 묘한 경직을 느낀 유정은 손을 들어 딱딱하게 굳은 턱을 매만졌다.

"그러라고 문 연 거예요."

그녀의 말이 신호가 됐다. 그는 유정의 허리를 잡아 번쩍 안아 들었다. 허공에서 흔들리는 다리를 단단한 허리에 감고 그녀는 턱을 아래로 내려 이한의 입술을 머금었다. 달콤한 사탕을 핥듯 입술을 맛본 그녀는 침실로 향하는 대신 욕실로 걸음을 옮기는 것을 느끼며 입술을 뗐다.

"으음…… 침대로 안 가요?"

"너 젖은 김에 나도 씻을까 하고."

음흉한 말에 유정이 작게 웃음을 터뜨렸다.

달칵.

문이 닫히는 소리와 함께 안에서 곧 뜨거운 신음 소리가 얕게 들려왔다.

*

자신의 몸에 비해 지나치게 큰 소파에 폭 안기듯 앉아 있던 유정은 제 손바닥보다 큰 스마트폰으로 기사를 읽고 있었다.

평화로운 그녀의 일상과는 달리 세상 밖은 너무나 시끄러웠다. 가끔 이한의 집 앞까지 찾아오는 기자들 때문에 외출을 자제하고 있었고, 텔레비전은 웬만하면 켜지 않았다. 일부러 세상의 소리는 차단한 채 지내고 있던 그녀는 오늘에서야 기사를 확인하였고, 자신과 관련된 진흙탕 싸움을 확인했다.

—이성진 부사장 측, '강유정 양, 실제로 4년 전부터 정신과 치료받아.'

—강유정 양 주치의, '그녀는 4년 전에도 일반인과 다름이 없었다. 모두 이성진 부사장의 음모.'

기영의 사진을 확인한 그녀의 입꼬리가 파르르 떨렸다.

그에게도 참 나쁜 짓을 해버렸다. 평범한 의사였고, 세상의 눈길은 받지 않아도 되는 사람이었다. 그런데 자신의 부탁 때문에 가장 앞에 나서서 세상을 향해 호소하고 있었다.

강유정은 미치지 않았다고.

그리고 그런 기영을 뒤에서 도와주고 있을 최 변호사까지 떠올린 그녀는 한숨을 내뱉었다. 그들에게 너무나 과한 부탁을 해버렸다. 그리고 그들은 과하리만치 그녀를 도와주고 있었다.

예전엔 세상을 혼자 살아간다고 생각하던 때도 있었다. 하지만 이젠 아니었다. 물심양면으로 그녀를 돕는 사람들이 있었고, 그들은 그녀에게 또 다른 세계가 있다는 것도 알려주었다.

넌 혼자가 아니라고.

유정은 그 밑에 떠 있는 기사를 눈으로 훑었다.

—'장호 이성진 부사장 해임안 발의'

유정을 가둔 폐쇄병동을 출입하는 장면까지 완벽하게 사진에 찍힌 성진은 그에 대한 반박 기사를 내놓지 못했다. 내놓은 것이 있다면 유정이 서명한 주식양도 서류뿐이다. 하지만 그조차 최 변호사의 희생으로 휴짓조각이 되어버렸고, 유정의 정신병력 이력은 기영의 반박으로 힘을 얻지 못했다.

주식은 그녀의 것이 되었다. 그러나 유정은 천문학적인 액수의 돈이 제 것이 되었다는 사실보다 모든 것이 끝났다는 데 기쁨을 느꼈다.

인기척을 느낀 유정이 고개를 들었다. 이한이 눈꺼풀을 누르며 집 안으로 들어서고 있었다.

퇴근 후의 그는 늘 피곤해 보였다. 회사 일뿐만 아니라 유정과 관련된 일로도 그는 요즘 일분일초가 아까울 지경이었다. 성진의 기사에 그때그때 반박 기사를 내야 했고, 그녀의 재산 문제도 완벽하게 처리해야 했기에 바쁠 수밖에 없었다. 거기에다가 태훈의 일 또한 아직 해결되지 않은 상태였으니 하루가 48시간이어도 부족했다.

유정의 팔을 잡은 그가 그녀를 자리에서 벌떡 일으켰다. 유정이 '왜 그래요?' 라고 묻기도 전에 방금 그녀가 앉아 있던 자리에 앉은 그는 유정의 목에 코를 박고 숨을 크게 들이마셨다. 바닥이 드러난 에너지를 채우는 것 같은 행동이었다.

팔을 뒤로 돌린 유정은 이한의 머리카락을 살랑살랑 만졌다. 그는 아직도 뿌리 염색을 하지 않은 상태였다. 갈색의 머리카락을 힐끗 본 그녀가 말했다.

"염색 안 하면 안 돼요?"

"왜?"

"원래 머리색이 훨씬 예뻐요."

유정의 말에 그가 작게 웃음을 내뱉었다. 그 뒤 손을 들어 제 머리를 만지며 말한다.

"가벼워 보이니까."

"응? 그게 무슨 말이에요?"

이해하지 못하겠다는 듯이 유정이 눈을 동그랗게 뜨며 묻자 이한은 처음 염색한 때를 떠올렸다.

"한 회사의 오너가 염색한 것처럼 보이면 가벼워 보이잖아."

"그런가?"

짧게 물은 그녀가 제 손에 들려 있는 액정을 손가락으로 가리켰다.

"이런 사람이 한 회사의 오너처럼 보이는 건가요?"

그의 시선이 액정으로 향했다. 이성진 부사장은 일반인이 보기엔 한 회사의 오너처럼 보이는 자였다. 하지만 얼굴에 덕지덕지 붙은 욕심과 무서우리만치 번뜩이는 눈동자는 훌륭한 CEO의 모습이 아니었다.

"염색하지 마요. 내 눈에 예뻐 보여야 할 거 아니야."

이한은 새하얀 목덜미에 눈을 묻으며 키득키득 웃음을 내뱉었다. 어떻게 해서든 자신의 의견을 관철시키는 모습은 존경스러울 지경이다. 그녀의 말대로 앞으로 염색할 일은 없을 것 같으니까.

그가 한참이고 옅은 숨을 뱉을 때다.

"언제쯤 끝날까요?"

"흠, 한동안 안 끝날 것 같은데?"

그가 유정의 허리를 안고 있던 팔에 힘을 주며 말했다. 그녀의 불안을 잠재우기 위해 한 행동이기도 하였지만, 그 스스로도 불안한 마음을 갈무리하기 위해 한 것이기도 했다.

"주목받긴 싫은데."

"앞으로 더 시끄러워질 거야."

"최 변호사님은, 나오셨어요?"

이한은 고개를 끄덕였다. 배임행위로 구속된 최 변호사를 위해 유정은 아낌없이 돈을 뿌렸다. 다행히 법원에서 물린 보석금은 크지 않았다. 아무리 큰돈이어도 유정의 재산엔 미치지 못하겠지만.

"다행이다……."

유정이 작게 한숨을 내뱉었다. 그리고 등을 편히 기대 그의 가슴에 안겼다.

천장을 본 유정의 눈망울이 힘없이 흔들렸다. 지난 4년간 바라온 일이 끝이 보인다. 고모부의 입장은 좁아졌고, 다음 주면 그의 해임과 관련하여 주주총회가 열린다. 그를 회사에서 쫓아낸 후 그가 어떠한 선택을 할지 눈앞에 그려졌지만 유정은 애써 눈을 감으며 생각의 끝을 막았다.

그는 변하지 않았다, 그녀가 바라던 대로.

자신에게 사과의 말 한마디 건네지 않았고, 죽은 이 회장에게도 사죄하지 않았다. 그렇다면 된 거다. 그는 죗값을 받아야 하니까.

"그래도…… 이제 다 끝났네요."

회한에 젖은 얼굴로 유정이 읊조렸다.

자신의 어깨에 기대 눈을 감고 있는 유정을 보며 이한은 늘어져 있는 작은 손을 쥐었다. 손등에 맞춰지는 입술에 유정이 눈을 번뜩 뜬다. 손가락 사이에 천천히 밀어 넣어지는 차가운 느낌이 생경하게 다가와 입술이 작게 벌어진다. 반지다. 핑크빛의 장미가 너무나 예쁘고 귀여운 반지.

유정이 놀란 눈으로 몸을 일으켰다. 몸을 비틀어 반지를 만지던 그녀가 이한과 눈을 마주했다. 그는 그 어느 때보다 진중한 얼굴이었다. 생각이 많은 표정이었으나 눈망울에 맺혀 있는 감정은 너무나 명확했다.

"내일 이성진 부사장 기사가 추가적으로 나갈 거야. 공금횡령 건으로. 아는 검사에게 특별히 부탁했어. 제대로 된 처벌을 해달라고."

"오빠……?"

유정은 무감한 목소리에 눈을 크게 떴다. 감정을 느끼지 못하는 사람처럼 그는 그녀를 바라보고 있었다. 방금 전 유정에게 그녀와 너무나 닮은 반지를 끼워준 남자답지 않게.

"바닥 끝까지 밝힐 생각이야. 그리고 철저히 모든 걸 잃게 해줄 거야."

그렇게 말한 그의 얼굴이 일그러졌다.

"널 힘들게 했으니까."

손을 들어 유정의 머리를 쓰다듬은 그가 웃었다. 행복한 듯 웃는 표정이 아니어서 그녀는 한참이고 그의 얼굴을 바라보고 있어야 했다. 그리고 그의 표정에서 본위를 발견한 그녀가 천천히 입술을 달싹였다.

"나 방금 결심한 게 있어요."

"뭐?"

이한이 한숨처럼 묻는 모습에 그녀가 장난스럽게 웃으며 답했다.

"오빠 절대 화나게 하면 안 되겠다는 생각?"

"……이제 와서?"

"그건 그렇죠?"

유정이 손을 뻗어 이한의 뺨을 감싸 쥐었다. 작은 손으로 그의 얼굴을 감싼 유정이 입술을 내렸다. 짧은 입맞춤에 그가 아쉬운 듯 입맛을 다시자 유정이 슬쩍 웃으며 자리에서 일어났다.

그는 유정보다 아주 컸다. 그래서 그녀가 이한을 내려다보는 일은 많지 않았다. 그래서 이 각도로 내려다보는 그의 모습은 평소의 이한과는 달리 보였다. 평소의 그는 아주 크고 잘생기고 멋있는 모습이었는데 지금의 그는 서른의 그때처럼 유약했다.

다정다감한 사람이었다. 착한 사람이었고, 그녀의 말이라면 무엇이든 들어주는 사람이었다. 그래서 계속 떼를 쓸 수 있었다. 내 곁에 있어줘요, 내 것이 되어줘요, 나 진짜 불쌍하고 가여운 아이야, 라고. 그리고 그는 정말 자신 곁에 있어주었다. 사랑한다고 속삭여 주었고, 늘 행복하게 해주었다. 이 행복이 너무 커 다리가 후들후들 떨렸다. 자리에 주저앉아 버릴 것 같았지만 자신의 허리를 단단히 붙잡는 손길에 겨우 자리에 서 있을 수 있었다.

"앞으로도…… 나와 함께 있어줄 건가요?"

띄엄띄엄 말을 잇던 유정이 고개를 푹 숙였다. 차마 말을 끝맺지 못하고.

"유정아."

그의 부름에 유정이 참고 있던 눈물이 후두두 떨어졌다. 슬픔은 무게를 더하고 더해 끝없이 흘렀다.

"유정아."

"흑……."

"사랑한다, 유정아."

"진짜……?"

유정은 아직도 믿지 못하겠다는 듯 물었다. 그 물음에 오히려 상처받은 것은 이한이었다.

"왜 믿지 못해?"

"나 불쌍해서 그러는 거 아니고?"

그 말에 그의 눈에서 눈물이 터졌다.

왜 내 마음을 믿지 못하니. 난 내 전부를 너에게 보여줬다고 생각하는데 왜 넌 여전히 불안해하니.

뚝뚝, 동그랗게 맺힌 눈물이 아래로 떨어진다.

"날 좀 불쌍하게 생각해 주면 안 될까? 이제 강유정이 눈앞에 없으면 불안한 사람이 되었다고."

양팔을 크게 벌려 유정을 품에 안은 그가 정수리에 입술을 내렸다.

"결혼하면 이사하자. 같이 집을 꾸미는 거야. 숟가락 하나, 화분 하나, 침대 하나까지도. 그리고 매일 함께 눈을 뜨고, 함께 잠자리에 드는 거야."

마치 동화책을 읽어주듯 다정한 음성에 그의 가슴이 유정의 눈물로 젖어들었다.

"그렇게 함께 늙어가자. 함께 시간을 공유하자."

끄덕끄덕 힘 있게 고갯짓을 한 유정은 팔을 벌려 그를 끌어안았다.

이한의 몸이 잘게 떨리고 있다. 아직도 불안한 마음, 그녀가 사라질지도 모른다는 불안감 속에서 그는 살고 있었다. 그 마음에 불을 붙였다 생각하니 유정은 미안하면서도 행복으로 들뜨는 제 자신을 느낄 수 있었다.

이 남자가 정말 날 사랑하고 있어.

이 남자가 정말 날 사랑해…….

사람에 대한 기대감 따윈 없던 그녀의 마음속에서 처음으로 생겨난 확신은 늘 빈한하던 가슴을 뜨겁게 만들었다. 우린…… 서로 사랑하고 있는 거야, 하는 외침이 온몸을 뒤흔들었다.

"그럼 우린 분명 행복할 거야."

그의 말에 유정은 고개를 들어 단단한 턱에 입술을 맞췄다.

분명 행복할 것이다.

불안하던 과거는 모두 잊고 다정한 그의 품속에서.

언제나, 언제나 행복할 것이다.

오늘도 현관문 앞에서 미적거리던 이한은 힐끗 유정을 내려다

보았다. 이젠 제법 어울린다고 느낄 정도로 앞치마를 한 유정의 모습이 익숙해졌다. 자신의 손으로 고른 파란색 앞치마는 가끔 그도 입을 것이라며 심플한 디자인으로 골랐다. 저 앞치마를 입고 조리대 앞에서 연신 바쁘게 움직이는 유정의 뒷모습을 볼 때 가끔 그는 이 모든 게 현실이 맞나 생각할 때가 있다. 두 달 전까지만 해도 유정과 함께 한 공간 안에서 지내게 될 줄은 몰랐으니까.

지금 나가도 아슬아슬한 시각에 회사에 도착할 테지만 그는 발걸음을 떼지 못했다. 아침 일찍 눈을 뜨자마자 또다시 작은 여체를 끌어안고 뜨거운 사랑을 나눈 그는 다시 침대로 향하고 싶은 마음을 꾹꾹 누르며 말했다.

"오늘 생일인데 하고 싶은 거 없어?"

유정이 눈을 깜빡였다. 말간 얼굴 위로 장난기가 어렸다.

"룸 잡아놓은 거 아니에요?"

"……."

정곡을 찌른 것인지 그의 어깨가 움찔 떨렸다. 당황한 듯 흔들리는 눈동자를 보며 그녀가 깔깔 웃음을 터뜨렸다.

"뭐야? 정말이에요?"

"너 진짜 가끔 보면 너무 날카로워."

"하하하! 아, 정말!"

유정이 까르르 웃음을 터뜨리며 연신 자신의 허벅지를 내려쳤다. 폴더처럼 굽혀진 허리를 보던 그가 작은 몸 위에 제 상체를 턱하니 올린 후 몸을 감싸 안는다.

"으아, 가기 싫다."

앓는 소리를 한 그가 연신 유정의 허리에 뺨을 비볐다. 한참이고 그녀의 체취를 힘껏 들이마시며 연신 웅얼거리던 그는 결국 유정의 입에서 '힘드니까 당장 놓아줘요' 라고 뾰족한 말이 나올 때까지 계속되었다.

아쉬운 마음에 유정의 머리를 커다란 손으로 비비적거리던 그는 유정의 입술이 달싹거리는 것을 보았다.

"하지만 가야 하는 건 알고 있죠?"

윽, 작게 소리를 낸 그가 한숨을 내쉬었다.

"그래, 오늘 너도 바쁘니까."

"결전의 날이죠."

오늘은 유정의 생일이자 지난 보름간 시끄럽던 장호의 주주총회가 있는 날이었다. 이성진 부사장은 공금횡령으로 구속 수사 중이고, 이에 이성진 부사장의 와이프이자 유정의 고모인 강한영이 직접 나서서 회사에 호소하고 있었다. 직접 유정에게 연락을 해와 지난 정을 봐서라도 이번 문제는 조용히 묻고 가자 했지만 그녀는 단호히 거절했다. 아직 이성진 부사장의 입으로 들은 사과도 없을 뿐더러 듣는다 하더라도 모든 일을 없던 것으로 만들 생각은 없었다.

유정의 표정이 초연해지는 것을 본 이한이 조심스레 물었다.

"같이 가줄까?"

"주주총회에 오빠가 왜 가요? 주식 하나 없으면서."

순간 장난스럽게 변하는 얼굴을 보며 그가 그녀 몰래 안도의 한숨을 내쉬었다. 힘든 일이었으나 유정은 약하지 않았다. 자신의 주위에서 일어난 일들에 도망가지 않고서 꿋꿋이 이겨내고 있었다.

"근데 진짜 아깝지 않아요? 최 변호사님 말로는 시가 1,200억이라던데."

유정은 끝까지 그에게 주식을 가져도 된다고 말했다. 시가론 1,200억이지만 실제로 그 주식이 가진 금액을 환산하면 1조 원에 달했다. 유정이 가진 주식은 그가 누구든 장호의 오너로 세울 수 있을 정도의 힘을 가지고 있었고, 대한민국의 한 축을 담당하고 있는 거대 기업을 마음대로 주무를 수 있을 정도였으니까. 하지만 이한은 이번에도 역시나 고개를 저었다.

"1,200억을 가진 강유정을 가지면 전혀 아깝지 않지."

그렇게 말한 이한은 고개를 숙여 유정의 입술에 짧게 입을 맞췄다. 화장기 하나 없는 얼굴이 그의 입맞춤에 순간 붉어졌다.

"능구렁이."

그녀가 입술을 뾰족하게 내밀며 말했다. 하지만 그는 싱글벙글 웃으며 유정의 입술에 다시 한 번 입을 맞췄다.

쪽.

소리 내어 맞춰진 입술이 아쉬움을 가득 담은 채 떨어졌다.

"저녁에 회사로 와."

"네."

드디어 출근할 마음이 생긴 것인지 이한은 늘 나서기 전에 하던 레퍼토리를 시작했다.

"김경희 씨랑 한시도 떨어지지 말고."

"네."

"어디 갈 때마다 연락하는 거 잊지 말고."

"알았어요, 알았어. 내가 앤가, 뭐?"

유정이 입술을 삐죽 내밀며 투덜거리자 그는 여전히 안심되지 않는다는 얼굴로 한숨을 내뱉었다.

"애는 아닌데, 초등학생 사이즈지."

"뭐라고요? 그럼 그 초딩 사이즈를 조물조물하는 누구는 얼마나 변탠 거야?"

"완전 변태지."

키득키득 작게 웃음을 뱉은 이한은 바닥에 내려두었던 가방을 집어 들었다. 이젠 정말 가야 할 때였다. 태훈이 제법 안정되었다곤 해도 최근 중국 시장은 물론이고 동남아 시장까지 사업이 확장되어 눈코 뜰 새 없이 바빴다.

"그럼 진짜 간다."

아쉬움이 뚝뚝 떨어지는 얼굴로 뒤돌아선 그가 드디어 현관문을 열고 나섰다. 20분간 현관문 앞에 서 있어야 했던 유정은 그가 사라진 문을 잠시 바라보더니 지쳤다는 듯이 힘없이 웃었다.

"정말 애 같아."

장호 주주총회장 안은 무거운 침묵이 내려앉아 있었다. 앞으로 회사를 이끌어 나가야 하는 새 오너에 대해 이야기해야 하는 자리이기도 했고, 구속 수사에 들어간 이성진 부사장에 대한 문제도 결정되는 자리였다. 그 두 가지의 문제만 본다면 앞으로 장호가 나아갈 길에 대해 확정 짓는 자리이기도 했으나, 사람들이 더욱 긴장하는 건 제일 앞자리에 앉아 있는 유정의 존재 때문이었다.

세상을 시끄럽게 만들었던 유정이 주주총회장에 나왔다. 자신이 가진 주식에 대해 발언하기 위해. 그녀의 입에서 어떤 말이 나올지 모르는 사람들은 속삭이기보단 앞에 놓여 있는 노트에 뭔가를 적으며 서로의 생각을 나누고 있었다.

겉으론 이성진 부사장을 물심양면 돕던 유정이다. 두 사람은 마치 동업자처럼 장호를 장악했다. 하지만 이번 달을 시끄럽게 만든 이야기는 이와는 정반대였다.

—정말 정신과 치료 받은 거야?

—부사장이 시켰다잖아.

—뭐야? 그럼 어떻게 되는 거야?

사람들은 연신 손을 빠르게 움직이며 한창 진행 중인 주주총회보단 이성진 부사장과 유정의 관계에 대해 이야기하기 바빴다.

그때 두꺼운 철문이 열렸다.

쾅 소리와 함께 열린 문으로 경호원들이 가로막음에도 연신 안으로 들어오려는 연정이 외쳤다.

"강유정! 너 어떻게 이럴 수가 있어!"

비명처럼 내지른 소리에 사람들의 시선이 순식간에 뒷문으로 향했다. 하지만 유정만은 여전히 허리를 꼿꼿이 세운 채 앞을 보고 있었다. 그녀의 귀엔 이 소리가 들리지 않는다는 듯이.

"너 진짜 인생 그렇게 살지 마! 우리 아빠가 너한테 어떻게 해줬는데!!"

악에 받친 소리를 듣던 유정은 곁에 서 있는 경호원을 보며 작게 입술을 달싹였다.

"치워요."

건장한 사내들에 의해 주주총회장에서 끌려 나가면서도 연정은 마지막까지 소리쳤다.

"너 벌 받을 거야!"

비명처럼.

연정의 등장에 순식간에 주주총회장이 시끄러워졌다. 하지만 유정은 눈 하나 깜짝하지 않은 채 손을 들며 자리에서 일어났다. 방금 전에 있었던 일은 그녀에게 그 어떠한 감정의 동요도 주지 않은 모습이다. 마치 예상이라도 하고 있었다는 듯이.

"최대 주주로서 한 말씀 올려도 될까요?"

"네, 말씀하십시오."

주주총회를 진행하고 있는 법무팀 팀장이 마이크에 대고 말했다. 그러자 유정은 천천히 뒤를 돌아 장호에서 한자리씩 차지하고 있는 이들을 보았다.

"강유정입니다. 못 볼 꼴을 보여 드려 죄송합니다."

허리를 숙인 그녀는 무감한 표정으로 사람들과 일일이 눈을 맞췄다. 검은색 투피스를 입고서 사람들을 바라보는 그녀에게선 무거운 분위기가 흘렀다.

"전문 CEO를 뒀으면 합니다. 이번 사건으로 인해 회사 안팎으로 시끄럽고 회사 주가 또한 바닥으로 곤두박질치고 있습니다. 이럴 때일수록 전문 인력이 회사 전체를 이끄는 것이 가장 현명하다고 생각합니다."

그녀의 말에 몇몇 사람들이 고개를 끄덕였다. 다른 사람이 이 발언을 했다면 말도 안 되는 소리라며 항의의 말이 터져 나왔을지도 모르나 말을 한 사람은 강유정이었다. 부모 모두가 장호의 오너였고 그녀의 할아버지가 장호의 창업자다. 어린 그녀가 회사를 경영하겠다고 해도 반대하지 않을 이들이었으니 그녀가 제법 똑똑한 소리를 하자 모두들 수긍하는 분위기였다.

잠시 호흡을 가다듬은 유정은 감정이란 감정은 모두 배재한 얼굴로 말을 이었다.

"이는 저의 단순한 의견입니다. 하지만 한 번쯤 생각해 주세요. 저희 아버지가, 어머니가 힘들게 이끌고 온 장호를 더 이상 망가뜨리고 싶지 않습니다. 오너 일가라는 이유로 능력 없는 사람이 회사를 이끄는 것보단 그것이 더 현명하다고 생각합니다."

그 능력이 없는 사람이 바로 '이성진 부사장'이라고 말하는 듯 하였다.

이 자리에서 그녀의 말에 반대할 사람은 아무도 없었다.

유정은 천천히 허리를 숙였다. 그리고 고개를 들지 않은 채 호소력 짙은 목소리로 사과의 말을 건넸다.

"회사 안팎으로 시끄럽게 만들어 죄송합니다. 앞으론 나쁜 일로 사람들의 입에 오르지 않도록 하겠습니다. 죄송합니다."

*

유정은 차 문을 열어주는 경희를 힐끗 보았다. 그녀는 이한이 붙여준 개인경호원이었다. 집 밖으로 한 발자국이라도 나서는 순간부터 제 옆을 지키는 여자는 경호원이라는 말이 무색할 정도로 호리호리한 체격이었다.

태훈화장품으로 향하는 차 앞, 우르르 몰려온 사람들의 얼굴 하나하나를 쏘아보는 경희의 태도에 유정이 한숨을 쉬었다. 과보호의 산물인 그녀는 이한의 불안을 대표적으로 보여주는 예였다.

"오늘은 일찍 들어가셔도 돼요."

"아닙니다. 끝까지 모시겠습니다."

"……."

말문이 막힌 유정이 입술을 꾹 깨물었다. 사람들에게 엄청난 사랑을 받는 톱스타도 이 정도로 보호받진 않으리라.

경희를 옆에 붙여놓는 것으로 이한의 불안이 조금이라도 괜찮아진다면 그녀 또한 괜찮았다. 하지만 늘 옆을 지킨다는 것은 사생활이 전혀 보호받지 못한다는 뜻도 되었다.

"매일 제 일거수일투족을 김이한 사장님께 보고하고 계시죠?"

경희는 대답하지 않았다. 약속 장소에 도착한 유정은 차에서 내리다 말고 뒤따라 내리는 경희에게 다가서며 뒤꿈치를 들었다. 경희의 귓가에 입술이 가까이 닿자 그녀가 속살거렸다.

"오늘 그 사장님과 호텔에서 나오지 않을 생각이에요. 새벽이슬 맞으면서 밖에서 대기하는 건 굳이 말리지 않을게요. 하지만 당신의 월급을 주는 사람과 함께 있을 거니까 오늘은 이만 퇴근하는 게 어때요?"

그녀의 말이 길어질수록 경희의 얼굴이 붉어졌다. 마지막으로 살짝 웃음까지 내뱉은 유정은 그녀에게서 한 걸음 떨어지며 자신들을 바라보고 있는 사람들에게 미소를 보여주었다.

"우리 잘 지낼 수도 있을 것 같은데, 어때요? 앞으로 꽤 좋은 파트너가 될 수 있을 것 같은데."

걸음을 옮기며 유정은 곁을 따라붙은 경희에게 경고처럼 말했다.

그의 지시를 잘 따르는 것도 좋으나 결국 그의 위에 있는 것은 자신이라는 듯이.

처음 유정의 경호를 맡게 되었을 때, 귀찮은 사모님의 사생활을 이한에게 단순 보고하는 것인 줄 알았던 경희는 이 순간 마음을 다시 먹었다.

이 여자, 만만치 않다.

갑과 을을 명확하게 구분할 줄 아는 경희는 고개를 숙였다.

"네, 알겠습니다."

앞으로 사모님의 심기를 거슬리는 짓은 하지 않아야겠다고 다짐한 경희는 당당하게 걸음을 옮기는 유정의 뒤를 따랐다.

유정이 걸음을 옮길 때마다 사람들이 걸음을 멈추고 허리를 숙였다. 앞으로 태훈화장품의 오너인 이한의 아내가 될 사람이자 장호의 상속녀인 그녀를 똑바로 마주하는 사람은 없었다. 그들의 인사를 무시할 법도 하건만 유정은 일일이 인사를 건네며 수고한다고 말해주었다.

유정은 엘리베이터 가장 위층 버튼을 누르는 경희를 힐끗 보았다. 긴장감이 뚝뚝 떨어지는 표정을 본 그녀가 작게 웃음을 내뱉었다.

"그렇게 긴장할 필요는 없는데요."

"네, 네?"

경희가 화들짝 놀라 몸을 떨었다. 그 모습에 유정은 작게 웃음을 내뱉더니 한숨을 푹 내쉬었다.

"그냥 심통 나서 그런 거니까 이해해 줘요. 요즘 내 사생활 따윈 깡그리 무시한 그 사람한테 화가 나 있거든요. 그래도 경희 씨한테 그래선 안 되는 건데 내가 철없이 굴었어요."

"아……."

경희가 얼떨떨한 얼굴로 고개를 끄덕였다. 방금 전까지만 해도 오금이 저릴 만큼 권위적이던 유정이 순식간에 스물둘의 나이로 돌아가자 놀란 듯했다. 하지만 유정은 이런 경희의 상태 따윈 모르는 체하며 목소리를 낮춰 물었다.

"경희 씨는 남자친구 있어요? 아니, 결혼은 했어요?"

"결혼은 안 했지만 남자친구는 있습니다."

그녀의 대답에 유정의 눈동자가 반짝 빛났다. 드디어 요즘 품어오던 의문을 풀 수 있다는 듯이.

"그럼 그 남자친구도 김이한 사장님처럼 그래요?"

"네?"

무슨 말인지 몰라 경희가 되물었다. 그러자 유정은 엘리베이터에 두 사람 말고는 없다는 사실을 알면서도 주위를 두리번거린 후 미간을 찌푸렸다. 그리고 며칠 전부터 계속 집요하게 행해지고 있는 그의 주입식 교육 중 하나를 말했다.

"그게…… 사장님 말로는…… 남자친구들은 원래 몸에 낯부끄러운 걸 남기는 거래요. 여자친구는 당연히 그걸 받아들여야 하고요."

"네?"

"그, 그 있잖아요. 잠자리 가지면 남는 거. 쪽 하면 남는 거요."

"……."

유정이 옷의 목깃을 젖혔다. 하얀 피부가 드러나며 쇄골에 보였다. 벌겋게 남은 흔적을 본 경희는 순간 말문이 막혀 아무런 말도 할 수가 없었다.

"개도 아니고."

투덜거리는 그녀의 표정은 불만으로 가득 차 있었다. 하지만 진실을 알 수 없어 이제껏 묵묵히 당해온 듯했다.

어떻게 답해야 하지? 경희는 자신에게 월급을 주는 사람과 그 사람 위에 있는 여자 사이에서 잠시 갈등했다. 그리고 결국 입에서 나온 것은 진실이었다.

"아닙니다."

"네?"

"보통 그런 걸 남기진 않습니다. 사회생활을 할 때 문제가 될 수도 있으니까요……."

"……."

"남자는 동물에 가까워서 자신의 흔적을 남겨야 안심하는 족속입니다. 그래서 여자의 몸에 이것저것 남기고 싶어 하는데…… 예의상 그렇게 하진 않죠."

"……나 지금 속은 거예요?"

유정의 눈이 커다랗게 변했다. 그 물음에 경희는 '네' 라고 답하고 싶었으나 그러지 않았다. 그 답을 내놓으면 이 작은 여자가 무슨 짓을 할지 눈앞에 훤히 보였기 때문이다.

띵, 소리와 함께 엘리베이터 문이 열리자 유정은 기다리던 답을 듣지 못했음에도 씩씩거렸다.

"나쁜 사람이야, 정말. 내가 아무것도 모른다고 이것저것 거짓말을 엄청 하는 것 같아요."

유정은 목소리를 낮춰 경희에게 한참이나 불만을 털어놓았다.

하지만 그사이에도 걸음을 옮기는 것은 잊지 않았다.

로비의 경비원에게 유정의 방문 사실을 미리 들은 비서진의 인사를 받으며, 유정은 당당히 걸음을 옮겼다. 그리고 사장실 안으로 들어서기 전 고개를 돌려 경희를 홱 노려보았다.

자신이 쓸데없는 소릴 한 건 아닐까, 고민하던 경희는 앙다문 입술로 자신을 보는 유정의 모습에 몸을 움찔 떨었다.

"복수할게요!"

"에?"

"고마워요, 경희 씨."

당당하게 말한 유정이 사장실 안으로 들어간 후 문을 닫았다. 그리고 반가움이 가득한 이한의 인사가 들린 지 얼마 지나지 않아 안에서 쩌렁쩌렁한 비명이 들려왔다.

"악!"

안의 상황을 전혀 모르는 비서들의 몸이 움찔움찔 떨린다.

"무슨 일이야?"

"들어가 봐야 하는 거 아니야?"

당황하는 비서진 사이로 경희가 손을 들어 이마를 짚었다.

"이런."

역시 진실은 묻어두어야 할 때가 더 많은 법이다.

이한은 자신의 배 위에 엎드리고 누운 유정의 머리를 조심스레 쓰다듬었다. 두 사람의 몸은 땀으로 흠뻑 젖어 있다. 달큼한 향취로 가득한 룸 안은 무드 등만 켜놓아 시야가 밝지 않았으나, 그는 이 작은 여체의 곳곳을 모두 다 알고 있다.

목 뒤에 나 있는 작은 점부터 시작해 작고 소담한 가슴 옆에 있는 흉도, 사타구니 사이에 있는 두 개의 점도.

이한은 느른한 표정으로 그녀의 머리를 쓰다듬다 말고 미간을 찌푸렸다.

와작.

생살이 씹히는 소리와 함께 그가 유정의 뒷덜미를 움켜쥐었다.

"미안해."

그의 손에 강제적으로 떨어진 유정은 이를 세우며 날카롭게 외쳤다.

"모자라요!"

"이미 충분히 했는데?"

"설마요!"

유정은 그의 배 위에 앉은 후 자신의 쇄골과 허리, 허벅지를 그에게 차례대로 보여주었다. 그가 남긴 흔적은 상당했다. 특히 쇄골 밑엔 피멍이 아닐까 싶을 정도로 크고 붉은 키스마크가 남겨져 있었다. 모두 그의 거짓말에 의해 그녀가 참아낸 인고의 표식들이다.

유정은 그의 목에 남아 있는 자잘한 잇자국을 보며 도끼눈을 떴다.

"멀었어! 아직 멀었다고요!"

"……미안해. 하지만 어떻게 하나? 그렇게 하고 싶은걸."

"이 짐승!"

왁왁 소리를 지른 유정이 그의 배 위에서 쿵쿵 뛰었다. 순간 숨이 막힌 그가 기침을 내뱉었지만 유정은 멈추지 않았다.

"다 이런 거라며! 여자친구라면 다 이런 아픔은 견뎌야 한다면서요! 왜 거짓말했어요?"

사무실에 들어서자마자 반가움에 팔을 벌려 반기는 그에게 달려간 유정이다. 그다음은 그가 뭐라고 하기도 전에 넥타이를 잡아 아래로 끌어 내리더니 목을 물어버렸다.

두 사람이 사무실을 나섰을 때 비서들의 표정이 아직도 생생하다. 목에 남겨져 있는 선명한 잇자국을 본 그들은 하나같이 고개를 돌리며 잔기침을 내뱉었다. 그건 예약을 해둔 레스토랑에 도착해서도 마찬가지였다. 웨이트리스는 그의 목에 나 있는 잇자국을 보며 이한과 유정의 얼굴을 번갈아 본 후 고개를 돌려 버렸다. 마치 못 볼 꼴을 봤다는 듯이.

배불리 밥을 먹고 룸으로 올라온 두 사람은 뜨겁게 관계를 가졌다. 하지만 평소와는 달랐다. 그가 움직이지 못하도록 손을 움직이지 말라고 명령을 한 그녀는 그의 몸에 자신의 자국을 남겼다. 그가 한 일을 떠올리며 차근차근 맛보았다. 하지만 흥분한 이한이 또다시 유정의 흰 살결이 보이지 않을 정도로 빼곡이 키스마크를 남기는 바람에 제 복수는 모두 허사로 돌아가 버렸다.

유정은 아직도 분이 풀리지 않는다는 듯 씩씩거렸다. 이한이 계속해서 기침을 뱉어냈지만 연신 엉덩이를 움직여 그의 위에서 콩콩 뛰었다.

"나 아무것도 모른다고 거짓말이나 하고!"

울분에 찬 그녀가 더욱 힘주어 그의 몸 위에서 뛰었을 때다. 이한의 몸이 애벌레처럼 동그랗게 말렸다.

"윽……."

고통에 찬 신음을 내뱉는 모습에 유정의 행동이 일순 멈췄다. 새하얗게 질린 얼굴로 그의 상태를 살피던 유정이 서둘러 그의 몸에서 내려왔다.

"어머나! 정말 아파요? 진짜 아픈 거예요?"

연신 어떡해, 어떡해, 하며 그의 상태를 살피던 유정은 커다란 손이 제 허리를 감싸자 눈을 동그랗게 떴다.

"아! 또 속았어!"

그녀가 비명처럼 외치자 이한이 키득키득거리며 그녀를 확 뒤집었다. 앗, 소리 낼 새도 없이 침대에 눕게 된 그녀는 제 허벅지를 지그시 누르는 그의 힘을 느끼곤 입술을 깨물었다. 그의 눈동자가 타오르고 있었다.

"자, 잠시만요!"

관계가 끝난 지 채 5분도 지나지 않았다. 하지만 그걸로는 모자라다는 듯 허벅지에 닿은 남성은 벌써부터 꼿꼿하게 고개를 든 채 제 욕정을 보여주고 있었다.

팔을 뻗어 그의 입술을 막으려 했지만 유정보다 그가 더 빨랐다. 입술을 내린 그가 턱에 입을 맞춘 후 귓불을 입안에 머금었다. 뜨거운 입김에 유정의 몸이 움찔 떨리며 허리가 비틀렸다. 뜨거운 열기가 아랫배에서부터 시작해 척추를 타고 위로 올라오자 유정의 입에서 옅은 신음이 터져 나왔다.

"으음."

조금은 참는 듯 조심스럽게 내뱉어진 숨결에 이한이 고개를 들어 유정을 보았다. 방금 전까지만 해도 왁왁 소리를 지르던 유정은 사라지고 부끄러움에 얼굴을 붉힌 여인이 그를 올려다보고 있다.

"설마 부끄러워하는 거야?"

이한이 장난스럽게 물었다. 그러자 유정은 아래에 있는 이불을 끌어 자신의 몸을 가리며 웅얼거렸다.

"화나서 붉어진 거다, 뭐."

"아닌 것 같은데?"

그렇게 말한 그가 입술을 내려 찌푸려져 있는 유정의 콧등에 입을 맞췄다. 간질간질한 느낌에 짧게 웃음을 터뜨린 유정은 힐끗 시선을 내려 그의 남성을 보며 기어들어 가는 목소리로 항의했다.

"에너자이저야, 아주. 나 힘들다고요."

"이렇게 만든 게 너란 생각은 못 하지?"

웃음기가 역력한 목소리에 유정의 몸이 눈에 띄게 굳어졌다.

"저, 정말요?"

"그럼."

짧게 답한 그가 진중한 눈동자로 빠르게 말을 내뱉었다.

"물고 빨고 하는데 어떻게 평정심을 유지하나? 그러니 강유정 양, 당신이 책임져야겠는데?"

"어우, 느끼해!"

버럭 소리치는 유정의 모습에도 그는 한 치도 물러나지 않겠다는 듯 이불을 힘껏 움켜쥔 후 들췄다.

새하얀 여체가 눈에 들어온다. 그리고 그가 남긴 집착의 흔적들까지도. 그 모습이 이젠 눈에 익을 법도 한데, 막상 마주하면 지금처럼 머릿속이 새하얗게 변하고 그녀만을 생각하게 만든다.

혀를 길게 빼낸 그가 솜사탕처럼 달콤한 살결을 입에 머금었다. 입안에서 사르르 녹을 것처럼 다디단 맛에 그가 날카로운 이를 세웠다.

"윽."

유정의 입에서 작은 신음이 터져 나왔다. 고통인지 황홀감인지 구분하기 어려운 그 중간의 소리다. 깨문 자리를 혀로 살살 달랜 그가 손을 내려 검은 숲을 매만졌다. 거친 숲은 촉촉한 액으로 젖어 있다.

그의 입에서 신음이 흘러나왔다. 상체를 든 그는 성급하게 남성을 쥔 후 여성의 겉면을 살살 문질렀다. 기대감이 피어오를수록 여성은 더욱 젖어가고, 곧 남성의 주위로도 흘러나온다.

"서, 선생님?"

게슴츠레 눈을 뜬 유정이 허공에 손을 허우적거렸다. 어서 잡아 달라는 듯이.

손을 잡은 그가 깍지를 낀 후 웃었다.

"그 호칭은 정말 어떻게 해주면 안 될까?"

침대에서 '선생님' 이라고 불릴 때마다 해서는 안 되는 일을 저지르는 기분이 든다. 하지만 그런 것까지 생각할 겨를이 없다는 듯 유정은 마주 잡은 손을 끌어와 그의 손등을 깨물었다.

"으응……!"

여성 안으로 순간 깊게 파고드는 남성에 유정이 까무러치며 신음을 내질렀다.

작은 몸이 제 아래에서 바르작거리고 입술에선 달콤한 소리와 함께 그를 애타게 부르는 목소리가 터져 나온다.

그는 사랑스러운 유정의 모습을 내려다보았다. 허릿짓을 하기도 전에 까무러칠 듯이 몸을 떠는 모습에 남성은 더욱 제 몸을 키워 나간다.

"유정아."

"아, 아픈 것 같아요."

좁은 여성에 비해 그의 남성은 너무나 컸다. 유정이 받아들이기엔 너무나 크고 단단했다. 하지만 '아프다' 도 아닌 '아픈 것 같다' 라는 말에 그는 걱정스러운 표정을 짓는 대신 웃음을 내뱉었다. 그리고 동그란 유정의 이마에 입을 맞추며 달콤하게 속삭였다.

"행복하게 해줄게."

"그럼 빼줘요, 그 흉기."

이제 조금 정신을 차린 것인지 유정이 뾰족하게 말했지만 그는 작게 고개를 저었다. 그 후 그녀가 뭐라 말을 잇기도 전에 힘차게 허릿짓을 시작했다.

액체가 튀고, 두 사람의 살이 부딪치는 소리가 들린다. 그리고 그와 함께 유정이 자지러지는 소리가 하모니처럼 함께 울려 퍼졌다.

밤은 아직 깊지 않았다.

바닥에 사용한 콘돔이 어지럽게 널려 있다. 지난밤 그의 품에서 유정이 몇 번이고 정신을 놓을 때까지 놓아주지 않은 그는 새벽녘이 되어서야 겨우 작은 여체를 놓아주었다. 침대 시트 또한 그들의 흔적으로 흠뻑 젖어 있었으나 두 사람은 이를 신경 쓰지 않았다.

천천히 눈을 뜬 유정은 서서히 세상에 빛이 찾아오는 것을 보며 작게 신음을 내뱉었다. 온몸을 두들겨 맞은 것처럼 뻐근했으나 관계 후에 오는 만족감에 그녀는 느른한 웃음을 내뱉었다.

그는 유정이 잠에서 깨어나자 머리를 다정하게 쓰다듬어 주었다.

"일어났어?"

"안 잤어요?"

두 사람이 동시에 물음을 던졌다. 그리고 키득키득 웃음을 내뱉었다. 모두 맞춘 듯이 동시에 일어난 일이다.

그는 유정의 입술에 짧게 입을 맞춘 후 귓가에 속삭였다.

"사랑해."

그의 말에 유정이 답한다.

"저도 사랑해요."

그리고 또다시 내뱉어진 몇 번의 웃음, 그리고 자잘한 키스.

유정은 자신을 소중히 만져 주는 손길을 느끼며 눈을 감았다. 그리고 물었다. 오랫동안 가슴속에 묻어두었던 것이다.

"언제부터 절 좋아했어요?"

그녀의 물음에 이한의 움직임이 멈췄다. 새삼 그것이 궁금하냐는 듯이 유정을 본 그가 자리에 누운 후 작은 여체를 제 몸 위로 끌어 올렸다.

두 사람의 가슴이 마주했다. 콩닥콩닥 일정하게 뛰는 심장은 마치 하나처럼 똑같이 뛰었다. 그 느낌이 좋은지 유정은 그의 가슴에 귀를 가져다 대며 눈을 감았다.

콩닥콩닥.

참 예쁜 소리다.

그의 이야기가 시작된 것은 그때였다.

“그때 당시 난 어린 장미에 대한 책임이 있다고 생각했어. 그래서 널 떠났어.”

나른한 목소리에 유정은 고개를 끄덕였다. 그가 그러한 마음을 품은 것도 이해가 되었다.

그때의 마음은 아직도 잊히지가 않는다. 자신 때문에 그가 갑자기 학교에서 떠났던 일. 그녀는 그때 자신을 원망하고 또 원망했다.

“나 원망했어요?”

그녀의 말에 이한은 망설임 없이 고개를 저었다. 그리고 유정의 머리를 쓰다듬어 주었다. 손길은 말하고 있었다, ‘아니’ 라고.

“어린 너의 감정은 아주 잠시잠깐일 뿐이라고 생각했으니까. 그때 당시의 난 최선의 선택을 할 수밖에 없었어. 어린 널, 갑자기 불쑥 내 마음에 들어온 널 지키기 위해선 이별밖에 없다고.”

“아니었어요. 난 정말 선생님을 좋아했어요. 아주 많이. 내 전부를 걸 수 있을 만큼.”

이한은 그녀의 말을 부정하지 않았다. 열여덟의 너는 어렸다는 말로 그녀의 감정을 무시하지도 않았다. 4년간 지켜온 그녀의 마음은 누군가로부터 무시당하거나 부정당할 만한 것이 아니었다.

“좋아했어, 열여덟 살의 널. 서른의 남자가 품어선 안 되는 마음이었어.”

유정이 고개를 번쩍 들었다. 그리고 놀란 눈으로 이한을 내려다보았다. 처음 알게 된 그의 감정은 그녀를 들뜨게 만들었다.

“정말? 그때부터 날 좋아한 거예요?”

“부끄럽지만 그래.”

그렇게 말하며 이한은 웃었다. 달콤한 웃음에도 유정은 그의 말이 마음에 들지 않는다는 듯이 투덜거렸다.

"부끄럽다니, 그런 말이 어디 있어?"

"넌 학생이었고 난 그 학교의 이사장이었으니까. 교육자로선 품지 말아야 할 마음이잖아. 그래서 학교를 떠난 거야."

그가 눈을 감는다. 서른 살의 남자가 열여덟의 여자를 좋아한다는 사실을 깨달았을 때 그는 좌절했다. 유정은 충동적이라 생각했지만 자신은 아니었다. 누구 하나 품어본 적이 없는 가슴에 작은 소녀가 들어와 있다는 것을 앎과 동시에 실연을 당했다. 절대 이루어질 수 없다고 생각했으니까.

하지만, 하지만 아니었다. 시간이 흐르고 흘러 다시 마주한 둘은 여전히 그때와 같았다. 나이가 들고 외모만 조금 바뀌었을 뿐 속에 있는 알맹이는 그대로였다.

"그리고 널 다시 만났고, 네 마음도 내 마음도 여전히 그대로 멈춰 있다는 걸 알았어. 그럼 더 이상 거부하면 안 되잖아. 몇 년이 더 흐르더라도 우리의 마음은 그대로일 테니까."

그의 말에 유정의 가슴이 크게 들썩였다.

"맞아요."

다시 고개를 숙인 유정이 눈을 감았다.

"우리 함께 살면 매일 이렇게 지낼 수 있겠죠?"

"물론이야."

망설임 없는 답에 유정의 입꼬리가 부드럽게 호를 그렸다. 미소를 머금고 있는 작은 얼굴엔 평온함이 가득했다.

"그럼 나 너무 행복할 것 같아요."

나도 마찬가지야. 그의 심장이 그렇게 말을 해온다.

"선생님."

유정은 몰려오는 잠을 애써 물리치며 말했다. 그와 더 이야기를 나누고 싶었으나 수없이 많은 관계는 그녀에게 휴식을 요구하고 있었다.

그녀가 잠기가 그득한 목소리로 말을 이었다.

"고마워요."

"유정아."

"당신 때문에 난 숨을 쉬고 살 수 있어요."

그의 말에 이한의 입술이 굳게 닫혔다.

자신 때문에 숨을 쉬고 살 수 있다는 작은 아이를 힘껏 끌어안은 그가 정수리에 입술을 내렸다.

"강유정."

작은 부름에 유정이 무거운 눈꺼풀을 들어 올렸다.

"고맙다는 말은 하지 마."

고개를 든 유정이 그와 눈을 마주했다. 목소리는 화가 난 것 같은데 눈동자는 여전히 따스했다. 예쁜 갈색 눈동자와 마주한 그녀는 그의 입술이 부드럽게 호를 그리는 것을 보며 따라 웃었다.

"그럼 나도 똑같은 말을 또 해야 하잖아."

콩닥콩닥, 두 사람의 심장이 또다시 함께 뛰었다. 빠르지도 느리지도 않은 속도로.

"사랑해."

그녀의 눈동자에 그가 어렸다.

그리고 그의 눈동자에도 그녀가 어렸다.

*

추운 겨울이다. 한파가 닥친 세상은 온통 하얀빛이고, 눈이 녹은 상태로 꽁꽁 언 길바닥은 걸음을 내딛기도 무서울 정도이다.

일주일 뒤면 새해가 밝는다. 대부분의 사람들은 연말을 맞이해 한 해를 마무리하고 있었지만 작은 식장 안, 손을 붙잡고 있는 두 사람은 앞날을 준비하고 있었다.

태훈과 장호의 만남이라고 생각하면 결혼식은 보잘것없어 보였다. 하객은 200명이 되지 않았고, 그마저도 초대한 손님들의 배가 찾은 것이다. 모두 조용히 식을 치르고 싶다는 유정의 뜻에서 준비한 작은 결혼식이었다.

단상 위에 이한과 유정이 나란히 섰다. 화려한 웨딩드레스가 아닌 원피스에 가까운 옷을 입고서 작은 꽃다발을 들고 서 있는 유정은 어떤 신부보다 아름다웠다.

"에헴, 그러니까 결혼 생활이란 그렇게 행복하지만은 않은 것으로……."

주례를 선 대영고등학교 교장은 한참 준비해 온 주례사를 읽고 있던 시선을 올려 두 사람을 보았다. 불행하게도, 신랑 신부는 그를 보고 있지 않았다. 서로를 보는 데 여념이 없는 두 사람은 날카로운 주례선생의 시선 따위 과감하게 무시하며 작은 목소리로 떠들고 있었다.

"배 안 고파?"

유정은 미간을 찌푸리며 부케를 들고 있던 손을 들어 배를 쓰다듬었다. 엄청 배가 고프다는 듯이 울상 짓는 모습에 이한이 고개를 끄덕였다. 식이 끝나자마자 하객을 위해 준비해 둔 음식을 본인들이 먹을 기세다.

본의 아니게 두 사람의 대화를 엿듣게 된 교장선생의 눈이 삐죽하게 변했다.

“신랑 신부, 집중 안 합니까?”

“……아.”

사람들 사이에서 웃음이 터졌다. 자신에게 모여든 시선이 새삼 부끄럽다고 느낀 어린 신부는 부케를 들어 얼굴을 가렸다.

유정이 들고 있는 부케는 여름 꽃인 수국 중에서도 핑크색으로 만든 것으로, 유정이 직접 고르고 디자인까지 부탁했다. 꽃말은 ‘소녀의 꿈’. 유정과 가장 잘 어울리는 꽃이었다.

유정이 부케 뒤로 얼굴을 가리자 이한은 몸을 돌려 꼬장꼬장한 교장선생을 향해 투덜거렸다.

“교장선생님은 여전히 말이 너무 많으세요.”

“김이한 이사…… 아, 신랑님.”

이사장이라 말할 뻔한 교장이 서둘러 말을 정정했다. 사람들 사이로 또다시 와르르 웃음이 터져 나왔다.

“역시 그렇죠? 예전에도 저한테 얼마나 잔소리를 하셨는지…….”

수업 시간 도중 배고파서 매점에 가는 길에 딱 걸렸는데, 그 자리에서 수업 끝날 때까지 혼났잖아, 나.

유정이 작은 입술을 웅얼거리며 빠르게 맞장구를 쳤다. 이한은 그런 일이 있었냐는 듯 교장선생을 장난스럽게 흘겨보았다.

"너무하네. 한창 자랄 나이의 학생이 배가 고파서 수업 시간에 매점에 갈 수도 있지. 얘 키 안 큰 거, 교장선생님 탓이에요."

"키 이야긴 하지 말아요!"

신부가 내지른 소리에 교장선생은 순간 어지럽다는 듯 이마를 짚었다. 어떤 면에서는 참으로 잘 어울리는 신랑 신부다. 헛기침을 내뱉은 그가 두 사람을 힘껏 노려보았다.

"좋습니다. 그럼 신랑 신부에게 숙제 하나를 내도록 하죠. 더 이상 주례사는 들을 마음이 없어 보이니까."

그게 무슨 말이냐는 듯 유정이 교장선생을 보았다.

"앞으로 행복하게 살 것, 그리고 앞으로는 두 사람의 가정이 아닌 세 사람, 네 사람의 가정이 될 것."

"아……."

얼굴이 붉어진 유정이 입을 꾹 다물었다.

교장선생은 이한을 보았다. 이한이 이사장으로 있을 시절, 그는 이한에게 끊임없이 잔소리를 쏟아냈었다. 건강을 생각해 담배 좀 끊으라고 했고, 집에서 편히 잤으면 하는 마음에 이사장실에서 자지 말라고도 했다. 자신의 아들처럼 뒤를 따라다니며 싫어하는 것을 알면서도 늘 잔소리를 해댔다. 그 잔소리가, 그가 이사장으로 모신 그의 어머니에 대한 예의였고, 한때 그의 학생이었던 김이한 이사장에 대한 그의 진심 어린 마음이었다.

지난 기억이 떠오르자 교장선생은 감회에 젖은 눈동자로 그를 보았다.

"신랑, 자신 있습니까?"

그의 물음에 이한이 장난스럽게 웃었다.

"다섯도 됩니까?"

"훌륭합니다."

사람들 사이에서 또다시 와르르 웃음이 터져 나왔다.

어린 신부와 도둑놈이 된 서른넷 남자의 결혼식은 연신 웃음꽃이 가득했다. 식장을 찾은 하객들 대부분이 오랜 시간 힘겨웠던 두 사람의 이야기를 알고 있었다. 사람들은 두 손을 꼭 맞잡고 버진로드를 걷는 두 사람을 향해 환호와 박수를 보냈다. 앞으로도 이렇게 함께 손을 잡고 그 어떠한 상황에서도 함께하라며 끝없는 축복을 빌어주었다.

그리고 마지막으로 부케를 받은 최 변호사가 황당한 표정으로 유정을 보았을 때 사람들의 웃음은 클라이맥스로 내달렸다.

"장가가세요, 제발!"

유정의 말에 최 변호사가 어색하게 뒷머리를 긁적인 것은 훗날에도 계속 회자되는 에피소드였다.

작고 소박한 식장 안에서 있던 축제처럼 즐거운 결혼식이었다.

3부

연인 사이

본인의 길은 본인이 정하는 거야.
그의 한마디에 나는 내 길을 정했다.

그를 내 전부로 두기로.

Story 1.
어린 장미의 마음

꿈을 이룬다고 행복해지는 것은 아니다.

책 속 그 문구를 떠올리며 이한은 자신의 배를 베고서 낡은 책을 읽고 있는 유정을 내려다보았다. 북 커버에 얼굴이 모두 가려 그녀가 지금 어떤 표정을 짓고 있는지는 알 수 없었지만 흔들림 없이 책을 읽고 있는 것을 보면 꽤나 집중하고 있는 것 같다.

—어린왕자

그가 서른이 될 때까지 지겹도록 읽은 책이다. 그리고 그의 동생이 죽을 때까지 손에서 놓지 않았던 유일한 책이었다.

유서 하나 남겨놓지 않은 동생. 왜 학교에서 자살을 했는지, 무슨 마음으로 그 높은 곳에서 뛰어내렸는지 알 수 없었다. 이한은 단서가 책 안에 있을지도 모른다는 생각을 했다.

책장이 낡을 때까지 읽으며 그는 결국 하나의 결론을 찾아냈다. 이 책을 읽는다고 해도 동생의 마음은 정확하게 알 수 없다고. 그 생각을 하던 때가 서른이었고, 그때 유정을 만났다.

동생과 비슷한 아이. 불안정한 눈으로 세상을 바라보며 끝없이 옥상을 찾던 아이. 그 아이에게 어느 순간 마음을 빼앗겼고, 그 아이로 인해 학교를 떠날 수 있었다.

학교를 떠난 뒤엔 걱정하던 대로 한동안 수면제에 의존해야 하는 생활을 했지만 꿋꿋하게 이겨냈다. 진즉 했어도 이겨냈을 거라 생각할 만큼 허무하게.

이한은 들고 있던 책을 옆에 내려놓은 뒤 옷 뒤로 드러난 제 살에 닿는 머리카락을 쓰다듬었다. 그의 손가락 사이에서 머리카락이 살랑살랑 움직이자 살결에 부딪쳐 간지러웠다. 하지만 그 느낌마저 좋았다.

살랑살랑, 간질간질.

그의 입가가 부드럽게 휘어졌다.

"간지러워요."

유정이 책을 내리며 상체를 일으켜 세웠다. 그러더니 이번엔 그의 배에 엎드려 계속 책을 읽기 시작했다.

소파에 느른하게 등을 기댄 그가 작은 머리를 내려다보았다.

결혼 이후로 유정은 매일 집에만 있었다. 외출은 극도로 자제했고, 가끔 집 앞에 있는 마트에서 장을 보거나 책을 사오는 것이 전부였다. 그런 생활이 답답할 법도 하건만 유정은 나름 만족하는 듯했다. 한두 권씩 사들이기 시작한 책은 어느새 그의 서재 반을

점령했고, 퇴근 후에는 함께 책을 읽거나 영화를 보며 시간을 보냈다.

그런 그녀가 가장 많은 시간을 할애해 읽는 책은 〈어린왕자〉였다. 일주일에 한 번씩은 꼭 처음부터 끝까지 읽었고, 책을 읽은 뒤엔 아무런 행동도 하지 않은 채 천장만 바라보며 눈을 깜빡이곤 했다.

자신에겐 시선도 주지 않는 그녀가 야속하게 느껴진 이한은 커다란 손으로 책을 가려 버렸다. 유정은 아무 말 없이 눈만 삐죽하게 세운 후 책을 옆으로 휙 돌려 계속 읽기 시작했다. 뭔가에 집중할 때 유정은 서슴없이 그를 2순위로 만들었다.

"어휴."

하다못해 이젠 책에게까지 질투하는 제 모습이 한심하게 느껴져서일까, 이한이 슬쩍 운을 뗐다.

"그 책은 왜 계속 읽는 거야?"

별 의미 없는 질문이다. 하지만 유정에겐 꽤나 심오한 것이었는지 몸을 데굴데굴 굴려와 그의 배에 다시 누운 후 그를 올려다보았다.

"읽을 때마다 느낌이 달라요."

눈을 반짝이며 말한 유정은 책을 뒤집어 마침 읽고 있던 페이지를 손가락으로 툭툭 치며 말했다.

"특히 이 장면이요."

페이지엔 어린왕자가 지구에서 만난 수많은 꽃을 보고 있는 일러스트이다. 노란 머리의 어린왕자는 표정이 없었으나 과거의 그는 그 표정이 슬퍼 보인다고 생각했다.

유정은 고개를 기울여 이한을 올려다보며 물었다. 전혀 의외의 물음이다.

"과연 지구에 꽃이 많다는 걸 장미가 알았다면 정말 슬퍼했을까요?"

"그렇지 않았을까?"

그가 장미였다면 슬펐을 것이다. 자존심 강하고 도도한 장미는 작은 별에 향기를 뽐내는 것이 자신뿐이었기에 그리 살 수 있었을 것이다.

하지만 유정은 생각이 다르다는 듯 책을 제 가슴께에 올려두었다. 그리고 양손을 배 위에 겹쳐놓고 눈동자를 데굴데굴 굴렸다.

"슬프지 않았을 것 같아요. 오히려 장미는 지구로 가고 싶어 하지 않았을까요?"

그 말에 손을 내린 이한이 유정의 머리카락을 다정스럽게 쓰다듬었다. 요즘 그에게 생긴 하나의 습관이었다. 손을 가만히 내버려 두지 못하고 계속해 유정을 만지는 것. 만지작거리는 손길에 유정은 입가에 웃음을 띠었다.

"그곳엔 친구가 많으니까."

내가 장미였다면 지구로 가고 싶었을 것 같아요.

유정의 말에 이한은 작게 고개를 끄덕였다.

"그럴 수도 있겠다."

그의 말에 유정도 고개를 끄덕였다. 그리고 책을 한참이고 올려다보더니 옆으로 휙 치워 버린다. 그녀는 조심스러운 눈길로 이한을 올려다보았다.

물어도 될까. 혹여 이 물음이 그에겐 상처가 되진 않을까.

한참이나 고민하던 유정이 입술을 달싹였다.

"난 오빠에 대해 다 알고 싶어요."

"나도 그래."

"그럼 답하기 어려운 건데, 물어봐도 돼요?"

진중한 표정의 유정을 보며 이한이 부드럽게 웃으며 고개를 끄덕였다.

"그래."

유정이 무릎을 꿇고 바싹 그에게 다가왔다. 그리고 떨리는 눈동자로 이한을 올려다보았다. 그에게 늘 물어보고 싶은 말이 있었다. 답을 구하고 싶기도 하고 그렇지 않기도 한 이야기다. 그의 눈동자에 이젠 사랑이 그득하다는 것을 그녀 또한 알고 있다. 하지만 사람들과 섞이기 시작한 지 얼마 되지 않은 그녀에게 있어 그 믿음을 가지는 것은 어려운 일이었다.

그는 어떤 말을 해도 변하지 않으리란 믿음. 내게 무엇도 숨기지 않으리란 믿음. 그러니 이번 기회에 꼭 물어보고 답을 구해야 한다. 그리고 그 답이 그녀에겐 좋지 않은 쪽이라 하더라도 이젠 부부이니 이겨 나갈 수 있으리라, 그의 마음을 돌려놓을 수 있으리라, 그녀는 막연한 생각을 가지고 있었다.

몇 번이고 이야기를 꺼내려던 입술이 다물렸다. 붕어처럼 몇 번이고 입술을 뻐끔뻐끔하던 유정은 그가 자신을 내려다보며 말하길 기다리자 용기를 내어 말했다.

"동생은 어떤 사람이었어요?"

"잘…… 기억이 나지 않아."

그의 미간이 찌푸려졌다. 왜 이러한 것을 갑자기 묻는 것인지 이해하지 못해서라기보단, 동생이 왜 마지막에 그런 식으로 떠나야 했는지 결국 답을 찾지 못했다는 사실이 다시 한 번 상기되었기 때문이다.

아직도 동생은 그에게 상처였다. 소중한 가족이고, 예뻐하던 동생이니까.

그가 생전의 동생 모습을 희미하게 떠올리며 웃었다.

“늘 행복하게 웃고 있었는데, 그것이 거짓이라는 생각이 드니까 이미지가 흐려지더라고.”

유정은 여전히 굳어진 얼굴로 눈을 천천히 깜빡였다.

“전 동생이 아니에요.”

“알아.”

그의 대답은 거침없었다. 순간 표정을 허문 그녀가 멍하니 읊조렸다.

“정말요?”

“그래.”

이한이 천천히 손을 뻗어 유정의 머리카락을 쓰다듬었다. 손길은 곧 아래로 내려와 뺨에 닿았고, 엄지손가락은 연신 그녀의 뺨을 비빈다. 유정은 이한의 손길을 느꼈다. 다정한 손길을 더 느끼고 싶다는 듯이 눈을 감자 이한이 입술을 내려 입을 맞춘다.

쪽.

“동생에겐 이런 입맞춤도 하지 않아.”

시도 때도 없이 닿는 입술에 이젠 익숙해진 유정이 작게 웃음을 내뱉었다. 더 해달라는 듯이 앙큼하게 입술을 내밀자 그가 양팔로 유정의 몸을 와락 끌어안으며 얼굴 곳곳에 입술을 내린다.

둥근 이마에도 쪽쪽, 예쁜 눈에도 쪽쪽, 기다란 속눈썹에도 쪽쪽, 양 뺨에도 쪽쪽, 숨 쉴 틈도 없이 마구잡이로 하는 입맞춤에 유정이 까르르 웃음을 터뜨리며 몸을 벌떡 일으켰다.

"그만해요!"

"싫은데?"

유정이 도망가려 하자 서둘러 그가 손을 뻗어 허리를 감쌌다. 유정의 몸이 뒤로 넘어가며 그의 품으로 넘어졌다. 벌러덩 넘어져 자세를 가다듬기도 전에 다시 자신의 입술을 찾은 혀에 유정의 몸에 오소소 소름이 돋았다.

혀를 길게 빼내 맛있는 사탕을 맛보듯 입술을 핥은 그가 곧 작은 틈을 벌리고 안으로 밀려 들어왔다.

고른 치열을 부드럽게 핥은 물컹한 혀가 곧 숨어 있는 작은 혀를 옭아맸다. 포식자를 피해 숨어 있던 유정의 혀가 그의 안내를 받아 이한의 입안으로 파고들고, 곧 두 사람의 타액이 뒤섞이기 시작했다.

"으음……."

옅은 신음에 유정의 몸을 힘껏 끌어안고 있던 몸에 긴장감이 스며들었다. 천천히 입술을 뗀 이한은 흥분에 촉촉하게 젖은 유정을 내려다보았다.

"키스도 안 하고."

이한의 눈동자에 열락이 차오른다. 당장에라도 유정의 몸 안으로 파고들어도 이상하지 않을 정도로 남성이 흥분해 빳빳하게 고개를 드는 것이 느껴졌으나 그는 겉으론 아무렇지도 않은 척 웃고 있었다.

장난을 가장한 그가 손을 내밀어 유정의 소담한 가슴을 어루만졌다. 손끝까지 흥분이 서려 빳빳하게 굳어졌지만 그는 다정하게 가슴 선을 따라 움직였다. 아찔한 기분에 유정의 유두가 바짝 고개를 들었다.

"엉큼하게 만지지도 않아."

그가 한숨처럼 말했다. 그 모습을 빤히 바라보던 유정은 머릿속에 울리는 위험 경보에 몸을 뒤로 뺐다.

자, 잡아먹힌다!

유정이 엉덩이를 슬금슬금 뒤로 물려 도망가자 그가 자리에서 발딱 일어섰다.

어깨를 붙잡은 그가 유정의 얼굴을 잡고 또다시 입을 맞췄다. 그리고 도망간 그녀가 밉다는 듯이 뺨을 살짝 깨물며 잘근잘근 씹었다.

"아, 아파요!"

"어딜 도망가?"

"알았어, 알았어! 미안해요!"

유정이 손을 번쩍 들며 항복을 표했으나 그는 이런 일엔 자비가 없었다. 유정의 허벅지를 붙잡아 자리에서 번쩍 들어 올린 그가 동그란 턱에 입을 맞췄다. 자잘한 입맞춤에 유정이 간지럽다는 듯 자지러졌다.

"간지러워요!"

비명처럼 외친 유정은 혹여 떨어질까 싶어 그의 허리를 감았다. 입술을 뾰족하게 내민 유정은 팔로 그의 목을 감싸 안으며 투덜거렸다.

"자꾸 이러기예요?"

"내가 뭘 어쨌는데?"

정말 모르냐는 듯 유정이 눈을 크게 떴다. 입에선 '허' 하며 기가 막힌다는 듯 짧은 소리가 흘러나왔다. 이러한 반응에도 이한은 그저 웃고 있을 뿐이다.

"나 괴롭히고 있잖아요. 간지럽다는데, 정말."

너무해.

유정이 입술을 삐죽 내밀었다. 항의하는 그녀의 모습에도 이한은 싱글벙글 웃었다. 엉덩이 밑에 깍지를 꽉 끼고 유정을 받친 그가 눈을 감으며 입술을 앞으로 내밀었다.

"키스해 주면 그만둬 줄 수도 있는데."

"정말?"

"정말."

그의 말에 눈을 감은 이한을 내려다보던 그녀가 조심스럽게 입술을 내렸다. 이한의 양 뺨을 작은 손으로 감싸고 입을 벌려 입술을 머금은 그녀가 혀로 부드럽게 핥았다. 쪽 소리를 내며 입술을 빨아당기고 핥던 그녀는 제 엉덩이 밑에 있는 손에 힘이 들어가자 천천히 고개를 들었다.

여전히 입맞춤의 여운이 남아 있는 듯 그녀를 올려다보던 그가 작게 한숨을 내뱉는다. 그리고 한 손을 들어 유정의 뒤통수를 당겨와 귀 옆에 짧게 입을 맞춘 후 속살거린다.

"이게 키스야?"

"……아."

상큼한 마찰음이 귓속을 파고들자 유정의 입에서 절로 신음이 새어 나왔다. 황급히 입을 다물고는 지그시 눈을 흘겼다.

"그럼 아니에요?"

"틀렸잖아. 다시."

놀리듯 미소로 가득한 얼굴을 가만히 흘겨보고 있으니 이한은 짐짓 관대한 표정을 지어 보이며 얼굴을 들이밀었다. 코끝이 스치고 또렷하게 숨결이 닿는 순간에도 남자는 끝까지 그녀의 반응을 기다리고 있다.

"했다니까요."

"내 기준에 그건 키스 아니라니까."

"……짐승."

"불붙인 건 너지."

"거짓말쟁이."

이한은 앙큼하게 타박하는 입술을 가볍게 깨물었다. 흠칫 떨리는 여린 몸의 반응을 느끼곤 슬며시 미소를 떠올리며 묻는다.

"너 다 알고 그러는 거지?"

"설마요."

고양이처럼 새침한 표정으로 짐짓 딴청을 피워보지만 이미 늦었다는 건 알고 있다.

그리고 저 역시 바라고 있는 순간이 왔다는 걸 알고 있다.

"거짓말쟁이는 너야."

작게 웃음을 내뱉은 그가 유정의 입술을 한입에 삼켰다. 숨 쉴 틈도 주지 않은 채 그녀의 입술을 맛본 그가 천천히 걸음을 옮겼다. 침실로 향할 시간도 없다는 듯이 그는 적당한 높이의 식탁 앞에 멈춰 섰다. 유정의 몸을 조심스럽게 내린 그가 맛있는 음식이라도 되는 양 눈으로 그녀를 음미한다.

“여기서요?”

“거 봐. 다 알고 있잖아.”

방금 전 시치미를 떼던 그녀의 모습을 상기시키며 그가 말했다. 그러자 유정은 얼굴을 붉힌 채 옷자락을 잡아 아래로 내렸다.

“한 번쯤 그냥 넘어가 줄 만도 한데 말이죠.”

유정의 몸 위에 자신의 몸을 겹친 그가 엄지손가락으로 입술을 닦았다. 그녀의 타액으로 얼룩져 있던 입술이 말끔하게 닦였다. 하지만 자신의 혀로 다시 바짝 마른 입술을 적신다. 포식자와 같이 느긋한 얼굴로 식탁 위 유정을 보는 이한의 눈빛이 어둡게 가라앉았다.

유정은 그의 얼굴을 보며 자신의 아랫배를 꾹꾹 누르는 단단한 남성을 느꼈다. 숨이 탁 하고 터져 나올 것 같았으나 꾹 참았다. 지금 신음을 터뜨리는 것은 이한의 욕정에 기름을 끼얹는 일이라는 걸 너무나 잘 알고 있었다.

그녀는 자신의 허리 라인을 따라 그어지는 단단한 손길에 생각을 멈추었다. 그의 손길에 갑자기 천장이 핑글핑글 돌고 세상이 어지러이 변하는 기분이 든다.

흐릿한 천장을 보며 천천히 눈을 깜빡이던 유정은 자신의 옷을 벗기는 손길을 도왔다. 엉덩이를 들자 입고 있던 바지와 속옷이 한꺼번에 벗겨지고, 윗옷도 브래지어 후크가 풀림과 동시에 사라졌다.

유정은 흐릿한 시야를 원래대로 되돌리기 위해 노력했다. 하지만 그 모든 노력은 곧 그가 배꼽을 핥자 모두 사라지고 말았다.

"으응!"

움푹 들어가 있는 배꼽에 혀를 찔러 넣고 그 옆을 살살 달랬다. 평소 손길이 잘 닿지 않는 곳에 혀가 닿자 유정이 비명처럼 신음을 내질렀다. 그 모습에 이한은 제 인내력이 바닥을 드러냄을 느꼈다.

하지만 아직은 아니었다. 좀 더 그녀의 몸을 뜨겁게 달아오르게 할 필요가 있었다. 손을 내린 그가 한 손에 다 들어오는 엉덩이를 움켜쥐며 혀를 움직였다. 허리선을 따라 붓으로 그림을 그리듯 혀로 핥고 맛보았다.

쾌감에 소름이 돋은 유정의 살결을 그가 손으로 쓸어내렸다. 작은 미간이 찡긋거리더니 얼굴이 괴로운 듯 일그러졌다.

"표정이 왜 그래? 꼭 아픈 것 같아."

그가 장난스럽게 웃으며 말했다. 그러자 유정은 감고 있던 눈을 번뜩 들며 소리쳤다.

"괴로워요!"

"정말?"

물음을 던진 그가 새하얀 유정의 다리를 번쩍 들어 사타구니에 입을 맞췄다. 향긋한 냄새가 코끝을 훅 스쳐 그를 유혹했다.

끙, 신음을 내뱉은 유정이 상체를 일으키며 버럭 외쳤다.

"거긴, 거긴 하지 마요!"

"싫은데?"

"변태!"

"알아, 나 변태인 거."

"학생 잡아먹는 나쁜 선생님이래요!"

"안다니까?"

계속되는 그의 말에 이젠 악에 받쳐 내지르는 목소리는 거칠었고, 얼굴은 종잇장처럼 구겨졌다. 강렬한 그녀의 저항에도 이한은 유유자적한 표정으로 입술을 길게 늘어뜨리며 웃었다. 그 모습에 약 오른다는 듯 유정이 자신의 하체 가운데에 자리 잡은 그의 몸을 밀어내려 할 때다.

작은 손을 잡아 그는 단숨에 그녀의 반항을 무력화시켰다. 입술을 옮겨 새하얀 허벅지에 묻은 그는 유정의 입술에서 신음이 터져 나오고 허리가 비틀리자 혀를 내렸다.

혀는 순식간에 수풀을 헤치고 안으로 들어갔다.

나약한 손길이 그의 등을 쓰다듬었다. 하아하아, 거친 숨을 내뱉으며 정신이 어지러운 와중에도 그의 머릿결 사이로 손가락을 파묻으며 그를 밖으로 밀어내려 애썼다. 거친 폭풍우처럼 몰아닥친 흥분은 유정을 순식간에 삼켜 버렸다.

음울하던 그의 얼굴 위로 장난기가 어렸다.

"앗!"

유정의 몸이 위로 붕 떠올랐다가 아래로 푹 꺼졌다.

"흐응."

앓듯 작게 신음을 낸 유정이 몸을 허우적거렸다. 안아달라는 듯이 허공에서 흔들리는 손을 붙잡은 그가 손등에 부드럽게 입을 맞췄다.

"약았어."

그가 자신의 몸에서 손을 떼자 유정이 앙증맞은 입술을 잘근잘근 씹으며 말했다. 그러자 그는 모르겠다는 듯이 어깨를 으쓱인

후 다시 아래로 향했다.

커다란 그의 손이 가슴골 주위를 그린 후 가슴의 정점으로 향했다. 분홍빛 유두를 뜨거운 입에 머금자 그 주위로 소름이 오소소 돋아난다.

실컷 만져 줬으면 했고, 서둘러 제 안으로 들어왔으면 했다. 하지만 그는 약 올리듯 가벼운 터치와 진한 애무를 반복하며 그녀의 몸을 달아오르게 하며 흥만 돋우고 있었다.

유정이 뾰족해진 눈으로 손을 아래로 내렸다. 그리고 허공에서 흔들리는 남성을 손에 움켜쥔 후 그를 노려보았다.

"윽."

그의 입에서 옅은 신음이 터져 나오자 유정이 손을 움직여 남성을 손가락 사이에 끼우고 어루만졌다. 옅은 신음에 유정이 승리자의 미소를 머금었다.

"이제 내 기분 알겠어요?"

"너……!"

그가 버럭 외쳤다. 하지만 유정은 여전히 웃고만 있고, 어디 한 번 더 해보라는 눈을 반짝 빛낸다.

그의 눈빛이 어둠을 머금더니 남성을 붙잡고 있는 유정의 손을 잡았다. 그리고 새하얀 허벅지를 당겨 여성이 하늘을 향하도록 만들었다. 그의 시야 가득 흥분해 붉어진 여성이 보인다. 흥분한 여성은 촉촉이 젖어 있다. 그 모습을 가만히 눈에 담던 그가 손가락을 안으로 밀어 넣었다.

"아아, 선생님……!"

손가락 하나가 들어갔음에도 불구하고 여성은 힘껏 수축했다.

너무나 좁은 여성 안은 몇 번의 관계를 가졌음에도 불구하고 여전히 처녀의 것처럼 작고 좁았다. 바르작바르작 몸을 떨며 연신 그를 부르던 유정이 고개를 절레절레 저으며 신음을 내질렀다. 한숨처럼 내뱉은 소리는 신음에 가까웠다.

눈물이 고인 눈가는 그녀의 여성처럼 흠뻑 젖어 있다. 그 모습을 보자 이한 또한 아랫배가 부글부글 끓으며 당장에라도 좁고 습한 공간 안으로 밀고 들어가고 싶었으나 애써 참아냈다.

"아아, 아아앗!"

벌어진 입술 사이로 터져 나오는 자신의 이름에 이한은 입술을 내려 입을 맞추었다. 그사이에도 이한의 점차 빨라지는 손은 멈추지 않았다.

손가락이 액으로 젖고, 곧 흘러넘쳐 팔등을 타고 내린다.

완벽하게 준비를 마쳤다는 것을 안 그가 새하얀 허벅지 사이에 자리를 잡았다. 그리고 남성을 붙잡고 안으로 파고드는 순간 두 사람의 입에서 동시에 신음이 터져 나온다.

액이 튀는 소리와 살갗 부딪치는 소리가 부엌을 가득 메웠다. 삐거덕삐거덕, 식탁이 유정과 마찬가지로 비명을 질렀지만 이한은 힘찬 허릿짓을 멈추지 않았다.

"아응…… 아아!"

"윽!"

무자비하게 여성 안으로 파고들었다가 나오길 반복하던 이한은 그녀의 안에 뜨거운 사정을 하고 난 후에도 작은 여체를 놓아주지 않았다.

흥분에 잘게 떨리는 허벅지를 아래로 내려 세운 그가 뒤에서 또

다시 거칠게 그녀를 끌어안았다.

늘 음식 냄새로 가득하던 부엌 안이 곧 정액의 비릿한 향으로 가득 찼다.

*

이한은 앞치마를 매고 연신 부엌 안을 종횡무진 돌아다니는 유정의 뒤를 쫄쫄 따라다녔다. 마치 말 잘 듣는 강아지처럼. 한 번이라도 자신을 돌아봐 달라는 듯이 슬리퍼를 신은 발을 질질 끌며 옮기던 그는 유정이 고개만 휙 돌려 노려보는 것을 보며 몸을 움찔 떨었다.

"부산스러워요."

"그럼 한번 만져 주면 되잖아."

그는 결혼을 하고 난 이후론 원래의 기상 시간보다 30분 일찍 일어났다. 일찍 일어나서 하는 일이라곤 예전처럼 출근 준비를 마친 후 유정의 뒤를 졸졸 쫓는 일이었다. 처음엔 그의 그런 관심이 기뻤지만, 그것이 계속되니 조금 귀찮아졌다.

유정은 커다란 접시에 샐러드를 담다 말고 그의 모습을 힐끗 쳐다보았다. 만져 주기 전까지는 한 걸음도 뒤로 물러서지 않을 것이라는 듯 그가 정승처럼 서 있었다. 유정이 한숨을 내쉬며 그의 손길을 뒤로 밀어냈다.

"아침 준비 거의 다 됐어요. 오늘도 설마 지각하고 싶으신 건 아니죠?"

"사장이 지각한다고 뭐라 할 간 큰 직원은 없는데?"

"……윗물이 맑아야 아랫물도 맑아요."

뼈 있는 말이었다. 이한은 심통 맞은 표정을 지었다.

"이러기야, 정말?"

"이러기예요."

딱 잘라 대답한 유정은 토스터에서 빵을 꺼내 접시에 잘 나눠 담았다. 그리고 오렌지주스를 식탁으로 옮기며 제 뒤를 따라오는 이한의 인기척을 들었다.

어휴, 정말 왜 저러는 건지.

속으로 한숨을 왈칵 내쉬던 유정이 식탁 위를 정리할 때다. 유정을 뒤에서 와락 껴안은 이한이 작은 등에 얼굴을 묻으며 웅얼거린다.

"거참, 한번 예쁘다 해주는 게 뭐가 그렇게 힘들다고."

"시도 때도 없이 예쁘다, 예쁘다, 해주잖아요. 그리고 정말 지각하면 어쩌려고 그래요?"

"언제부터 그렇게 원리원칙을 따지는 애였어, 강유정이?"

그 말에 유정이 한숨을 왈칵 내쉬었다. 고등학생 때 이사장실에서 매일 땡땡이치던 걸 생각하면 입이 열 개라도 할 말이 없다. 하지만 유정은 뒤로 묶여 있는 끈을 풀고 앞치마를 벗겨주는 그의 손길에 제 몸을 순순히 맡기면서도 입은 쉴 새 없이 조잘거렸다.

"지금 오빠가 원하는 대로 해주면 침대로 다시 끌려갈까 봐 그래요."

"안 그래."

"그런 바라는 게 뭐예요, 도대체?"

그녀의 물음에 이한은 머리를 바짝 숙여 제 머리를 손가락 끝으로 툭툭 두드린다. 한번 만져 달라는 뜻이다. 유정이 하는 수 없다는 듯이 그의 머리를 쓰다듬어 주자 이한은 이번엔 손으로 제 입술을 툭툭 두드린다. 역시나 틀리지 않는 예상에 유정이 주먹을 동그랗게 말아 쥐고 그의 어깨를 쳤다.

"그럴 줄 알았어. 어서 앉아서 밥 먹어요!"

더 이상 떼써도 소용없다는 듯 힘주어 말한 유정이 커다란 등을 의자로 힘껏 밀었다. 그리고 의자를 빼 그의 몸을 직접 눌러 앉힌 유정은 말 안 듣는 다섯 살 아이를 보듯 그를 노려보았다.

맞은편 의자에 앉은 그녀가 여전히 자신을 좇는 시선을 느끼며 주스를 컵에 따르며 말했다. 눈은 내리깐 채로.

"오빠 마음이 뭔진 다 알겠어요. 출근하는 동안 헤어져 있는 것이 서운하겠죠. 하지만 세상 사람들이 다 그렇게 살아요. 사랑하는 사람과도 먹고사는 문제 앞에선 소용이 없다 이거죠."

"너 진짜 바른말을 참 매정하게도 하는구나."

이한이 서운하다는 듯 툭 말한 뒤 시선을 식탁 위로 돌렸다.

식탁 위엔 아침부터 유정이 정성스레 만든 음식이 차려져 있었다. 하지만 음식 대신 어제 이곳에서 누워 자신의 밑에서 뜨거운 신음을 내뱉던 유정의 모습만 떠오른다. 그의 눈빛이 몽롱하게 변하자, 유정은 식빵에 치즈를 바르며 차갑게 말했다.

"어허, 애먼 생각 그만하고 제발 식사 좀 해요."

움찔.

어떻게 알았냐는 듯 그의 눈이 큼지막하게 변하자, 유정은 치즈를 바른 식빵을 그의 입에 힘껏 밀어 넣었다. 그러곤 손을 탁탁 털며 커피머신으로 향했다. 다 내린 커피를 머그컵에 따라 이한에게 가져다준 유정이 다시 맞은편에 앉았다. 매일 아침 커피로 하루를 시작하는 그를 배려해 유정은 직접 원두를 갈아 커피를 내렸다. 그건 이젠 그녀에게도 빠질 수 없는 일상 중 하나가 되었다.

이한은 다시 한 번 식탁을 내려다보았다. 아침은 늘 가볍게 먹는 그를 위해 샐러드와 식빵, 오렌지주스와 함께 한입 크기의 주먹밥이 놓여 있었다. 별 볼일 없는 음식처럼 보일 수도 있었으나 그 안에 든 정성을 생각하면 쉬이 넘길 수 없는 것들이다. 유정은 처음 이곳에 왔을 때만 해도 라면밖에 할 줄 아는 게 없었다. 이 정도의 식탁을 차려내는 것에도 유정은 엄청난 노력을 했을 것이다.

그녀가 내려준 커피를 한입 맛본 이한은 머그잔을 식탁 위에 내린 후 양손으로 감싸 쥐었다. 손바닥에 따끈한 기운이 올랐으나 그는 손을 떼는 대신 자신의 맞은편에 있는 유정을 보았다.

"뭐 하고 싶은 것 없어?"

두 사람이 함께 산 지도 근 8개월이 흘러가고 있다. 식을 올린 지는 석 달이 흘렀다. 두 사람이 부부가 되고 함께 같은 공간을 공유하는 사이 계절이 겨울에서 봄으로 바뀌었으니까.

세상 밖은 새로운 시작을 알리듯 따스한 기운으로 가득했고, 꽃들도 수줍게 피어나고 있었다. 그런데 유정의 시간만큼은 처음 그녀가 이곳으로 온 지난봄에 멈춰 있었다.

"흠, 글쎄요. 난 지금 생활도 만족하는데."

이한의 눈빛이 가라앉았다.

아직은 스물셋의 어린 나이다. 하고 싶은 것도 많을 것이고, 앞으로 해야 할 것도 많을 나이. 하지만 유정은 그를 위해 음식을 하고, 집 안을 치우고, 그의 셔츠를 빨고 다리는 일상에 만족한다고 말한다.

정말 괜찮을까?

이한은 유정의 대학 생활을 몰랐다. 그녀가 가진 가능성이 무엇인지, 얼마나 큰지 알 수가 없었다. 그래서 무언가 제안을 해줄 수도 없었다. 유정은 똑똑하고 똑 부러지는 아이다. 치밀하고 비상한 머리도 가지고 있다. 무얼 해도 잘할 것 같은데, 왜 벌써 자신을 집에 가둬놓으려고 할까.

그의 표정이 심각해지자 유정은 한숨을 푹 내쉬며 턱을 괸다.

"뭐가 좋을까요?"

"그건 네가 정해야지."

유정의 한숨이 깊어졌다. 그녀의 시선이 자신이 직접 차려낸 식탁으로 향했다.

처음 음식을 하나둘 만들어낼 때의 기쁨을 그녀는 아직도 기억하고 있다. 그를 위해 무언가를 할 수 있다는 건 참 기쁜 일이었다.

하고 싶은 건 딱히 떠오르지 않았다, 여전히. 그저 이렇게 그의 곁에 있는 것만으로는 안 되는 것일까.

"본인의 길은 본인이 정하는 거야."

그의 말에 유정이 눈을 동그랗게 떴다. 그리고 다정한 그의 눈빛에 입술을 부드럽게 휘었다.

그는 늘 다정하게 나에게 말해준다. 미처 깨닫지 못한 것들을.

예전의 그녀는 자신의 의지에 의해 할 수 있는 것이 없었다. 고모부의 뜻에 따라야 했고, 말 잘 듣는 아이가 되어야 했으니까. 하지만 그의 곁에선 아니었다. 조금 나쁘게 굴어도 그는 웃으며 받아들여 준다. 질책을 할 땐 누구보다 따끔하고 무섭게 했지만.

"생각해 볼게요."

"음."

짧게 말을 내뱉은 그가 크게 한입 토스트를 베어 무는 것을 보았다. 턱을 크게 움직여 음식을 씹는 것을 흐뭇한 얼굴로 유정은 턱을 괴고 바라보았다. 입가엔 어느새 희미한 웃음이 머금어져 있다.

"오늘은 일찍 들어와요?"

"응, 정시 퇴근할 것 같아."

무슨 수를 써서든 평소에도 정시에 퇴근하는 그였다. 유정의 문제가 해결된 후론 늘 그랬다. 최대한 많은 시간을 유정과 함께하려는 그는 오늘도 회사에 출근하자마자 회사에서 할 일을 머릿속으로 정리하며 커피를 마셨다. 오늘 하루는 중국 지사 문제로 제법 피곤할 하루가 될 것 같아 그의 얼굴에 벌써부터 피곤함이 묻어난다.

그의 모습을 가만히 바라보고 있던 유정이 말했다.

"그럼 서점 같이 가요. 나 오늘 약속 있거든요."

"약속?"

"네."

짧게 고개를 끄덕인 유정은 젓가락을 들어 샐러드를 집어 입으로 밀어 넣었다. 아삭아삭, 싱싱한 채소와 상큼한 소스가 제법 어우러져 맛있다.

"무슨 약속인지 물어봐도 될까?"

"잔소리 안 할 거면."

유정의 말에 이한의 고개가 옆으로 기울어졌다. 잔소리? 알 수 없는 말이다.

그가 어디 한번 해보라는 듯 고개를 끄덕이자 유정은 그의 눈치를 살피며 말했다.

"당신 친구요."

"내 친구?"

"네."

짧게 고개를 끄덕인 유정은 별일 아니라는 듯 오렌지주스로 입 안을 헹궈낸 후 말했다.

"인영 씨 만나기로 했어요."

그녀의 말에 이한이 손에 힘이 풀린 듯 젓가락을 툭 떨어뜨렸다.

쨍그랑.

접시와 젓가락이 부딪쳐 날카로운 소리를 냈으나 이한은 여전히 멍한 표정으로 그녀를 바라보고 있었다.

인영과는 친구가 맞았다. 하지만 어찌 되었든 결혼 이야기로 세상을 시끄럽게 만들었던 인물이다. 그런 인영과 부인인 유정이 만나다니. 참 아이러니한 그림이다.

그가 젓가락을 주워 들며 말했다.

"여자들은 참 알 수가 없어."

"제 생각에도 그래요."

그렇게 말한 유정이 입술을 늘어뜨리며 웃었다.

그래, 여자란 참 알 수 없다. 인생처럼.

*

두 사람 앞에 식어버린 찻잔이 놓여 있었다. 교외에 위치한 카페는 사람들이 잘 찾지 않는 곳이었고, 오늘도 어떻게 가게가 유지될 수 있을까 생각될 정도로 한산했다.

비어 있는 테이블 중 하나를 차지하고 앉은 유정과 인영은 서로를 마주 보며 어색하게 웃고 있었다. 인영은 계속 이 자리가 어색하다는 듯 손을 만지작거리고 있고, 유정은 앞에 커다란 다이어리 하나를 펼쳐 놓은 채다.

"제 제안을 받아들여 주셔서 감사해요."

유정이 다이어리에서 시선을 떼며 말했다. 그러자 인영은 어깨를 움찔 떨며 힘차게 고개를 끄덕인다.

"그런데 제가 정말 도움이 될까요?"

"큰 도움이 되고말고요."

짧게 답한 유정은 식어버린 차를 마시고 잔을 내려놓았다. 잔이 놓인 자리 옆에 펼쳐진 다이어리에는 '강기태 자선사업:김인영 첼리스트 연주회' 라는 글귀가 적혀 있다.

강기태 자선사업단체는 유정의 친부가 갑자기 병으로 세상을 떠난 후 그를 기리기 위해 만든 것이다. 다른 기업에서는 자금세탁을 위해 자선사업단체를 만들곤 했으나 강기태 자선사업단체는 달랐다. 규모는 크지 않았으나 매년 꾸준히 사회 약자들을 돕고 있었으며, 대한민국의 노블리스 오블리제를 실현하고 있는 단체로 꼽히고 있었다. 거기에 최근 유정의 제안으로 장호의 전체 매출 중 순매출 1%를 모두 강기태 자선사업단체에 기부하면서 그 세를 더욱 키워 나가고 있었다.

오늘 유정이 인영을 만난 것은 세계적으로 주목받는 첼리스트인 그녀에게 음악회를 제안하면서부터 시작되었다. 인영은 흔쾌히 그녀의 제안을 수락했고, 현재는 세부적인 것들을 조율해 나가는 중이었다.

"다음 주에 인영 씨 소속사로 저희 쪽 사람이 나갈 거예요. 그때 계약서를 작성하고 세부 조율을 하면 될 것 같아요. 다시 한 번 제안을 받아들여 주셔서 감사합니다. 바쁘실 텐데."

유정의 말에 인영은 작게 고개를 저었다. 그리고 자신감이 결여된 눈망울로 유정을 바라본다.

"꼭 말씀드리고 싶은 게 있는데……."

말끝을 흐린 인영이 숨을 크게 몰아 마신 뒤 말을 이었다.

"이한 씨와 나, 그런 사이가 아니에요."

긴장이 가득한 인영의 모습에 유정은 입가에 부드러운 웃음을 머금었다. 인영과 이한은 동갑이었다. 서른넷의 여자가 자신 앞에서 긴장하며 몸을 오들오들 떠는 모습을 보니 비웃음보단 귀엽다는 생각이 먼저 들었다. 인영의 성향에 대해선 유정도 익히 들어온 터라 고개를 끄덕였다. 그녀는 대인관계가 좋지 못했고, 사람들 앞에 나서는 것을 싫어했다. 낯선 사람과 지금처럼 대화하는 일도 좀처럼 없었기에 인영이 오늘 이 자리에 나오기까지 얼마나 많은 고민과 용기를 내어야 했는지 알 수 있었다.

"알고 있어요."

유정의 말에 인영은 그제야 안도한 듯 한숨을 푹 내쉬었다. 그리고 그와 자신은 친구, 그 이상도 이하도 아니라며 다시 한 번 못을 박았다. 그녀 또한 유정과 이한이 결혼하게 되면서 그전에 나간 기사 때문에 신경 쓰고 있던 듯했다.

"자상한 사람이니까요. 그리고 정직한 사람이고요. 만약 인영 씨와 정말 연인이었다면 저와는 결혼하지 않았겠죠."

그녀의 말을 들으며 고개를 끄덕이던 인영은 뭔가 이상하다는 듯 콧잔등을 찌푸리더니 이내 눈을 동그랗게 떴다.

"그 사람이 자상하다고요?"

못 들을 말이라도 들은 것처럼 인영의 눈이 커다랗게 변했다. 그리고 말아 쥐고 있던 손을 테이블 위로 올린 후 몸을 앞으로 살짝 굽히더니 기함한 얼굴로 읊조린다.

"그거 정말 놀라운 이야기네요. 난 그 사람을 한 번도 자상하다고 느낀 적이 없거든요."

"네?"

"정말이에요. 뉴욕에 있을 땐 얼마나 무서웠는지 아세요? 부모님 때문에 한 번은 식사를 하게 됐는데 그때도 냉기가 뚝뚝 떨어지는 얼굴로 한마디도 안 하더라고요. 그리고 제 연주회에도 온 적이 있는데 와서는 내내 피곤한 듯 자더니 꽃다발만 주고 갔어요."

"……."

"그것도 제일 앞자리에서 자는데 얼마나 민망하던지."

그렇게 말한 인영은 아직도 더 할 말이 남았다는 듯 입술을 달싹였다. 방금 전까지만 해도 긴장해 한마디도 못 하던 여자가 맞나 싶을 정도이다.

"난 이한 씨가 무서워요. 친구이긴 한데 한마디도 못 해요. 항상 자신의 말만 단답형으로 이야기하는데 부모님만 아니었으면…… 아, 내가 말이 너무 길었죠?"

"아, 아니에요."

인영만큼이나 놀란 유정이 눈을 커다랗게 떴다. 그에게 이런 면이 있을 줄은 몰랐다는 듯이. 유정의 눈망울이 흔들리는 것을 본 인영이 숨을 왈칵 들이켰다. 그리고 방금 전과는 달리 눈을 반달로 휘며 희미하게 웃었다.

"유정 씨를 정말 사랑하나 봐요."

"네?"

"이한 씬…… 그런 사람이거든요. 열이면 열 물어보세요. 그 사람이 자상한 사람인지 아닌지. 아주 차가운 사람이라고 할 거예요. 이성적이고 배타적인 느낌이 물씬 풍기는 사람이라고."

"아……."

"뒤에서 흉본다고 뭐라고 하지 마세요. 이건 음악회 때 잔 걸로 복수하는 거니까."

장난스럽게 말하는 인영의 모습에 유정은 놀란 표정을 풀고 와락 웃음을 터뜨렸다. 배를 잡고 키득키득 웃음을 내뱉던 그녀가 여전히 웃음기가 가득한 목소리로 말했다.

"아니에요, 아주 재미있어요. 그 사람의 다른 면을 본 것 같아서."

"그렇다면 다행이고요."

인영이 부드럽게 웃으며 고개를 끄덕인다.

그 후로도 두 여자는 서로를 마주 보며 웃었다. 공동 주제인 이한을 두고서. 유정은 자신이 만나지 못한 4년의 시간 동안 그가 어떠한 삶을 살았는지 인영의 입을 통해 들었다. 그건 꽤 신선하고 재미있는 경험이었다.

예전이라면 만나지 못한 시간에 아쉬워했을 그녀지만 지금은 아니었다. 그 4년의 시간이 있었기에 두 사람은 부부가 될 수 있었음을 알고 있으니까.

*

예상보다 빨리 인영과의 일이 마무리되어 미리 서점에 오게 된 유정은 수만 권의 책을 눈으로 훑었다. 그리고 한 책장 앞에 멈춰 서서 책을 빼 든 유정은 첫 말머리를 살펴보았다. 작가의 생각이 고스란히 들어 있는 두 페이지를 읽던 그녀는 본격적으로 책을 읽기 시작했다.

목이 뻐근할 정도로 오랫동안 책장을 넘기던 유정은 주위를 두리번거리더니 이내 바닥에 주저앉았다. 입고 있는 새하얀 치마가 엉망이 된다는 생각은 하지 못한 채 한참이고 고른 숨만 내뱉으며 작가가 풀어낸 판타지 세상에서 시선을 떼지 못했다.

유정이 뽑아 든 책은 장르 책이었다. 요즘 유정이 읽는 책은 장르를 가리지 않고 다양했다. 일반문학을 읽기도 하였고, 가끔은 어린아이들이 읽는 동화책도 읽었다. 장르 소설도 다양하게 보았으며, 요리책이나 교양 서적을 읽기도 하였다.

책은 다양한 지식과 생각을 꿈꿀 수 있게 해주었고, 그저 흐르는 시간을 잠시 붙잡아주었다.

막 책장을 한 장 더 넘기던 유정은 자신의 머리에 닿는 손길에 시선을 들었다. 그곳에 멋들어진 슈트를 입은 이한이 서 있었다. 뭔가 불만이 가득한 듯 눈살을 찌푸리며 바라보던 그가 툭하니 내뱉었다.

"전화 왜 안 받아?"

"아…… 서점에 들어와서 진동으로 해두었더니."

유정이 서둘러 가방에서 휴대전화를 꺼냈다. 진동도 가장 약하게 해두었더니 그가 전화를 한 것도 몰랐다. 액정에 떠 있는 부재중 20통이란 글자에 그녀의 입술이 악물렸다.

"미안해요."

걱정이 뚝뚝 묻어나는 표정에 유정이 사과를 건네자 이한은 순간 하체에 힘이 풀린 듯 그녀의 앞에 털썩 주저앉았다.

고개를 푹 숙이고 뒷머리를 긁적인 이한이 음울하게 읊조렸다.

"걱정 좀 시키지 마."

"알았어요, 알았어."

유정이 곁에 책을 내려놓으며 팔을 뻗었다. 그리고 커다란 몸을 힘껏 끌어안으며 귓가에 속살거린다.

"미안해요, 걱정시켜서."

커다란 몸을 힘껏 끌어안던 유정은 방금 전까지 읽던 책과 미리 골라둔 요리 서적을 들고서 일어섰다. 그리고 시선만 들어 자신을 올려다보는 이한에게 손을 뻗었다.

이 각도에서 보는 그는 유독 작아 보였다. 그래서 자신의 손을 붙잡는 커다란 손이 평소보다 더 크게 느껴졌다. 힘껏 몸을 일으키는 그 때문에 앞으로 휘청거렸다. 이한이 제 허리를 감싸주는 것을 느끼며 유정이 키득키득 웃었다.

책을 계산하고 밖으로 나온 두 사람은 따스한 봄바람을 느끼며 걸음을 옮겼다. 구입한 책은 이한의 손에 들려 있고, 다른 한 손으론 작은 손을 잡은 채다. 마치 이제 막 연애를 시작하는 사람들처럼.

봄바람에 머리가 흐트러지자 유정은 손을 들어 머리카락을 뒤로 쓸어 넘겼다. 그리고 자신의 손을 이끌어주는 이한을 힐끗 올려다보았다.

이한은 그녀를 보고 있었다. 다정한 눈길로 자신을 쓰다듬는 모습에 그녀가 장난스럽게 입술을 달싹였다.

"인영 씨 연주회에 가서 잤다면서요?"

"뭐?"

"그걸로 인영 씨가 많이 상처받은 것 같던데."

"……."

이한의 턱이 움찔거렸다. 두 여자가 만나 무슨 이야길 나눴나 했더니…….

손을 놓은 그가 팔을 올렸다. 그리고 유정의 목에 팔을 두른 이한이 고개를 내리며 말했다.

"두 사람, 오늘 내 욕하느라 즐거웠나 보다?"

"욕이라니요. 팩트죠."

"하여튼 한마디도 안 져."

쪽, 입술을 맞춘 그는 아주 가까운 거리에서 시선을 맞추며 속삭였다.

"그것 말고 또 이야기한 건?"

"음, 오빠가 냉혈한이래요."

"것 봐. 욕한 것 맞네."

혀를 찬 그가 얼굴을 떼어내며 유정의 몸을 제 쪽으로 끌어당긴다. 그러곤 저 멀리 보이는 찻집을 향해 걸음을 옮겼다. 그녀의 좁은 보폭을 맞추어.

"그런데 정말 그래요? 내가 보기에 오빠는 아주 다정한 사람인데."

"다른 사람들한테도 모두 다정하게 대해주는 게 오히려 이상하지."

"그게 뭐예요. 좋은 사람이지."

유정이 말도 안 된다는 듯 까르르 웃음을 터뜨렸다. 그녀의 웃음소리에 지나가던 사람들의 시선이 그들에게로 향했다. 그리고 회색 코트를 걸치고 있는 이한의 얼굴에서 잠시 멈칫하고, 커다란 품에 쏙 들어가 있는 유정의 모습에서 두 번 멈칫한다. 누가 보아도 잘 어울리는 한 쌍은 사람들의 이목을 집중시키는 외모와 분위기를 가지고 있었다.

하지만 두 사람만의 세상에 살고 있는 유정과 이한은 이를 알아차리지 못했다. 그가 유정의 뺨을 살짝 잡아당기며 투덜거린다.

"사람이 늘 어떻게 좋기만 해?"

"그건 그래요."

고개를 끄덕이며 그의 말에 호응한 유정은 넓은 품으로 더욱 파고들며 웃었다.

"이러니까 평범한 연인 같아요."

"부부가 아니라?"

"네."

부부보다 더 달콤하다. 사르르 뭔가 녹아드는 느낌도 들고, 마음이 붕붕 떠오른다.

"막 사랑을 시작하는 느낌?"

사랑스러운 말에 이한의 입술이 살짝 벌어졌다. 그는 유정의 손을 끌어와 자신의 가슴께에 올려놓으며 어설프게 웃었다.

"나 역시 심장이 남아나질 않아."

터질 것 같다. 그렇지?

그의 말에 유정이 또다시 까르르 웃음을 터뜨렸다.

보폭을 맞춰 함께 걷는 지금, 서로 시선을 맞추며 행복하게 웃고 있는 지금, 유정은 너무나 행복했다. 그리고 이러한 마음을 그에게 전하고 싶었다. 아직도 자신과 연락이 되지 않으면 안절부절못하는 남자에게.

"나 하고 싶은 일이 생겼어요."

"뭐?"

가벼운 물음에 유정이 눈을 감으며 말했다. 속눈썹이 파르르 떨린다. 생각만 해도 즐거운 미래에.

"오빠와 함께 아침에 눈을 떠요. 그런데 우리 옆엔 사랑스러운 아이들이 있어. 그 아이들의 훌륭한 엄마이자 오빠의 좋은 연인이 되고 싶어요."

"연인? 와이프가 아니라?"

눈을 뜬 유정은 의아한 듯 자신을 바라보는 시선과 마주하며 답했다.

“연인이어야지 오빠의 심장이 지금처럼 계속 남아나지 않을 것 같아서.”

어린 신부는 앙큼하게 웃었다.

그리고 그의 팔에 얼굴을 비비며 자신의 지난날 썩 좋지 않던 유년 시절을 떠올렸다.

“난 바쁜 엄마는 싫어요. 아이들의 곁에 있고, 그 아이들이 커가는 과정을 보고 싶어.”

그렇게 말한 유정의 귓가에 그가 한 말이 스친다.

“본인의 길은 본인이 정해야 하는 거야.”

그가 한 말이 떠올랐다. 막상 그 말을 들었을 때 난 어떤 길을 선택해야 할지 몰랐다. 하지만 이젠 확신이 든다, 내가 가야 할 길에 대해.

유정은 고개를 들어 이한을 보며 웃었다.

그와 함께 만든 가정을 내 전부로 두기로.

“그것만으로도 너무 바빠서 벅찰 것 같아요. 아이들의 모습을 모두 보려면.”

“아이들이라…….”

짧게 말을 늘어뜨린 그는 방금 전까지만 해도 들어가려고 하던 찻집 앞에서 걸음을 멈췄다. 그리고 주머니에서 플라스틱 카드 하나를 꺼내 유정의 눈앞에서 흔든다.

"안 그래도 예약해 뒀는데, 어때?"

지금은 차 말고 이게 더 좋지 않을까?

그의 물음에 유정은 또다시 참을 수 없다는 듯 웃음을 터뜨렸다.

Story 2.
털어낼 것과 담아둘 것

유정은 오늘 하루 일과를 적어놓은 다이어리를 확인했다.

아침엔 최근 다니기 시작한 요리학원을 간 후 간단히 점심을 해결한다. 그리고 점심을 먹자마자 강기태 자선사업단체로 가서 다음 주면 있을 인영의 연주회 마무리 준비를 한다. 초대 손님들에겐 이미 연락을 해둔 상태이고 티켓도 순조롭게 판매되고 있지만, 처음으로 자신이 준비하는 행사여서 그런지 쉬이 마음이 놓이질 않았다.

다이어리를 백에 넣은 유정은 자리에서 일어났다. 그리고 말끔하게 정리된 침실을 다시 한 번 눈으로 훑은 후 힘차게 걸음을 옮겼다.

최근 그녀의 주위는 제법 안정되어 가고 있었다. 회사 문제도 그렇고 사적인 부분 역시 그랬다. 이한의 곁에서 행복한 가정을 만들기로 결심한 이후론 학원도 열심히 다녔고, 장호나 강기태 자선사업단체에서도 자신이 할 수 있는 일을 조금씩 해 나가고 있었다. 제법 만족스러운 생활이고, 예전이라면 상상도 하지 못한 행복을 맛보고 있는 중이다.

하나 마음에 걸리는 것이 있다면 피임을 하지 않았는데도 아이가 생기지 않는다는 것이었다.

"병원이라도 가볼까?"

유정은 자신의 아랫배를 만지며 불안하게 읊조렸다. 하지만 이내 고개를 저었다.

"너무 욕심내서 그래."

그래, 이렇게 행복한데, 정말 신이 있는 것은 아닐까 생각이 될 정도로 만족스러운 생활을 하고 있는데 아이까지 욕심을 내니까 생기지 않는 것이리라.

유정은 1층 로비로 내려온 후 바로 앞에서 대기하고 있는 차를 향해 걸음을 옮겼다.

"오셨어요?"

자신을 보며 웃는 경희의 모습에 힘껏 웃어준 그녀는 고개를 끄덕였다. 경희가 문을 열어주자 차에 오른 그녀는 눈을 감으며 호흡을 가다듬었다. 그리고 애써 밝은 생각을 하려 애썼다.

"오늘은 뭘 만들기로 했어요?"

보조석에 앉은 경희가 물어오는 말에 유정은 눈동자를 굴리며 오늘 도전 과제를 떠올리며 상큼하게 답했다.

"오늘은 육전이랑 잡채요."

"우와, 완전히 잔칫상이네요."

이젠 친해진 경희가 호응해 주자 유정이 크게 고개를 끄덕였다.

*

"초대 손님들 방문 예정은요?"

"고 의원님 빼곤 모두 참석해 주신다고 하셨습니다."

"참석률이 좋네요."

유정은 손님 명단을 보며 웃었다. 장호에서 하는 뜻깊은 행사에 참여하지 못한다는 사람은 50명 중 단 한 사람뿐이었다. 더욱이 계획하고 있는 연주회의 퀄리티가 워낙에 높다 보니 오지 않겠다는 사람이 없었다.

"고 의원님도 전당대회가 있어서 참석하지 못한다고 하셨습니다."

"네."

짧게 답한 유정은 이번엔 고개를 돌려 마케팅 팀장을 보며 물었다.

"티켓 판매율은요?"

"현재 80%입니다."

좋은 자리는 10만 원이 조금 넘는다. 다른 연주회에 비해 높지 않은 가격이고, 세계적으로 유명한 첼리스트 김인영의 연주회에 많은 클래식 팬들이 찾아들었다. 질 좋은 공연을 보면서 좋은 일까지 한다니 일석이조가 아닌가.

유정이 처음으로 계획하는 공연은 마지막까지 허점 하나 없이 완벽했다. 이번 연주회에 대한 특집 기사가 다섯 번이나 실렸고,

이 일로 인해 안 좋은 일로 세상을 시끄럽게 만들었던 유정에 대한 재조명 기사도 함께 실렸다.

아직도 사람들은 그녀가 4년 동안 정신 치료를 받았다는 것을 잊지 않고 있었다. 실제로 성진의 말을 믿는 사람들도 있었지만 대부분의 사람들은 그녀가 이토록 사회생활을 훌륭히 할 수 있다고 믿는 분위기였다.

마지막 체크까지 완벽하게 끝나자 유정은 그제야 안도하는 표정을 지었다. 그녀의 표정이 느슨하게 풀리자 회의실 안에 모여 있던 열 명의 인원 또한 속으로 한숨을 삼킨다. 깐깐한 유정에게 꼬투리를 잡히지 않았다는 것에 안도하는 모습들이다.

그때 회의실 밖에서 소란스러운 소리가 들려왔다. 비명처럼 내지르는 소리도 들리고 물건 부딪치는 소리도 들렸다. 사람들의 시선이 순식간에 문으로 향했고, 이 자리에 있는 직원 중 가장 직급이 낮은 사람이 자리에서 일어났다. 하지만 그가 미처 문을 열고 나가기도 전에 닫혀 있던 문이 거칠게 열렸다.

그곳엔 머리가 엉망으로 흐트러진 연정이 숨을 거칠게 몰아쉬며 유정을 노려보고 있었다. 붉어진 눈동자는 악귀처럼 무서웠지만 그녀는 눈 하나 깜짝하지 않았다.

"강유정!"

비명처럼 내지른 소리에 연정의 몸을 붙잡고 있던 경희의 손에 힘이 들어갔다. 서둘러 이 자리에서 끌어내기 위해 거칠게 몸을 잡아당겼으나 연정의 몸은 흔들리지 않았다.

"잠시 이야기 좀 해!"

"지금 당장……."

끌어내겠다는 경희의 말에 유정이 자리에서 일어났다. 고개를 저은 유정은 회의에 참석해 있던 사람들을 향해 시선을 돌렸다.

"10분 정도 휴식할까요?"

그의 말에 연정의 표정이 밝아졌다.

사람들이 빠져나가고 걱정스러운 기색이 역력한 경희가 유정에게 다가왔다. 그녀는 유정에게만 들릴 정도로 작은 목소리로 말했다.

"김 사장님께서……."

이한은 고모부 내외는 물론이고 연정도 그녀의 가까이에 오지 못하도록 명했다. 정신병원에 조카를 가둘 정도로 눈앞에 아무것도 보이지 않는 사람들이고, 그들이 유정에게 한 행동들을 떠올리면 극악하다 못해 사람으로선 도저히 하지 못할 짓이었다. 그리고 이런 명령은 이성진 부사장의 재판이 계속되고 있는 지금도 마찬가지였다. 1심에서 5년 구형을 받은 그였지만 이를 받아들이지 못해 2심을 준비하고 있는 중이었다. 사람들은 이런 성진에게 사람도 아니라며 손가락질을 했지만, 그는 재기를 위해 꿋꿋하게 재판을 준비 중에 있었다.

"잠시면 돼요."

"하지만 사모님…… 위험합니다."

이한의 말이 아니더라도 경희는 이 만남을 막고 싶었다. 하지만 유정은 완강했다.

"제가 비명을 지르면 당장 들어와 주면 되잖아요."

"그렇지만……."

"그리고 제가 당하고만 있을 것도 아니고요."

"……."

말문이 막힌 경희는 입을 다물었다. 그러자 유정은 입가에 희미한 웃음을 띠었다.

"털어내야 하니까요. 계속 마음에 품고 있으면 저에게도 좋지 못할 거예요. 확실히 마무리하게 해주세요."

유정의 말에 경희는 어쩔 수 없다는 듯 고개를 저었다. 그리고 뒤에서 두 사람이 무슨 이야기를 나누는지 살피고 있는 연정을 노려본 후에야 허리를 숙였다.

"무슨 일 있으면 당장 부르세요."

제법 강압적으로 말한 경희가 회의실 문을 열고 밖으로 나가자 유정은 방금 전까지 사람들이 앉아 있던 소파를 눈으로 가리켰다.

"앉아서 이야기할까? 생각보다 이야기가 길어질 것 같으니까."

그녀의 말에 연정은 순순히 소파에 앉았다. 그러곤 자신의 맞은편에 앉는 유정을 살피다

오늘도 유정은 완벽하게 코디 된 옷을 입고 있었다. 시원한 파란색의 원피스는 눈까지 시원해질 지경이고, 옅은 색조화장이 되어 있는 얼굴은 그 나이 또래의 상큼함이 보인다. 자신의 가족은 괴로워 사지를 헤매는 지경인데 유정은 너무나 행복해 보인다. 그 모습에 연정은 다시 한 번 배알이 꼴렸다.

"잘살고 있나 보구나? 우리 가족은 그렇게 만들어놓고서."

"따지러 온 거니?"

유정의 물음에 연정이 몸을 움찔 떨었다. 서늘한 눈빛으로 연정을 쏘아보던 그녀가 자리에서 일어났다.

"그렇다면 더 이상 이야기할 게 없어 보이는데."

차디찬 목소리에 연정의 몸이 움찔 떨렸다. 서둘러 팔을 뻗은 그녀의 입에서 독기 빠진 목소리가 흘러나왔다.

"자, 잠시만……. 미안, 미안해."

서둘러 사과의 말을 꺼낸 연정이 고개를 푹 숙인다. 들썩이는 어깨를 본 유정의 입술이 부드럽게 호를 그렸다.

"이제 이야기할 마음이 생겼구나?"

"……."

"그럼 날 찾아온 이유를 들어볼까?"

핑크색 립스틱을 바른 입술이 비틀린다. 당당한 표정으로 연정을 보던 유정은 자리에 앉아 연신 달싹이는 입을 보며 느긋하게 의자에 등을 기댔다. 그녀가 입을 열 때까지 기다려 주겠다는 듯이.

그런 유정을 살피던 연정은 속에서 울컥울컥 올라오는 화를 애써 참아내고 있었다. 자신은 이 자리에 부탁하러 온 입장이다. 방금 전처럼 자신의 이야기를 듣지 않고 유정이 이곳을 빠져나가는 순간, 다음 만남을 기약할 수 없는 상태. 그녀는 다짐하듯 끓어오르는 화를 애써 억누르며 말했다.

"미안해. 전에 너한테 했던 행동들, 모두 사과할게. 그러니까 우리 아빠 좀……."

목소리가 떨린다. 첫마디를 꺼내는 순간부터.

진심이 담겨 있지 않은 말에 유정은 작게 한숨을 내뱉으며 웃었다.

"이성진 부사장은 내가 어떻게 해줄 수가 없어."

"할 수 있잖아! 너 그럴 힘 가지고 있잖아!"

화를 참지 못한 연정이 회의실이 쩌렁쩌렁 울리도록 소리를 질렀다. 밖에서 안의 상황을 살피던 경희가 문을 열어볼 정도로 큰 소리였다.

유정은 경희에게 괜찮다는 듯 눈짓을 보내주었고, 그녀가 문을 닫고 다시 앞에 대기하는 것을 본 후에야 연정을 보았다. 몸을 부들부들 떠는 아이를 보자 귀엽다는 생각마저 들었다.

연정은 유정과는 달리 사랑을 받고 컸다. 고모부 내외는 늘 연정이 원하는 것이라면 다 들어주었다. 학창 시절, 아이들에게 놀림을 받는 그녀를 유학 보낸 것도 그 일환이었다. 연정이 슬퍼하지 않도록.

그에 비해 자신은 어땠는가. 늘 바쁜 부모님이었다. 다른 이들은 모두 부러워하는 그 '부'를 쌓기 위해 자신은 저 멀리 미뤄두었다. 부모님의 사랑이 고모부나 고모보다 적었다는 생각은 하지 않았다. 하지만 지금 이 순간 제 감정을 모두 터뜨릴 수 있는 연정을 보니 부모님에 대한 원망이 조금은 커졌다.

나도 저렇게 클 수 있었으면 좋았을 텐데. 내 속에 있는 것을 모두 밖으로 내보이며 내 나이 또래의 아이들처럼 지낼 수 있었다면 참 좋았을 텐데.

그렇게 생각하던 유정은 금방 이한의 얼굴을 떠올리며 들썩이는 심장을 가라앉혔다. 그리고 자신을 지키기 위해 노력하는 최 변호사와 기영까지 떠올린 후엔 마음의 안정을 되찾았다.

"이연정."

자신의 주위엔 좋은 사람들이 많이 있었다. 그러니 연정을 부러워하지 않아도 된다. 이렇게 자라난 나 역시 강유정이고, 사랑하는 사람에게 사랑받을 수 있는 여자이다. 그러니 감정의 동요는 딱 여기까지면 충분했다. 앞으로의 일을 해결하는 것이, 마음에 가득 쌓아놓은 독을 풀어내는 것이 지금의 유정에겐 더 중요한 일이었다.

"난 이성진 부사장을 민사 고소한 게 아니야. 그 사람은 현재 형사재판 중이고, 내가 할 수 있는 일은 아무것도 없어."

회사의 자금 횡령 부분은 생각보다 커졌다. 금액이 적었다면 형사소송까지 가지 않았을 테지만 집요한 이한에 의해 단돈 1원까지도 모두 밝혀져 경찰에 제출되었다. 그의 뒷주머니로 들어간 돈은 1,000억대였고, 이건 단순히 기업 내에서의 문제로 치부하기엔 너무나 컸다. 이한은 치밀하고 또 집요했다. 유정을 상처 입힌 이성진 부사장을 바닥까지 묻어버릴 기세였다. 인맥으로 이번 사건을 축소할까 걱정되어 언론사에 이번 일을 모두 밝혀 이성진 부사장은 독 안에 든 쥐가 되었다. 앞으로도 뒤로도 갈 수 없는 상태에서 이한이 쳐놓은 덫에 꼼짝없이 갇혀 재판정에 서야 했다.

유정의 말에 연정은 아니라는 듯 고개를 저었다.

"하다못해 제대로 된 변호사라도…… 그리고 기사 정도는 내줄 수 있잖아."

"기사?"

"네가 우리 아빠를 용서한다고…… 그럼 감형이 될 거야."

기사, 기사라…….

그를 용서한다는 기사라…….

유정은 무감한 얼굴로 연정을 보았다. 감정의 동요 하나 없는 표정이다.

"난 너희 아빠를 용서하지 않았는데?"

"유정아……."

"이성진 부사장은 나에게 단 한 번도 사과를 하지 않았어. 그건 고모도 마찬가지고. 그런데 용서하고 말고가 어디 있어?"

그녀의 말에 연정의 입술이 굳게 다물렸다.

그래, 자신은 사과 한마디 듣지 못했다. 전엔 고모부가 자신에게 용서를 구하지 않길 바라기도 했다. 하지만 정말 그가 사과 한마디 건네지 않자 상처는 더욱 깊어졌다. 이렇게 된 와중에도 그는 왜 자신을 찾지 않는 것일까. 고고한 자존심일 수도 있고, 어린 유정에게 당했다는 생각에 분했을지도 모른다. 하지만 그는 분명 유정에게 사과를 해야 했다. 그랬다면 이번 일이 이렇게 커지지 않았을지도 모른다.

유정은 호흡을 가다듬으며 아무런 말도 하지 못하는 연정을 보았다. 침묵은 무거웠고, 어깨를 짓누를 정도였다.

닫고 있던 입술을 천천히 달싹인 유정은 입가에 미소를 띤 후 말을 이었다.

"그리고 이연정, 난 앞으로도 지금처럼 재판에 관여하지 않을 생각이야. 법대로 처리할 거라고."

그녀는 이번 일에 관람자로 남을 생각이었다. 제3자로 남아 세상이 그에게 어떤 벌을 주는지 볼 예정이다. 그가 더 큰 벌을 받게 나서지도 않을 것이다. 그녀의 말에 연정의 고개가 아래로 뚝 떨어졌다. 생각보다 완고한 반응에 좌절한 듯 보였다.

"죗값을 모두 받고 밖으로 나왔을 때…… 고모부가 날 찾아와 진지하게 사과하면 그때 생각해 볼게."

용서는. 천천히 또박또박 말을 이은 유정이 입을 다물었다. 이것이 자신이 내린 결론이었다. 이한의 옆에서 사랑받으며 조금씩 치유받고 안정된 후에야 겨우 내린 결론.

아직도 이성진 부사장은 자신에게 많은 화를 불러일으키는 사람이지만 여기까지만 할 생각이다. 그리고 후에, 모든 벌을 받고 난 후에 마주 볼 생각이다.

"하지만 지금은 아니야."

"……."

"난 아직 아무것도 용서할 수가 없어."

그러니 아직은 조금 더 미워할 생각이다, 그를.

그녀의 말이 모두 끝나자 연정은 고개를 들었다. 그리고 분노에 가득 찬 얼굴로 유정에게 외쳤다.

"강유정, 너 어떻게 그렇게 매정하니!"

지금의 상황만으로도 성진은 많은 상처를 받았다. 늘 자신을 떠받들어 주던 사람들의 눈초리가 변한 것을 보고, 커다란 저택에서 쫓겨나 작은 아파트로 옮겨야 하는 가족을 보고.

그는 자신이 수십 년 동안 만들어온 세상이 순식간에 무너지자 비틀거렸다. 그리고 그 순간 병이 찾아왔다.

사진 속의 이성진 부사장은 예전처럼 더 이상 당당하지 않았다. 비쩍 마른 몸으로 휠체어에 앉아 병원과 법정을 오가며 재판을 받는 그는 안쓰러울 지경이었다. 물론 많은 사람들은 쇼하지 말라며 날카롭게 쏘아붙였지만.

유정은 붉어진 눈으로 자신을 노려보는 연정을 보며 한숨처럼 말했다.

"매정한 건 너희 가족이었어."

"뭐?"

연정이 뾰족하게 되물었지만 유정은 한 치도 물러서지 않고 제 할 말을 늘어놓았다.

"어머니가 돌아가신 것도."

"……."

"날 정신과 치료를 받게 한 것도."

"그, 그건……."

"날 상처 입힌 것도."

"……."

변명을 하려던 입술이 닫히는 것을 보며 유정은 짐짓 다정한 목소리로 말을 마쳤다.

"모두 너희 가족이 한 일이야."

그래서 사람을 믿지 못했다. 가족에게 받은 상처 때문에 이한에게도 무엇을 주어야만 제 곁에 있을 것이라 생각했다. 그렇게 참 무지한 생각을 하며 살았다.

"너희 아버지, 건강 안 좋다고 하시더라. 잘 챙겨 드려."

더 이상 할 말이 없다는 듯 유정이 자리에서 일어나려 할 때였다.

테이블을 돌아 유정의 앞으로 온 연정이 그녀의 치맛자락을 붙잡으며 바닥에 주저앉았다. 무릎을 꿇은 그녀는 당황한 듯 자신을 내려다보는 유정을 보며 안쓰럽게 부탁했다.

"아빠, 많이 아파! 건강이 정말 좋지 않으셔! 이거면 된 거 아니야? 이걸로……!"

연정의 눈망울에 눈물이 맺혔다. 이러다가 아빠가 잘못될지도 모른다며 울부짖은 연정은 결국 눈물을 뚝뚝 흘렸다.

고모부는 유정에게 있어선 나쁜 사람이었지만, 연정에겐 다정한 아버지였다.

연정은 유정에게 있어선 나쁜 사람이었지만, 고모부에게 없어선 안 될 소중한 딸이었다.

연정으로 인해 이한이 학교를 떠나야 했고, 두 사람은 4년이란 이별을 맛보아야 했다. 그때 유정은 누군가에겐 다정한 아버지이고 누군가에겐 다정한 딸이었을 두 사람이 너무나 미웠다. 그리고 이 상황을 방관하기만 하고 그녀를 몰아붙이던 고모도 너무너무 미워 당장이고 손톱을 세우고 할퀴고 싶었다.

하지만 참았다. 4년이란 시간 동안 이 순간을 위해 참고 또 참았다.

유정의 가슴이 크게 들썩였다. 방금 전까지만 해도 감정이 없던 유정의 눈동자에 슬픔이 가득 차올랐다.

끔찍한 이별의 순간, 홀로 남은 열여덟 소녀의 아픔이 몰아닥쳐 가슴을 두들겨 팼다.

"과거의 난…… 고모부가 죽길 바랐어. 그 자존심 강한 사람이 법정에 서는 순간, 그리고 지금처럼 모든 걸 잃는 순간 그렇게 될 거라고 생각했거든."

회안에 젖은 눈망울이 떨린다.

그때의 소녀는 그런 못된 생각을 품었다. 그리고 나쁜 어른으로 자랐다.

자신이 가진 것으로 상대를 휘두르려는 나쁜 어른. 그리고 그녀는 그렇게 변한 자신이 너무나 싫었다.

"만약 예전이라면 후에 사과를 받겠다는 말도 하지 않았을 거야. 하지만 지금은 조금 달라졌어."

하지만 이젠 달랐다. 모든 것을 순리대로 받아들이기로 했다.

"세상에 날 미워하는 사람이 한 명도 없었으면 하거든."

사람을 미워하면 그 사람은 병든다.

마음도 몸도.

유정은 무릎을 꿇고 있는 연정을 내려다보았다. 자신의 말에도 연정은 여전히 꼼짝 않고 제 앞에 고개를 숙이고 있었다. 몸을 동그랗게 말고 이마를 바닥에 댄 연정이 울먹이는 목소리로 말했다.

"미안, 미안해. 내가 이렇게 사과할게. 아빠 대신, 엄마 대신 잘못을 구할게. 그러니까 제발……."

하지만 그 슬픔이 유정의 마음엔 와 닿지 않았다.

대신 사과하는 것은 있을 수 없었다.

상처를 입힌 사람이 직접 와서 사과해야 했다.

그때서야 비로소 피해자는 가해자를 조금이라도 용서하게 된다.

"이만 돌아가 줘. 내가 할 이야기는 모두 끝났어."

유정이 냉정하게 뒤돌아섰다.

차창 밖에 노을이 지고 있다. 이렇게 또 하루가 간다. 빠르게 아무런 일도 없었다는 듯이.

커다란 원목 책상에 엉덩이를 걸친 채 차창 밖을 보던 유정이 서서히 눈을 감았다.

내 몸에 가득한 독기를 빼는 것이 우선이라 생각했다. 그래야 과거에 멈춰 있는 발걸음이 현재를 향해, 그리고 미래를 향할 테니까.

하지만 지금 이 순간, 이토록 가슴이 시린 이유는 뭘까.

알 수가 없다. 모든 것을 털어내려 하는데 마음이 너무나 아프다.

한 발자국도 옮기지 못한 채 유정은 연정이 돌아간 뒤로 그 자리에 머물러 있었다. 앞으로 걸어가기 위해 한 행동이었음에도 불구하고.

그때 밖이 소란스러워지더니 문이 벌컥 열렸다.

"강유정!"

거칠게 문을 열고 안으로 들어온 이한은 초연한 표정으로 앉아 있는 유정을 보았다. 그녀는 고개만 돌려 이한을 본 후 느른하게 웃었다.

"왔어요? 미안해요, 한 발자국도 못 옮기겠는 거 있지."

"너 정말!"

성큼성큼 걸어온 이한이 성급하게 유정을 끌어안았다. 그리고 제 품 안에 들어온 작은 여체를 느끼고 나서야 겨우 안심이 되는지 숨을 훅 하고 뱉어냈다.

유정은 숨이 막힐 정도로 힘껏 끌어안긴 그의 품에서 겨우 숨을 내뱉었다. 그리고 가느다란 팔을 뻗어 그의 몸을 끌어안았다.

"오빠 보기 전까지."

"이연정은 왜 만난 거야?"

이미 경희에게 보고를 받은 것인지 그가 거칠게 물었다. 회의

도중에 걸려온 전화에 가슴이 와락 내려앉을 뻔했다. 부산에 있었기에 최대한 빨리 회의를 끝내고 곧장 비행기를 타고 날아왔지만 네 시간이나 걸렸다. 그 네 시간 동안 그는 지옥을 오고 가야 했다. 유정에게 무슨 일이 생긴 것은 아닐까, 왜 갑자기 연정을 만난 것일까, 유정은 지금 어떤 마음일까 생각하고 또 생각하며 심장이 왈칵 내려앉았다가 뛰길 반복했다.

"……행복하고 싶어서."

유정이 힘겹게 꺼내는 말에 이한은 몸을 조금 떼 작은 얼굴을 내려다보았다. 유정은 늘 어디로 튈지 모르는 탱탱볼 같았다. 그래서 늘 긴장하게 되고 그녀의 일거수일투족을 살피게 된다. 하지만 그런 그를 비웃기라도 하듯 유정은 지금처럼 늘 돌발행동을 하곤 했다.

만나면 머리라도 쥐어박아 줘야지, 눕혀놓고 엉덩이라도 때려줘야지, 다짐하고 또 다짐한 이한은 그녀의 얼굴을 보자 온몸의 힘이 빠져 때리기는커녕 빌게 된다.

"제발 얌전히 내 곁에 있어주면 안 되겠니?"

"아……."

그의 목소리가 떨리는 것을 느낀 유정이 작게 입술을 벌렸다. 하지만 이한은 거기서 말을 멈추지 않았다.

"늘 지옥과 천당을 오가는 느낌이야. 너한테 또 무슨 일이 생긴 건 아닐까 생각하면…… 난 정말……."

그의 눈동자 속에 가득한 불안감을 발견한 유정은 손을 들어 그의 뺨을 쓰다듬었다.

"미안해요. 요즘 난 오빠에게 늘 사과만 하게 되네요."

"제발…… 제발, 유정아."

그의 입에서 거칠게 토해지는 숨결에 유정의 표정이 흐려졌다. 그녀는 무거운 입술을 겨우 들어 올리며 말했다.

"안아줄래요?"

"뭐?"

"나 지금 너무 추워서……."

파르르 입술을 떤 유정의 눈가에 순식간에 눈물이 맺혔다.

"또 나만 생각하는 이기적인 아이 같은데……."

"……."

"나 너무…… 지금 너무 추워서……."

겨우 과거와 마주한 유정은 떨고 있었다.

눈에서 툭툭 떨어지는 눈물을 발견한 그가 다급하게 유정을 품에 안았다.

"미안."

불안정한 그녀의 모습에 이한은 정수리에 입술을 묻었다. 그리고 눈을 감으며 작게 떨리는 여체를 자신의 품으로 더욱 끌어당겼다.

그의 품에 갇힌 유정이 그제야 안도의 한숨을 훅 내쉰다.

"사랑해요."

그리고…… 고마워요.

그녀는 힘겹게 뒷말을 내뱉으며 그의 얼굴을 보았다.

털어내야 할 것과 담아야 할 것,

그것을 유정은 마음속으로 정리했다.

미움은 버리고 행복만을 담는다.

*

오랫동안 준비해 온 인영의 연주회가 있는 날이다. 토요일 주말 저녁에 있는 연주회이기에 두 사람은 하루 종일 침대에서 뒹굴다 늦은 점심을 먹으려 준비하고 있었다.

주말에는 간혹 이한이 식사 준비를 했다. 바쁘게 부엌을 오가던 그는 깨끗이 씻고 밖으로 나온 유정의 모습을 발견하자마자 한달음에 달려갔다.

"깨끗이 씻었나?"

"네."

작게 웃음을 터뜨리는 유정을 보며 그도 따라 웃었다. 둘은 요즘 눈만 마주치면 웃곤 했다. 그다음엔 다정하게 입을 맞췄고, 서로의 눈을 바라보았다.

신혼부부라지만 이런 둘의 모습에 우영은 기함을 했다. 달달함이 뚝뚝 떨어지는 모습에 장가를 가지 못한 자신의 신세한탄을 하던 중에 두 사람이 동시에 또 서로를 마주 보며 웃었을 땐 당장 이 집을 벗어나야겠다며 비명을 내지르기도 했다.

이한은 가볍게 입을 맞춘 후 유정을 이끌고 부엌으로 향했다.

"빨리 밥 먹고 준비하자. 일곱 시라고 했지?"

"네. 제가 주최하는 거니까 적어도 여섯 시까진 가야……."

조잘조잘 작은 입술을 움직여 이야기하던 유정이 발걸음을 우뚝 멈췄다. 부엌으로 들어가기도 전에 식탁 위에 차려진 음식을 본 그녀가 얼굴을 와작 찌푸렸다.

"왜 그래?"

유정의 표정이 심상치 않자 그가 기함하며 물었다. 하지만 유정은 새파랗게 질린 얼굴로 입을 틀어막더니 서둘러 손을 들어 올렸다.

"아, 아니에요. 갑자기 속이…… 욱!"

토악질을 할 것처럼 헛구역질을 한 유정이 서둘러 화장실로 달려갔다. 그 모습을 멍하니 보던 이한도 서둘러 뒤를 따랐지만 유정이 문을 잠그는 바람에 안에 들어가지는 못했다.

똑똑.

손가락 마디로 노크를 한 그가 문에 귀를 대며 물었다.

"유정아, 괜찮아?"

그의 물음과 동시에 안에서 심상치 않은 소리가 들려온다.

"욱!"

"유정아……?"

"괘, 괜찮…… 우욱!"

쾅쾅!

안에서 속을 게워내는 소리가 들려오자 이한이 새파랗게 질린 얼굴로 외쳤다.

"문 열어봐! 안 괜찮은데, 지금!"

"우욱…… 욱!"

"유정아! 강유정! 문 당장 안 열어!"

유정의 헛구역질 소리와 이한의 비명이 연달아 집 안을 울렸다.

단순히 유정이 아프다고만 생각하고 그 이상은 생각하지 못한 이한은 한참이고 욕실 문 앞에서 안절부절못해야 했다.

그리고 그날 저녁, 집을 찾은 주치의의 입에서 행복한 말을 듣는 순간까지도 좌불안석이었다.

"임신이네요. 내일이라도 내원하셔서 진료를 받는 것이 좋을 것 같습니다."

순간 이한의 눈이 커졌다. 멍하니 주치의를 바라보며 아무런 말도 하지 못하는 그와는 달리 유정은 이미 예상했다는 듯 고개를 주억거렸다.

"나 닮은 딸이면 좋겠는데."

유정의 말에 그제야 정신 차린 이한이 손을 들어 지끈거리는 이마를 짚었다.

"유정아, 그건 참아주라."

그의 말에 주치의와 유정의 입에서 동시에 와락 웃음이 터져 나왔다.

Story 3.
그래서 그들은 살아가고 있다

푸르른 잔디는 물기를 흠뻑 머금고 있다. 새 생명이 싹을 틔우고 강렬한 볕에도 굴하지 않는 여름, 아침 일찍 짧은 비로 인해 잔디가 오랜만에 숨을 쉬겠다는 듯 평소보다 더욱 푸르렀다.

관리가 잘 되어 있는 마당 뒤론 커다란 단독주택이 하나 자리하고 있다. 커다란 창문이 인상적인 집은 한 층으로 구성되어 있었으나 한 가족이 살기엔 지나치게 넓어 보였다.

평화로움이 가득한 공간은 순식간에 창문을 열고 마당 밖으로 뛰어나오는 맨발의 소년 때문에 부산스러워졌다.

"이정환, 뛰지 마! 뛰지 마!"

이한 역시 기함한 얼굴로 아이가 열고 뛰어나간 창문을 통해 뛰어나왔다. 하지만 연신 꺄꺄 소리를 내지르는 작은 아들을 붙잡기엔 역부족이었다. 멜빵바지를 입고서 잔디밭으로 뛰쳐나간 아이는 고삐 풀린 망아지 같았다.

새하얀 뺨은 젖살이 가득 차올라 있고, 찹쌀떡처럼 새하얗고 말랑말랑한 뺨은 아빠의 손을 피해 이리저리 뛰어다녀 금세 핑크빛이 되었지만 정환은 불명확한 발음으로 연신 이한을 부르며 약 올리듯 내달린다.

"아바! 아바!"

"거기 안 서!"

허리를 굽히고서 한참 작은 몸집의 뒤를 쫓던 이한은 정환이 넘어지기 직전 아슬아슬하게 허리를 붙잡아 번쩍 들어 올렸다. 아이는 그의 손에 잡힌 것이 못내 아쉽다는 듯 작은 입술을 삐죽삐죽 내밀고 눈동자엔 원망을 가득 담았다.

"놔! 놔!"

"놓긴 뭘 놔, 정말. 이 말썽꾸러기."

이한은 입술로 아들의 말랑말랑한 뺨을 깨문 후 또다시 꺄꺄 비명을 내지르는 아들을 보며 히죽 웃었다.

"아바, 아바!"

"그래, 나 네 아빠다. 그러니까 제발 내 말 좀……."

잘 들으라며 잔소리를 늘어놓으려던 그다. 하지만 곧 열려 있는 문으로 뛰어나온 유정 때문에 말을 미처 끝맺지 못했다. 얼굴에 핏기가 가시고 그의 이가 딱딱 부딪쳤다.

"강유정, 뛰지 마!"

배가 볼록하게 나온 유정은 자신이 산모라는 사실도 잊은 채 이한을 향해 전력질주 해오고 있었다.

임신 8개월, 위험한 시기는 모두 지나고 태어날 아이만 기다리면 되었지만, 이한은 늘 유정에게 주의를 주고 또 주었다. 그건 아마도 첫째 아이인 정환이 2주일이나 일찍 세상 밖으로 나오면서 유정이 고생을 했기 때문이리라.

출산하는 과정에서 아파하던 유정의 모습은 아직도 이한의 뇌리에 박혀 있었다. 그 때문에 둘째 출산은 포기한 그였지만, 가족 욕심이 유별난 유정의 설득에 못 이겨 둘째 또한 갖게 되었다.

둘째는 병원에서 슬쩍 딸이라 언질을 주었기에 하루하루 기대감에 가슴이 빵빵해졌다. 하지만 가끔은 그와 같은 크기로 불안감도 자라나고 있었다. 유정이 또다시 겪을 출산의 고통. 병원 밖까지 들려오던 비명을 아직도 생생히 기억하고 있는 이한은 제 품에 안기는 유정을 노려보며 힘주어 외쳤다.

"조심, 또 조심!"

"알았어요, 알았어! 그보다 있잖아요."

볼록 나온 배와는 달리 깡마른 팔을 들어 휴대전화를 그의 앞에서 흔든 유정이 눈을 반짝였다.

"나 합격했어요!"

"뭐?"

"한식조리사요. 합격했다고요!"

유정이 자리에서 콩콩 뛰며 빙글빙글 돌기 시작한다. 칠전팔기로 도전해 드디어 자격증을 딴 것이 무척 기뻐서 저런 것이겠지만 이한은 또다시 안절부절못하며 아내의 허리를 붙잡았다.

"강유정, 너 일부러 나 간 떨어지게 하려고 그러는 거지?"

"아, 죄송."

낮게 쏟아내는 분노에도 유정은 핑크빛 혀를 장난스럽게 쏙 내밀며 헤헤 웃는다. 그 모습에 한숨을 푹 내뱉은 이한은 한쪽엔 버둥거리는 아들을 안고 또 다른 팔로는 유정을 이끌고 집 안으로 들어섰다.

이제 막 뛰어다니기 시작한 정환 때문에 집 안은 썰렁하리만치 아무것도 없었다. 다만 바닥엔 아이가 넘어졌을 때를 대비해 푹신한 카펫이 깔려 있었고, 모서리가 있는 부분엔 실리콘이 붙어 있었다. 딱 세 살짜리 개구쟁이 아들을 키우는 집이었다.

유정을 의자에 앉힌 이한은 물티슈를 가져와 아들의 작은 발을 박박 닦아냈다. 정환이 간지럽다고 비명을 내질다. 하지만 곧 그는 쓰읍 하며 주의를 주자 쥐죽은 듯 조용해진다. 흙을 모두 닦아내고 나서야 아이를 놓아줬다.

방금 전까지도 그리 뛰어다녔으면서 지친 기색 하나 없이 정환이 거실을 헤집고 다닌다. 그 모습을 보며 한숨을 푹 내쉰 이한은 곁에서 자신과 마찬가지로 정환을 보고 있는 유정에게 말했다.

"축하해."

"정말 기뻐요. 내 노력이 결실을 맺은 것 같아서."

짧게 말한 유정은 배 위에 손을 얹으며 부드럽게 웃음 지었다.

"공주님에겐 더 맛있는 이유식을 해줄 것 같아서 기쁘기도 하고요."

"나한텐?"

"우리 가장님한테도 마찬가지죠."

장난스럽게 말한 유정이 자신에게 다가오는 입술을 받으려고 할 때다. 손에 들고 있는 휴대전화가 요란한 소리로 울린 것은.

두 사람의 시선이 동시에 액정에 닿았다. 순간 유정의 얼굴엔 난감한 기색이, 이한의 얼굴엔 화난 기색이 스쳤다.

—시증조부님.

"너……."

이한이 말을 내놓기도 전에 유정이 서둘러 말을 잘라내며 말했다.

"웨, 웬일이시지? 잠시만요. 전화 좀 받을게요."

유정이 이한에게 양해를 구한 후 전화를 받았다.

유정은 연신 생글생글 웃으며 전화를 받고 있고, 전화 너머론 꼬장꼬장한 이 명예회장의 목소리가 들려온다. 통화가 길어지자 이한의 미간이 일그러지며 이내 참지 못하겠다는 듯 손을 뻗어 휴대전화를 빼앗으려 했다. 하지만 유정은 허리를 비틀어 그의 손길을 가볍게 피해낸다.

"이번 주요? 네, 찾아뵐게요."

[그래, 몸은 좀 어떻고?]

"괜찮아요. 밥도 잘 먹고 있고요."

[그래그래, 다행이다. 어디 안 좋은 데는 없지?]

"건강해요."

이 명예회장은 계속해 유정에게 건강에 대해 묻고 있고, 유정은 그에 대해 변명하듯 빠르게 답을 내놓고 있었다.

문득 이한은 두 사람의 통화가 이번이 처음이 아니라는 것을 깨달았다. 자신의 앞에선 일언반구도 없었으나 아마 두 사람의 비밀스러운 통화는 오랫동안 계속된 듯싶다.

유정은 마지막으로 주말에 뵙자는 말과 함께 전화를 끊었다. 그리고 화가 잔뜩 난 이한을 보며 입술을 오므렸다.

이런, 들켰네.

딱 그 표정이다.

"할아버진 왜 또……."

숨을 크게 내뱉으며 이한이 물었다. 유정은 잠시 어떤 말을 꺼내놓아야 할지 몰라 눈동자를 굴리다 이내 한숨을 내쉬었다. 그러곤 오래전부터 묻고 싶던 말을 꺼내놓았다.

"사이가 왜 그렇게 안 좋아요?"

"누구랑?"

"시증조부님이지 누구겠어요?"

유정의 말에 이한이 자리에서 벌떡 일어났다. 그녀가 왜 이 명예회장과 통화를 하는지 듣고 싶었지 두 사람의 이야기를 꺼내놓고 싶지는 않았다. 오래전부터, 아니, 여동생이 갑작스레 세상을 떠난 이후로부터 웬만해선 연락을 하지 않고 지냈고, 지금도 친밀한 만남은 갖고 싶지 않았다.

그의 거부에도 유정은 무거운 몸을 일으키며 이한의 손을 꼭 붙잡았다. 두 사람의 체온이 마주한다.

"난 아이들에게 증조할아버지도 필요하다고 생각해요."

이한이 난감하다는 듯 미간을 찌푸린다. 하지만 유정은 조곤조곤한 음성으로 나머지 말을 꺼내놓았다.

"우린 가족이 참 간소하니까."

이한도 그렇고 유정도 그렇고 모두 어릴 적에 부모님을 잃었다. 정환에겐 할아버지, 할머니는 물론이요, 외가 또한 그러했다. 부모님이 넘치는 사랑을 준다 하더라도 그들이 주는 사랑은 또 다르지 않던가.

유정의 말에 이한의 입에서 깊은 한숨이 흘러나왔다. 어떻게 해야 할지 모르겠다는 듯이 그는 손을 들어 눈가를 쓰다듬었다.

"가족을 모르는 분이셔."

"그게 무슨 말이에요?"

어느 날 이한이 출근하고 찾아온 이 명예회장을 떠올리며 유정이 물었다. 그녀가 본 이 명예회장은 가족을 모르는 사람이 아니었다. 만약 그런 사람이라면 연로하신 분이 직접 경기도에 위치한 이곳까지 찾아오진 않았으리라. 갑작스런 그의 방문에 유정은 먼저 죄송하다는 말부터 꺼내놓았다. 결혼식장에도, 그리고 정환의 돌 잔치에도 이 명예회장을 초대하지 않은 그녀다. 이한이 하지 말라 했기에 그들만의 사정이 있다고만 생각했을 뿐 스스로 나서서 가족의 관계를 개선하려는 생각은 하지 못했다. 그 말에 이 명예회장은 무슨 말을 했던가. 곰곰이 떠올리던 유정의 눈매가 부드러운 선을 그렸다.

"됐다. 증손주 때문에 몸도 힘들 텐데 나까지 신경 쓸 필요 없다."

그렇게 말한 이 명예회장은 꼬장꼬장한 노인처럼 보였으나 아니었다. 그녀의 품에 안겨 있는 정환을 빤히 보며 사랑스러운 눈빛을 보낼 줄 아는 사람이었다.

하지만 이한은 그렇게 생각하지 않는 것 같았다.

"우리 부모님의 장례식에서도, 동생의 장례식에서도 눈물 한 방울 흘리지 않으신 분이야."

그의 말에 유정은 단호하게 고개를 저었다.

"그건 잘못 알고 있는 거예요."

"아니야. 네가 잘 몰라서……."

"그럴 수 없는 경우도 있잖아요. 그런 걸로 치면 나도 부모님의 장례식에서 눈물 한 방울 흘릴 수 없었는걸."

"유정아……."

"최고 어른이니까 그럴 수밖에 없었을 거예요. 그리고 오해를 풀고 싶었겠지만 그럴 방법을 몰랐을 거고."

유정의 말에 이한은 할 말을 잃은 듯 입을 굳게 다물었다.

후, 한숨을 내뱉은 그가 유정의 머리에 손을 얹었다. 그는 유정을 이길 수가 없었다. 그건 소녀이던 그녀를 만났을 때부터 그랬다

열여덟의 소녀는 자신의 아내가 되었고, 이제 곧 있으면 두 아이의 엄마가 된다. 그 시간만큼 유정은 자신보다 훨씬 성장하여 너른 마음을 가지게 되었다.

"어떻게 했으면 좋겠는데?"

"정환이가 시증조부님을 무척 좋아해요. 좋은 사이가 되라고 강요하진 않을게요. 하지만 아이가 좋아하는 가족을 빼앗진 말아 주세요."

단호한 말에 이한은 졌다는 듯 한쪽 무릎을 꿇고 유정의 허리를 끌어안았다.

답답하다는 듯 유정의 배 안에서 발을 쾅쾅 차는 사랑스러운 공

주님, 그리고 뒤에서 비명을 지르며 집 안을 뛰어다니는 사랑스러운 아들, 그리고 이 소중한 것들을 자신에게 준 아내.

"네, 공주님. 알겠습니다."

그 아내에게 그는 두 손 두 발 다 들었다.

"공주님의 명이라면 뭐든 들어야죠."

"뭐야, 배 나온 공주가 세상에 어디 있어?"

입술을 뾰족하게 내민 유정이 투덜거리자 그가 작게 웃음을 뱉었다. 그리고 새 생명을 품고 있는 아름다운 여인을 올려다보며 세상에서 가장 행복한 웃음을 지었다.

"그러네요, 여왕님. 앞으론 여왕님으로 모시겠습니다."

"으, 소름."

키득키득 두 사람 사이로 또다시 웃음이 흘러넘쳤다.

〈The End〉

작가 후기

안녕하세요. 이아현입니다.

이 페이지를 채우며 한숨을 푹 쉬어봅니다.

회사 일이 바빠 눈이 돌아갈 것 같았을 때 시작된 〈그에게 어리다〉를 무사히 마칠 수 있다는 안도감에요. 유난히 바빴던 시기에 쓰고, 지금도 여전히 바빠 마감을 마쳤다는 사실만으로도 무척 기쁩니다. 신에게 감사 인사를 드리고 싶을 만큼요. 그만큼 정신이 없었습니다!

이 글을 쓰기까지 많은 도움을 주신 님들, 감사합니다.

저 때문에 고생 많으셨던 문 부장님, 예쁜 표지 해주신 표지디자이너님.

당근과 채찍을 같이 주고받고 있는 그녀의 서재 작가님들.

그리고 마지막으로 이 페이지를 읽어주고 계실 독자님들.

2015년 새해 복 많이 받으시고, 올해는 늘 행복이 충만한 나날들 되세요.

감사합니다.

—2015년 2월 추운 겨울 날,

이아현 올림.